SCHLICHTE WUT

DAVIDE LONGO

ROMAN

Aus dem Italienischen
von Barbara Kleiner

ROWOHLT

Die Originalausgabe erschien 2021
unter dem Titel «Una rabbia semplice»
bei Giulio Einaudi editore s.p.a., Turin.

Deutsche Erstausgabe
Veröffentlicht im Rowohlt Verlag, Hamburg, November 2022

Satz aus der Adobe Garamond Pro
bei Pinkuin Satz und Datentechnik, Berlin
Druck und Bindung CPI books GmbH, Leck, Germany
ISBN 978-3-498-00280-0

Für Serena

«Le jardin reste ouvert pour ceux qui l'ont aimé.»

Gott sei Dank hatten wir Angst vor nichts.

Jack London

1.

Arcadipane schiebt den Dienstausweis und eine Zwanzig-Cent-Münze beiseite und ertastet endlich das letzte der Lakritzbonbons, die er am Tag zuvor bei Elsa gekauft hat. Behutsam zieht er es heraus, streift die Flusen vom Grund der Tasche ab, steckt es sich in den Mund und wartet auf den Moment, in dem die Zuckerkristalle an der Oberfläche zergehen und das Lakritz mit Orangenöl Wirklichkeit wird. Eine Sache von drei Sekunden, dann steigt er aus, schließt seinen Alfa 33 ab und geht quer über den Hof auf die Glastür zu, die auf höheren Befehl im letzten Monat angebracht wurde.

Auf dem Betonsockel markiert eine aufgeklebte Linie die Stelle, an der die Überwachungskamera das Bild aufzeichnet und sich die Tür öffnet. Arcadipane steht da und wartet. Nichts.

«Verdammt.»

Er macht einen Schritt vorwärts. Nichts. Einen Schritt rückwärts. Nichts: Das Teil starrt ihn weiterhin mit seinem roten Auge von oben an, gleichgültig gegenüber seinen einen Meter und achtundsechzig mal neunundachtzig Kilo. Er wirft einen Blick auf seine Armbanduhr, sechzehn Uhr und drei Minuten, während ein letzter Sonnenstrahl in den Hof fällt und in die zwei Meter Vorzimmer dringt.

«Aber da soll doch einer …»

Er drückt das Gesicht an die Scheibe, wobei er sein Spiegelbild ignoriert, das verschwitzte Gesicht, die schlecht rasierten Wangen, die wenigen und zerrauften Haare, die in ihren urzeitlichen Höhlen versunkenen Augen. Fratamico thront in der Pförtnerloge wie das Jesuskind in seinen Windeln, den Kopf über den Computer gebeugt, bestimmt in seine Geschäfte mit Aquarien, Heizstäben und Wasserschildkröten vertieft.

«Scheißding ...»

Arcadipane schaut zu den Fenstern hoch, die auf den Hof gehen. Niemand. Scheinbar. Aber wie viele hat er sich in den letzten Wochen unter dieser Überwachungskamera winden sehen, begleitet vom Grinsen der Kollegen hinter den Jalousien? Es gibt sogar ein Video, das jemand auf YouTube gestellt hat. Erst recht, wenn der Gelackmeierte dieser Arsch ist, der dir anschafft, geh hierhin, geh dorthin, mach den Bericht fertig, wie konntest du das nur vergessen ... Ein gefundenes Fressen.

Er holt das Handy aus der Tasche und hält es unter die Überwachungskamera, tut so, als würde er eine Netzverbindung suchen. Nichts.

«Verdammt noch mal ...»

Jetzt, sagt sich Arcadipane, schieße ich auf dieses Dingsda, geh rauf ins Büro und unterschreibe, dass an seiner Stelle ein Rollladen angebracht wird, eine Toiletten-Falttür, eine Schwingtür, ein ... Die Tür öffnet sich.

In der Eingangshalle empfängt ihn der ungesunde Geruch von öffentlichen Gebäuden in der Übergangszeit: ein paar Heizkörper, die wer weiß warum noch an sind, billige Putzmittel, abgestandene Luft, Kaffee aus dem Automaten und Schuhsohlen.

«Ist sie nicht aufgegangen?», sagt Fratamico, den Finger noch auf dem roten Knopf für Öffnen.

«Was redest du denn da? Jeden Morgen stehe ich zehn Minuten vor der Tür, bis sich entscheidet, ob ich durchgelassen werde oder nicht! Sollten nicht die kommen, die sie montiert haben?»

«Sind sie auch. Und sind wieder gegangen», sagt Fratamico. «Ihrer Ansicht nach funktioniert das Teil millimetergenau. Man muss sich nur an den richtigen Punkt stellen.»

«Am besten schon drinnen, was?»

Fratamico sieht ihn an in Erwartung höherer Erleuchtung.

«Hör mal», befreit Arcadipane ihn von der Aufgabe, «lass sie offen. Es hat dreißig Grad hier.»

«Gewiss, Commissario. Immer offen.»

Arcadipane nimmt die Treppe, der Lift ist kaputt, geht durch den Flur, beantwortet die Grüße mit minimalistischer Gesichtsmimik, geradlinige zweiundfünfzig Meter beruhigende Heuchelei, dann erreicht er sein Büro, tritt ein und lässt die Tür offen. Ein Zeichen. Und tatsächlich kommt nach wenigen Sekunden Pedrelli, schließt die Tür hinter sich und setzt sich nicht, weil er sich nie setzt.

«Der Junge ist unten, Commissario. Wir haben ihn heute früh abgeholt, wie Sie gesagt haben.»

Arcadipane betrachtet den Mann, der seit zwanzig Jahren sein Vize ist: immer im Hemd, immer mit Scheitel, immer Piemontese, immer pünktlich, nie krankgeschrieben, immer anständig, immer altmodisch, immer nervig, immer, immer, was würde ich machen ohne ihn.

«Wie hat er reagiert?», fragt er.

«Er ist anstandslos mitgekommen. In der Wohnung war nur die Mutter. Sie weinte, aber nur ein wenig. Sie glaubt sicher, es geht um die übliche Drogendealerei.»

Arcadipane nimmt die Akte mit dem grünen Aktendeckel, die seit gestern spätabends auf seinem Schreibtisch liegt. Darauf steht in Druckbuchstaben U-BAHN, so wie jemand schreibt, der sich dabei nicht wohlfühlt. Also er.

«Erst schauen wir uns noch mal die Aufzeichnung an», sagt er und steht auf.

Diesmal grußlos gehen sie wieder durch den Flur, der vor sechs Jahren angelegt wurde, um die Büros nach amerikanischem Vorbild zu gestalten: nur durch eine Glasscheibe voneinander getrennt. Arcadipane schwerfällig wie ein Traktor, Pedrelli schmal und leicht wie ein Page. Zu ihrer Linken die

Schreibtische der Kollegen, zwei oder drei pro Einheit: Die anderen sind draußen unterwegs, denn der Job des Polizisten wird zur Hälfte fürs Gehalt ausgeübt, zur Hälfte draußen.

Der Videovorführraum ist im Halbparterre. Francos Reich. Man braucht sich nicht anzumelden. Er ist immer da. Wenn er nicht an dem Material arbeitet, das ihm die Staatsanwälte rüberschieben, gestaltet er Videos von Hochzeiten, Firmungen, Rallyes und Fußballspielen. Damit verdient er sich was dazu, und niemand hat etwas dagegen einzuwenden, denn er macht seine Sache gut, ist pünktlich und entgegenkommend. Das bisschen Strom und die Abnutzung der Geräte werden den Staat schon nicht ruinieren.

Er sitzt am Bildschirm. Rötliche Haare und jungenhaftes Aussehen, auch wenn er sechsunddreißig Jahre alt ist, zwei Kinder hat, einen Abschluss in Informatik und so viel Verstand, dass er keine Karriere machen will.

Arcadipane setzt sich auf den Drehstuhl.

«Kann ich sie noch mal sehen?»

Franco klickt, und die Aufnahme, die er auf dem Bildschirm parat hatte, startet. Oben im Bild erscheint ein Timer mit Datum und Uhrzeit. Es beginnt bei zweiundzwanzig Uhr sechzehn, die Sekunden laufen schnell, wie Sekunden das so an sich haben. Eine Gestalt erscheint oben an der Rolltreppe. Franco hält sie in der Bildschirmmitte fest.

«Das ist er in der U-Bahn-Station Lingotto.»

Arcadipane streckt den Kopf vor. Franco vergrößert das Bild.

«Noch größer wird's unscharf», sagt er, «so ist es am besten.»

Arcadipane schiebt sein Gesicht noch weiter vor, dann zurück auf der Suche nach der richtigen Entfernung. Der Typ trägt eine Kittelbluse, die in der Taille von einem Gürtel gehalten ist, und Strandbermudas mit vielen Blumen. An den Füßen Militärstiefel. Und er zieht sich eine Maske über.

«Wegen der Maske seid ihr sicher?»

Franco legt die Finger auf eine kleinere Tastatur. Ein anderer Bildschirm, der bisher dunkel war, geht an. Da ist eine Maske zu sehen, weiß, Augen, Nase und Mund dunkel, die Gesichtszüge zu einer Grimasse verzerrt. Die Bilder haben eine sehr gute Auflösung.

«Das ist der Horrorfilm, in dem sie zum ersten Mal benutzt wurde, danach wurde sie in einer Reihe von schwachsinnigen Filmen wieder verwendet. Du findest sie im Netz, in Supermärkten, in Schreibwarengeschäften. Ich würde sagen, es kennt sie mehr oder weniger jeder.»

Arcadipane lehnt sich zurück, dreht sich nach rechts und links, wippt auf und ab.

«Okay, jetzt zeig mir, wie er rauskommt.»

Franco arbeitet an der Tastatur, bis anstelle des vorigen Bilds in der U-Bahn-Station ein anderes erscheint: derselbe Typ, die Maske auf, er fährt die Rolltreppe hinauf. Franco hält das Bild an. Er zeigt auf den Timer.

«Principe d'Acaja, das sind elf Stationen. Zehn Uhr achtunddreißig. Warte- und Fahrtzeit mitgerechnet, das passt», er vergrößert das Bild, «und das ist der Kimono. Der Name des Fitnessstudios ist gut zu erkennen.»

Arcadipane legt die Hände vor den Mund, als wollte er hineinblasen. Er starrt auf die dunkle Schrift auf dem hellen Stoff.

«Der Besitzer des Fitnessstudios?»

«Ein seriöser Typ», sagt Pedrelli, der hinter ihm stehen geblieben ist, «Meister alter Schule, im Milieu kennen ihn alle. Er sagt, der Junge kommt seit zwei Jahren. Er weiß von den Vorstrafen, aber im Studio benimmt er sich gut. Er hat auch Wettkämpfe gewonnen. Keine Probleme mit den Kollegen.»

«Haschisch? Marihuana?»

«Er dealt vor seiner alten Schule und vielleicht auch in der Diskothek, wo er arbeitet, aber im Studio anscheinend nicht.»

Arcadipane steht auf, streift Franco an der Schulter, was seine Art ist, sich zu bedanken, und geht hinaus.

Sie steigen die Treppe ein Stockwerk hinunter, dann noch eins. Alles schweigend, denn ein älterer Boxer und sein Assistent haben sich auf dem Weg von der Umkleide zum Ring nicht viel zu sagen. Arcadipane macht dem Wachposten ein Grußzeichen und tritt als Erster ein. Pedrelli hinter ihm.

Der Junge sitzt an dem Tisch in der Mitte des Zimmers, das quadratisch scheint, aber in der Breite fehlen sechzehn Zentimeter. Er ist achtzehn, die Haare an den Seiten rasiert, oben in der Mitte etwas Schopf. Das übliche Arschgesicht aus den Mietskasernen.

Arcadipane geht an den Tisch und legt die Aktenmappe darauf ab.

Der Junge scheint nicht dick, aber er trägt eine weite Jacke. Arcadipane schaut seine Handgelenke an und sieht, dass sie kräftig sind, solide Mechanik, Material, das nicht bricht. Der Hals ist schlank, aber sehnig. Er stellt ihn sich vor dem Klub vor, bei dem er arbeitet, ein Scheißladen für Großkotzige, schwarze Lederjacke, Stiefel, der Blick hart und Knopf im Ohr. Die älteren Rausschmeißer hänseln ihn ein bisschen, ein bisschen halten sie ihn unter Kontrolle. Probleme hat es, scheint's, keine gegeben. Oder jedenfalls keine Anzeige. Aber von solchen Lokalen kommen nie Anzeigen. Das wird intern geregelt.

Arcadipanc rückt den Stuhl zurecht und nimmt Platz. Er schlägt die Akte auf und blättert sehr ruhig darin.

«Ich warte seit fünf Stunden hier!», bemerkt der Junge.

Arcadipane braucht ihn nicht anzusehen, er kennt das auswendig: gestylte Augenbrauen, zorniger Blick, kein Ohrring. Wahrscheinlich auch keine Tattoos. Vielleicht ein bisschen Fascho. Oder jedenfalls mit Tendenz dazu.

«Es war viel Verkehr», sagt er nur, während er ein Blatt Papier vors Gesicht nimmt, als ob er nicht gut sähe.

«Luca Apostolo. Was für ein Nachname ist das denn, Apostolo?»

«Ein Nachname. Könnt ihr mir verraten, was ich verdammt noch mal hier soll?»

Arcadipane nimmt ein anderes Blatt und hält es Pedrelli hin, der einen Schritt hinter ihm stehen geblieben ist.

«Was hältst du davon?», fragt er, ohne ihn anzusehen.

Nicht eben unbefangen liest Pedrelli.

«Ist das nicht merkwürdig?», hilft Arcadipane ihm.

«Ein bisschen», antwortet der Vize schüchtern.

Arcadipane legt das Blatt wieder in die Akte. Er klappt sie zu. Die Szene gelingt mal besser, mal schlechter.

«Sonntag nach zehn Uhr abends bist du an der Station Lingotto in die U-Bahn gestiegen und bei Principe d'Acaja wieder ausgestiegen. Was wolltest du in dem Viertel? Gab es da einen Maskenball? Oder läufst du gern auf diese Art verkleidet herum?»

Der Junge schaut nach der Seite, wo nichts ist. Im ganzen Raum gibt es nichts außer dem Schreibtisch, zwei Stühlen, der Tür und einem Spiegel, von dem jeder weiß, welche Funktion er hat.

«Weißt du, wer Dolores Mendes ist?»

«Nein», versetzt der Junge knapp.

Arcadipane holt die Zigaretten aus der Jacke, die er weder im Büro ausgezogen hat noch in dem Videoraum und die er auch hier nicht ausziehen wird. Sein Körper ist den Wechsel von warm und kalt gewohnt, von Schwitzen und Abkühlung. Seit mindestens zwanzig Jahren hat er kein Fieber. Und damals war das wegen der Muscheln.

«Das ist eine Frau, die jeden Abend um halb zehn bei Trofarello in die U-Bahn steigt, von Porta Nuova aus bis Principe d'Acaja fährt und um elf Uhr eine Philippinerin in der Pflege eines alten Bankdirektors ablöst, der jetzt mit Ausschüttungen anderer Art zu tun hat. Das bis um elf Uhr morgens, bis die Philippinerin wiederkommt. Das macht sie jeden Tag, einschließlich Samstag und Sonntag, für achthundert Euro, die sie fast alle an die Familie ihrer Schwester schickt, die … wo wohnt sie, Pedrelli?»

«In Kolumbien.»

«In Kolumbien. Hast du je einem alten Mann die Windeln gewechselt?»

Der Junge dreht sich nicht um, spricht nicht.

«Das macht sie üblicherweise, und daran ist nichts besonders Aufregendes, aber letzten Sonntag steigt sie aus der U-Bahn, geht um die Ecke und trifft auf einen Vollidioten, der sie zu Boden wirft, gegen den Kopf tritt und dann abhaut. Ein paar Personen, die am Fenster waren, sagen, dass er nicht einmal versucht hat, ihr die Handtasche zu rauben. Er hat sie geschlagen und basta. Und sie sind sicher, dass er einen Kimono trug, geblümte Bermudas, Stiefel und eine Maske. Sie kann das nicht bestätigen, weil sie im Koma liegt.»

Scheinbar hat der Junge keine Miene verzogen, aber er hat sie doch verzogen. Die Pupillen sind kleiner, als ob es im Raum heller geworden wäre. Die Augenbrauen haben eine andere Neigung, und die Farbe der Lippen ist anders, weil der Druck, mit dem sie aufeinandergepresst werden, anders ist.

«Das ist nicht wahr.»

Arcadipane raucht und lässt dabei eine fast sexuelle Wollust erkennen.

«Was ist nicht wahr? Dass du so angezogen warst? Dass die Mendes im Koma liegt? Oder dass auch der letzte Idiot weiß, dass es in der U-Bahn Überwachungskameras gibt?»

Der Junge schluckt, als ob der Speichel sich einen völlig neuen, einen jungfräulichen Kanal bahnen würde.

«Warum sollte ich sie schlagen? Ich weiß nicht einmal, wer das ist!»

«Pedrelli?»

«Ja, Commissario?»

«Wie oft waren wir schon in diesem Raum?»

«Oft.»

Arcadipane legt die Hände auf den Schreibtisch, die Ellbogen auf der Aktenmappe. Wenige Zentimeter von seinen Fingern entfernt liegen die des Jungen.

«Weißt du, warum die meisten, die an deinem Platz sitzen, getan haben, was sie getan haben?»

Der Junge denkt nicht. Er kann nicht denken. Eine Katze, die in den Brunnen gefallen ist, denkt an nichts. Sie springt und krallt sich an die Wände. Wenn sie nachdächte, würde sie das nicht tun. Sie würde verstehen, dass es sinnlos ist. Sie würde Energie sparen.

«Sie wussten es nicht», sagt Arcadipane. «Sie wussten nicht, warum sie es getan hatten.»

Er lehnt sich zurück, blättert wieder in der Akte. Es sind Fotos eingeheftet, aber ihn interessieren mehr die Seiten mit dem Stempel vom Jugendgericht, vom Sozialamt und vom Polizeipräsidium.

«Du wirst gern handgreiflich, sitzt gern in der Fankurve, hältst dich gern an Orten auf, wo es mitunter zu Schlägereien kommt, und du hast auch schon zwei Jugendstrafen wegen Drogendelikten auf dem Buckel. Um das Maß vollzumachen, hast du bei der zweiten Festnahme einem der Beamten die Nase gebrochen.»

«Und was die mir getan haben? Steht das irgendwo geschrieben?»

«Es ist mir scheißegal, was die dir getan haben», sagt Arcadipane ruhig. «Das ist nicht einmal die Hälfte von dem, was wir dir diesmal antun werden.»

Der Junge verschränkt die Arme und macht ein finsteres Gesicht. Ein Stück Scheiße. Ein Junge, den man auf einer Insel aussetzen und nach zehn Jahren wieder abholen sollte, um zu sehen, ob wenigstens die Natur etwas hat ausrichten können, denn wenn man sich auf das Jugendamt oder das Gefängnis verlässt …

«Das ist lang her», sagt er, «jetzt mach ich was anderes.»

«Ein anderer Klub, wo du dealst? Der Pausenhof der Schulen, wo du Joints verkaufst? Das Fitnessstudio, wo du Pillen verteilst?»

«Im Fitnessstudio verteile ich überhaupt nichts. Und ich habe mit der Frau da nichts zu tun!»

Arcadipane lacht und entblößt seine hässlichen Zähne.

«Und ob! Gleich nachher hören wir die zwanzig weiteren Personen, die am Mittwoch an der Station Principe d'Acaja zehn Minuten vor der Mendes ausgestiegen sind, im Kimono deines Fitnessstudios und mit der Maske, die wir bei dir zu Hause gefunden haben.»

Der Junge hört auf, gegen die Brunnenwand zu springen. Er denkt nach.

«Das war eine Wette», sagt er.

«Ich verstehe nicht.»

«Eine Wette», wiederholt er verärgert darüber, Erklärungen abgeben zu müssen. «Ich sollte mich wie ein Idiot verkleiden und ein paar Stationen fahren. Das ist alles.»

«Eine Wette mit wem?»

Er senkt den Kopf, fährt mit dem Zeigefinger auf seiner Seite an der Tischkante entlang.

«Mit meiner Freundin.»

«Mit deiner Freundin. Du hast mit deiner Freundin gewettet, dass du dich als Idiot verkleiden und einer armen Frau den Schädel einschlagen würdest?»

«Nein», brüllt er, dann beruhigt er sich, senkt wieder den Kopf. «Nur, mich so zu verkleiden.»

«Was für eine Scheißwette ist das denn?»

Er zuckt mit den Achseln.

«Eine Dummheit. Um ihr zu zeigen, dass ich sie liebe. Sie sagte, ich hätte nicht den Mut.»

«Und die Maske?»

«Die haben wir in einem Film gesehen, wir mussten lachen.»

«In der Tat lachen wir uns hier halb tot.»

«Ich habe euch gesagt, dass ich das nicht war», sagt er und sieht Pedrelli an. «Ich bin bei der Haltestelle angekommen, bin ausgestiegen und nach Hause gegangen.»

«Wie?»

«Zu Fuß.»

«Bis nach Barriera?»

«Ja.»

«Verkleidet wie zu Karneval!»

«Die Maske habe ich abgenommen und den Kimono ausgezogen. Die Wette war, mit der U-Bahn zu fahren.»

«Und wie konnte deine Freundin wissen, dass du wirklich gefahren bist? Du konntest sagen, du wärst gefahren, und es dann nicht tun. Oder war sie bei dir?»

«Nein.»

«Also?»

«Wir vertrauen uns.»

«Ihr vertraut euch.»

«Ja.»

«Wenn sie in der Zeitung las, dass ein so und so Verkleideter eine arme Frau verprügelt hatte, vielleicht vertraute sie dir dann noch mehr.»

«Ich hab der nichts getan», er springt auf, «und jetzt lasst mich gehen!»

Der Junge bebt am ganzen Körper. Arcadipane weiß, dass er auf ihn losgehen oder anfangen könnte zu weinen. Wenn er weint, steigt die Wahrscheinlichkeit, dass er schuldig ist, von neunzig auf fünfundneunzig. Wenn er auf ihn losgeht, auf siebenundneunzig. Ihm ist das im Großen und Ganzen egal. Es ist, wie eine Dose Bohnen von der einen oder anderen Seite zu öffnen: Für den Dosenöffner ist es dieselbe Arbeit. Beides geht gut, wenn man weiß, worauf man hinauswill.

Der Junge dagegen beginnt, mit den Fäusten auf den Tisch zu hauen.

«Wenn ihr mich nicht gehen lasst, schlag ich alles kurz und klein! Scheiße!»

Arcadipane sieht ihm zu, bis er erschöpft auf den Stuhl zurücksinkt. Er weiß, dass Pedrelli einen Schritt zurückgewichen ist, aber er verübelt ihm das nicht, das ist bloß eine unwillkürliche Reaktion. Wie wenn man die Augen schließt, wenn jemand nah vor dem Gesicht in die Hände klatscht.

Er beginnt, die Papiere in die Aktenmappe zu schieben.

«Wir gehen jetzt raus», sagt er, «zehn Minuten, um uns zu erholen, denn du hast uns wirklich durcheinandergebracht. Du bleibst hier und denkst darüber nach, wo du die Maske gekauft hast, und über all die anderen Dinge, die wir dich fragen könnten, okay?»

Er und Pedrelli verlassen den Raum und gehen durch den Flur aufs Treppenhaus zu. Lavezzi und Botta kommen aus dem Raum hinter dem Spiegel. Sie flankieren sie, Arcadipane schaut auf die Uhr.

«Ich muss für zwei Stunden weg. Wenn ich wiederkomme, knöpfen wir ihn uns noch einmal vor. Du, Pedrelli, lass unterdessen den Haftbefehl ausstellen, die Voraussetzungen dafür sind da. Wenn der Staatsanwalt Probleme macht, rufst du mich an, okay? Aber nur, wenn er Probleme macht. Sonst sehen wir uns in zwei Stunden. Ihr beide dagegen: Handy des Jungen, ausgehende wie eingehende Anrufe, Bewegungsprofil, Cell-ID, alles. … Schauen wir nach, ob er Videos oder Fotos verschickt hat und an wen. Und gebt Franco den Computer, den ihr bei ihm zu Hause beschlagnahmt habt. Sagt ihm, er soll eine Autopsie davon machen.»

«Diese Freundin?», fragt Lavezzi.

«Findet raus, wer sie ist, wo sie wohnt, aber verhört sie noch nicht. Wir holen sie morgen früh um sieben und bringen sie hierher. Ohne ihr was zu sagen. Ich hab jetzt eine Familienangelegenheit, lässt sich nicht verschieben. Wir sehen uns in zwei Stunden. Schreibt die Überstunden auf.»

«Wo?», fragt Botta, der tüchtig ist, aber noch jung.

Pedrelli und Lavezzi steigen grinsend die Treppe hinauf.

Arcadipane bleibt stehen und mustert ihn, diesen jungen Botta. Er hat es eilig, aber zu sehen, wie jemand etwas dazulernt, ist doch immer eine schöne Sache.

2.

Sie schob beiseite, was im Weg war, und Lui war in ihr drin.

«Stoß zu, Idiot», sagte sie und biss ihn in die Schulter, um nicht zu schreien. «Stoß zu!»

Und so tat er, preisend die Kraft der Lenden, die ihm vom Herrn verliehen, bis unter ihrem zustimmenden Stöhnen der Ruf des Wiedehopfs laut wurde. «Hai, hai!» Da packte er sie an der Taille und wuchtete sie, wie der Bauer die Ernte von der Erde auf den Karren hievt, von den Kisten hoch und setzte sie, ohne sich aus ihr zurückzuziehen, auf den Säcken ab, wo sie unter langem Jubel dem Allerhöchsten dankte.

«Ich geh jetzt, Carlo fängt vielleicht seine Tour an und bringt etwas ins Lager», sagte sie schließlich, als sie satt war. «Ich geh zuerst raus, wir sehen uns in der Bar.»

Lui wartete und dachte ohne Stolz, dass er gut gehandelt hatte, indem er Trost spendete, wo Trost von ihm erbeten wurde. Dann ging er raus und begab sich an den vereinbarten Treffpunkt, wo die Frau unter anderen Ungläubigen stand, bar jeden Grolls. Sie empfing ihn mit einem Kuss auf die Wange, als ob nichts vorgefallen wäre zwischen ihnen, denn so war es vereinbart und notwendig.

«Nimm dir Milch oder was du willst», sagte sie. «Geht auf meine Rechnung.»

Er trank die Milch, die ihm dargeboten wurde, taub für die Worte, die unrein waren an diesem Ort und dicht wie die Sünden. Und als sie sich gestärkt hatten, setzten sie sich und betrachteten das Treiben auf dem Platz, und sie wies auf ihren

Mann, der an einem der Stände Handel mit Gemüse trieb, wie es seine Gewohnheit war.

«Schau nur, wie er den Gockel spielt, der Mistkerl», sagte sie. «Er meint, ich weiß nicht, dass er in zwanzig Jahren den halben Markt gevögelt hat. Aber jetzt zahl ich es ihm heim …», bei diesen Worten hob sie ihr Glas Wein, um auf die Gerechtigkeit anzustoßen, die sie wie ein flammendes Schwert nahen sah. Er tat desgleichen mit der Milch, die rein und deshalb gesegnet war. Dann kam die Stunde, da sie gehen musste, denn auszubleiben wäre unschicklich gewesen. Da stand sie auf, lächelte, die Welt betrachtend, in die sie zurückkehrte, und sagte: «Ich weiß nicht, ob ich gut daran tue, es dir zu sagen, du bist jung, aber ich bin sechzig Jahre alt, und ich habe diese Welt gesehen, als sie noch zu retten war. Jetzt dagegen ist alles heruntergekommen. Alles ruiniert mittlerweile.»

Und er stimmte ihr zu, denn die Wahrheit war seine Fessel.

3.

Arcadipane kreist wie üblich im Karree, ohne einen Parkplatz zu finden, dann parkt er vor der Einfahrt der Kfz-Werkstatt, von der er weiß, dass sie seit fünfundzwanzig Jahren geschlossen ist. Ein Gruß für Tonino, der die Aschenbecher im Außenbereich der Bar leert, dann die Schmalseite des Wohnblocks, die Auslage des Käsehändlers, die Ecke, wo am Boden die Umrisszeichnung eines alten Pissoirs zu sehen ist, der Schneider mit seinem Ladenschild «Änderungen», und er steht vor der Haustür.

Erst als er auf der Suche nach den Schlüsseln mit der Hand in die Tasche fährt, erinnert er sich. Er läutet.

«Ich bin's.»

Während der Lift hochfährt, kommt ihm das Liedchen in den Sinn, das Loredana immer trällerte, wenn sie morgens gemeinsam aus dem Haus gingen. «Hinauf die Nummer fünf! Hinab die Nummer null!» Seither hat sich nicht viel geändert: dasselbe eidechsengrüne Linoleum, dieselben Siegellacktüren (in den sechziger Jahren war ein Aufzug gehobene Ausstattung), und unter dem Spiegel winzig klein: «Sailor Moon reißt dir den Arsch auf und nicht umgekehrt», mit Taschenmesser eingeritzt von dem Jungen aus dem Stock drüber, der sich kiloweise Comics für Mädchen reinzog und jetzt den größten Salon für Autofetischisten in der Stadt betreibt.

Der Aufzug hält auf dem Treppenabsatz, wo die angelehnte Tür mit dem Finger in der Wunde rührt: Das ist keine Tür, für die er einen Schlüssel hat, nicht mehr. Er klopft.

«Komm rein, ich bin in der Küche.»

Arcadipane zieht im Flur die Schuhe aus, ein Fuß mit dem anderen, so, wie er Giovanni gesagt hatte, dass er es nicht machen sollte, weil die Schuhe davon kaputtgehen. Dann betrachtet er im Garderobenspiegel das Abbild eines fünfundfünfzigjährigen Mannes mit einer zu schweren Jacke, Dreitagebart und blauen Strümpfen, die vorne vom Schweiß dunkel gefärbt sind.

Bis vor drei Jahren hätte er an diesem Punkt mit den Schultern gezuckt, hätte den Schuhschrank geöffnet und die Filzpantoffeln angezogen, die die Kinder ihm zu Weihnachten geschenkt hatten. Anfangs hatte er es nicht gut gefunden, Filzpantoffeln als Weihnachtsgeschenk zu bekommen, noch dazu mit Absatz, doch dann hatte er sie lieb gewonnen. Wo sie wohl abgeblieben waren? Ganz hinten oben im Schrank, wo man nicht hinkommt? Keller? Abfalleimer? Oder in einer der Schachteln, die er nie ausgeräumt hat? Sie waren bequem und außerdem das einzige graue Kleidungsstück mit einer Blume in Relief darauf, das er je besessen hatte, unglaublich, wie die Füße auch im Sommer …

«Vincenzo?»

«Ja, ich komme.»

Mariangela kehrt ihm den Rücken zu und gießt etwas, das gekocht hat, in die Spüle, sie trägt ein ärmelloses Kleid in Knielänge. Eine Dampfwolke umgibt sie wie ein Heiligenschein, ein vulkanischer Nebel, der sich nach und nach auflöst und sich in winzigen Tröpfchen auf ihrer warmen Haut niederschlägt, die aber offenbar nicht warm genug ist. Arcadipane sieht, wie sie sich umdreht und ihn mit dem Lächeln anlächelt, das sie sich in den letzten zwei Jahren zugelegt hat: eine Hecke, die der Nachbar, der sich stets nach deinem Befinden erkundigt, eines Tages anfängt, freundlich am Rand zu bearbeiten, scheinbar mehr aus Gründen der Schönheit denn aus der Notwendigkeit, Grenzen zu ziehen, aber unterdessen …

«Was für ein verrückter März», sagt sie und fährt sich mit dem Handrücken über die Stirn. «Heute hatte es in der Klasse dreißig Grad.»

Arcadipane schaut auf die Sehne, die die Kathete zu ihrer nackten Achselhöhle bildet. Wenige Zentimeter völlig harmlosen Fleisches für den, der nicht weiß, dass diese Linie zwei Fingerbreit weiter unten ansteigt und, verdeckt vom Kleid, in den Brustansatz übergeht. Arcadipane hingegen weiß das. Deswegen bemerkt er nicht, dass sie die Spitzen nachgeschnitten hat, eine dunklere Tönung verwendet hat, Amerikanisch Mahagoni, und nur einen Ohrring trägt, der andere ist im Pullover hängen geblieben, den sie im Schlafzimmer ausgezogen hat, um bequemer kochen zu können.

«Ja, schrecklich heiß», sagt er und nickt, während er den Umschlag vom Zwölften des Monats aus der Jacke zieht und auf den Küchentisch legt.

Mariangela macht die übliche Geste, die «danke» besagt, pünktlich und zuverlässig, aber auch, warum kannst du dich nicht entschließen, einen Dauerauftrag einzurichten, wie alle, wenigstens hast du einen Beleg für die Überweisung, das ist in deinem eigenen Interesse. Im Übrigen brauchst du nicht den Umschlag als Vorwand, um vorbeizukommen, ein Anruf genügt, und du bist immer willkommen, das weißt du. Weiß ich das? Sicher weißt du das. Und warum muss ich dann anrufen? Aus einer Art von Respekt. Respekt? Sicher, Respekt vor der Privatsphäre. Ist gut, aber vielleicht komme ich lieber am Zwölften des Monats vorbei, ohne anzurufen. Wie du willst, du bist am Zwölften so willkommen wie an jedem anderen Tag. Allerdings musst du anrufen. Ja, wenn nicht der Zwölfte ist, rufst du besser an. Aus Respekt vor der Privatsphäre. Ja, aus Respekt vor der Privatsphäre …

«Vincenzo? Woran denkst du?»

«Nichts, da ist dieser Fall … Es ist spät geworden. Trepet?»

«Der Kleine! Wären da nicht die festlichen Begrüßungen,

wenn wir heimkommen, und ein paar herumliegende Haare, könnte ich glatt vergessen, dass er da ist.»

Arcadipane sieht den Hund an, der auf seinem Kissen liegt und, den Kopf zwischen den Beinen und den hinteren Beinstumpf zur Decke gestreckt, seinen schwarzen Hoden leckt. Im Alter hat er ein paar Kilo zugelegt, und das Fell ist aschgrau geworden, abgesehen von der weißen Blesse eines alten Provinzgigolos könnte er bei schlechter Beleuchtung wie ein Klumpen trockenen Teers erscheinen, ein gusseiserner Ofen, der Motor eines Fiat Seicento oder irgendeine andere graue und schwere Sache, die man keine Lust hat hochzuheben.

«Also begrüßt er euch festlich?», fragt Arcadipane.

«Und ob!» Mariangela hat die Bohnen in eine Schüssel gefüllt. «Loredana sagt, er hört mich schon beim Aufzug. Aber hast du nicht gesagt, er sei halb taub? Wie alt ist er jetzt?»

Arcadipane sieht den Hund an, der nun zur Behandlung des anderen Hodens, des weißen, übergegangen ist.

«Im Hundezwinger sagten sie, er sei zehn … fünf sind vergangen … Und das Kissen?»

«Was ist mit dem Kissen?»

«Zerfetzt er es nicht?»

«Wo denkst du hin! Wenn ich es wasche, platziert er sich vor der Waschmaschine wie Romeo unter dem Balkon. Er gibt es nur frei, wenn Loredana schlafen geht und er sich auf ihr Bett legt.»

Arcadipane mustert noch immer den Hund, der eigentlich seiner sein sollte, als Mariangela die Jalousie an der Tür zum Balkon hochzieht und die Küche vom scheidenden Licht des Spätnachmittags durchflutet wird. Ein Lichtstrahl, der plötzlich die Schlafcouch orange färbt, auf der die Verwandten geschlafen haben, als sie wegen des Besuchs bei einem Facharzt in den Norden kamen, die Stühle mit Strohgeflecht, das die Katze einer Kollegin von Mariangela zerrissen hat, und die Möbel, die sie zur Hochzeit geschenkt bekommen haben, solide Stücke, die Verzierungen in Handarbeit, Holz, das noch wirklich Holz ist, so wechselt man sie nie aus und so lebt man halt mit der Schranktür, die nicht schließt, den Tesaspuren, die die Kinder hinterlassen haben, und diesem pyramidenförmigen Flaschenkorb, den du nie benutzt hast, den …

«Vincenzo?»

«Ja, ich habe mich gefragt, wie Loredanas Prüfung gelaufen ist.»

«Welche Prüfung?»

Arcadipane hebt beide Hände, wie um zu sagen, ist doch klar, oder auch, was zum Teufel weiß denn ich, welche Prüfung: Das ersterbende Licht bürstet meinen Magen von innen mit einer Drahtbürste, siehst du das nicht?

«Die in romanistischer», brummt er, «Propädeutik. Vielleicht warte ich auf sie, so frage ich sie selbst, was meinst du?»

«Mir ist es recht, aber heute Abend ist sie beim Sport.»

«Ah, macht sie auch Sport?»

«Dienstag und Donnerstag Pilates, Mittwoch und Freitag Spinning, du weißt ja, sie bildet sich ein, zu dick zu sein. Seit sechs Monaten lege ich die Quittungen für das Fitnessstudio zu den Ausgaben», und sie weist auf den Briefumschlag am Tischrand, «ich dachte, du hättest es bemerkt.»

Arcadipane hat noch immer die Arme erhoben, die Handinnenflächen nach oben: Was das Leben mir bringt, ich nehme es an, mit entblößter Brust trotze ich dem Sturm. Mariangela lächelt wieder auf besagte Weise und beginnt, den Feta-Käse in Würfel zu schneiden.

«Das sage ich nicht, um dich zu trösten», sagt sie, um ihn zu trösten, «aber ich sehe sie auch wenig in letzter Zeit. Sie hat die Universität, das Fitnessstudio, Freunde, und wenn sie zu Hause ist, schließt sie sich in ihrem Zimmer ein, um zu lernen. Giovanni ruft mich wenigstens ein paar Mal die Woche an, so nagle ich ihn fest und bringe ihn zum Reden. Hast du ihn noch mal bei einem Spiel gesehen? Ich glaube, das würde ihn freuen. Carpi ist schließlich nicht so weit weg.»

Arcadipane steckt die Hände in die Taschen und schaukelt auf dem Stuhl vor und zurück auf der Suche nach einer Antwort. Zum ersten Meisterschaftsspiel ist er hingegangen, vor sechs Monaten, dann haben sie eine Pizza gegessen, auch wenn er nach dem Spiel mit der Mannschaft zu Abend hätte essen müssen, zur Stärkung des Teamgeists, aber an diesem Abend hat er eine Ausnahme gemacht. Ja, er schien glücklich. Warum ist er dann nicht wiedergekommen, um seinen Sohn spielen zu sehen? Warum weiß er nicht, dass Loredana Spinning macht und erinnert sich nicht an ihre Prüfungen? Was hat er sonst zu tun, außer zu arbeiten und sich an diese Dinge zu erinnern? Wo bleiben die Stunden, die er nicht mit seinen Fällen zubringt? Er müsste in der Stadt Plakate anbringen mit seinem Konterfei und der Aufschrift «Vermisst». Vielleicht ruft jemand an und sagt, dass er an dem und dem Abend dort und dort war, dass sie das und das gemacht haben und er mit jemand anderem geredet hat. Und dieser verdammte Stachel am Mageneingang, der ihn bei jedem Schlucken quält, ein Zoll, ein Wechsel, ein Durchgang, die Lakritzbonbons sind auch aus, und den Säureblocker hat er zu Hause. Zu Hause? Ist das ein Zuhause?

«Ich gehe einen Moment ins Bad», sagt er, «wenn du nichts dagegen hast.»

Mariangela, die den Feta unter den Bohnensalat gemischt hat, sagt: «Na klar, es ist ein bisschen unaufgeräumt, ich muss die Wäsche machen, erschrick nicht.» Und so betritt er das Bad und setzt sich auf die Kloschüssel, ohne den Deckel hochzuklappen, nur um Luft zu schöpfen, auf den Magen zu drücken, das Fenster mit den Milchglasscheiben aufzumachen und das Panorama zu betrachten, das er auswendig kennt: Mietskasernen mit Fliesen und Rohziegel, unansehnlich, mit illegalen Veranden, hässlich von Anfang an und mit jedem Anstrich schlimmer, aber wenigstens etwas, das sich nicht ändert, das bleibt, das Viertel, in dem er aufgewachsen ist. Wie oft ist er auf diesem Klo gesessen und hat diese Fassaden angesehen, nachts, frühmorgens, unter verschiedener Beleuchtung und bei unterschiedlichem Regen. Wohin sind all die Jahre mit wenig Geld, kleinen Kindern und drückenden Sorgen? Jetzt, da es ihn geradezu wehmütig stimmt, den Kredit abbezahlt zu haben, jetzt, da er gerne ein paar Raten zahlen würde, nur um sich besser zu fühlen. Wenn er wenigstens weinen könnte wie vor fünf Jahren, da hat er geweint. Jetzt weint er nicht. Er weint nicht einmal, wenn er daran denkt, wie er, ein pummeliges Kind aus dem Süden, den Freunden auf dem Pausenhof sagte, dass ihm Juventus Turin wirklich gestohlen bleiben könne und dass er Fußball überhaupt nicht so mochte. Auch beim Gedanken an dieses Hotel in Andora mit der ersten Freundin weint er nicht. Auch nicht, wenn er an diesen Abend denkt: «Vincenzo, setz dich, wir müssen reden». Deswegen hat er Magenweh und staut sich alles in ihm, und seine Arbeit ist keine, die zur Entspannung beiträgt. Deshalb und aus anderen Gründen, die er nicht intelligent genug ist zu benennen, schließt er das Fenster, steht vom Klo auf, geht zu dem Schränkchen und sucht den Säureblocker, der früher einmal hier war, über den Binden und unter den Schmerzmitteln, und da sieht er ihn.

Den scheiß Rasierpinsel.

Als er in die Küche zurückkommt, ist das orangefarbene Licht erloschen, und die Möbel sehen ganz anders aus. Mariangela schließt den Kühlschrank, schaut ihn an, sieht die Blässe, das Zittern des linken Augenlids und begreift.

«Setz dich einen Moment, Vincenzo.»

Er schaut ein paar Sekunden auf den Teil der Wand, wo bis vor einem Jahr das große Puzzle aus zehntausend Teilen der Insel Stresa gehangen war, gerahmt nach unzähligen Abenden der schläfrigen Grabungsarbeiten mit den Kindern, die dich nicht wegließen, auch nicht im Tausch für Comics oder im Haus zu zündende Knallfrösche. Jetzt hängt an der Stelle des Puzzles ein abstraktes Bild, viele Linien, die nirgendwohin führen, wie das Bewegungsprofil von einem, der sich in einem Einkaufszentrum verlaufen hat. Er setzt sich.

Auch Mariangela setzt sich, ans andere Ende des Tisches. Zwischen ihnen der gelbe Umschlag.

«Ich habe dir gesagt, dass ich nicht die Absicht habe zusammenzuziehen, solange Loredana im Haus ist, und das kann ich dir bestätigen. Ich verspüre nicht die Notwendigkeit. Aber Gian Pietro ist dieses Jahr stellvertretender Leiter, es kommt vor, dass es abends spät wird und er am nächsten Morgen bei Öffnung der Schule präsent sein muss. Das ist alles.»

Arcadipane sieht sie an und fragt sich, wie sie das kapiert hat. Eine Frage, die nicht lange vorhält, weil er die Antwort seit jeher weiß: weil sie eine geistesgegenwärtige Frau ist. Sie war es in den Jahren ihres gemeinsamen Lebens, sie ist es den Kindern gegenüber, sie ist es gegenüber ihren Schülern. Deshalb kennt sie ihn, Loredana und Giovanni wie ihre Westentasche. Deshalb kennt sie ihre Schüler und weiß mit ihnen umzugehen. Weil sie präsent ist. Mariangela Spataro? Presente. Immer. Und er nicht.

«Vincenzo?»

«Hm?»

«Es gefällt mir nicht, dich so zu sehen.»

«So wie?»

«Zwei Jahre sind vergangen, seitdem wir diese Entscheidung getroffen haben, du solltest weiterleben, dir Gesellschaft suchen, auch nur, um mit jemandem zu reden. Wie lang ist es her, seit du dich mit jemandem unterhalten hast? Warum trinkst du nicht ein Gläschen mit Corso?»

«Corso ist Alkoholiker, er trinkt nicht.»

«Du weißt, was ich meine. Warum besuchst du ihn nicht? Es ist nicht gesagt, dass ihr immer über Beweisstücke, Motive und Befunde der Spurensicherung reden müsst. Ihr wart nicht nur Kollegen, ihr wart Freunde.»

Arcadipane brummt etwas, aber in Wirklichkeit tut er so, als würde er ein Lakritzbonbon kauen, denn das bräuchte er jetzt. Vielleicht, weil sie einen Schlaganfall befürchtet, rückt Mariangela an ihn heran und nimmt seine Hand.

«Auch für mich war es schwierig, Vincenzo. In gewisser Weise ist es das immer noch. Aber da sind die Kinder, auch wenn sie groß sind, da ist die Arbeit, die Menschen rundherum. Auch du bist nicht allein, du hast eine schwierige Arbeit, die du liebst, und die Kinder sind auch für dich da.»

«Ich habe aber keinen Gianpiero.»

«Gian Pietro … und du bist ungerecht, wenn du das sagst. Als wir unsere Entscheidung trafen, war er nur ein guter Freund, erst nachher ist da etwas entstanden.»

«Du sagst immer wieder ‹wir haben eine Entscheidung getroffen›, aber ich habe überhaupt nichts entschieden.»

«Du hast das nicht in dem Moment entschieden, aber du hattest das schon entschieden, viel früher. Aber vielleicht hast du recht, keiner von beiden hat es entschieden, ein Feuer beschließt nicht auszugehen …», sie lässt seine Hand los, lächelt und lehnt sich gegen die Rückenlehne. «Siehst du, du machst, dass ich mich anhöre wie ein Schlager aus den Sechzigern. Warum gehst du nicht wieder zu dieser Therapeutin, die dir vor fünf Jahren geholfen hat? Sie hat ganze Arbeit geleistet, es ging dir besser, du fühltest dich leichter.»

«Um sechshundert Euro, und sie war verrückt. Ich will nichts mehr mit ihr zu tun haben.»

«Nun, vielleicht hatte sie etwas unorthodoxe Methoden, aber …»

«Sie war verrückt. Eher lass ich mir eine Magen- und Darmspiegelung gleichzeitig machen.»

Mariangela schüttelt den Kopf, öffnet ein Schränkchen und holt eine bunte Metalldose hervor.

«Das sind chinesische Heilkräuter», sie stellt die Dose vor ihn hin, «sie dienen zur Entspannung der Magenmuskulatur, zum Abbau der Verspannungen in der Abdominal- und Lumbalmuskulatur und zur Lockerung der Halswirbelsäule. Es ist, als würde man einen Schlüssel umdrehen und das Band, das deinen Körper von Kopf bis Fuß durchzieht, gibt nach. Du nimmst das zweimal täglich mit heißem oder kaltem Wasser. Du wirst sehen, es hilft.»

Arcadipane wiegt die Dose in der Hand, sie ist erstaunlich leicht.

«Ist das legal?»

«Es ist teurer als gewisse Drogen, aber es ist legal. Mir hat es sehr geholfen, ab und zu trinke ich noch eine Tasse davon.»

Arcadipane dreht die Schachtel in den Händen: getrocknete Blätter stoßen raschelnd gegen das Blech.

«Hat Gianpiero dir das gegeben?»

«Gian Pietro … und es spielt keine Rolle, wer es mir gegeben hat. Ich biete dir etwas an, was mir gutgetan hat. Ich sage nicht, dass es das Problem lösen wird, aber bevor du weiterhin diese Bonbons voller Zucker lutschst …»

«Okay, danke. Ich geh jetzt, im Präsidium wartet jemand auf mich.»

«Ist es wegen der Frau in der U-Bahn?»

«Deswegen.»

«Habt ihr ihn gefasst?»

Arcadipane macht eine vage Geste mit der Hand, dann stehen sie gleichzeitig auf, sie begleitet ihn zur Tür, er zieht die Schuhe wieder an, sie gibt ihm Trepets Leine, die er nicht benutzt, eine Tüte Pedigree, die er ihm nicht geben wird, dann ist der Moment da: ein Kuss auf die Wange? Zu intim. Ein Kuss auf jede Wange? Zu verwandtschaftlich. Überhaupt kein Kuss? Kälte. Gewöhnlich löst sie die Situation, indem sie etwas sagt.

«Übrigens war die Prüfung in Philosophischer Propädeutik letzten Monat, Loredana hat mit Auszeichnung bestanden. Und in vierzehn Tagen hat sie Romanische Philologie.»

«Sie ist immer noch tüchtig», sagt er, schon vor der Tür.

«Ja, sehr tüchtig», sagt sie lächelnd und hebt die Hand. Er tut desgleichen von der Aufzugtür aus, und die Situation löst sich, nicht unangenehm, nicht hässlich, nicht plump. Ihr Verdienst, wie immer.

Als sich der Aufzug in Bewegung setzt, atmet Arcadipane zweimal tief durch, holt das Handy aus der Tasche und schreibt, bevor er es vergisst: «Kompliment für die Auszeichnung in Philologischer Propädeutik und alles Gute für die kommende Prüfung in Philologie des Romans.»

Im Erdgeschoss ist die Antwort da: «Danke, Papi, nett von dir, dass du daran gedacht hast. Ausgerechnet am 12.! Hahaha!»

Arcadipane tritt auf die Straße hinaus, wo der Sonnenuntergang in der Luft nur eine Schwingung zurückgelassen hat, die Spur von etwas, das vor Zeiten einmal schön war. Es ist noch nicht dunkel und doch in gewisser Weise schon Nacht, und die Geschäfte lassen die Rollläden herunter, und die Straßenlaternen gehen an, das Viertel holt die Ruder ein.

Arcadipane macht nachdenklich ein paar Schritte und grübelt über dieses «Hahaha» nach, dann dreht er sich um.

«Von wegen festliche Begrüßung!»

Trepet, der im gewohnten Abstand von zwei Metern ebenfalls stehengeblieben ist, schenkt ihm den gelangweilten Blick von jemand, der dich kennt und nicht kennt, dann wendet er sich dem Schaufenster der Chinesischen Massage zu, in dem unentwegt die Leuchtschrift «Open» blinkt.

Bastard, denkt Arcadipane während er sich wieder in Bewegung setzt.

Sie kommen an der geschlossenen Schneiderei vorbei, dem leeren Außenbereich von Tonino, an der Umrisszeichnung der Gemeindearbeiter, die das gewaltsame Ende des Pissoirs bescheinigt, bis Arcadipane, schon in Sichtweite seines Alfa 33 Quadrifoglio, seinen Blick den großen Schaufenstern des Autosalons zuwendet und sein und Trepets Spiegelbild in ihrem aufeinander abgestimmten und schwankenden, proportional so ähnlichen Gang erblickt. Da verspürt er einen bösartigen, tiefen Stich im Magen. Zusammengekrümmt vor Schmerz schaut er auf die Uhr: zwei Minuten vor sieben.

Als er das Lebensmittelgeschäft betritt, Trepet hechelnd hinter ihm, ist es sieben Uhr drei Minuten. Elsa wickelt die sechs Stücke Käse aus der Theke in Plastikfolie. Der unnatürlich gelbe Fontina hat an der Seite einen Riss, ein Mund, der zu rufen scheint: «Nein, da hinein will ich nicht!»

Das macht keinen Unterschied. Elsa ist seit 1993 taub.

Geld hatte sie für die Zähne oder die Prothese. Im Verkauf muss man ansehnlich sein.

4.

Es ist zehn nach elf, als er aus dem Vernehmungsraum kommt.

Nach drei Stunden Schmoren und dieser zweiten Runde hatte er sich mehr erhofft, doch der Junge rückt von seiner Version nicht ab: Er gibt die U-Bahn-Fahrt zu, erkennt sich auf der Videoaufnahme, aber was die Frau angeht, ist es immer dieselbe Leier. «Ich kenne sie nicht, ich war's nicht, was verdammt noch mal wollt ihr von mir.»

Die einzigen Fortschritte gegenüber dem Nachmittag sind ein Selfie, das Apostolo in der U-Bahn gemacht und der Verlobten geschickt haben will, und ein Anruf von ihr, den er angibt, auf dem Heimweg auf der Höhe des Supermarkts im Corso Vercelli empfangen zu haben, also gegen Viertel nach elf, wenn er wirklich zu Fuß unterwegs war. Die genaue Uhrzeit hängt natürlich davon ab, wie schnell der Kerl gegangen ist. Die Anruflisten werden ergeben, ob das stimmt, aber den Zeugen zufolge hat der Angriff auf die Mendes gegen zweiundzwanzig Uhr fünfzig stattgefunden, also deckt ihn der Anruf des Mädchens, wenn es ihn denn gegeben hat, wie ein Stück Konfetti den Arsch.

Arcadipane geht auf die Toilette im Zwischengeschoss, tritt an eines der drei Urinale an der Wand und verrichtet. Als er sich umdreht, sieht er Pedrelli am Waschbecken, der den Inhalt eines Tütchens in einen ausziehbaren Becher schüttet, den er eben gefüllt hat.

«Wollen Sie eins?»

«Was ist das?»

«Säureblocker.»

Arcadipane schüttelt den Kopf, tritt an das andere Waschbecken und wirft sich ein wenig Wasser ins Gesicht. Es kommt ihm so vor, als wäre er hundert Jahre auf den Beinen.

«Wenn Sie mich nicht mehr brauchen …», sagt Pedrelli und schiebt den Becher wieder zusammen.

«Geh nur, geh. Um wie viel Uhr hast du den anderen gesagt, dass sie morgen früh kommen sollen?»

«Um halb sieben, dann gehen wir das Mädchen holen.»

Arcadipane nickt, trocknet sich ab und wirft das Papiertuch in den Korb.

«Kein Trara. Das ist ein besseres Viertel, und ich will keine Anwälte bei der Sache. Wir bringen sie hierher, hören sie an, und wenn nichts Schwerwiegendes dabei ist, schicken wir sie wieder nach Hause. Wenn nötig, bringen wir sie hin oder schauen uns ihr Zimmer an, okay?»

«Gewiss, Commissario.»

«Geh jetzt, du hast dich kaum hingelegt, da musstest du schon wieder raus.»

«Sie auch, Commissario, schlafen Sie, Sie kommen mir ein bisschen …». Pedrelli nimmt noch ein Papiertuch und trocknet sich die schon trockenen Hände ab. Dabei sieht er teils auf das Tuch, teils auf Arcadipane.

«Es ist spät, Pedrelli, wenn es noch was gibt, raus damit.»

«Das sind ja Privatangelegenheiten, Commissario, ich würde mir nicht erlauben, wenn ich nicht nach so vielen Jahren … Ich sage ja nicht eine Freundschaft wie mit Bramard, aber doch eine Bekanntschaft, ein Austausch, ein …»

«Pedrelli, ich zieh mir schon den Pyjama an.»

«Ich habe bemerkt, dass Sie während des Verhörs viele gegessen haben …», und er weist auf die prall mit Bonbons gefüllte Tasche in Arcadipanes Jacke, «woraus ich geschlossen habe, dass Sie wieder angefangen haben.»

«Als Schlussfolgerung taugt das nicht viel, würde ich sagen, da ich nie aufgehört habe.»

«Das stimmt, aber die Menge.»
«Die Menge.»
«Dreiundzwanzig in zwei Stunden, wie vor fünf Jahren, vielleicht ist das nicht der richtige Zeitpunkt, Sie haben Sorgen. Da braucht man sich nicht zu schämen, auch ich …»
«Ja, ich erinnere mich, deine Tochter Nicoletta machte mitten im Studium mit einem sechzigjährigen Eis-Magnaten das vierbeinige Tier, du konntest nachts nicht schlafen, du hast einen Psychologen aufgesucht, und alles ist wunderbar ausgegangen: Deine Tochter hat einen braven Freund gefunden, hat das Studium beendet, und der alte Drecksack ist an Herzinfarkt gestorben. Das Universum ist wieder in Ordnung gekommen, und du bist so eine Art Buddha geworden, der mit anderen Beknackten sonntags in den Wald geht, Bäume umarmt und Hosianna singt, aber wenn du jetzt wieder zu weinen anfangen musst, wie damals, als du mir von deiner Tochter und dem alten Schwein erzählt hast, dann hast du fünf Minuten, keine einzige mehr, denn, ehrlich gesagt, ich halte mich kaum noch auf den Beinen. Ich hör dir zu, los, jetzt sind wir wenigstens nicht in der Trattoria.»
Pedrelli starrt ihn an.
«Er ist nicht an einem Infarkt gestorben.»
«Aber er ist tot, oder?»
«Ja, aber vor zwei Jahren stand in der Zeitung, nach langer, schwerer Krankheit, also gibt es da weder eine Beziehung zu seinem Verhältnis mit Nicoletta noch zu meinem spirituellen Weg.»
Arcadipane holt ein Lakritzbonbon aus der Tasche und legt es sich genüsslich zwischen die Lippen, lässt es gut sichtbar dort liegen, halb drin, halb draußen, bevor er es demonstrativ zerkaut.
«Ich sag dir eins, Pedrelli», und er kaut, «merk dir das.»
«Gewiss, Commissario.»
«Es gibt drei Dinge, die ich seit über zwanzig Jahren um

mich habe: meine Kinder, meinen Alfa und dich. Da liegt es auf der Hand, dass ich, wenn ich diese anderen Dinge liebe, unglaublicherweise auch für dich etwas fühlen muss, aber pass auf … wenn du dich noch einmal unterstehst, die Bonbons zu zählen, die ich bei der Arbeit esse … ich schwör's dir, dann schicke ich dich nachts auf Streife ins Nigerianer-Viertel, Wochenende und Feiertag inklusive, ist das klar?»

«Gewiss, Commissario, Hauptsache, Sie haben meine Besorgnis verstanden. Sie werden sich schon zu helfen wissen.»

«Sicher weiß ich mir zu helfen. Können wir jetzt bitte schlafen gehen? In fünf Stunden sind wir wieder hier.»

«Einverstanden, Commissario, aber ich glaube, ich werde mir im Fernsehen den Sonderbericht über das Konklave ansehen.»

Arcadipane schaut ihn an.

«Es wird ein neuer Papst gewählt», erklärt Pedrelli.

«Wieso? Ist der vorherige tot?»

«Nein, er ist zurückgetreten.»

«Ich wusste nicht, dass der Papst zurücktreten kann.»

«Das ist ein äußerst seltenes Ereignis, fast einmalig in der Geschichte. Der aussichtsreichste Kandidat für den Heiligen Stuhl ist scheinbar Angelo Scola, der Erzbischof von Mailand, aber man muss sehen, ob die nordamerikanischen Kardinäle ihm ihre Stimme geben. Und in der römischen Kurie gibt es so viele Neider, das wird auf jeden Fall eine sehr interessante Partie.»

«Ich bin auch schon ganz elektrisiert», Arcadipane stützt sich mit beiden Händen auf das Waschbecken.

«Nacht!»

Pedrelli zieht die Jacke wieder an, die er an die Klinke einer der Türen gehängt hat. Aus irgendeinem merkwürdigen Grund neigen die Piemonteser mit kleinerer Statur dazu, nicht mit Jacke zu pinkeln. Sie hängen sie auf. Wenn du kein Piemontese, aber von kleiner Statur bist, fällt dir das auf.

«Bleiben Sie hier?»

«Ja, Pedrelli, ich schminke mich ab und trage eine Nährcreme auf … abends brauche ich einen Moment nur für mich allein.»

«Also Nacht, Commissario.»

«Nacht.»

Er wartet, dass Pedrellis Schritte sich entfernen, dann begibt er sich zur Tür. Er schaut im Flur nach rechts und links. Leer. Er geht ins Erdgeschoss hinauf und tritt auf den Hof hinaus, gerade rechtzeitig, um Lavezzi und Botta zu sehen, wie sie Apostolo in ein Auto verfrachten, Ziel Gefängnis. Er hat das oft gesehen, doch als Botta seine Hand auf den Kopf des Jungen legt, um ihn beim Einsteigen zu begleiten, eine Geste, die einem Bullen nach zwei Festnahmen so geläufig ist, wie abends das Magazin aus der Pistole zu nehmen, verspürt Arcadipane diese Schwingung, die eine Verlangsamung der Dinge ringsum ist. Eine schwer zu erklärende Sache, denn sobald sie vorüber ist, und das ist eine Frage von Sekunden, ist es bequemer, sich zu sagen, das ist alles bloß Einbildung. Außerdem müsste man, um darüber zu reden, das Wort «Empfindung» verwenden, was immer ein guter Grund ist, es gar nicht erst zu versuchen.

Sobald er in seinem Alfa sitzt, kontrolliert er, ob Trepet keinen Schaden angerichtet hat (er schläft auf dem Rücksitz, aber man weiß ja nie), legt den ersten Gang und ein Lakritzbonbon ein und fährt los.

Die mit Magnet am Armaturenbrett befestigte Quarzuhr zeigt halb eins, es ist Dienstag, die Straßen sind fast verlassen, und es gibt nur einen Ort, wo er hinkann.

Deshalb beginnt er, durchs Zentrum dieser Stadt zu kurven, die er kennt, wie man die eigenen Füße kennt: Du benutzt sie seit eh und je, du kümmerst dich nicht darum, ohne sie wäre es aber verdammt bitter, dann eines Tages, womöglich am Meer, schaust du sie an und erkennst sie fast nicht. Sie sind anders, als du sie in Erinnerung hattest. Na klar, es sind Jahre vergangen, seitdem du sie zuletzt bemerkt hast. So geht es auch mit den Städten, du tummelst dich darin, aber schaust sie nie wirklich an … das denkt Arcadipane, während er fährt und «sich bewusst wird», wie Pedrelli sagen würde, bewusst der Straßen und Parks, der neuen Gebäude und der Orte, die immer irgendetwas waren, ohne dass er je wusste, was. Der Fußballplatz beim Gericht, wo Giovanni seine Lehrjahre absolviert hat, all die Male, die er ihn als kleinen Jungen hingebracht hat, die er sich auf den eisigen Betonbänken den Hintern platt saß, die Spiele sonntagmorgens um neun im Nebel, weil danach die Großen spielen müssen, die im Stehen beim Kebabstand verzehrten Pizzen, weil Giovanni als Heranwachsender um zehn Uhr abends zu großen Hunger hatte, um bis nach Hause durchzuhalten, und er musste ins Präsidium zurück oder eine Leiche begutachten. Eine halbe Stunde Kauen und Gegrunze, «Schmeckt deine?» und «Heute in der Schule?» und «Ist heute jemand umgebracht worden?» und «Du weißt, dass ich nicht reden darf, außerdem essen wir gerade» und «Gegen wen spielt ihr am Sonntag?» und «Sie haben einen sehr starken Mittelfeldspieler, es sieht so aus, als müsste ich ihn decken». So viele halbe Stunden, die zusammengenommen Tage und Monate ergeben würden, wie Steine der Chinesischen Mauer. Hoffen wir, dass sie zu etwas gut sind, denkt Arcadipane, nicht wie die Chinesische Mauer, die letztendlich zu gar nichts gut war.

Unterdessen kreuzt er die Allee, die zu Loredanas Gymnasium führt, die Jahre mit Pickeln und wie sie verdecken, mit dem Busen, wie ihn verstecken und dann betonen, mit dem «Weniger als ‹gut› geht gar nicht» und dem «Ich will einen Hund» und dem «Steckt eure Nase nicht in meine Angelegenheiten» und dem «Ich bin euch doch sowieso egal».

Wenn Turin leer ist und man fahren kann, kommt man im Handumdrehen von einem Lebensabschnitt zum nächsten. Wie die Jahresringe bei einem Baumstumpf. Es braucht viele

Jahre, um sie zu bilden, doch sind sie erst einmal da, gelangt man mit dem Finger in wenigen Zentimetern vom Mittelpunkt zu den äußersten Ringen. Und so findet er sich im Barriera-Viertel wieder, wo fast alles geschehen ist, was Bramard zu dem Mann gemacht hat, der er geworden ist, abgesehen von den Hügeln, wo er geboren und wer weiß wie aufgewachsen ist, und diesen beschissenen Bergen, in denen er jahrelang, freilich ohne großen Erfolg, versucht hat, sich umzubringen. Commissario Bramard, der ihn in den zahllosen Stunden gemeinsamen Dienstes geprägt hat. Bramard, dessen Hirn arbeiten zu sehen eine Sensation war. Bramard der Schweigsame, Bramard der Hochmütige, Bramard, den die Kollegen nicht verstanden, Bramard, der perfekt lesen konnte, wo andere nicht einmal eine Schrift sahen, Bramard mit seinem Spleen von den Hunden als Spiegelbild des Menschen. Bramard, der Frau und Tochter verliert, Bramard, der dem einzigen Mörder nachstellt, den er nicht schnappen kann, Bramard im Unglück, Bramard, den man in der üblichen Bar antreffen kann, Bramard, der nicht mehr Polizist sein kann und ihm sein Büro abtritt, den Schreibtischstuhl, die Last, die Ehre und den Horror. Bramard, der Freund, Bramard, das Geheimnis.

Der Alfa macht vor *Pieter Moderno* halt, früher Bramards Lokal und jetzt seins: Es ist die ganze Nacht offen und gleicht doch in nichts den Lokalen, die die ganze Nacht offen haben. Keine Dealer, politischen Fantasten, Möchtegernkünstler, Junkies, Betrunkene oder Menschen ohne ein Dach überm Kopf. Keine Männer auf der Jagd nach einer Möse oder Hure. Nur Männer und Frauen, die jeder für sich hier saßen. Deshalb war es still hier: Die Leute kamen nicht, um zu reden oder abzuschleppen, und im Grunde auch nicht, um zu trinken, sondern nur, um traurig zu sein und alles, was dazugehört, ohne Mitleid.

Arcadipane steigt aus dem Auto. Er öffnet die hintere Tür. Trepet hebt ein Augenlid.

«Das abendliche Gassigehen findet heute auswärts statt.»

Trepet streckt das verstümmelte Bein, rutscht vor an den Rand des Sitzes und wartet. Arcadipane nimmt ihn unter den Arm und setzt ihn am Boden ab, wo der Hund hochmütig, um seine Scham zu überspielen, auf zwei Mülltonnen zuläuft.

Arcadipane zündet sich eine Zigarette an und betrachtet den Eingang zum Lokal, die kleine Metalltür ist noch unverändert, das Guckloch des Nachtklubs ebenso. Er hebt den Blick zu dem großen Schild, das jetzt über dem Eingang prangt und in großen und naiven Lettern besagt: *Churrascaria Rio Grande* und zu dem Täfelchen an der Seite: «Sperrstunde 0.30 Uhr».

Er seufzt und steckt die Hand ohne Zigarette in die Tasche, wo er etwas Unbekanntes, Metallisches fühlt. Er zieht es heraus. Die chinesische Dose, die ihm Mariangela gegeben hat. Leicht, gefällig, schön. Er hält sie in der Hand, während vom Gehsteig der Geruch aufsteigt, den nur das Pflaster in der Peripherie verströmt. Traurigkeit, Hoffnungen, große Dramen und ein wenig Glück, das sich als Keil dazwischenschiebt.

Arcadipane hebt den Deckel der Mülltonne hoch und wirft Gianpieros chinesische Dose mit all ihren Verheißungen für Wohlbefinden hinein.

Als er die Wohnung betritt, ist alles still, er hat Durst, vorsichtig geht er durch den Flur zur Küche, um sich eine Flasche Idrolitina zu bereiten und mit ins Zimmer zu nehmen, das fördert die Verdauung. Was zum Teufel soll er verdauen? Er hat nicht zu Abend gegessen!

Er macht das Licht an, und die runde Neonlampe im Esszimmer beleuchtet den dunklen Barocktisch mit ausgebreitetem kariertem Tischset, einem abgedeckten Teller und Messer und Gabel über Kreuz darauf.

Vorsichtig nähert sich Arcadipane, versucht, keinen Lärm zu machen. Er hebt den Teller auf und sieht die üblichen Rigatoni mit Hackfleischsoße und Butter. Er schaut auf die Wanduhr samt Barometer und Thermometer: fast zwei. Wenn man bedenkt, dass Germana um halb zehn schlafen geht, stehen die Rigatoni seit fünf Stunden dort, was erklärt, warum die Butter hart geworden ist und ein Spinnengewebe aus Quarzkristallen gebildet hat.

Arcadipane fragt sich, ob das der rechte Tag ist, der Frau Kummer zu bereiten, die viele Fehler haben mag, aber in seinem Leben die Einzige ist, die sich sorgt, ob er gegessen hat, ihm das Bett mit Laken aus der eigenen Aussteuer bezieht, sie wäscht und bügelt, die ihm die Pantoffeln so hinstellt, dass sie in Richtung Bad zeigen, wo sie das Schränkchen, das dem Ehemann gehörte, leer geräumt hat, Brillantine und ein altes Kölnischwasser darin zurücklassend, das alles für zweihundertfünfzig Euro im Monat, inklusive Frühstück und Abendessen bei Bedarf.

Resigniert setzt er sich an den Tisch und probiert einen Rigatone. Wie auf Bitumen zu beißen. Er kostet einen weiteren, um den Eindruck zu überwinden. Thermoisolierschicht für Kabel.

Er wendet sich zum Flur, der dunkel und still ist und aus dem das quadratische Gesicht Trepets auftaucht, auch er ohne Abendessen. Der Hund ahnt etwas, weicht einen Schritt zurück und lässt ein Winseln hören.

«Komm», sagte Arcadipane und senkt den Teller, um ihm Appetit zu machen.

Der Hund ist unsicher, kommt aber näher. Der Teller steht am Boden, er schnuppert daran, dann entschließt er sich und nimmt eine Nudel ins Maul. Er kaut vorsichtig. Er senkt den Kopf, um einen zweiten Bissen zu nehmen, aber aus dem Flur kommt das Geräusch einer Tür.

Rasch beugt Arcadipane sich hinunter, nimmt den Teller und stellt ihn wieder auf den Tisch.

Die Schritte kommen langsam näher, entschieden, bis auf der Schwelle Germana erscheint, im Morgenrock, das Haar mit einem Netz zusammengehalten, um die Dauerwelle zu schonen, bei dem, was sie kostet.

Arcadipane betrachtet sie, und es ist, als sähe er sie als Mädchen unter dem Faschismus vor sich, als junge Frau im Krieg, verheiratet mitten im wirtschaftlichen Aufschwung des Marshallplans mit einem Busfahrer der städtischen Verkehrsbetriebe, auch er Piemontese, aber die Mutter aus Venetien, keine Kinder, gerade als das Wirtschaftswunder allen erlaubte, welche zu haben, vielleicht aufgrund seiner oder ihrer Unfähigkeit, aber besser, man wusste das nicht so genau, dann früh verwitwet, er dahingerafft von einer bösartigen Krankheit, aber sich wiederverheiraten … um Himmels willen, im Übrigen besteht keine Notwendigkeit, die Wohnung gehört ihr und ist groß, die Rente ist auskömmlich, nur ein paar kleinere Arbeiten: auf die Kinder von Bekannten aufpassen, ein bisschen Putzen, bei großen Anlässen Aushilfe bei der Blumenhändlerin, ohne es zu übertreiben. Eine freundschaftliche Beziehung, als sie noch Signora war, gepflegt und ganz Hauswirtschaft, aber die Sache nahm kein gutes Ende wegen des Gefühls der Unschicklichkeit, das sie verspürte, immer wenn sie gemeinsam auf der Straße gingen, und des uneingestehbaren Gedankens seinerseits, der sich dann als unrealistisch erweisen sollte, Besseres haben zu können, vielleicht eine jüngere Frau, fruchtbar, ein Kind haben, solche Verrücktheiten. Von da war es nur ein kleiner Schritt zum Altwerden und dann auch sehr alt in einer Welt, die sich von Grund auf geändert hatte, außer der Messe um acht Uhr morgens, wo der Priester jetzt Kongolese war, doch aufmerksamer als unsere. So freundet Germana sich mit dem Gedanken an, jemand aufzunehmen, warum soll sie das überflüssige Zimmer nicht vermieten, auch um nicht allein im Haus zu sein, bei dem, was so passiert, aber nur an eine Person mit besten Referenzen und verlässlicher Moral, zahlbar am Ersten des Monats und keine Besuchserlaubnis, auch tagsüber nicht, Anzeige in einer Gratiszeitung, auf die Arcadipane zwei Jahre zuvor antwortet, «Ah, Sie sind bei der Polizei, mein Mann ist auch gern auf die Jagd gegangen, aber ich hatte immer Angst vor Waffen», und da sind sie nun um zwei Uhr nachts, sie im Morgenmantel am Ende des Flurs, er am Barocktisch des Esszimmers, zerstört von einem endlosen Tag. Zwischen ihnen: die Rigatoni.

«Ich habe ein bisschen weniger Butter daran getan, angesichts der Uhrzeit», sagt sie. «Bei Ihnen wird's immer so spät, mit Ihrer Arbeit!»

«Sie sind in Ordnung, danke», sagt Arcadipane und denkt, dass es einen Grund haben muss, warum sie aufgestanden ist. Sei's drum.

«Sagen Sie, Germana.»

«Oh, bei all den schlimmen Sachen, die Sie sehen … Das sind Nichtigkeiten, auch wenn Ungerechtigkeiten immer Ungerechtigkeiten bleiben, nicht wahr?»

«Raus damit.»

«Heute Morgen war ich im *Due per due* einkaufen, da kauf ich jeden Tag ein wenig, weil ich so große Tüten nicht mehr tragen kann, ich schließe die Tür im Erdgeschoss auf und bleibe einen Moment stehen, um zu verschnaufen, und was sehe ich?»

«Was sehen Sie?»

«Der Kassenbon ist nicht mehr in der Tüte», und sie schlägt sich mit der knochigen Hand auf den knochigen Schenkel, das Geräusch von Holz, nur gedämpft vom Flanell des Morgenmantels. «Er wird unterwegs weggeflogen sein, sage ich mir! Ich gehe zurück und finde ihn da auf dem Gehsteig. Das wäre ja noch schöner, dass sie ihn ausgerechnet in dem Moment beiseitefegen, sage ich mir, wo sie doch sonst nie fegen! Ich gehe wieder zurück zum Haus, und als ich dort ankomme, erlebe ich eine schöne Überraschung.»

Die Frau macht eine Pause. Das ist häufig so bei denen, die in die Kirche gehen. Arcadipane weiß das, er hat Dutzende befragt: Bei den Lesungen von der Kanzel herab lernen sie gewisse Pausen, zum Beispiel, als Christus vom Kreuz auf seine Peiniger herabsieht und … Pause. Oder Maria die Verkündigung des Engels empfängt und … Pause. Man sollte ihnen allen dafür zwei Tage Arrest verpassen.

«Die Tüte war nicht mehr da», sagt Arcadipane.

Die Frau versucht, es sich nicht anmerken zu lassen, aber sie ist beleidigt. Man sieht es daran, wie sich die Zehen in ihren Hausschuhen gekräuselt haben. Da wiederholte sie sich ihre Rede nun schon den ganzen Abend … bis zwei Uhr wach liegen und auf die Tür lauschen, in ihrem Alter … und dann die so gut einstudierte Pause, jedenfalls …

«Das war ein ansehnlicher Einkauf», sagt sie, «auch Räucherlachs war dabei, um Ihnen Röllchen mit Philadelphia zu machen. Der Räucherlachs ist nicht eben billig, und das war ein schönes Stück von einem halben Pfund.»

«Und Sie haben niemanden mit der Tüte weggehen sehen, nehme ich an.»

«Keine Menschenseele. Wie verschwunden. Aber ich bin nicht die Erste, der das zustößt.»

«Ach nein?»

«Im Haus sind auch schon andere Dinge weggekommen: Schirme, ein vor der Tür abgestelltes Paar Schuhe, ein Besen, ein Transistorradio, ein Eimer, ein Paar Rollschuhe und so und so viele Postpakete, der Empfänger ist nicht da, und sie stellen sie ab, wie es gerade kommt.»

«Ich nehme an, Sie haben einen Verdacht?»

Germana plustert sich ganz auf vor Empörung, sie ist ja schließlich keine, die jemanden anschwärzt, den ersten Stein wirft … Schlecht von jemandem zu denken ist Sünde, aber man vertut sich nicht … wenn man keine Beweise hat, darf man auch keine Namen nennen … Tatsache ist, dass der Sohn von der aus dem ersten Stock, der mit den Drogenproblemen … Null Arbeit … Die Mutter «schafft an» … jemand anderer als er kann es nicht sein … Wenn es Ihnen keine Mühe macht, so zwischendurch. Sie haben einen Blick für solche Dinge. Sie sind vom Fach …

«Ist gut, ich werde das überprüfen.»

«Danke, Sie sind ein Mann der alten Schule, von der Freundlichkeit her, will ich sagen, vom Entgegenkommen. Jetzt lasse ich Sie in Ruhe essen, wie spät es schon ist!»

Arcadipane nickt, um zu sagen, ist gut, gute Nacht, aber nichts da: Sie schaut ihn an. Erst ihn, dann den Teller. Ihn und den Teller.

Arcadipane sieht auf die Uhr: zehn nach zwei. Trepet liegt bei seinen Füßen und mustert ihn schielend, eine Lefze zu einer höhnischen Grimasse hochgezogen.

«Bastard», denkt er.

Er senkt den Kopf, schiebt eine Nudel in den Mund und kaut.

Die Alte ist zufrieden, wünscht gute Nacht und geht schlurfend zu ihrem anderthalb Meter breiten Bett, Matratze aus Wolle wie früher. Von Federkernmatratzen bekommt man Osteoporose.

5.

« … Bestätigen wir die Festnahme des jungen Mannes aufgrund von schwerwiegenden Indizien», las Lui, daraufhin dachte er nach, dann las er noch einmal und dachte wieder nach, bis ihm dieser Name vertraut war, denn der Plan war groß und jedes noch so unbedeutende Detail kostbar.

Er setzte sich an den Tisch und brachte seine Gedanken zu Papier, wie er es immer getan hatte. Das, was er wusste, und das, was er nicht wusste, in der Hoffnung, dass der Plan sich ihm eines Tages, wenn er dessen würdig war, erschließen würde. Da würde er denen, die im Dunkeln des Planes lebten, sagen können: «Um die Qualität des Wassers zu kennen, muss man zur Quelle gehen. Was ihr nicht verstanden habt, sind Schatten, und ich bin die Morgenröte.»

Dann schob er den Ärmel zurück und ritzte eine neue Linie in den Arm, neben die anderen zwölf, damit jedes Ereignis für Lui festgehalten und von ihm verstanden werde.

Dreizehn Linien hatte er jetzt.

Jedes Mal hatte er gehofft, es sei das letzte Mal, auch diesmal machte er keine Ausnahme.

6.

Arcadipane schlägt die Zeitung zu, die er offen auf seinem Schreibtisch vorgefunden hat, und lässt sich gegen die bewegliche Rückenlehne seines Stuhls fallen.

Es klopft.

«Ja.»

Pedrelli streckt seinen Stecknadelkopf herein.

«Das Mädchen ist unten. Wenn Sie wollen …»

An den Schreibtischen geraten sie wie immer in Bewegung, wenn sie ihn vorbeigehen sehen. Nicht dass sie vorher Däumchen gedreht hätten, aber …

«Alter?»

«Siebzehn.»

«Eltern?»

«Der Vater ist Ingenieur bei der *Alenia*. Die Mutter hat einen Kindergarten hinter der Gran Madre. Sie leben im Crocette-Viertel in einem Eigenheim, eine frei stehende kleine Villa. Er ist im Vorstand des Schwimmvereins, in dem der Sohn aktiv ist. Nichts mit Politik zu tun und keine besonderen Verbindungen. Gesetzte Leute.»

«Ist sie allein gekommen?»

«Der Vater war schon weg, aber die Mutter hat ihn zurückgerufen. Sie haben sie im Wagen hergebracht. Sie sind oben.»

«Anwälte?»

«Nein. Sie haben nicht einmal verlangt, bei der Unterredung dabei zu sein.»

«Schöne Leute?»

Pedrelli neigt den Kopf wie Hunde, wenn sie etwas nicht verstehen.

«Schön oder nicht?», drängt Arcadipane ihn.

«Schön.»

«Schöne Leute, ich hab Geld und scheiß auf dich, oder schön, wir sind doch alle Menschen?»

«Alle Menschen, scheint mir.»

In dem Flur im Halbgeschoss zeigt das Neon Ermüdungserscheinungen. Kein Geräusch, nur Flackern. Sie gehen daran vorbei, ohne darauf zu achten.

«Sonst wer in der Familie?»

«Der Zwillingsbruder des Mädchens und eine neunjährige Schwester. Der Junge kam mir irgendwie … Die Mutter hat ihm geholfen, die Jacke anzuziehen … mit siebzehn Jahren …»

«Irgendwie was? Schwachsinnig?»

«Schwachsinnig ist vielleicht zu viel gesagt.»

«Zurückgeblieben.»

«Sie sagen es, Commissario. Die Kleine war beim Frühstück. Sie haben eine Nachbarin gerufen, um sie zusammen mit dem Großen zur Schule zu begleiten.»

Sie sind an der Tür angekommen. Beide holen tief Luft: Arcadipane, weil er immer schneller geht, als er sollte, und Pedrelli, weil er so geht wie Arcadipane.

«Vergessen wir die vorbildlichen Eltern und den Bruder, der die Zahnstocher zählt», sagt Arcadipane, eine Hand schon auf der Klinke. «Womöglich hat Apostolo alles alleine gemacht, oder womöglich ist er noch dümmer und hat es gemacht, weil sie es ihm gesagt hat, okay?»

Pedrelli neigt den Kopf.

«Was ist, Pedrelli?»

«Die Zahnstocher.»

«Heute Abend leerst du eine Packung auf dem Boden aus und versuchst zu sagen, wie viele es sind, meiner Ansicht nach hast du eine Chance. Kannst du mir folgen?»

«Gewiss, Commissario, ich bin immer hinter ihnen.»

Am Tisch sitzt ein Mädchen, ungeschminkt, die Haare zusammengebunden, wacher Blick, ein T-Shirt unter dem Marken-Parka, die Hände noch ein wenig kindlich. Ein Wesen, das gemacht scheint, der Menschheit Trost und Hoffnung zu bringen.

«Guten Tag», sagt sie.

«Guten Tag», sagt Arcadipane, während er sich setzt und dabei den Stuhl mit einer Umsicht verrückt, die sonst nicht seine Gewohnheit ist. Pedrelli gibt ihm die Akte und bleibt gebückt hinter ihm stehen. Das übliche Schema.

«Wir haben dich früh geweckt, hm?»

Das Mädchen lächelt und schüttelt den Kopf, die Schneidezähne stehen etwas vor, letztendlich sind perfekte Zähne auch nicht schön.

«Ich nehme an, du weißt, warum du hier bist.»

«Ja», sie nickt ruhig. «Als neulich Abend die Filmaufnahme im Fernsehen gebracht wurde, wusste ich gleich, dass ihr Luca suchen würdet. Deshalb habe ich angerufen.»

«Du hast angerufen?»

«Ja, um zu fragen, ob ich nützlich sein könnte.»

«Und wen hast du angerufen?»

«Euch habe ich angerufen, gestern.»

«Uns?»

«Ich habe mit meinen Eltern darüber gesprochen, die haben einen Anwalt zurate gezogen, und der hat gemeint, das sei eine gute Idee. Also habe ich angerufen.»

Arcadipane betrachtet das Mädchen, das seinem Blick ohne jede Herausforderung standhält. Ein schlichter Blick, der dem, was sie gesagt hat, weder etwas nimmt, noch etwas hinzufügt.

«Sicher, dein Anruf. Pedrelli, überprüfen Sie, ob die Aktennotiz oben ist?»

«Oben?»

Arcadipane lässt ihm etwas Zeit zum Verstehen.

«Oben», in seinem Tempo kommt Pedrelli nach, «gewiss, Commissario.»

Die Tür, die der Vize öffnet und schließt, wirbelt in dem Raum den Geruch nach abgestandener Luft und Putzmittel auf. Arcadipane sieht auf die Handgelenke der jungen Frau, den Ring am Finger.

«Bist du schon lang mit Apostolo zusammen?»

«Sechs Monate und elf Tage.»

«Präzise.»

«Ja, Luca ist sehr wichtig für mich. Ich hab ihn gern.»

«Und ihr wart schon vorher Freunde, oder …?»

«Nein, ich kannte ihn nicht, aber als wir uns trafen, haben wir uns sofort zusammengetan.»

«Trafen wo?»

«Sonntagnachmittags fahre ich mit meinem Bruder immer auf dem Fahrrad am Po entlang, wir fahren bis nach San Mauro, und dort essen wir auf der Brücke ein Eis. Er war dort mit seinen Freunden. Sie hatten laute Musik an, Alessandro verträgt keine lauten Geräusche, so habe ich sie gebeten, die Musik leiser zu machen. Die anderen haben gelacht, aber er hat sie leiser gemacht.»

«Das war freundlich von ihm.»

«Luca ist freundlich.»

«Sicher. Und was sagen deine Eltern zu dem freundlichen Luca?»

Sie nickt, die Frage hatte sie erwartet.

«Er ist nicht der Typ junger Mann, den sich Eltern wie meine vorstellen, aber sie vertrauen mir, und in diesen Monaten haben sie ihre Meinung geändert.»

«Bis gestern.»

«Er war so angezogen in der U-Bahn, aber nur wegen einer dummen Wette, die wir uns ausgedacht hatten. Luca könnte nie so etwas Schreckliches tun.»

«Und die beiden Zeugen, die ihn gesehen haben?»

«Ich weiß nicht, da muss es eine andere Erklärung geben.»

Der Ton des Mädchens ist weder aggressiv noch arrogant, nur bestimmt. Arcadipane holt das Päckchen Zigaretten hervor. Er raucht nur noch selten, weil er die Lakritzbonbons hat. Jetzt aber versucht er, die Lakritzbonbons zu vermeiden: Bei einem wie Apostolo können sie angehen, aber bei ihr würde das zu exzentrisch wirken, zu sehr Werbung um Sympathie. Also besser, er raucht.

«Man darf eigentlich nicht», er weist auf das Verbotsschild, «hast du was dagegen?»

Sie würde vielleicht gern ja sagen, aber sie schüttelt den Kopf, es macht nichts. Arcadipane zündet die Zigarette an, dann schlägt er die Aktenmappe auf, blättert darin und verweilt bei dem Foto von dem Polizeibeamten mit der gebrochenen Nase. Er lässt sich Zeit, damit sie es sieht und den Text umgekehrt entziffert.

«Du weißt, dass er Vorstrafen hat.»

«Ja, er hat mir von Anfang an alles gesagt.»

«Alles?»

«Wenn es nicht so ist, nehme ich an, dass ich es in Kürze wissen werde, oder?», sagt sie lächelnd.

Arcadipane raucht mit langen Zügen. Er schafft damit einen Raum, wo ein Zögern Platz finden könnte, ein verzogenes Gesicht, ein abgerissenes Wort, eine unmerkliche Bewegung der Hand. Er lässt ihn lang währen, diesen Raum, aber es fällt rein gar nichts hinein. Das Mädchen rückt sich auf ihrem Stuhl zurecht, ruhig wie Jesus beim letzten Abendmahl.

Die Tür geht auf. Pedrelli bleibt stehen und nimmt seine Position ein. Arcadipane sieht ihn aus den Augenwinkeln an. Pedrelli nickt, der Telefonanruf hat stattgefunden.

«Wir müssen denen da oben Bescheid geben, dass sie ein bisschen mehr Ordnung halten sollen», sagt Arcadipane.

Er blättert in den Akten, Dinge, die er schon weiß, um das, was er platt und direkt fragen muss, etwas aufzublähen, das ist nicht viel, also muss man es schlückchenweise verkosten, sonst ist es gleich alle. Dagegen ist wichtig, dass es dauert, denn die Umgebung tut ihre Wirkung, das Dort-Sein tut seine Wirkung, der unbequeme Stuhl, auch dass derjenige, der dich befragt, teils superinformiert, teils ein Volltrottel scheint. Alles tut seine Wirkung, wenn man es einzusetzen weiß.

«In welche Klasse gehst du?»

«Dritte Gymnasium.»

«Sitzengeblieben?»

«Nein», sagt sie lachend, «das ist die fünfte am Humanistischen Gymnasium.»

Arcadipane hebt den Schuh, drückt die Zigarette aus und legt die Kippe an den Rand des Tisches.

«Stimmt, ich vergesse das immer wieder. Dabei geht meine eigene Tochter … Fangen wir bei der Idee mit der Maske an?»

Eine Stunde fünfzehn Minuten und sieben Kippen am Rand des Tisches später verlässt Arcadipane den Raum, müde, verwirrt und unzufrieden. Das Mädchen bestätigt alles, was Apostolo sagt, nur macht sie es besser, ruhiger und überzeugender. Was zwei Dinge bedeuten kann: dass sie eine Lügnerin an der Grenze zur Persönlichkeitsspaltung ist, oder dass sie nicht verstanden hat, welchen Typ sie sich da als Verlobten angelacht hat. Da gibt es noch eine dritte Hypothese, die Arcadipane aber erst gar nicht in Erwägung ziehen will, denn das würde bedeuten, die Möbel in den Umzugswagen zu laden, wenn man noch gar nicht weiß, wo man nachher wohnen wird.

Er und Pedrelli steigen schweigend die Treppen hinauf, pinkeln, ebenfalls schweigend, in der Toilette im ersten Stock, dann gehen sie, nach wie vor mit zu schnellem Schritt, Richtung Büro. Ein junger Mann in Uniform erwartet sie.

«Die Tochter der Mendes ist unten, sie ist gestern aus Kolumbien gekommen, soll ich sie heraufschicken?»

Arcadipane denkt nach: Er trifft sich nicht gern mit Angehörigen der Opfer, außer man hat sie etwas zu fragen oder sie gehören zum Kreis der Verdächtigen. Doch die hier ist aus Kolumbien gekommen, sie wird im Krankenhaus bei der Mutter gewesen sein, und man hat sie von einem Büro ins andere geschickt, bis sie schließlich bei ihm gelandet ist.

«Bring sie in mein Büro, ich spreche gleich mit ihr.»

Der Beamte geht. Von hinten sieht er aus wie ein Tier, das Arcadipane vor vielen Jahren mit Loredana in einem Dokumentarfilm gesehen hat. Wenn er ein besseres Gedächtnis hätte, wüsste er, dass das fragliche Tier Manatis oder Rundschwanzseekuh heißt.

«Wollen Sie mit den Eltern des Mädchens sprechen?», fragt ihn Pedrelli.

«Schick sie vorerst nach Hause, aber ich will die Mutter von Apostolo sehen, sag ihr Bescheid, und warte unten mit dem Wagen auf mich. Ich spreche mit der Tochter Mendes und komme.»

Auf dem Weg zu seinem Büro holt Arcadipane das Handy heraus und schreibt: «Es ist schon eine Weile, dass wir uns nicht sehen, heute Abend gemeinsames Abendessen? Pizza al padellino oder was du willst!»

Die SMS trifft ein, als er fast am Büro ist: «Das kommt überraschend, Papa! Auch zu sehr. Ich hab schon was vor. Vielleicht hören wir uns in den kommenden Tagen.» Er antwortet, die Hand schon auf der Türklinke: «Ich zähle darauf, hahaha!»

Er öffnet die Tür und trifft darin den Manatis an und eine junge Frau, die aus einem Werbeprospekt für Anden-Rundreisen stammen könnte. Zwanzig, fünfundzwanzig Jahre, sehr schön, dunkler Teint, nicht groß, winzige Ohren. Arcadipane entlässt den Manatis. Er setzt sich auf seinen Stuhl. Die junge Frau ihm gegenüber ist ernst, aufmerksam, besorgt und leicht bekleidet, aber ohne nackte Zonen. Arcadipane wird bewusst, dass er kein Wort Spanisch kann.

«Ich spreche gut Italienisch», sagt sie, seine Miene deutend, «ich habe in Rom Jura studiert, bevor ich in mein Land zurückkehrte. Ich wollte eine Bestätigung von Ihnen, der Sie die Untersuchungen leiten. War es dieser Junge, dieser Apostolo, der sie so zugerichtet hat?»

«Vorläufig ist er nur verdächtig, aber die Ermittlungen scheinen alle in diese Richtung zu deuten.»

«Warum hat er das getan?»

Ohne aufzuhören, einen Punkt zwischen dem Hals und den Schultern der jungen Frau zu fixieren, schüttelt er den Kopf, um zu sagen, dass er es nicht weiß. Da lässt sie ihren Blick von seinem Gesicht zu einem Knopf zwischen Brust und Nabel gleiten. So verweilen sie lang genug, dass der Autolärm von der Straße zu einer Brandung anschwillt.

«Was gedenken Sie zu tun, um es herauszufinden?», fragt sie.

Arcadipane dreht sich auf dem Stuhl leicht nach rechts und nach links, dann holt er eine Handvoll Lakritzbonbons aus der Tasche und legt sie auf den Tisch, die Hälfte auf eine Mappe mit Ermittlungsakten, die andere Hälfte auf die schwarze Lederfläche. Er steckt eines in den Mund und lässt sich wieder gegen die Rückenlehne sinken.

«Wie heißen die auf Italienisch», sagt sie, streckt die Hand aus und nimmt sich eines.

«Sucai.»

«Warum? Was heißt das?»

Arcadipane schüttelt den Kopf, um sagen, dass das eine weitere Sache ist, die er nicht weiß.

In diesem Augenblick nimmt mit zwei Schlägen die Klimaanlage ihre Arbeit auf.

7.

Der Teil des Corso Giulia, von wo sie kommen, ist Peripherie mit Mietshäusern, Autosalons, Fast Food, Versicherungsagenturen und drei Spuren, um schnell zur Autobahn zu gelangen, ohne allzu sehr auf das Rundherum achten zu müssen; das Viertel, in das sie eintauchen, ist hingegen schon Altstadt, Querstraßen mit obskuren Namen, mickrige kleine Läden, Handwerker, Kleinkriminalität, Geschäfte für Telefonkarten, chinesische Bars, afrikanische Läden, Spiellokale und der eine oder andere Süditaliener, der beim Transistorradio stehen geblieben ist.

Pedrelli fährt in dieser Umgebung wie ein alter Mann beim letzten Fick: viel Vorsicht, wenig Schwung und keine Lust anzukommen. Auf dem Armaturenbrett des Peugeot liegen der Eiskratzer, das Ladegerät fürs Handy und eine Packung Kosmetiktücher, die er verwendet, wenn er nach einem Ortstermin ins Auto steigt.

«Mir scheint sie anständig zu sein», sagt er. «Sicher, in ihrer Jugend mag sie so einiges angestellt haben, der Vater des Jungen muss ein schöner Verbrecher gewesen sein, aber den Jungen hat sie allein großgezogen, sie hat versucht, ihn zur Schule zu schicken … Versteht sich, dass bei allem, was er ihr zugemutet hat, ein bisschen Resignation … Was meinen Sie, Commissario?»

Arcadipane schaut auf die hellblaue, mit Schrott beladene Ape, hinter der sie seit fünf Minuten herschleichen.

Er zuckt mit den Schultern. Die Frau ist keine von denen, die Tomaten auf den Augen haben und die Schuld der Schule, dem System, dem Horoskop geben. Sie hat ihn mit achtzehn mit einem Halunken gezeugt und hat ihm nie viel bieten können, mit Sicherheit keinen anständigen Vater und kein anständiges Zuhause, aber wahr ist auch, dass sie immer für ihn da war und nie auf die schiefe Bahn geraten ist: keine Drogen, keine Prostitution, bloß wenig Eifer bei schlecht bezahlten Arbeiten, das Unglück als steter Begleiter, sozusagen, wie wenn einer im Orchester ein langweiliges Stück anstimmt und alle ihm folgen. Bei der letzten Sache, die er geliefert hat, weiß sie nicht, was sie davon halten soll. Etwas sagt ihr vermutlich, dass er so schlecht nicht ist, aber sie hat ihn vor Augen, wenn er rotsieht, wenn er ausrastet, und sie würde wohl die Hand für ihn ins Feuer legen, aber mit einem Asbesthandschuh.

«Commissario? Nun? Was sagen Sie?»

«Ich sage, wenn du nicht endlich diese scheiß Ape überholst, nehme ich die Tram und bin eher da.»

Arcadipane dreht sich zum Fenster: Pedrelli fährt so schon ein Leben lang, der Grund, warum er sauer ist, ist ein anderer. Eine Stunde Unterhaltung mit der Mutter von Apostolo, eine Stunde in diesem Loch von Zweizimmerwohnung und nichts: die Zweizimmerwohnung nur eine Zweizimmerwohnung, sie nur eine müde Frau, das Schlafsofa, auf dem sich der Sohn, wie sie sagt, gegen Mitternacht ausgestreckt hat, ein durchgesessenes Schlafsofa und basta. Keine Schwingung. Alles erloschen.

Der Schrank des Jungen: ein paar Kleiderbügel mit schwarzen Jeans, zwei Schubladen T-Shirts, ein paar Sweatshirts, Unterhosen, sechs Paar Socken, zwei Sonnenbrillen, eine Bomberjacke. Alles Imitate. Auch die Stiefel, ein Paar Militärstiefel, ein Paar granatfarbene. Die einzige Sache von Wert ist der Computer, den sie beschlagnahmt und ins Präsidium mitgenommen haben. Ein Mac, aber Apostolo behauptet, es sei ein altes Modell, die Eltern seiner Verlobten hätte ihn ihm gegeben. Als Ergebnis kein Indiz, das Ja oder Nein sagt, keinerlei Intuition. Apostolo bleibt im Knast, Apostolo ist der einzige Verdächtige, Apostolo war auf den Videoaufnahmen. Und doch …

«Fahren wir zu den Marangon.»

Pedrelli sieht auf die Uhr.

«Es ist noch nicht Mittag, das Mädchen hat gesagt, sie geht wieder in die Schule …»

«Macht nichts, ich will das Haus sehen.»

«Das Haus?»

«Wir haben die Wohnung der Mendes gesehen, die von Apostolo, jetzt will ich das Haus der Marangon sehen. Wie viele Fälle hat Bramard gelöst, indem er sich in den Wohnungen aufhielt? Glaubst du, ich hätte nichts von ihm gelernt?»

«Das würde ich mir nicht erlauben, Commissario. Lutschen Sie nicht noch ein Lakritzbonbon, das macht alles nur noch schlimmer …»

«Pedrelli, ich sage nur ein Wort.»

«Ja, Commissario.»

«Nigerianer.»

Die zweistöckige Villa in der Via La Marmora ist schön anzusehen, weil sie nicht luxuriös ist. Kein Prunk, nur ein Haus vom Ende des neunzehnten Jahrhunderts mit gerade so viel Garten, wie es braucht, um Villa zu sein, und so viel Einzäunung, um sich abzugrenzen. Der positive Eindruck wird verstärkt durch die Tatsache, dass rundherum auch alles Villen aus der Zeit sind und dass sie gegen elf hinkommen, wenn die Hundepisse an den Straßenecken trotz der Hitze noch gefällige Arabesken bildet und das städtische Leben olfaktorisch passabel ist.

Sie läuten. Sie sagen an der Gegensprechanlage, wer sie sind. Das Tor springt auf. Sie durchqueren den kleinen, mit Kies bedeckten Hof zwischen nicht allzu gepflegten Pflanzen, einem Gartentisch und einem lila Mädchenfahrrad. An der Hauswand die Fahrräder der Großen: vier. Das Ehepaar Marangon erwartet sie an der Tür.

«Bitte, treten Sie ein.»

Ein großer Hund kommt mit elastischem Gang hinter dem Haus hervorgetrabt und schnuppert an ihnen.

«Haben Sie keine Angst, er ist ganz brav.»

«Wir versuchen, es kurz zu machen», sie steigen die zwei Stufen hinauf, der Hund hinter ihnen.

«Kaffee? Etwas Erfrischendes?»

«Machen Sie sich keine Umstände, wir hatten schon einen Kaffee.»

«Auch kein Glas Wasser?»

«Nein, danke.»

«Bitte sehr, setzen wir uns dorthin.»

Im Salon geht es eine halbe Stunde lang so weiter, liebenswürdig und natürlich, währenddessen sieht sich Arcadipane um: die Kinder, ihre Gewohnheiten, ihre Zeiten, Luca, der oft bei ihnen ist, manchmal auch zum Abendessen, nie über Nacht, alles zu seiner Zeit. Von Clara haben sie von den Problemen des Jungen mit der Justiz erfahren, ihre Kinder sind gewohnt, alles zu Hause zu erzählen. Sie wissen, dass der Vater im Gefängnis gestorben ist, als er zwölf war, das hat ihnen Clara erzählt, während Luca ihnen gleich sagte, dass er beim Sicherheitsdienst in Lokalen arbeite und dass die Mutter putzen gehe. Natürlich waren sie am Anfang bestürzt, aber sie müssen sagen, nachdem sie Luca kennengelernt haben … Es gibt Söhne von Freunden, aus guter Familie, denen sie weniger trauen würden … Sicher, er ist verschlossen, kantig, die Umgebung, in der er groß geworden ist, aber die Beziehung zu Alessandro, die entstanden ist … Vor ihm kann man nicht heucheln, Jungen wie Alessandro spüren sofort, wenn etwas nicht echt ist. Auch die kleine Adele liebt ihn, aber sie hat einen anderen Charakter, sie ist mit jedermann gut Freund. Alessandro hat Schwierigkeiten mit Fremden, doch mit Luca … so eine enge Bindung.

Während Sabrina Marangon spricht, betrachtet Arcadipane ihr schmales Gesicht, den wohlbemessenen Ausschnitt, die Dauerbräune und das aufgeschlagene Knie, das unter dem Jeansrock hervorschaut. Eine schöne Frau, knapp über vierzig, die studiert hat, drei Kinder in die Welt gesetzt, einen ehrbaren Mann geheiratet und sich einen schönen Busen bewahrt hat. Federico Marangon sitzt neben ihr, groß, breite Schultern, leichte Geheimratsecken, fit, obwohl sich unter dem Hemd ein Ansatz von Bauch abzeichnet. Ab und zu greift er ein, bestätigt, rückt zurecht. Wenn man den Bart beiseitelässt, das lockige Haar, den Busen und vier, fünf Jahre mehr, ähneln sie sich. Keiner von beiden ist so schön wie die Tochter, aber es ist klar, die Gene, die sie hervorgebracht haben, sind hier präsent. Derselbe Hauttyp, dieselbe Haltung. Nur dass bei ihnen der Feinschliff gut gemacht ist, bei der Tochter dagegen perfekt.

Pedrelli notiert auf seinen Block, dass die Eheleute an diesem Abend das Telefonat zwischen Luca und ihrer Tochter nicht gehört haben, weil Clara um elf Uhr in ihr Zimmer gegangen ist. Beim Frühstück hat sie ihnen Lucas Selfie in der U-Bahn gezeigt. Sie haben das für eine harmlose Dummheit gehalten. Erst am Nachmittag in den Radionachrichten haben sic mitbekommen, was geschehen war, und dann im Fernsehen die Bilder gesehen. Den Vormittag haben sie im Viertel verbracht auf der Suche nach ihrem Hund, der durch ein Loch unter dem Zaun entkommen war. Zum Glück hatte ein Nachbar ihn in der Nähe der *Galleria d'arte moderna* gesehen und sie angerufen, damit sie ihn abholen kämen.

Arcadipane wartet ab, bis Pedrelli mit dem Schreiben fertig ist, und sieht sich noch einmal im Salon um, an den Wänden Bücherregale, die Tür zum Garten. In fünfundzwanzig Jahren waren Pedrellis Aufzeichnungen nie zu was gut gewesen, aber das leise Kratzen des Stifts hatte ihm immer geholfen, die Begriffe auf musikalischem Abstand zu halten, wie ein Singsang, wie ein Kinderreim, ein Gedicht. Jetzt hingegen verdammt noch mal nix!

Er betrachtet den Hund, der neben dem Kamin auf dem Teppich liegt. Fünfzig Kilo Mahagoni und eine Linie gesträubten Haars auf dem Rücken.

«Er hat nichts gegen Sie», beruhigt ihn die Frau. «Das gesträubte Fell ist ein Rassemerkmal.»

Arcadipane nickt.

«Können wir einen Blick in Claras Zimmer werfen?», fragt er.

Der Mann und die Frau begleiten sie nach oben in den ersten Stock, wo es ursprünglich nur zwei Räume gab, mithilfe von Holzwänden haben sie mehr Zimmer geschaffen.

«Etwas sehr Leichtes, um das Ambiente nicht zu belasten.»

Im Flur liegt ein grüner Teppichboden aus den siebziger Jahren, und sie beeilen sich zu sagen, «wir haben ihn zum Spaß liegen lassen», ein zweites Bad, rechts das Zimmer der Kleinen, die jetzt in der Schule ist, links das von Clara, auch sie in der Schule, und das von Alessandro, das einzige mit angelehnter Tür. Arcadipane schaut durch den Spalt auf den Jungen, der mit dem Rücken zur Tür auf dem Bett sitzt, braune Haare, der Rücken mager und lang in dem meergrünen Hemd. Das Zimmer ist aufgeräumt. Ein paar Plakate von Schwimmern. Ein Computer. Sonst nur das Einzelbett, ein Schrank, eine Stereoanlage, auf dem Boden eine Sporttasche und auf der Kommode ein Perpetuum mobile mit Stahlkugeln.

«Wir haben gedacht, wir lassen ihn in Ruhe zu Hause bleiben», sagt die Frau. «Wenn Sie meinen, er könnte Ihnen nützlich sein …»

Arcadipane brummt, das sei nicht nötig, und betritt Claras Zimmer. Der Raum ist intelligent wie seine Bewohnerin: keine Poster von Sängern oder sonstiger Schnickschnack, sondern Landkarten, drei Globen, Ansichten von den großen Hauptstädten, zwei Gitarren und ein Mac. Arcadipane geht zum Kopfteil des Bettes, wo einige gerahmte Fotos stehen. Auf einem sitzen Clara und ihr Zwillingsbruder auf einem Felsen am Meer. Sie sind ein paar Jahre jünger, aber nicht viele. Dann ist da eines, wo die ganze Familie in einem Cabriolet posiert. Auf dem dritten sind Clara, Alessandro und Luca Apostolo im Fitnessstudio. Luca in der Mitte, der Kimono steht offen und lässt die trainierten Bauchmuskeln sehen, verschwitzt und eine Medaille auf der Brust. Wahrscheinlich hat er soeben einen Wettkampf gewonnen. Bruder und Schwester umschlingen mit ihren Armen seine Taille. Alle drei lächeln.

«Wir gehen runter, so können Sie …»

Arcadipane schüttelt den Kopf, dass das nicht nötig sei, wirft einen letzten Blick auf das Zimmer, geht hinaus und zur Treppe.

«Nicht nötig», übersetzt Pedrelli, «Sie waren sehr freundlich.»

8.

Das Gefängnis hat einen Namen, aber alle nennen es nach dem Viertel, in dem es liegt. Auch Arcadipane, der vom Fach ist. Nur wenn er einen Bericht schreiben oder bei Gericht aussagen muss, verwendet er den richtigen Namen. Im Übrigen ist das Gefängnis Le Vallette.

Wenn er keine anderen Sorgen hätte, könnte er über diese Geschichte mit dem Namen philosophieren, aber im Philosophieren ist er so gut wie im Surfen, und er hat andere Sorgen, und was für welche. Das ist der Grund, warum er seit zehn Minuten auf dem Parkplatz herumläuft, ohne sich entschließen zu können, ins Auto zu steigen.

Er hatte gehofft, dass dieses dritte Verhör mit Apostolo nach einem ganzen Tag im Gefängnis, nur sie beide, von Angesicht zu Angesicht, den Ausschlag geben, die wundersame Verwandlung von Wasser in Wein bewirken würde. Zwei Stunden lang hat er gepresst und gezogen, geschrien und geflüstert, hat er ihn die physische Gewalt dieser Mauern fühlen lassen und die Präsenz all der anderen, die wie er dort eingeschlossen sind und warten, atmen, essen, furzen, schlafen, sich bis zum Umfallen einen runterholen und an die Welt jenseits der Gitterstäbe denken. Der Junge hat sich jedoch nicht bewegt: dieselben Fragen, dieselben Antworten, eine Wand, und er hat ihn angesehen, hat auf die Schwingung gewartet, den elektrischen Impuls, der ihm früher die Richtung wies, den Ort, die Sache, den Namen, das vernachlässigte Detail oder die übersehene Aktion: die einzige offene Tür in einem Korridor von verschlossenen Türen. Hingegen nichts, diese Sache, die er vor fünf Jahren verloren und dann wer weiß wie wiedergefunden hat, ist jetzt verschwunden, und diesmal wohl für immer, wie die Haare, der steife Schwanz und andere Dinge, die einen im ersten Teil des Lebens erfreuen und im zweiten nicht. Dabei hat er alles so gemacht, wie es sich gehört. Warum lässt ihm das keine Ruhe? Apostolo hat die Frau geschlagen. Ja. Und jetzt sitzt er. Amen.

Arcadipane betrachtet das Gefängnis mit seiner anormalen Form einer Mietskaserne mitten im Niemandsland, nur der Stacheldraht rundherum, und der nicht einmal sehr hoch, unterscheidet es von den anderen Mietshäusern, nach denen sich in den Sechzigern die Immigranten, die sich hier in die Fiat-Werke eingliederten, die Finger schleckten. Häuser, für sie erbaut, zehn Stockwerke Komfort.

Das Handy klingelt, das Display sagt: «Labor». Er antwortet.

«Ciao Alessandra, ich will nur gute Nachrichten.»

Die Frau schweigt. So ist sie: kein Aufbrausen, keine Stimmungsschwankungen, kein Groll, keine Ironie. Ihre Arbeit und basta. Das hat was, als Labortechnikerin, und wenn man abends nicht mit ihr ins Bett muss.

«Komm, rück raus damit, red nicht lang drum herum.»

«Ich habe die Untersuchungsergebnisse der Kleider von der Mendes und des Materials unter ihren Nägeln ...»

«Und ...?»

«Keine DNA von Apostolo an der Mendes. Nicht einmal partiell oder zweifelhaft. Und keine DNA der Mendes an der Maske und den Stiefeln von Apostolo.»

Arcadipane schweigt. Er weiß, was das heißt: Adieu, Kavallerie! Nur die bescheuerten, alten Beweisstücke, offenbare Tatsachen, Indizien. Nur die gute alte Infanterie des Polizisten. Und diese Schwingung, die sich nicht einstellt. Und trotzdem dieser Zweifel ...

«Commissario?»

«Ja, ja, ich habe gehört. Hast du noch was zu untersuchen?»

«Nein, wenn es kein neues Material gibt, dann wär ich fertig.»

«Ist gut.»

Er beendet die Verbindung, steckt sich ein Lakritzbonbon in den Mund und geht zum Wagen, den er auf der Straße geparkt hat, weil er keine Lust hatte, auf die Genehmigung und all das Gedöns zu warten, um in den Hof hineinzufahren. Es ist ein schöner Abend, auch wenn der Himmel trüb ist, die Luft voller Smog, und es herrscht die blödsinnige Temperatur, die dich in der Jacke schwitzen lässt, und du kannst sie doch nicht ausziehen.

Weil er das Handy nun einmal in der Hand hat, schickt er eine SMS an den Sohn: «Wie geht's? Wie wär's mit einem Plausch mit Papa?»

Er steigt ein und steckt den Schlüssel hinein. Das Autoradio geht an. Trepet ist nicht auf dem Beifahrersitz. Er kontrolliert hinten, aber auch dort sind nur alte Zeitungen und der Umhang, den er bei Überwachungen benutzt.

Wo verdammt noch mal ist er hin?

Er hört ein leises Knurren. Er steigt aus, öffnet die hintere Tür und sieht ihn mit den Zähnen am Kopfteil des Fahrersitzes hängen, das Innere mittlerweile heraußen.

«Ja verdammt …»

Ein Signal vom Handy. Er sieht nach: «Alles bestens, Papa, aber jetzt muss ich zum Training. Wir hören uns später.»

In dem Moment bricht das Kopfteil auseinander, und Trepet gleitet langsam nach unten, den letzten Fetzen noch zwischen den Zähnen.

Arcadipane sieht ihn baumeln, die Augen vortretend und ohne jede Reue. «Wir haben einen neuen Papst!», ruft jemand im Radio. «Der neue Papst ist der Argentinier …»

Er schließt die Nachricht des Sohnes, öffnet das Adressbuch und geht vor bis zum Eintrag «Verrückte».

Schon bei den ersten Worten laufen ihm Tränen in den Mund.

9.

Lui tauchte auf aus der Trägheit, die von seinem Fleisch Besitz ergriff, und suchte weiter nach den Bruchstücken des Plans und dessen Schöpfer.

Das waren seine Nächte, das seine Bürde. Nichts sonst hatte einen Sinn, alles manifestierte sich hier.

Da klopfte jemand an die Tür.

Lui öffnete, und vor ihm stand eine Frau, nicht jung, Tränen im Gesicht.

«Meine Beine sind die Hölle, ich habe schon alles probiert. Gianni will den Rettungsdienst holen, aber die behalten mich die ganze Nacht über auf der Ambulanz und schicken mich dann nach Hause, schlimmer als vorher.»

Er ließ sie eintreten, trocknete ihre Tränen und sagte ihr, sie solle sich ausstrecken. Dann nahm er eine Salbe, die zu nichts nütze war, denn es waren seine Hände, die zählten. Er tat dies, weil der Geist des Menschen Nahrung braucht für die Zähne, über die er verfügt.

Sie stöhnte, flehte, weinte, als er ihre Beine hob und begann, sie zu reiben, bis das Blut zurückströmte und sie Erleichterung verspürte.

Geduld ist das Heilmittel, und er wandte sie an, weil Lui mit dieser Gabe vom Herrn reichlich bedacht worden war.

Erst nach Stunden, als das Licht beim Fenster hereinkam, hörte er auf. Er weckte die Frau, die ihm dankte, indem sie seine Hände küsste und es ihm in irgendeiner Weise entgelten wollte, was Lui ablehnte, denn viel höher war der Preis, nach dem er strebte.

Als sie sich verabschiedete und die Tür öffnete, sah sie ihren Mann vor sich, der auf der Straße auf sie wartete.

«Ich weiß ja nicht, was ihr dort drin treibt, unter dem Vorwand des Nesselfiebers», sagte der Mann, «aber wenn du noch einmal nachts abhaust, tu ich dir wirklich weh. Dann sagen sie dir auf der Ambulanz nicht mehr, dass alles psychologisch ist.»

Darauf Lui: «Bezähme deine Wut, Mann, denn nichts, was dein ist, ward dir genommen. Hier ist deine Gemahlin, rein wie sie kam. Und frei von Schmerz.»

«Aber leck mich doch am Arsch», sagte der Mann, während er seine Gemahlin wegzog, voller Angst, die Augen der Nachbarn hätten etwas zu bekritteln.

So durfte Lui erneut die Gnade des Dienens und den Hass des Dankes erfahren, wie es dem ergangen war, der unvergleichlich höheren Dienst und fürchterlicheren Hass ertragen hatte.

Und das Licht eröffnete einen neuen Tag, an dem der Plan darauf wartete, offenbart zu werden.

10.

Ein Flur mit antiker Samttapete, ein Raum, die Fensterläden am Nachmittag geschlossen, ein großer Leuchter, schwere Vorhänge, laszive Bewegungen, kaum sichtbar, Teppiche, aber vor allem Sofas, Sessel, Stöhnen und viel Keuchen, bis sich jemand umdreht, eine Frau und zwei Männer, das Keuchen lässt allmählich nach, eine Tür im Hintergrund öffnet sich, jemand flieht, die Kleider fallen ihm aus den Händen, einige bleiben sitzen, andere stehen auf, das alte Parkett knarrt, die Stehenden schweigen wie Deportierte, ein nicht mehr junger Mann kommt von hinten aus dem Raum auf sie zu, glatzköpfig, hässlich und mit einem enorm erigierten Schwanz, den die Hände nicht verdecken können. «Was, machen Sie hier? Dies ist ein Privatklub!»

Sie waren auf die Anzeige der Mieterin im dritten Stock hin eingedrungen, einer betagten Gräfin, alleinstehend, ausgezeichnet mit einigen Verdienstorden und wenig zu tun, außer durch das Guckloch das Kommen und Gehen im Treppenhaus zu beobachten, das zwei Mal im Monat stattfand. Ein Kommen und Gehen, das sich auf die Wohnung drüber konzentrierte, wo drei Anwälte, eine Grundschullehrerin, eine Putzfrau, eine Krankenschwester, der Direktor einer kleinen Filiale, ein Kinderarzt, zwei Hausfrauen, ein ziemlich renommierter Fußballer, ein Architekt, ein Chirurg, drei Angestellte, zwei davon Schwestern, eine Kommunalbeamtin, ein Eisenbahner, ein Gewerkschaftler, eine Logopädin, ein selbst ernannter Künstler, einer, der eine Garage hatte, vier Geschäftsleute und ein bekannter Assessor sich jeden ersten und dritten

Mittwoch des Monats von fünfzehn bis siebzehn Uhr trafen, um sich zu betätigen, ohne allzu wählerisch sein zu müssen. Integre Personen, um ehrlich zu sein, wenig Fluktuation, obligates Fernbleiben bei Indisposition (bei Frauen), Vertrauenswürdigkeit, Verschwiegenheit, kein Aufhebens und keine Beschwerden, abgesehen von der Gräfin, aber das waren seine Jahre bei der Sittenpolizei, es hieß Moral einfordern, Moral und noch mal Moral.

Arcadipane erinnert sich: Kaum waren sie dort eingedrungen, hatte sich angesichts dieser übereinander gelagerten, entspannten oder rührigen, vor Überraschung und Ungläubigkeit erstarrten nackten Leiber eine riesige elektrische Welle unter den Polizisten verbreitet und auch ihn erfasst, hatte sie ins Wanken gebracht. Es hätte genügt, dass einer von ihnen, ohne etwas zu sagen, die Hose aufknöpfte, und im nächsten Moment hätte es keinen Unterschied mehr gegeben zwischen ihnen und diesen anderen.

Es ging sofort vorbei, als er die Rollen Scottex sah.

Sie waren überall, auf den Tischchen, auf den Fensterbänken, sogar am Stab einer Stehlampe gestapelt. Meterweise Scottex, um sich von den Säften und dem Schweiß, den eigenen und denen der anderen, zu reinigen.

«Wer besorgt die Küchenrollen?», hatte er den Erstbesten gefragt, der ihm unterkam, während sie damit begannen, die Daten aufzunehmen.

Der Typ, wie sich herausstellte, der Filialdirektor, war von dem Teppich aufgestanden, auf dem er mit der Logopädin und dem Eisenbahner zugange war, und hatte geantwortet, den vor Schreck schlaffen Schwanz verbergend: «Wir kaufen reihum ein.»

Niemand wurde verurteilt. Dem Gesetz nach lag kein schweres Verbrechen vor, und der Manager des Fußballers sowie sonstige Freunde von Freunden setzten sich ein, damit die Sache nicht ruchbar wurde. Die Gräfin erhielt eine Spende für einen ihrer Wohltätigkeitsvereine, und die Schweinigel transferierten ihr Scottex anderswohin, mit Ausnahme vielleicht von einigen, deren Feuer erloschen war, die hatten dann bei Hochzeiten, Kommunionsfeiern der Kinder und Umtrunken zur Pensionierung jedenfalls etwas zu erzählen.

So stellte sich die Stadt für einen Polizisten seines Alters dar: eine Karte mit Orten, an denen unangenehme Dinge passiert waren. Alles in allem aber war er so schlecht nicht dran. Aus den ersten Jahren, denen der Verstöße gegen die Moral, könnte er einiges erzählen. Aber nach der Versetzung zur Mordkommission wurde das anders. Wem kannst du bestimmte Dinge erzählen? Den Kollegen, die wie du schon die Schnauze voll davon haben? So wird man am Ende zum Trappisten. Ein Trottel, der nicht mehr reden kann. Nicht einmal mehr mit der Frau, den Kindern, mit der Geliebten, wenn man denn eine hat.

Arcadipane steckt ein Lakritzbonbon in den Mund und schlägt vor der Wohnung im vierten Stock, wo jetzt eine Zahnarztpraxis ist, die Augen nieder. Er sieht auf die Uhr, es ist Viertel nach neun. Es ist heiß, aber Wolken in der Farbe eines Blutergusses sind unterwegs und verheißen Regen.

Er geht den Weg zurück zu seinem Alfa 33. Die zerfetzte Kopfstütze, notdürftig mit Paketband zusammengeklebt, die andere abgenommen und im Kofferraum verstaut. Er klopft mit den Knöcheln an die Scheibe, um Trepet zu stören, der auf dem Beifahrersitz schläft. Der Hund öffnet ein Auge und sieht ihn an wie jemanden, der nervt.

Das Wohnhaus, vor dem er geparkt hat, ist massiv, wie er es in Erinnerung hat. Keinerlei Stuck oder Schmiedeeisen wie sonst im Viertel, sondern Säulen aus Marmor und Beton. Faschistische Architektur mit Quadraten und Rechtecken.

Während Arcadipane zur Sprechanlage geht, wirft er die Zigarette weg, die zusammen mit dem Lakritzbonbon scheiße schmeckt. Auf dem Klingelschild stand kein Name und auch nicht «Praxis», sondern eine Zahl, an die er sich erinnert. Das gefällt ihm nicht, zu viel Vertraulichkeit. Jedenfalls drückt er die Klingel, die Tür springt auf, und er tritt ein.

Ein Blick auf die Wohnung des Portiers, wer weiß, ob das Ekel … ein flüchtiger Gedanke, im Übrigen weiß er, dass man für den Aufzug einen Schlüssel braucht, also versucht er es erst gar nicht und geht zu Fuß hinauf.

Das Schild des Zahnarztes im ersten Stock ist dem eines Steuerberaters gewichen, das der Versicherung im zweiten Stock ist gleich geblieben, von da an Privatwohnungen. Im letzten Stock, der Mansarde, angekommen, ist der kurze Flur vom Licht der Lichtschranke erhellt, an seinem Ende die Tür mit dem Zettel: «Ariel».

Er nutzt die wenigen Meter, um Luft und Mut zu schöpfen, und klopft an.

«Herein.»

In der Wohnung hat sich nichts verändert. Die geschlossene Tür zum Bad, die angelehnte Tür zum Schlafzimmer, der zu nähern Arcadipane sich wohl hütet, schließlich der Wohnraum, wo Ariel mit dem Rücken zum Eingang sitzt, die kastanienbraunen Haare schauen hinter der Rückenlehne hervor. Neben ihr der andere Sessel, der ihn erwartet. Ein niedriges Tischchen zwischen beiden.

«Wenn Sie Tee wollen, nehmen Sie sich aus der Thermoskanne. Ansonsten setzen Sie sich, und wir fangen an.»

Arcadipane geht um den Sessel der Frau herum und achtet auf den hochflorigen Teppich. Er setzt sich. Das Fenster gegenüber hat jetzt Vorhänge, aber es bleibt die einzige Lichtquelle im Raum.

«Ich habe sie angebracht, weil Leute wie Sie sich ablenken lassen. Manchmal kann es scheinen, als hätten die Leute noch nie einen Hügel mit einer Basilika drauf gesehen. Also, was haben Sie in diesen fünf Jahren gemacht?»

«Ich habe mich getrennt.»

«Wie originell! Sind Sie also hier, um darüber zu greinen, oder ist sonst was? Wieder Probleme mit dem Schöpfungshebel?»

«Schöpfungshebel?»

«Mein Großvater nannte ihn so, und wenn Sie es genau bedenken … also funktioniert er, oder funktioniert er nicht? Sie werden doch nicht zu denen gehören, die sich trennen, um dann den Laden dichtzumachen? Denn es gibt zwei Kategorien, diejenigen, die sich an die hektische Verbreitung ihres Samens machen, und diejenigen, die ihn im Säckchen verwahren in Erwartung wer weiß welchen fruchtbaren verheißenen Lands, das seiner würdig ist. Dann gibt es da auch die Normalen, aber die kommen nicht hierher. Auf welcher Seite stehen Sie?»

Arcadipane sieht sie an, sie müsste jetzt über dreißig sein und bleibt doch ein kleines Mädchen, ein Mädchen, vielleicht eine junge Frau, wenn man optimistisch sein will. Sie trägt die Haare ein wenig kürzer, nicht viel, und sie hat sich eine Narbe zugezogen, die in den fünf Jahren Zeit gehabt hat, Teil ihres Gesichts zu werden, genau über der unregelmäßigen Nase, wo die zwei Augenbrauen zusammenlaufen könnten. Sie ist schön, wie er sich erinnert, schöner, als er sich erinnert, und jetzt braucht er keine fünf Sitzungen, um es zu bemerken. Die Beine sind die, die sie sind, mager, kraftlos, unvollständig, gespreizt. Die Füße sieht Arcadipane nicht, aber er erwartet nicht, dass sie andere Schuhe trägt.

«Warum sind Sie so?»

Ariel öffnet leicht die Lippen, es könnte aus Scham sein, aber wahrscheinlicher ist eine Rasierklinge zwischen den Zähnen.

«Als Sie vor fünf Jahren hierherkamen, heulten Sie wie eine kleine Jungfer, Ihr Lastenaufzug funktionierte nicht, und Sie meinten, in der Arbeit das *shining* verloren zu haben, auch wenn Sie nicht wussten, was das ist. Das war der schlimmste

Fall, der mir je untergekommen ist, ich sage das ganz ohne Stolz, etwas zwischen Therapie und Autopsie, und wie sind Sie nach fünf Sitzungen hier rausgegangen? Sie sollten meine Büste im Flur stehen haben, lassen Sie sich das gesagt sein, und sie jeden Morgen polieren, von wegen mir persönliche Fragen zu stellen. Also, können wir fortfahren?»

Arcadipane schaut wieder auf das Fensterchen.

«Sie hatten ja schon einen Haufen Fehler, was ist, sollten Sie in diesen fünf Jahren auch noch übelnehmerisch geworden sein?»

«Nein, ich habe nachgedacht.»

«Nur keine gefährlichen Aktivitäten. Sagen Sie mir, was nicht funktioniert, und seien Sie konkret, ungeschminkt, versüßen Sie die Pille nicht. Sie wissen, wenn Sie in einer SMS schreiben ‹Ich habe große Lust auf …› ergänzt T9 automatisch ‹Arbeit›. Daher können mir Ihre Probleme, so horrend sie auch sein mögen, den Tag nicht verderben. Machen Sie jetzt weiter, denn Sie wissen das nicht, aber in diesen zehn Minuten haben Sie mir schon einen Reifenwechsel bezahlt.»

«Ich komme über die Trennung von Mariangela nicht hinweg. Auch mit den Kindern … und dann in der Arbeit …»

«Okay, ich habe verstanden.» Ariel stützt sich auf die Armlehnen des Sessels und richtet sich auf, sie ergreift ein Seil, das Arcadipane nicht bemerkt hat, das aber unter den Deckenbalken entlangläuft und sich zum Flur, zum Bücherregal und zur rechten Wand hin verzweigt, wo auf einem kleinen Tischchen ein Wasserkocher, zwei elektrische Platten und drei verschiedene Tassen stehen.

Die rachitischen Beine schwenkend, die in schwarzen orthopädischen Schuhen stecken, erreicht Ariel das Tischchen. Eine Bewegung, die etwas Sublimes und Obszönes hat und deshalb bemerkt werden muss.

Sie gießt eine halbe Flasche Wasser in den Wasserkocher und schaltet ihn ein. Sie sieht Arcadipane an.

«Mochten Sie die Komödie mit der Decke auf den Beinen lieber? Sie wissen ja nun, dass ich ein Krüppel bin, oder? Sie haben mich ja auf dem Rücken getragen. Möchten Sie einen Tee? Es sind chinesische Kräuter, die …»

«Nein, danke.»

«Wie Sie wollen. Wo beginne ich mit der Aufklärung?»

«Wie meinen Sie das?»

«Arbeit, Ehefrau oder Kinder?»

Arcadipane denkt nach wie jemand, der entscheiden muss, welchen Finger er sich abschneiden soll.

«Ehefrau.»

Ariel nickt und schaltet den Wasserkocher aus. Sie gibt zwei kleine Löffel eines leuchtend grünen Krauts in die Tasse, gießt auf und rührt um.

«Ihre Frau … wie hieß sie noch gleich?»

«Mariangela.»

«Ihre Frau ist eine gesunde Person, also wird sie nicht einmal mit vorgehaltener Pistole zu Ihnen zurückkehren. Ein abgeschlossenes Kapitel, sie war ein geduldiger Landwirt, hat genommen, was sie konnte und musste, hat Ihr Schweigen ausgehalten, Ihre Arbeit, vor allem aber die Tatsache, dass Sie ganz allgemein ein Mann sind. Das tat sie, weil die Kinder es erforderten, jetzt kann sie ihrer wahren Natur folgen, und ich spreche nicht von Sex, ich spreche von Wachstum und Entwicklung.»

«Genau das hat sie gesagt, gemeinsam gäbe es keine Entwicklung mehr.»

«Sehen Sie, sie ist eine intelligente Frau, in der Tat sind Sie hier, nicht sie. Machen Sie sich jedenfalls keine Schuld daraus, wenn sie Sie verlassen hat, das hängt nicht damit zusammen, dass Sie unsensibel, grob, ungeschliffen und egoistisch sind. Ihre Frau weiß, dass Sie weder bösartig noch dumm sind, wenn auch atavistisch und linguistisch ungebildet, nur dass sie als Frau eine weitreichendere Intelligenz hat als Ihre, die gerade mal dazu ausreicht, von einem Toten auf den Täter zu kommen. Das hat sie dazu gebracht, die Veränderung zu wählen, was ein Zeichen von Weitsicht ist. Wussten Sie, dass die Königspinguine ihren Partner auf den ersten Blick wählen und ihm ein Leben lang treu bleiben? Wenn er stirbt, verfallen sie in eine Art Starre, bis ein Wal oder ein …»

«Das haben Sie mir beim letzten Mal schon erzählt.»

«Werden Sie nicht unverschämt. Es gibt welche, die bei der Fahrt im Eismeer Eisberge zu umschiffen wissen, und solche, die direkt damit zusammenstoßen, weil sie glauben, sie wären überlegen. Und dann gibt es da welche, die, sobald sie bemerken, dass das Wasser kalt wird, Richtung Süden abdrehen und das Problem mit den Eisbergen anderen überlassen. Solange Ihre Kinder da waren, ist Ihre Frau den Eisbergen ausgewichen, und sie war eher gut darin, aber jetzt kann sie endlich in den Süden aufbrechen. Warum sollte sie das nicht tun? Haben Sie je gehört, dass die Pinguine als Ausbund an Intelligenz zitiert werden?»

«Eher nicht, scheint mir.»

«Fallen Sie nicht wie ein Einfaltspinsel auf rhetorische Fragen herein! Begnügen Sie sich mit dem, was in Ihren Möglichkeiten stand: eine Frau zu ergattern, die schöner und gebildeter ist als Sie, wenn auch nicht viel, ein Studium abzuschließen, eine Arbeit zu finden, die Ihren Gaben und Talenten entspricht, und Kinder zu zeugen, die das Niveau Ihres Stammbaums heben werden. Alles in allem haben Sie Ihre fünfzig Prozent Gene gut platziert, auch wenn ich mich an Ihrer Stelle nicht noch einmal an den Roulette-Tisch setzen würde. Rot und Schwarz haben Sie einmal begünstigt, fordern Sie es nicht heraus. Das soll nicht heißen, dass Sie sich nicht mit dem Kleingeld, das Ihnen übrig bleibt, noch einmal auf ein schnelles Black Jack einlassen können, ich weiß nicht, ob ich mich verständlich gemacht habe.»

Arcadipane betrachtet sie, während sie mit ihrer Tasse chinesischen Kräutertee zum Sessel zurückkehrt. Sie setzt sich und stellt die Tasse auf das Tischchen. Sie trägt eine offene weiße Bluse, die aber den Busen ganz verbirgt.

«Das Problem Ehefrau hätten wir gelöst, halten Sie noch durch, oder wollen Sie eines Ihrer Bonbons essen? Ich kann so tun, als sähe ich nichts, bei dem, was Sie mir zahlen.»

«Warum? Ist der Tarif gestiegen?»

«Sicher ist er gestiegen. Vor fünf Jahren hatte ich eben angefangen, ich probierte mich noch aus, experimentierte, aber jetzt bin ich viel besser. Weshalb es mir natürlich vorkam, weniger Stunden zu machen und mehr zu verdienen, ich brauchte mich da gar nicht anzustrengen.»

«Von wie viel reden wir?»

«Hundertfünfzig pro Sitzung.»

«Sauber!»

«Das sind fünfzig Euro mehr. Wenn es Ihnen nichts ausmacht, würde ich jetzt gern weitermachen. Zu lang mit einer Person zusammen zu sein, langweilt mich, auch wenn sie problematisch ist wie Sie und mir hundertfünfzig Euro gibt. Die Kinder, das ist schnell gesagt: Sie sind groß geworden, gegen Ihren Willen, also müssen Sie eine neue Weise des Zusammenseins mit ihnen erfinden, müssen sich in ihren Augen anders definieren, wenn Sie das können, ich weiß, das sind schwierige Dinge für Sie, aber ich kann Ihnen das Essen nicht immer häppchenweise verabreichen. Sonst nichts, bei Ihrer Beerdigung werden sie gerührt zwei Zeilen lesen, die beginnen mit ‹mein Vater war›, nicht weil er tot ist, sondern weil sie nicht die geringste Ahnung haben, wer Sie im Augenblick sind. Sie werden Sie nur durch Erinnerungen aus ihrer Kindheit kennen. Es sind nicht viele Eltern, denen man eine Rede im Präsens schreiben kann, wenn es also nicht gelingt, ist das auch kein Drama. Es gibt eine ganze Reihe von aus dem Blickfeld verschwundenen Vätern, die wieder auftauchen bei Festlichkeiten, der Inthronisation als Großeltern, anlässlich eines Kredits oder der Bürgschaft für ein Darlehen. Auch das ist gut.»

«Ihr Vater, ist dem diese Sache mit dem Präsens gelungen?»

«Mein Vater wird uns beide begraben, wenn nötig lebendig. So viel dazu. Wenn Sie beim Zahnarzt auf dem Behandlungsstuhl sitzen, bitten Sie ihn da vielleicht, den Mund aufzumachen und Sie mal reinschauen zu lassen? Zeit ist Geld. Jetzt machen Sie den Mund auf und lassen Sie mich meine Arbeit tun. Wissen Sie, wer Ward ist?»

Reflexartig öffnet Arcadipane die Lippen, dann hält er inne.

«Jetzt erzähle ich Ihnen eine Geschichte. Das ist das Filetstück der Sitzung, also sperren Sie die Ohren gut auf, denn für solche Dinge zahlen Sie. 1943 ist der Ausgang des Krieges mittlerweile ziemlich klar, es wird noch eine Weile dauern, aber Deutschland wird verlieren. Amerikaner und Engländer bombardieren es jede Nacht, treffen die neuralgischen Punkte. Aber Hitler gibt nicht nach. Er hat eine effiziente Flugabwehr aufgebaut, die 88-Millimeter-Flak, die jede Nacht die feindlichen Flugzeuge abschießt wie die Fliegen. Die Engländer haben eine gut ausgerüstete Luftwaffe, sind aber besorgt. Zu viele Verluste, an Maschinen und Menschen. Wenn das so weitergeht, ist das eine Katastrophe, man muss etwas unternehmen. Können Sie mir folgen?»

«Ja.»

«Schlafen Sie nicht ein, das ist keine Geschichtsstunde. Es ist eine Parabel. Wenn Jesus eine erzählte, schliefen die Leute auch nicht ein. Es gab weniger Zerstreuung, natürlich, aber auch die Lepra, wenn Sie verstehen, was ich meine …» Ariel trinkt einen Schluck. «Sind Sie sicher, dass Sie nicht auch eine Tasse wollen? Ich bin bereit aufzustehen, so super finde ich das System mit den Seilen, das ich erfunden habe. Wenn ich durch die Krücken keinen Tennisspielerarm bekommen hätte, wäre ich nie darauf gekommen. Auch daraus können Sie eine Lehre ziehen, eine Parabel jagt die andere …»

«Diese Flugzeuge?»

«Neugierig, hm? Die Engländer, Sie wissen ja, wie die Engländer sind, überlegen sich was: Panzern wir die Flugzeuge. Aber ganz panzern kann man sie nicht, zu schwer, also zu langsam, man muss eine Auswahl treffen. Also gehen sie es wissenschaftlich an: Wir untersuchen alle Flugzeuge, die zur Basis zurückkommen, und markieren die Punkte, wo sie von der Fliegerabwehr getroffen wurden. Das sind die Punkte, die man panzern muss. Genial; nicht wahr?»

«Ich glaube.»

«Von wegen, das ist Bullshit.»

«Bullshit?»

«Zum Glück ist da Ward, ein österreichischer Jude, der zu Hause bei seinen Eltern Mathematik gelernt hat, dann an der Universität zwei oder drei Gleichungen aufgestellt hat, sodass alle kapierten, er ist ein Genie. Aber da sind die Nazis, die Judengesetze, und er muss nach Amerika fliehen. Die nehmen ihn und stecken ihn in ein Büro, wo er im Dienst der Armee Statistiken bearbeiten soll. Und so kommt eines Tages die Akte mit allen Überlegungen der Engländer, wie man die Flugzeuge schützen kann, auf seinen Tisch. Ward sieht sie sich an, blättert sie durch und sagt: ‹Das ist eine Idee.› Die anderen atmen erleichtert auf. ‹Nur schade, dass sie völlig falsch ist›, setzt Ward hinzu.»

«Warum?»

«Weil das, was offensichtlich ist, nicht immer wahr ist, und was wahr ist, nicht immer offensichtlich.»

«Das habe ich nicht verstanden.»

«Genau das sagten diese Superhirne zu Ward! Aber ihm lag es nicht, gewisse offensichtliche Dinge zu erklären, und ich bin da wie er.»

Arcadipane sieht sie an.

«Haben Sie einen Vize?», fragt sie. «Jemanden, den Sie treten können, einen Laufburschen?»

«Ja.»

«Ich wette, Sie haben einen Heidenspaß daran, ihm das zu erklären, was Sie im Flug verstehen, während er nicht darauf käme, selbst wenn man ihn an der Hand hinführen würde.»

«Ich habe keinen Heidenspaß daran.»

«Geschweige denn Ward. Vor allem, weil Ward gar nicht anders konnte, als diese Sache zu sehen. Er war dazu geboren, sie zu sehen, wie die anderen dazu geboren waren, sie nicht zu sehen. Wäre diese Akte zehn Jahre früher oder zwanzig Jahre später auf seinem Schreibtisch gelandet, an einem Tag, da er sich zu Tode langweilte, an einem Tag, da er vom Begräbnis seines Vaters zurückkam oder frisch verliebt war, hätte das nichts geändert, er hätte zu diesen Einfaltspinseln gesagt: Ihr müsst an den Punkten verstärken, wo es keine Einschüsse gibt, nicht dort, wo welche sind, denn die Flugzeuge, die an den empfindlichsten Stellen getroffen wurden, sind diejenigen, die nicht zur Basis zurückgekommen sind. Also fallen Sie mir hier nicht auf die Nerven und tun Sie Ihre Arbeit. Sie sind dafür geboren, Sie werden nie aufhören, sie gut zu machen. Ob getrennt, verliebt, Opfer eines Weinkrampfs oder mit der Stimmung im Keller, wenn die Akte auf Ihren Schreibtisch kommt, sehen Sie die Flugzeuge, die abgestürzt sind, nicht diejenigen, die zur Basis zurückgekommen sind. Diese Sache mit dem *shining*, das kommt und geht, ist Bullshit. Wollte ich banal sein, würde ich sagen, ‹folgen Sie Ihrem Instinkt›, aber wer das Wort ‹Instinkt› verwendet, hätte Jahre Gefängnis verdient: Worte wie Instinkt, Atmosphäre, ein wenig, seltsam und in Anführungszeichen kann man nicht benutzen, denken Sie daran, da Sie nun schon einmal begonnen haben, lesen und schreiben zu lernen. Wie fühlen Sie sich?»

«Besser.»

«Von wegen besser, der eigentliche Schlag kommt erst, also halten Sie sich fest, denn das ist jetzt der Schlag des Meisters: Ihr Problem hat nichts mit Ihrer Frau zu tun, den Kindern oder der Arbeit. Und auch nicht mit Ihrem Werkzeug zur Weitergabe der Gene, ob es funktioniert oder nicht. Im Übrigen unglaublich, dass Sie das nicht wissen.»

«Aber dann was …»

«Was … was … auch wenn Sie ganz schön fertig sind, sind Sie doch kein Kind, also stottern Sie nicht. Erinnern Sie sich noch, wie das bei mir ist?»

«Nicht so sehr.»

«Vier Treffen, eins pro Woche. Das mag wenig scheinen, aber entweder die Sache funktioniert oder nicht, ich habe das immer so gesehen.»

«Beim letzten Mal waren es, scheint mir, fünf.»

«Ich habe Ihnen schon gesagt, ich bin gut geworden. Sie haben weniger Treffen und zahlen mehr, Sie müssten zufrieden sein, oder? Heute habe ich gesprochen, und ich habe Ihnen Perlen vorgeworfen, sehen wir mal, ob Sie mit Ihrem Elefantenrüssel die eine oder andere auflesen können. Beim nächsten Mal reden Sie. Sie werden mir erzählen, wann Sie kapiert haben, dass Sie gutmütig, also gelackmeiert sind.»

«In welchem Sinn?»

«Sie haben eine Woche, um darüber nachzudenken, Sie werden sehen, die Erleuchtung stellt sich ein. Was tun Sie, stehen Sie auf?»

«Ich dachte, wir sind am Ende.»

«Wenn Sie recht hätten, bekäme ich nicht in zehn Minuten hundertfünfzig Euro, also setzen Sie sich. Sie wissen, dass es zwischen den Sitzungen Aufgaben zu lösen gibt, nicht wahr? Nehmen Sie», und sie hält ihm ein Blatt hin, das neben dem Sessel am Boden lag. «Da ich meinen Kandidaten kenne, habe ich Ihnen schon etwas verschrieben.»

Arcadipane nimmt das Blatt und liest, nur so ungefähr, weil er seine Brille nicht aufhat.

«Duecon, sind das Bonbons?»

«Nein, das ist eine Kontaktbörse im Internet. Ich habe Ihnen gesagt, dass das nicht das Problem ist, aber wir müssen was in Bewegung setzen, den Vietkong aus den unterirdischen Tunnels aufscheuchen. Man muss Lärm machen. Folgen Sie mir?»

«Nein.»

«Das macht nichts. Sie gehen auf diese Seite, und bis nächste Woche müssen Sie mindestens drei Frauen persönlich getroffen haben. Da ich weiß, dass Sie sich dumm anstellen werden, habe ich Ihnen ein paar Schritte aufgeschrieben, ich lese Sie Ihnen vor, weil Sie ja blind sind wie ein Huhn.»

Sie beugt sich zu ihm vor, und Arcadipane kann den Geruch nach Eisen riechen, den ihr Körper verströmt: gebrauchtes Eisen, von Geländern, Zangen, Türklinken. Und verbrauchtes Öl, in Mauerritzen, im Sand gewachsenes Gras. Der Geruch hat etwas von Glas, durchsichtigen Dingen, die diese Eigenschaft durch einen anfänglichen genialen Impuls angenommen haben, gefolgt von einem langen Bearbeitungsprozess. Das könnte Arcadipane sagen, wenn er die Worte dafür besäße, diesen Geruch analysieren und wieder zusammensetzen könnte, so aber kann er ihn nur in einem Schwall wie eine Ohrfeige hinnehmen.

«Hören Sie mir zu?»

«Ja.»

«Verwenden Sie ein höchstens zehn Jahre altes Foto, übertreiben Sie nicht, nix da mit nacktem Oberkörper am Meer, in Uniform, auf dem Motorrad, mit frisch gefangenem Fisch oder Hundewelpen im Arm. Und dass man nicht sieht, dass Sie den Teil mit Ehefrau oder Kindern weggeschnitten haben.»

«Aber sind Sie sicher, dass …»

«Als ich mir Sie heute Abend vor dem Computer vorstellte, sah ich die Szene von den Affen und dem schwarzen Quader vor mir, also habe ich Ihnen die erste zu verschickende Nachricht und fünf Antworten, die Sie bekommen könnten, aufgeschrieben, mit dem dazugehörenden Profil Ihrer Gesprächspartnerin. Das ist wie die Eröffnung beim Schach, die ersten drei Züge entscheiden, was für eine Partie es wird.»

«Sie haben sich viel Mühe gemacht.»

«Seien Sie nicht blöd, das ist eine Kopie. Wenn Sie mit dem Finger darüber fahren, sehen Sie, dass es abfärbt. Auf jeden Fall befolgen Sie die Anweisungen für den Anfang, und werden Sie nicht nervös, verlieren Sie nicht den Mut, trumpfen Sie nicht auf, und am Donnerstag bringen Sie mir den Bericht über die drei Treffen. Achtung: Laden Sie sie zum Abendessen ein, gehen aber nicht ins Bett, vorausgesetzt, das wird Thema. Sie sind nicht bereit. Und jetzt lassen Sie die hundertfünfzig in dem Säckchen bei der Eingangstür, Gott weiß, wie sehr ich mir die verdient habe.»

«Darf ich Ihnen eine Frage stellen?»

Ariel schaut auf ihre Armbanduhr. Vielleicht vom Großvater. Das Band ist kaum dunkler als ihre olivfarbene Haut.

«Warum stellen Sie die beiden Sessel so nebeneinander? Das ist sehr unbequem.»

«Wollen Sie die Wahrheit hören?»

«Auch wenn ich nicht bei der Arbeit bin, würde mich das freuen.»

«Ich verschiebe sie, bevor Sie kommen, und Sie können sich ausmalen, welche Mühe mich das kostet, nur damit ich Ihnen nicht fünfzig Minuten lang ins Gesicht schauen muss.»

Arcadipane durchquert die Eingangshalle und tritt auf die Straße hinaus. Er ist erschöpft und würde am liebsten in die Bar auf der anderen Straßenseite gehen, um in Ruhe auf der Toilette zu weinen, die, wie er sich erinnert, schön grün gefliest und durch eine Zwischenwand akustisch isoliert ist. Als ihn der erste Regentropfen an der Stirn trifft, erinnert er sich, dass er das Handy stumm geschaltet hat. Er sieht nach. Sechs Anrufe von Pedrelli. Er ruft zurück.

«Buon giorno, Commissario. Ich habe mich gemeldet, weil die von La Vallette angerufen haben. Apostolo hat Mist gebaut, und jetzt will er nur mit Ihnen verhandeln, es sieht aus, als wäre es dringend.»

«Er will verhandeln.»

«So haben sie gesagt.»

«Sicher, dass sie sich so ausgedrückt haben?»

Schweigen.

«Vielleicht haben sie sprechen gesagt.»

Arcadipane legt auf und geht mit ruhigen Schritten zum Auto.

Es wäre schön, wenn es sich um ein Geständnis handelte, aber er weiß mit Sicherheit, dass es komplizierter ist.

11.

Das Gesicht ist blass und abgemagert.

Seit etwa zehn Minuten sucht Arcadipane die Arroganz und Ruppigkeit, an die er sich erinnert, aber was er sieht, ist bloß ein Junge. Sogar ein kleiner Junge, wenn man außer Acht lässt, wo er sich aufhält und warum.

Der Raum ist sehr sauber und sehr ohne alles. Im Grunde soll er Erleichterung von der Haft vermitteln, ohne sie vergessen zu lassen, ein wenig Trost in der Krankheit, ohne zu heilen. Es gibt keine Geräte, keine Medikamente, nichts aus Glas oder Metall, womit man schneiden könnte. Nur ein Nachtkästchen, zwei Plastikstühle und das Bett, auf dem Luca Apostolo langsam atmend schläft.

Arcadipane schaut auf seine verbundenen Handgelenke, die auf dem Betttuch liegen. Er war nie in Lebensgefahr, hat der Arzt gesagt. Mit ein paar Blättern Papier kann man nicht tief schneiden, aber die Längsrichtung der Schnitte sagt etwas aus.

Der Junge öffnet die Augen. Sobald er ihn erkennt, dreht er den Kopf zur anderen Seite.

«Ich dachte, du bist tough», sagt Arcadipane.

Die Sehnen am Hals des Jungen spannen sich an, aber er dreht sich nicht um.

«Ich bin sehr müde», sagt Arcadipane, «also schauen wir zu, dass wir den Teil überspringen, wo ich dich bedaure, dich demütige und dich dann wütend mache, okay? Was ist so schwer zu ertragen? Das Gefängnis? Die Schuld?»

Luca Apostolo weint still vor sich hin, was von Kindheit an seine Art gewesen sein muss. Still und insgeheim, denn Arcadipane sieht nicht, dass er zur Mutter läuft und noch weniger zu diesem Vater. Eher was für den Treppenabsatz, einen stillen Winkel auf dem Hof, da er zu Hause nie ein Zimmer gehabt hat, wo er sich hätte einschließen können.

«Sie sagt, es kann nur ich gewesen sein», sagt der Junge. «Ich habe sie enttäuscht.»

«Woher weißt du das?»

«Meine Mutter hat es mir heute Morgen gesagt. Clara hat sie gestern Abend angerufen.»

Arcadipane denkt nach, aber er bemerkt, dass er schlecht denkt, schmutzig, zerknüllt.

«Sie hat mich verlassen und basta», hilft Apostolo ihm aus der Verlegenheit, etwas sagen zu müssen.

Arcadipane greift nach den Lakritzbonbons, er nimmt zwei.

«Möchtest du?»

Apostolo wendet sich nicht einmal um, um zu sehen, was gemeint ist. Arcadipane nimmt alle zwei in den Mund und kaut. Alle Achtung, welches Tempo, das Mädchen! Und die Mutter auch! Die Leute sind immer im falschen Moment ehrlich.

«Ich hatte schon wenig», sagt Apostolo, «und dieses Wenige habe ich verloren.»

Arcadipane fühlt, wie dieser Ton ihn trifft, ein Ton, der nicht weint und nicht klagt, sondern feststellt. Da ist sie, bei einem zwanzigjährigen Jungen wie bei einem fünfzigjährigen Arschloch. Die große gemeinsame Freundin: die Bitterkeit.

«Kann ich etwas für dich tun?»

Der Junge denkt nach.

«Finden Sie den, der es getan hat», sagt er.

12.

23.33 Uhr

Sucai an Lucignola, 43 Jahre, ihr Motto: Ohne die Zärtlichkeit zu verlieren.

Lucignola,

da sind wir in dieser großen Arena, ohne Kämpfer zu sein. Du suchst vielleicht, ich suche vielleicht. Aber was? Die Zärtlichkeit nicht zu verlieren, wie du so weise schreibst. Können wir sie zu zweit finden? Versprechen wir uns nichts, aber ein Abendessen? Ein Glas Wein? Kleine Versprechen, einstweilen …

23.37 Uhr

Sucai an Venusia. 45 Jahre, ihr Motto: Den Frühling atmen.

Venusia,

da sind wir in dieser großen Arena, ohne Kämpfer zu sein. Du suchst vielleicht, ich suche vielleicht. Aber was? Den Frühling zu atmen, wie du so weise schreibst. Können wir ihn zu zweit finden? Versprechen wir uns nichts, aber ein Abendessen? Ein Glas Wein? Kleine Versprechen, einstweilen …

23.48 Uhr

Venusia an Sucai, 55 Jahre, sein Motto: Den Körper nicht bewegen und die zuständigen Einsatzkräfte rufen.

Es ist purer Zeitverlust, dir diese Zeilen zu schreiben, es werden wenige sein, denn solche wie dich habe ich dicke, die nicht den Mut aufbringen, ihr Gesicht preiszugeben. Sicherlich wirst du dich herausreden und sagen, dass für dich das Äußere nicht zählt (dabei bin ich sicher, dass du nur an die schreibst, die ein Foto dabeihaben), oder dass du eine Arbeit hast, die dir nicht erlaubt, in Erscheinung zu treten, womöglich dass du ein öffentliches Amt bekleidest. Erspar mir das und werd erwachsen! Das ist mein Ratschlag, ob du nun verheiratet oder verlobt bist oder einfach nur ein Feigling. Wenn du spielen willst, halt dich an die Spielregeln. Schreib mir nicht mehr. Für dich sind selbst diese Zeilen schon zu viel!

23.46 Uhr

Sucai an Grant im Rock, 40 Jahre, ihr Motto: Arsen und Spitzenhäubchen.

Grant im Rock,
da sind wir in dieser großen Arena, ohne Kämpfer zu sein. Du suchst vielleicht, ich suche vielleicht. Aber was? Arsen und Spitzenhäubchen, wie du so weise schreibst. Können wir sie zu zweit finden? Versprechen wir uns nichts, aber ein Abendessen? Ein Glas Wein? Kleine Versprechen, einstweilen ...

00.12 Uhr

Grant im Rock an Sucai, 55 Jahre, sein Motto: Den Körper nicht bewegen und die zuständigen Einsatzkräfte rufen.

Also bitte! Genug von diesen Copy-and-Paste-Nachrichten. Meiner Meinung bist du zu Besserem imstande, wenn du dir Mühe gibst. Aber nicht mit mir. Leb wohl!

00.13 Uhr

Sucai an Alchemistin, 43 Jahre, ihr Motto: Wer den Regenbogen sehen will, muss lernen, den Regen zu lieben.

Alchemistin,
da sind wir in dieser großen Arena, ohne Kämpfer zu sein. Du suchst vielleicht, ich suche vielleicht. Aber was? Vielleicht muss der, der den Regenbogen sehen will, den Regen lieben lernen, wie du so weise schreibst. Können wir ihn zu zweit finden? Versprechen wir uns nichts, aber ein Abendessen? Ein Glas Wein? Kleine Versprechen, einstweilen ...

00.24 Uhr

Alchemistin an Sucai, 55 Jahre, sein Motto: Den Körper nicht bewegen und die zuständigen Einsatzkräfte rufen.
Danke für deine Worte, Sucai (bei Gelegenheit erklärst du mir vielleicht dein Motto und dein Alias!), in einem Meer von Trivialitäten und Ungezogenheiten sind sie ein wahrer Balsam. Es ist spät, und morgen muss ich früh raus zur Arbeit. Aber ich will dich nicht aus den Augen verlieren. Schreiben wir uns in den kommenden Tagen, wer weiß, vielleicht wird ja aus dem Glas Wein etwas ... Küsschen und gute Nacht.

13.

Als die Erde rot und die Häuser zu Bauernhöfen werden, verlangsamt Arcadipane seine Fahrt, wie einer, der kein Ziel hat, auch wenn er eins hat.

Es ist früh, neun Uhr, und nach dem Regen gestern ist die Luft eindeutig frühlingshaft. Auf der Straße ein paar landwirtschaftliche Fahrzeuge, die normalerweise als lästig empfunden würden, aber sie zu überholen unterbricht die Monotonie der gut asphaltierten breiten Fahrbahn zwischen den Hügeln, die sich bald erheben werden. Ein Dachs und ein Fuchs, zu Kadavern gemacht, markieren die Grenze zwischen Asphalt und Natur, ein Niemandsland, wo die Gefallenen zurückbleiben.

Bei der Ziegelfabrik biegt er in die Landstraße ein. Ein Dorf, bestehend aus einer Handvoll Häusern und einem rosa Altenheim, zwei oder drei Kurven und eine gerade Strecke, dann biegt er von der Asphaltstraße in einen Feldweg ein, und oben auf der Anhöhe liegt das Haus. Ein Bauernhof wie viele hier, der Grundriss in L-Form, die Zimmer nach Süden, Stall und Scheune an der Längsseite.

Er hält im Hof. Es hat geregnet, und die Reifen wirbeln keinen Staub auf. Die Tenne ist aufgeräumt, keine Hunde. Die Geräusche sind die von Häusern auf dem Land ohne Tiere, Traktoren oder Menschen, die die Erde bearbeiten.

Arcadipane öffnet die Tür für Trepet, der den Ort wiederzuerkennen scheint und in der Mitte des Hofes auf einen schlaffen Ball pinkelt.

«Komm her!», herrscht Arcadipane ihn an.

Er geht auf das Haus zu, steigt die Treppe hinauf und klopft an. Nichts.

Elena wird bei der Arbeit sein und die Kinder in der Schule. Er versucht es auf der anderen Seite, wo das Studio war. Er bringt das Gesicht an eine der Glasscheiben: Bücherregale an den Wänden, ein paar Bände auf Tisch und Sofa, sonst nichts.

Bleibt noch der Weinberg hinter dem Haus, sagt er sich.

Gefolgt von Trepet, biegt er um die Ecke. Er schaut auf das Vorgewende, wo sie vor fünf Jahren heraufgekommen sind, an dem Abend, an dem Bramard bis in die Nacht hinein erzählte. Dann sieht er dort, wo das Haus seinen Schatten wirft, einen mageren und kahlköpfigen Typen unter dem Feigenbaum sitzen. Er liest, aber jetzt, da er ihn gesehen hat, richtet er sich auf. Arcadipane hebt die Hand zum Gruß.

«Ich suche Corso!», ruft er.

Der andere winkt ihn heran. Arcadipane gehorcht. Erst als er nur noch wenige Meter entfernt ist, wird er langsamer, um sich zu überlegen, welches Gesicht er aufsetzen könnte. Aber sechs Meter genügen nicht, geschweige denn vier, drei oder zwei, und Gesicht bekommt er natürlich keins zustande angesichts des Lächelns, mit dem Corso ihn empfängt, und das bedeutet: «Wir sind du und ich, lassen wir die Höflichkeitsfloskeln beiseite, bitte.»

Arcadipane betrachtet diesen Körper, der immer zu groß gewesen war, zu kompakt, zu viel Haare, zu widerstandsfähig, zu sehr alles Mögliche. Jetzt wiegt er zwanzig, fünfundzwanzig Kilo weniger, und das macht Eindruck, weil das Geheimnis gelüftet ist, der Rahmen ist bloßgelegt. Wer dachte, ein solcher Körper lasse sich konstruieren, der weiß jetzt, dass dem nicht so ist. Er wird hervorgebracht von Vermischungen von Blut und Scholle durch Generationen hindurch, alles jahrtausendealte Dinge. Vielleicht ist das mit allem so. Was eine Last wegnimmt, bürdet eine andere auf.

«Sieht so aus, als wäre dem Hund das Bein nicht nachgewachsen», sagt Bramard.

«Sieht so aus.»

«Er folgt dir aber nach wie vor. Wie geht es dir?»

«Ich habe mich getrennt. Und dir, den Kindern?»

«Ich habe Krebs. Ani geht in die dritte Klasse am musischen Gymnasium, sie ist sehr gut. Matei hat dieses Jahr die Prüfung der dritten Klasse Mittelschule. Die Schule ist nicht sein Ding, aber er wird seinen Weg machen. Unterdessen spielt er Fußball. Er weiß, dass dein Sohn in der Serie C spielt, und montags sieht er sich immer die Ergebnisse des Carpi an. Aufgrund meiner Situation war Martina zwei Monate hier, wir haben ihren dreißigsten Geburtstag gefeiert und viel miteinander unternommen … Jetzt ist sie wieder in Brasilien, wo sie ein Projekt mit Frauen aus den Favelas betreut. Sie hat einen Partner, auch er aus dem Bereich der Kooperativen. Ich glaube, sie denken an ein Kind. Er ist aus Hannover, und wahrscheinlich werden sie später dort leben. Und die Deinen?»

«Von Giovanni weißt du. Loredana studiert Geisteswissenschaften. Ihr hättet euch viel zu sagen, ihr, die ihr lest. Mit mir dagegen … Ich glaube nicht, dass sie einen Freund hat. Mariangela dafür ja. Er unterrichtet Kunstgeschichte, und ab und zu gehen sie in Museen, wo er sagen muss, ob ein Gemälde echt ist oder nicht. Aber vielleicht ist das nur ein Vorwand, um Hotels in der Umgebung aufzusuchen und es dort zu treiben. Jedenfalls haben wir uns nicht deswegen getrennt. Wir entwickelten uns nicht weiter.»

Bramard nimmt das Glas, das auf dem emaillierten Metalltischchen steht. Die Farbe des Inhalts ist nicht sonderlich verlockend. In der Tat nimmt er nur einen Schluck und stellt es wieder an seinen Platz.

«Gut», sagt er, «nun sind wir auf dem Laufenden. Warum bist du hier?»

Arcadipane betrachtet den Mann, der sein Vorgesetzter war

und der sich trotz der verlorenen Haare und dem weniger festen Blick seinen rätselhaften Ausdruck bewahrt hat. An den Armen Hämatome von verfehlten Einstichen. Er, dessen Venen schon hervortraten, wenn er auch nur ein Blatt Papier in die Hand nahm. Nach Erkundung des kleinen Wiesenstücks hat Trepet sich zu ihren Füßen ausgestreckt. Die Birkenstock-Sandalen sind immer noch dieselben.

«Der Fall in der U-Bahn», sagt Arcadipane.

«Ich dachte, der ist abgeschlossen.»

«Ja, aber ich bin nicht überzeugt.»

«Du bist nicht überzeugt.»

«Kein bisschen.»

«Warum?»

«Ich weiß es nicht. Da sind die Aufzeichnungen der Überwachungskameras, die Zeugen, die Vorstrafen, aber ich …»

«Du bist nicht überzeugt.»

«Genau.»

Bramard setzt sich auf dem Metallstuhl zurecht. Arcadipane betrachtet das Buch, in dem er las und das jetzt neben dem Glas auf dem Tischchen liegt. Auf dem Umschlag eine fast nackte Frau mit einem Kind auf dem Arm, ein Mann und viele Bäume.

«Gefällt es dir?», fragt Bramard.

«Was?»

«Das Bild auf dem Umschlag.»

«Ich verstehe nichts von Bildern, und in letzter Zeit gehen sie mir auch ein bisschen auf die Nerven.»

Bramard schaut auf das Haus, wo Elena heimgekommen sein muss, weil man hört, wie jemand einen Teppich klopft.

«Die Szene im Vordergrund, die Frau mit dem Kind am Ufer des Bachs und der Mann, der sie ansieht, ist sehr friedlich und heiter, und doch hat man das Gefühl, dass etwas Schreckliches geschehen wird oder diesen dreien schon zugestoßen ist.»

«Ach ja? Und warum?»

«Ich weiß nicht. Seit zweihundert Jahren wird darüber geschrieben, und niemand hat es je verstanden.»

«Also ist es unerklärlich?»

«Genau. Es sei denn, es gelingt dir, die Augen von den dreien abzuwenden und dich auf die schwarzen Wolken, den Blitz und den Unheil verkündenden Vogel auf dem Dach zu konzentrieren.

Arcadipane sieht genauer hin.

«Der Hintergrund.»

«Die Überwachungskameras zeigen den Jungen, aber vielleicht zählt in diesem Fall wie beim *Sturm* der Hintergrund. Der Hintergrund entscheidet, wer die Personen im Vordergrund sind und was sie tun.»

«Also?»

«Bist du in den Wohnungen gewesen?»

«Das hast du mir beigebracht.»

«Die des Jungen?»

«Was da nicht stimmt, sieht man auf den ersten Blick. So auch das Lokal, wo er arbeitet. Einfach nur Orte.»

«Wo bist du sonst noch gewesen?»

«Im Haus der Freundin von Apostolo, mit der er die Wette abgeschlossen hat. Akademiker, engagiert in einem Verein der Eltern von autistischen Kindern, weil der Zwillingsbruder des Mädchens damit zu tun hat, auch wenn ich nicht weiß, wie schwer der Fall ist. Sie haben auch ein kleines Mädchen mit neun Jahren. Keine Schwierigkeiten mit der Steuer. Keine Politik, geschweige denn Rassismus. Ein Einfamilienhaus in Crocetta, Typ Hund, Garten, Fahrräder, Gartenmöbel aus Bambus.

«Erzähl mir was über den Hund.»

Arcadipane lächelt und dreht sich dabei zur Seite, weil er sich schämt vor Bramard, wie er jetzt ist. Er erinnert sich an den Tag, als Pedrelli in ihr Zimmer kam, um seinen Dienst anzutreten. Er, der damals dreiundzwanzig Jahre alt und Corsos rechte Hand war, hatte das magere Gesicht dieses zu wohlerzogenen und zu alten Beamten angesehen, und als sie wieder allein waren, hatte er geurteilt: «Hast du einen Idioten angefordert?»

Bramard hatte sich Tee eingegossen und hatte, ohne etwas zu erwidern, weiter in den Akten geblättert.

Am Abend allerdings hatte er, bevor er hinausging, die Hundeenzyklopädie aufgeschlagen auf dem Schreibtisch liegen lassen, die er nach jeder Vernehmung mit religiösem Eifer studierte. Arcadipane hatte abgewartet, bis er gegangen war, dann hatte er die Beschreibung unter dem Foto eines braunen Hundes gelesen.

«Wackerer, ehrlicher, charakterfester und ausgeglichener Hund, er ist ein verlässlicher Wächter, ein effizienter Hirtenhund und ein wunderbarer Gefährte, immer an der Seite seines Herrn, wenn auch leicht misstrauisch gegenüber Fremden. Ungeachtet seines zierlichen und bescheidenen Äußeren hat er vor nichts Angst, und dank seiner Zähigkeit kann er sich auch bei der Jagd als kühn erweisen.»

«Sie haben einen fünfzig Kilo schweren Hund», sagt er, «braun, mit einem Haarkamm auf dem Rücken, der brunnentiefe Löcher buddelt.»

Bramard trinkt noch einen Schluck von dem, was wahrscheinlich eine Arznei ist.

«Längeres Fell entlang dem Rückgrat vom Kopf bis zum Schwanz? Bernsteinfarbenes Fell und der Kamm dunkler?»

«In etwa so.»

«Das ist ein Rhodesian Ridgeback.»

«Gut für ihn.»

«Weißt du, wer ein Rhodesian ist?»

«Nein.»

«Isa.»

«Dann ist das also ein bescheuerter Hund!»

«Vielleicht, aber Hunde buddeln aus drei Gründen: etwas verstecken, Abkühlung suchen, fliehen. Kommt dir Isa so vor wie jemand, der Dinge versteckt, unter Hitze leidet oder flieht?»

«Würde ich nicht sagen.»

«In der Tat ist der Rhodesian kein Hund, der buddelt, und Isa auch nicht.»

«Sie buddeln nicht.»

«Wenn sie fliehen müssen, reißen sie um, was ihnen im Weg ist, oder springen, aber sie buddeln nicht.»

«Vielleicht mag der Hund der Marangon seine Knochen verstecken.»

«Wenn die Marangon so sind, wie du sagst, dann wissen sie, dass kleine Knöchelchen seinen Darm verletzen können, und dass die großen mit der Zeit einen Kalkbrei im Magen bilden. Also geben sie ihm keine.»

«Nicht dass mir das viel helfen würde.»

«Vielleicht könnte Isa das. Oder ist sie wieder strafversetzt?»

«Straßenpolizei Vercelli, feste Arbeitszeiten, Kopf zurechtgerückt. Erinnerst du dich an die Tomatis? Die Zeugin im Fall mit den Skeletten? Sie bewohnen gemeinsam ein Haus inmitten von Mücken. Aber vielleicht … Wenn du sie anrufst!»

«Um ehrlich zu sein, habe ich anderes vor.»

«Der Art?»

«Sterben.»

Trepet dreht den Bauch nach oben und lässt einen ganz leisen Furz.

14.

Im Traum sah Lui, wie der Schuldlose auf den Berg geführt wurde, auf den andere, Gegeißelte und Verhöhnte, zum Martyrium hinaufgestiegen waren. Eine Schar, die die Schuld anderer büßte, aber ungehört verhallte sein Schrei: «Sie sind unschuldig: Sie sind rein, die Sünde ist anderswo.» Die Körper würden verbrannt werden, und der Irrtum schwebte über allem, wie der Geist über den Wassern in den ersten Tagen der Schöpfung.

Er erwachte aus diesem Traum und strafte sich am eigenen Fleisch, weil der Plan voranschritt und er den Schlaf des Ungerechten schlief. Ein anderer Schuldloser würde bald seinen Namen am Kreuz tragen, und wie in der Vergangenheit erwies er sich als untüchtig.

15.

Arcadipane klopft an, auch wenn die Tür offen ist.

Clara Marangon sitzt auf dem Bett, den Rücken an die weiß gestrichene Wand gelehnt. Sie hat die Kopfhörer um den Hals und die glänzenden Augen dessen, der geweint hat. Der Comic auf den Knien hat sie nicht sonderlich aufgemuntert.

«Ich habe deine Eltern gefragt, ob ich hinaufgehen und ein wenig mit dir plaudern kann», sagt Arcadipane.

«Sicher», sagt sie und nimmt die Beine vom Bett.

Arcadipane tritt ins Zimmer. Er betrachtet eine der zwei aufgehängten Weltkarten. Die bunten Pinnnadeln bezeichnen wahrscheinlich Orte, an denen sie gewesen ist.

«Reist du gern?»

«Ja, aber außerhalb von Europa war ich nur in New York, in Ägypten, in Cancún und in Dubai.»

Arcadipane schaut auf der Karte nach, wo die vier Pinnnadeln sind.

«Meine Frau und die Kinder waren vor ein paar Jahren eine Woche in Malta», sagt er. «Wegen Englisch … Aber ich hatte zu tun.»

«Ich fahre jeden Sommer nach England. Für die Diplomatenlaufbahn muss man richtig gut Englisch können.»

Arcadipane kommt näher und setzt sich neben sie. Sie senkt den Blick auf den Comic, der noch aufgeschlagen vor ihr liegt.

«Sie werden denken, ich bin eine Scheißtype, nicht wahr? Ich hätte warten können …», und die Tränen beginnen ihr über die Wangen zu laufen. «Aber da sind die Kameraaufzeichnungen, der Kimono, die Zeugen», sagt sie hellauf schluchzend. «Ich konnte nicht weiterhin so tun, als wäre nichts. Das wäre auch ihm gegenüber nicht gerecht … ich hätte nicht gedacht, dass er …!»

«Clara», kommt laut und deutlich die Stimme des Bruders von jenseits der Wand.

Das Mädchen holt Luft, das Schluchzen wird leiser.

«Ich gehe einen Moment rüber», sagt sie und trocknet sich die Tränen. «Wenn er glaubt, es geht mir schlecht, wird er unruhig.»

«Sicher», sagt Arcadipane und nickt. «Geh nur.»

Clara steht auf und geht zur Tür. Arcadipane hört, wie sie den kurzen Flur entlangläuft, beim Bruder eintritt und ihm versichert, dass alles in Ordnung sei, sie habe nur über den Comic gelacht. Die Wand lässt alles durch. Im Übrigen hatten die Marangon ja auch gesagt: «Eine leichte Holzkonstruktion … eine Trennwand.»

Er betrachtet die Fotos, die über dem Bett hängen: Clara und Alessandro am Meer, die Familie im Cabriolet, aber in dem dritten Rahmen sieht man jetzt ein Foto von Bruder und Schwester im Schwimmbad. Er in Badehose, schöner, athletischer Körperbau, wenn auch noch unfertig, sie in Jeans und T-Shirt hält ihn umfangen, während im Becken hinter ihnen andere Schwimmer planschen, dass es spritzt.

Arcadipane geht um das Bett herum und zur Kommode. Er öffnet sie leise. In der ersten Schublade Unterwäsche und Strümpfe, in der zweiten T-Shirts, in der vierten Sweatshirts und in der letzten Handys, Kabel und eine Gitarrenschule. Er kehrt zum Bett zurück, öffnet das einzige Fach des Nachtkästchens, und zwischen Notizbüchern, Schlüsseletuis und anderen Sachen findet er das Foto, das vorher in dem Rahmen war, das mit Clara, Alessandro und Apostolo im Fitnessstudio.

Er steckt es ein, steht auf und verlässt das Zimmer.

«Wie geht's?», fragt er, als er an Alessandros Zimmer vorbeikommt. Der Junge liegt zusammengekauert auf dem Bett mit dem Rücken zur Tür, den Kopf auf Claras Beinen, sie streichelt ihm übers Haar.

«Besser», antwortet das Mädchen. «Es ist gerade etwas schwierig.»

Auf dem Nachttisch des Jungen das gleiche Foto wie das, das er eben eingesteckt hat.

«Jetzt lasse ich euch in Ruhe», sagt Arcadipane. «Wenn irgendwas ist, ruft an.»

Die Eltern warten in der Diele auf ihn.

«Versichern Sie Ihrer Tochter, dass es Apostolo gut geht. Sie hat keinen Grund, sich schuldig zu fühlen.»

Die Marangon fragen, ob sie als Zeugin aussagen muss, wenn es zum Prozess kommt. Arcadipane bestätigt, dass das so sein wird. Alessandro auch? Arcadipane weiß es nicht. Wenn Luca eine gute Beziehung zu Apostolo hatte, ist es wahrscheinlich, dass die Verteidigung ihn als Entlastungszeugen aufruft, aber das muss man alles sehen. Ihr Anwalt kann natürlich seine Vorbehalte geltend machen. Das wird der Richter entscheiden.

Die beiden danken ihm und begleiten ihn zur Tür. Der Hund geht mit ihm hinaus, folgt ihm durch den Garten und schnüffelt an seinen Hosenbeinen, an der Tasche seiner Jacke, wo die Lakritzbonbons sind, an seinen Händen, die nach Trepet riechen.

Draußen zündet Arcadipane sich eine Zigarette an, raucht und mustert den Hund, der ihn seinerseits von jenseits der Gitterstäbe anstarrt. Wie Bramard sagte, ist sein Fell bernsteinfarben und nicht braun, und er hat etwas Afrikanisches.

Er geht an den Gitterstäben der Villa entlang bis zur Einfahrt an der Rückseite, wo sich die Garage befindet. Dort ist das Eisengitter unterbrochen und lässt Raum für ein paar Meter grünen Maschendrahtzaun, der an Holzpfosten befestigt ist. An dieser Stelle ist der Rasen hinter dem Maschendraht notdürftig mit ein paar Schieferplatten gepflastert. Wahrscheinlich, um das Loch abzudecken, das der Hund in der Nacht gebuddelt hat, als er unter dem Maschendraht hindurch abgehauen ist, und um zu verhindern, dass er noch weitere gräbt. Arcadipane untersucht die Rückseite des Hauses: Dort ist eine Art Sprossenwand angebracht, um den Rosenstrauch zu stützen. Ein robuster Holzrahmen, der bis zu den Fenstern im zweiten Stock reicht.

Während er zurückgeht, steckt er eine Hand in die Tasche auf der Suche nach den Lakritzbonbons, aber während er nach ihnen tastet, empfindet er sie als fremd, fast als feindlich. Dennoch steckt er sich eins in den Mund. Sein Wagen ist in einer Seitenstraße geparkt. Trepet sieht ihn vom Beifahrersitz aus an, im Maul ein Stück Paketband.

«Ich hätte besser daran getan, dich mitzunehmen», sagt Arcadipane, «dann hätte er dich zerfleischt.»

Trepet hebt sein einziges Hinterbein und leckt sich die Hoden.

«Mach nur, mach!», brummt Arcadipane und tippt auf einen der fünf Favoritenkontakte.

Er hört es zwei Mal läuten, dann kommt die Antwort.

«Guten Abend, Commissario, ich war gerade dabei …»

«Bist du noch im Präsidium?»

«Ja, Commissario.»

«Sind Botta und Lavezzi auch da?»

«Ich weiß nicht, aber wenn Sie mir eine Minute Zeit geben, gehe ich nachschauen …»

«Macht nichts, wenn sie nicht da sind, rufst du sie an und sagst ihnen, dass ich sie morgen früh um halb sieben vor dem Haus Marangon haben will, hast du verstanden?»

Pedrelli schweigt, sicher schreibt er in sein Notizbuch.

«Halb sieben, ist gut, Commissario.»

«Wenn die Eltern herauskommen, um die Kinder zur Schule zu bringen, folgen sie ihnen und zeichnen den Weg auf, den sie zurücklegen.»

«Den Weg … aufzeichnen …»

«Sag ihnen, während sie ihnen folgen, sollen sie alle Änderungsschneidereien vermerken, wo man Hosen kürzt und solche Sachen.»

«Okay, ich sage es ihnen.»

«Wenn sie ins Präsidium zurückkommen, soll Franco im Internet recherchieren, ob es auf dem Weg noch andere Betriebe dieser Art gibt.»

«Das kann ich auch machen.»

«Lieber Franco, er kennt sich besser aus.»

«Okay, schauen wir, ob er Zeit hat.»

«Nerv nicht, Pedrelli, wenn er keine Zeit hat, nimmt er sie sich.»

Schweigen auf der anderen Seite.

«Lass das Franco machen», versucht ihn Arcadipane zu begütigen. «Dich brauche ich für etwas anderes.»

«Okay.»

«Wenn Franco fertig ist, lässt du dir ein Foto von Apostolos Kimono ausdrucken, nimmst einen von beiden, Botto oder Lavezzi, und ihr geht in die Geschäfte, die bei der Recherche herausgekommen sind. Ich will wissen, ob jemand einen gleichen Kimono in Auftrag gegeben hat.»

Schweigen.

«Hast du alles notiert?»

«Ja», sagt Pedrelli, «aber …»

«Denk auf der Heimfahrt im Bus darüber nach, und du wirst sehen, du kommst drauf.»

16.

Arcadipane sitzt im leeren Außenbereich und kann sich nicht entschließen heimzugehen, trotz des Dunkels und des Windes, der die Feuchtigkeit aus den Tälern im Nordwesten mitbringt, liebreizenden Orten mit englischem Landregen und skandinavischen Selbstmordraten.

Er hat einen Pastis bestellt, den er immer ekelhaft fand, aber den ganzen Nachmittag denkt er schon an Bramard, der Pastis mag. Tonino ist extra in sein Lager gegangen, aus dem er mit einer Flasche Pastis 51 wieder auftauchte, ein Andenken an die goldenen Jahre der Fiat-Werke in Mirafiore, als ein Ingenieur aus Toulon die Fließbandgeschwindigkeiten regulierte.

Arcadipane schaut auf den Rest Pastis in seinem Glas: Einmal hatte er die Pinsel in einem Wassereimer in der Garage vergessen … Schade, denkt er, denn abgesehen davon, dass er einen Unschuldigen verhaftet hat, dass Mariangela es mit einem fünf Jahre jüngeren Kollegen treibt, seine Tochter ihn für einen Tölpel hält, sein Sohn verschollen ist, eine durchgeknallte Psychotante ihn zwingt, sich im Netz zu prostituieren und er entdeckt hat, dass sein einziger Freund beschlossen hat, es nicht mit einer Operation zu versuchen, die ihm dreißig Prozent Wahrscheinlichkeit bescheren könnte, weiter in diesem Chor der Lebenden mitzuwirken … abgesehen von alledem, denkt er, war es kein schlechter Tag.

Er sieht Trepet an, der seinerseits trübsinnig auf die Straße schaut. Zwei Jahre nach dem Umzug ins neue Viertel hat er sich noch keine verlässliche Landkarte von Pinkelplätzen zugelegt. Für das große Geschäft hat er einige bevorzugte Stellen, aber fürs flüssige geht er auf gut Glück vor: Der kleine Park vor dem Haus von Germana stellt ihn nicht zufrieden, die Plätze bei den Mülltonnen sind von arroganten Katzen okkupiert, und die Ladeninhaber pflegen an den Ecken Ammoniak auszustreuen. Für Hunde die Hölle.

Arcadipane nimmt gerade den letzten Schluck, als er sieht, wie auf der anderen Straßenseite die Tür aufgeht und der Sohn der Frau aus dem ersten Stock mit einem Müllsack herauskommt. Der Typ, um die fünfundzwanzig, schlaksig und mit hängenden Armen, trägt das übliche Flanellhemd über der Hose. Die langen schwarzen Haare fallen ihm weich auf die Schultern, als ob die Schwerkraft bei ihm verdoppelt wäre.

Arcadipane folgt ihm mit dem Blick, während er zu der Mülltonne geht, den Müllsack hineinwirft und zurück ins Haus geht.

Er wartet einen Moment, legt fünf Euro auf den Tisch und geht zu der Mülltonne. Er öffnet sie. Die grüne Tüte liegt obenauf. Er stellt sich auf die Zehenspitzen und reißt sie auf: Die Packung mit den 250 Gramm Lachs ist da, inmitten alles anderen.

«Die Suppenküche der Caritas ist um die Ecke!», lässt sich eine Frauenstimme vernehmen. «Und zerrt nicht immer alles raus!»

Die Schritte entfernen sich. In dem Moment fällt der erste Regentropfen auf Arcadipanes unteren Rücken, der unbedeckt ist.

17.

17.46 Uhr

Lucignola an Sucai, 55 Jahre, sein Motto: Den Körper nicht bewegen und die zuständigen Einsatzkräfte rufen.

Ciao Sucai, verdammt, wie poetisch du bist! So poetisch, dass ich eine ganze Weile überlegt habe, bevor ich dir antworte! Aber was soll's, take it easy!

Ein Glas Wein? Warum nicht! Aber wenige Versprechungen, bitte, sind wir doch beide im Zeitalter der Vernunft angekommen, wie Sartre sagt, um einen zu zitieren, der sich auf den Schultern einer Frau einen Namen gemacht hat, die zehnmal so viel Talent und Intelligenz besaß wie er, der wundervollen Simone Lucie Ernestine Marie Bertrand de Beauvoir. Ich muss jetzt los, aber wir hören voneinander. Ich verspreche, dass ich es nicht mache wie Bip Bip mit dem Coyoten.

Einen guten Tag.

22.20 Uhr

Sucai an London Calling, 39 Jahre, Motto: Die Eiszeit rückt näher, die Sonne implodiert.

London Calling,

da sind wir in dieser großen Arena, ohne Kämpfer zu sein. Du suchst vielleicht, ich suche vielleicht. Aber was? Die Eiszeit, die näher rückt, und die Sonne, die implodiert? Versprechen wir uns nichts, aber ein Abendessen? Ein Glas Wein? Kleine Versprechen, einstweilen …

23.05 Uhr
London Calling an Sucai, 55 Jahre, sein Motto: Den Körper nicht bewegen und die zuständigen Behörden verständigen.
Pah, bleib mir weg.

22.50 Uhr
Sucai an Löwe von Ekbatana, 37 Jahre, ihr Motto: Meinem Vater verdanke ich das Leben, meinem Meister ein Leben, das es wert ist, gelebt zu werden.
Ich schreibe dir, weil du wie ich kein Foto angefügt hast. Dein Motto ist sehr schön und dein Name macht mich neugierig. Deshalb schicke ich dir diese Nachricht, auch wenn wir vom Alter her nicht zusammenpassen. Ich bin erst seit Kurzem auf dieser Seite, ich versuche es ein wenig auf gut Glück, und ich hoffe, nichts geschrieben zu haben, was sich nicht gehört. Wenn du mir erklärst, was dein Name bedeutet, freut es mich. Gute Nacht.

00.12 Uhr
Löwe von Ekbatana an Sucai, 55 Jahre, sein Motto: Den Körper nicht bewegen und die zuständigen Behörden verständigen.
Ciao Sucai, auch du hast einen sehr merkwürdigen Namen, auch du hast kein Foto hinzugefügt, und du scheinst mir ein ehrlicher Mensch. Das sind die Gründe, warum ich dir antworte. Die Geschichte des Alias, den ich mir ausgesucht habe, ist ein wenig lang, sicher, dass du sie hören willst?

00.14 Uhr
Sucai an Löwe von Ekbatana, 37 Jahre, ihr Motto: Meinem Vater verdanke ich das Leben, meinem Meister ein Leben, das es wert ist, gelebt zu werden.

Ja, da bin ich mir sicher, aber wenn es zu spät ist, kannst du sie mir auch morgen schreiben.

00.22 Uhr

Löwe von Ekbatana an Sucai, 55 Jahre, sein Motto: Den Körper nicht bewegen und die zuständigen Behörden verständigen.

Das macht nichts, ich bin nicht müde. In seinem kurzen Leben hatte Alexander der Große viele Lieben, Männer und Frauen, aber der Mensch, den er am meisten geliebt hat und den nur der Tod ihm hatte entreißen können, war Hephaistion. Vermutlich war er ein paar Jahre älter als Alexander, sie sind gemeinsam aufgewachsen, waren zusammen in der Palestra, in der junge Mazedonier sich im Kampf übten. Sie waren Freunde von Kindesbeinen an, Schulkameraden, und die Liebe zwischen ihnen entstand in der Jugend, die Zeit, in der man die widersinnigsten und ehrlichsten Leidenschaften durchlebt. Im Unterschied jedoch zu dem, was den meisten passiert, hielt ihre Liebe an. Hephaistion folgte Alexander auf seinen Feldzügen in den Orient, als neuer Patroklos an der Seite eines neuen Achill. Zusammen haben sie das Perserreich erobert, und nicht einmal die Ehen, die Alexander mit verschiedenen lokalen Königinnen eingehen musste, um Allianzen zu schließen und sich Nachkommen zu sichern, konnten sie entzweien. Sie waren immer zusammen, im Krieg wie im Frieden, in der Regierung wie in der Intimität ihres Gemachs, bis Hephaistion krank wurde und starb, wenige Jahre bevor Alexander selbst mit nur siebenundzwanzig Jahren hinschied.

Hephaistion starb im Jahr 324 v. Chr. in Ekbatana, was heute Hamadan ist, eine Stadt im Iran, und Alexander hielt zwei Tage lang den toten Körper des Freundes umschlungen und blieb zwei Tage lang im Bett, nachdem er den Arzt hatte umbringen lassen, der Hephaistion nicht hatte helfen können. Erst einen Monat später beschloss er, für immer von Melancholie gezeichnet, das Begräbnis zu organisieren, welches das größte und teuerste der gesamten Geschichte war. Er ließ einen sechzig Meter hohen Scheiterhaufen aufrichten, Spiele mit zweitausend Athleten abhalten, Hunderte Konterfeis des Hephaistion in Gold und Elfenbein anfertigen und zehntausend Stück Vieh schlachten. Das steinerne Denkmal des Löwen von Ekbatana ist eines der vielen Grabdenkmäler, die Alexander zu Ehren des Hephaistion errichten ließ, aber es ist das einzige, das erhalten ist. Es ist eine wunderschöne, riesige Skulptur, von der Zeit beschädigt, das Symbol ihrer unbesiegbaren Liebe. Nun, das ist die Geschichte, ich hoffe, ich habe dich nicht gelangweilt, aber ich hatte dir gesagt, dass sie lang ist ... Wenn du auf der Tastatur eingeschlafen bist, nehme ich dir das nicht übel, hahaha ...

00.48 Uhr

Sucai an Löwe von Ekbatana, 37 Jahre, ihr Motto: Meinem Vater verdanke ich das Leben, meinem Meister ein Leben, das es wert ist, gelebt zu werden.

Aber was sagst du denn da, die Geschichte ist sehr schön, und du hast sie gut erzählt und auch schnell! Sicher, mir tut der Arzt leid, den man umgebracht hat und der wahrscheinlich keine Schuld hatte. Manchmal gibt es Dinge, wo nicht einmal die Medizin etwas ausrichten kann ... Jedenfalls weißt du eine Menge, und es war ein Vergnügen, diese Nachrichten mit dir auszutauschen. Ich hoffe, wir können uns wieder schreiben.

00.54 Uhr

Löwe von Ekbatana an Sucai, 55 Jahre sein Motto: Den Körper nicht bewegen und die zuständigen Behörden verständigen.

Sicher können wir das, jetzt gehe ich aber ins Bett, denn ich habe die Uhrzeit gesehen und bin erschrocken. Gute Nacht, Sucai (du hast mir dein Alias noch nicht erklärt, aber wenn die Geschichte lang ist wie die meine, lieber an einem anderen Tag. Im Übrigen verlangt auch dein Motto eine Erklärung)! Gute Nacht, schlaf gut.

00.58 Uhr

Sucai an Löwe von Ekbatana, 37 Jahre, ihr Motto: Meinem Vater verdanke ich das Leben, meinem Meister ein Leben, das es wert ist, gelebt zu werden.

Ich gehe auch schlafen, ich bin völlig fertig. Bis bald.

00.59 Uhr

Alchemistin an Sucai, 55 Jahre, sein Motto: Den Körper nicht bewegen und die zuständigen Behörden verständigen.

Ciao Sucai, das grüne Licht zeigt an, dass du online bist, aber vielleicht hast du nur die Seite offen gelassen und schläfst schon! Heute habe ich auf Facebook einen schönen Satz gelesen, und ich musste an dich denken. Ich schicke ihn ihm heute Abend, habe ich mir gesagt, aber ich komme erst jetzt von der Arbeit (Schichtdienst), und so ist es morgen geworden.

Der Satz ist folgender: «Die Natur hat keine Eile, und doch wird alles Wirklichkeit.» Er stammt von einem chinesischen Weisen. Nur sie haben diese schlichte Tiefe. Bist du wach, Sucai, oder träumst du süß? Wenn du wach bist, hättest du Lust auf einen Plausch im Chat? Wenn ich von der Arbeit nach Hause komme, fällt es mir immer schwer einzuschlafen, und mit einem Freund zu plaudern, ist viel besser als Fernsehen, um diese Zeit.

Küsschen und Nacht.

18.

Arcadipane hat die Arme auf dem Schreibtisch gekreuzt und den Kopf darauf abgelegt.

Um drei hat er noch immer mit der Alchemistin gechattet und den Rest der Nacht schlaflos verbracht, an die Decke gestarrt, den Geräuschen Trepets gelauscht und den Geruch der Verwandten und Freunde Germanas eingeatmet, die, mittlerweile sicherlich alle verstorben, im Lauf der Jahre ihre Ellbogen auf die Armlehnen des Sessels gestützt hatten, der jetzt immer ausgezogen ist und ihm als Bett dient. Bis er in aller Frühe aufgestanden ist, sich gewaschen und angezogen hat und hinausgegangen ist, um einmal die Mirafiori-Werke zu umrunden, in Gedanken bei Apostolo, Bramard, Mariangela und der verrückten Psychotante in ihrer Mansarde, in Erwartung, dass eine Bar öffnet und ihm den ersten …

Es klopft.

«Herein», sagt er und fährt sich mit der Hand über die Wangen, um den Abdruck der Stofffalten der Ärmel zu verwischen.

Pedrelli kommt herein in seinem verblichenen Anzug, den Wildlederschuhen, die er im Juni ablegen wird, und seinem üblichen korrekt gekämmten Streichholzkopf. Ausgeruht, blass, ungesund und guter Laune, wie er frühmorgens immer ist.

Sobald er ihn sieht, nimmt er sofort einen zerknirschten Ausdruck an: «Was ist passiert, Commissario? Haben Sie hier geschlafen?»

«Kümmre dich um deine eigenen Angelegenheiten, Pedrelli. Was ist?»

«Ja, Commissario. Gestern haben wir …»

Das Handy klingelt, das Arcadipane zu den anderen Dingen auf seinem Schreibtisch geworfen hat, die seine Arbeit, sein Leben und die damit verbundene Unordnung ausmachen. Er sieht auf das Display, als ob es da etwas zu entscheiden gäbe.

«Soll ich später wiederkommen?»

Arcadipane hält ihn mit einer erhobenen Hand zurück, während er mit der anderen den Anruf wegklickt.

«Machen wir weiter», sagt er.

Pedrelli holt sein Notizbuch hervor.

«Auf dem Weg, den die Marangon nehmen, um die kleinere Tochter und den Jungen zur Schule zu bringen, gibt es eine Maßschneiderei, ein eher elegantes Geschäft, und eine winzige chinesische Änderungsschneiderei. Ich habe das persönlich mit Lavezzi überprüft. Er schien mir geeigneter als Botta wegen seiner Erf…»

«Können wir weitermachen?»

Pedrelli zieht sich zusammen wie eine Raupe, wenn man sie berührt. Wenige Sekunden, um sicherzugehen, dass die Gefahr vorüber ist, dann fährt er fort.

«Der Inhaber der Schneiderei, ein vornehmer Herr, der das Geschäft vom Vater geerbt hat, sagte, er habe im Fernsehen die Aufnahmen aus der U-Bahn gesehen, wenn also in den Wochen davor jemand einen Kimono wie diesen bestellt hätte, hätte er die Polizei gerufen, um das anzuzeigen.»

«Und kann man ihm glauben?»

«Man kann ihm glauben.»

«Der Chinese dagegen?»

«Er sagt, er hätte den Kimono nie gesehen, auch nicht im Fernsehen. Er spricht nicht gut Italienisch, sie schauen nur chinesisches Fernsehen.»

«Wie war er?»

«Ein bisschen nervös, aber meiner Meinung nach glaubte er, wir wären zur Kontrolle da. Im Hinterraum hat er drei oder vier Arbeiter, die wahrscheinlich illegal hier sind. Sie wissen ja, wie das ist …»

«Hast du ihn dir ein bisschen vorgeknöpft?»

«Und wie, ich hab ihm ordentlich eingeheizt.»

Arcadipane mustert Pedrelli. Das Handy klingelt erneut. Der Blick auf das Display ist Sache einer Sekunde. Es schaltet es aus und steckt es in die Tasche.

«Gehen wir», sagt er.

«Ja», sagt Pedrelli, «wohin?»

«Zum Chinesen», sagt Arcadipane. «Ich führe Trepet zum Pinkeln und warte vor dem Zeitungsstand auf dich.»

Der Verkehr ist flau: Kinder und Jugendliche sind seit zwei Stunden in der Schule, die Eltern in der Arbeit. Bleiben Polizisten, Vertreter, Anwälte und die reichen Damen, die zum Shopping ins Zentrum fahren, um den Vormittag herumzubringen.

«Wir haben vier praktisch neue Wagen, warum nimmst du immer diesen Renault?»

Pedrelli fährt und vermeidet es, dem Auto davor zu nahe zu kommen.

«Ich fühl mich wohler damit», entgegnet er.

«Du fühlst dich wohler.»

«Ich möchte nicht riskieren, dass womöglich», sagt Pedrelli, ohne den Blick von der Straße zu wenden, «ein Stoß, eine Beule, eine Schramme an der Seite … im Grunde ist es ja Staatseigentum!»

Arcadipane sieht ihn an.

«Wir sind versichert, Pedrelli, und damit du einen Unfall hast, müsste man ein Flugzeug auf dich lenken.»

«Haha, immer zu Scherzen aufgelegt!»

«Warum nicht. Bieg hier ab, dann sind wir schneller da.»

Sie sind am Rand des Zentrums, kein Luxus, aber Häuser, die sie sich jedenfalls nie werden leisten können. Die Parkplätze vor dem einzigen Schaufenster sind besetzt, sie müssen in einer Seitenstraße parken.

«Nehmen wir die Kopfstütze ab und legen sie in den Kofferraum», sagt Arcadipane beim Aussteigen.

«Warum?»

Trepet, der auf dem Rücksitz kauert, stößt ein leises Winseln aus.

«Du hast gesagt, es ist öffentliches Eigentum, oder nicht?»

Die Auslage der Schneiderei ist klein, nur zwei, mit Stecknadeln festgesteckte Kleider, die Aufschrift «Änderungen jeder Art» und ein paar Angaben zu den Preisen: Saum fünf Euro, Reißverschluss acht und so weiter.

Sie treten ein, und der Chinese, der Pedrelli wiedererkennt, verzieht das Gesicht, wie um zu sagen: «Nicht schon wieder!» Um entgegenkommend zu sein, fängt er an zu brummen, dass er nicht weiß, dass er nichts versteht und andere Dinge der Art. Er hat das Alter, das alle Chinesen haben, die keine Kinder mehr sind und noch keine weißen Haare haben.

Arcadipane stützt die Arme auf die Ladentheke, die von einer Glasscheibe bedeckt ist. Hinter dem Mann verbirgt ein Vorhang einen Hinterraum, wo jetzt weniger Lärm ist als in dem Moment, als sie eintraten. Dahinter spürt man eine Spannung.

«Schluss mit der Komödie und hör zu», sagt er zu ihm.

Der Chinese versteht und versteht nicht, er hört jedenfalls den Befehl heraus und verstummt.

«Ich stelle dir zwei Fragen. Bevor du antwortest, solltest du bedenken, dass wir dir dein Geschäft in null Komma nix schließen können, und du machst es nie wieder auf, jedenfalls nicht in Turin. Du bekommst eine Strafanzeige, und die im Hinterzimmer, die womöglich deine Verwandten sind, kehren zurück nach Hause. Hast du verstanden?»

«Ja.»

Das Handy in Arcadipanes Tasche klingelt, er fährt mit der Hand hinein, und ohne es herauszuholen, bringt er es zum Schweigen.

«Zeig ihm noch mal das Foto des Kimonos.»

Pedrelli holt das Bild aus seiner Ledertasche eines Buchhalters zur Wirtschaftswunderzeit. Der Chinese braucht es nicht lang anzuschauen, weil er es schon gesehen hat.

«Vor drei Wochen», sagt er nickend, «er wollte ihn zwei Tage später haben, aber ich wusste nicht …»

«Ich weiß, und das habe ich dich nicht gefragt.»

Arcadipane holt das Foto aus der Tasche, das er aus dem Nachtkästchen von Clara Marangon genommen hat, und legt es zu dem Mann gewandt auf die Ladentheke.

«Wer von beiden?»

Ohne zu zögern, weist der Chinese auf einen der beiden Jungs.

Das Handy klingelt.

«Nimm die Daten auf», sagt Arcadipane zu Pedrelli, «und ich will ihn für die Aussage im Präsidium.»

Auf dem Gehsteig sieht er sich um, wenig Leute. Das Telefon in der Jackentasche klingelt weiter. Er geht ein wenig vom Schaufenster weg und antwortet.

«Warum rufen Sie immer wieder an? Wenn ich nicht antworte, dann kann ich nicht.»

«Warum? Sind Sie gerade dabei, jemanden zu verprügeln oder kassieren Sie in Ihren Geschäften Schutzgelder? Wie geht es voran?»

«Was?»

«Es ist Samstag, haben Sie etwas ausgemacht? Ein Abendessen, einen Aperitif?»

«Nein.»

«Worauf warten Sie? Auf Montag? Wissen Sie nicht, dass solche, die bereit sind, am Montag auszugehen, entweder nachtragend oder hypochondrisch sind?»

«Sie spinnen ja!»

«Ich sage das für Sie, mir reichen drei Verabredungen. Aber zwei Stunden in einem Lokal mit einer, die Lügenmärchen auftischt oder mit Schaum vor dem Mund, das wünsche ich nicht einmal Ihnen. Ich bin Ihre Psychologin, nicht Ihre Mutter. Und dass Sie es nur wissen, diesen Anruf zahle ich aus eigener Tasche.»

«Sie sind keine Psychologin, jedenfalls schreibe ich Mails, ich bin in Kont…»

«Schreiben Sie, aber nicht zu viel, in Ihrem Fall ist es besser, Sie sagen so wenig wie möglich, es gibt nicht nur Sie auf der Welt. Ihre Frau sollte Ihnen das beigebracht haben.

Die Frau legt auf.

Arcadipane hält das Handy nach wie vor ans Ohr, knirscht mit den Zähnen, dann bemerkt er, dass Pedrelli herausgekommen ist und ihn ansieht.

Schweigend gehen sie zum Wagen. Sie steigen ein. Trepet gähnt, gestört von all dem Türenknallen. Pedrelli lässt den Wagen an und fährt los. Arcadipane wirft ein Lakritzbonbon ein.

Sie biegen in den großen Viale ein und fahren an dem Chinesen vorbei, der den Rollladen halb heruntergelassen hat. Halbmast. Sie fahren weiter bis zur Ampel und fädeln sich in den dichten Verkehr Richtung Zentrum ein.

«Wenn ich mir erlauben darf, Commissario …»

«Pedrelli?»

«Ja, Commissario?»

«Fahr, und geh mir nicht auf den Sack.»

19.

Um zehn vor zwölf ist er am Gymnasium.

Er hat alle Zeit, eine Zigarette zu rauchen und den Regen ein paar Mal einsetzen und wieder aufhören zu sehen, bevor die Schulglocke durch die offen stehenden Fenster dringt.

Clara kommt mit den Ersten heraus, küsst ein paar Mitschülerinnen auf die Wangen und windet sich, viel beachtet, zwischen den Grüppchen durch, die sich sofort auf dem Gehsteig gebildet haben.

Sie trägt einen schönen Trenchcoat, ein Stück, das bestimmt aus England stammt. Einen kurzen Faltenrock bis zum Knie und Stiefel. Arcadipane lehnt am Eingangstor des Kindergartens und beobachtet sie, während sie auf ihn zukommt. Jetzt liest sie etwas auf dem Handy und antwortet, mit beiden Daumen schreibend, mit geneigtem Kopf und einem halben Lächeln.

«Clara!»

Sie hebt den Blick und schaut sich um, bis sie ihn zwischen den Müttern mit den Kinderwagen sieht. Sicher hat sie bemerkt, dass das Foto aus der Schublade verschwunden ist.

«Guten Tag», sagt sie in der Tat etwas förmlich.

«Du weißt, warum ich hier bin, denke ich.»

Sie dreht sich um zur Schule und rückt den einzigen Schulterriemen ihres Rucksacks zurecht.

«Was wird man ihm antun?»

«Das weiß ich nicht», sagt Arcadipane mit einer guten Dosis Aufrichtigkeit. «Wann hat er es dir gesagt?»

«Vorgestern.»

«Und du hast Apostolo fallen gelassen, sodass wir sahen, dass nicht einmal du mehr Zweifel hattest.»

Clara, die zu einem anderen Zeitpunkt über diese schiefe Satzkonstruktion gelächelt hätte, schaut nach wie vor mit glänzenden Augen auf die Mitschülerinnen vor dem Eingang. Fast alle sind aus guter Familie, gut gekleidet und privilegiert wie sie, aber in dem Moment besitzt niemand anderer die Schönheit dieses Mädchens, das die einzige Sache getan hat, die ihr sinnvoll und verpflichtend erschien, so verhasst, schmerzlich und ungerecht sie auch sein mag.

«Gehen wir», sagt Arcadipane. «Um halb drei verlässt er das Schwimmbad. Es ist besser, du bist auch dabei, wenn er herauskommt.»

Um zwölf Uhr siebzehn betreten Sabrina und Federico Marangon das Polizeipräsidium. Arcadipane und Pedrelli bringen sie in den Raum im Untergeschoss, den weniger kahlen, und um zwölf Uhr zweiundzwanzig beginnen sie, mit ihnen zu reden, während Clara mit Lavezzi in dem Raum am Ende des Flurs wartet.

In den ersten Minuten lächeln die Eltern über das Missverständnis, dann regen sie sich auf, schließlich führen sie Gründe für die Unmöglichkeit der Sache an und versuchen, ruhig und klar zu bleiben.

«Es ist keine schwere Form bei ihm, verstehen Sie, aber selbst wenn er wollte … Er geht nie allein aus … Das liegt nicht im Bereich seiner Möglichkeiten … Wenn Sie wüssten, was es bedeutet … würden Sie einsehen, wie absurd das ist, was …»

Arcadipane und Pedrelli hören zu, ernst, höflich, Interesse vortäuschend, aber ab und zu sehen sie sich an, wie um zu sagen: «Verdammt, das dauert.» Es ist, wie wenn man eine Flasche füllen will: Man sieht die Luft nicht, man kann sie nicht berühren, aber solange sie da ist, kann das Wasser nicht in die Flasche. Abzuwarten, dass sie rausgeht, ist der längere und langweiligere Teil der Operation, aber im Übrigen weiß man nicht, wo der schöne Teil ist. Deswegen ist es ein Scheißjob.

Um zwölf Uhr fünfundvierzig sind die Marangon eher müde als am Ende ihrer Argumente und verstummen. Arcadipane lässt Kaffee bringen, aber die Frau sagt, sie wolle lieber keinen trinken, weil sie ohnehin schon «nervös genug» sei. In Wirklichkeit wollte sie sagen genervt, aber sie hat eine natürliche Bräune, die sie sich durch ökologisches Fahrradfahren zugelegt hat, beileibe nicht mit Sonnencreme an einem Strand voller Leute, die schwitzen und Radio hören! Während die beiden Luft holen, erklärt Arcadipane ihnen, dass Alessandro wohl die Angewohnheit hatte, durch die Wand die Gespräche von Clara und Apostolo mitzuhören. Dass er sie von der Wette hat reden hören. Dass er das Foto genommen hat und in einer chinesischen Schneiderei einen Kimono so wie den von Apostolo hat machen lassen. Dass er sich die Maske und alles Übrige besorgt hat. Dass er unter dem Zaun ein Loch gegraben oder das vom Hund gebuddelte vergrößert hat. Dass er an dem von Clara und Apostolo vereinbarten Abend über das Rosenspalier in den Garten abgestiegen ist. Dass er durch das Loch unter der Einzäunung gekrochen ist, das der Hund in derselben Nacht benutzt hat, um abzuhauen. Dass er zu Fuß die U-Bahn-Station erreicht hat, wo er tat, was bisher alle Apostolo zugeschrieben haben – genau das, was Alessandro wollte. Dann ist er auf demselben Weg zurückgekehrt, ohne dass ihn jemand hörte,

«Warum hätte er das tun sollen? Er liebt Luca!»

«Ja, aber auch Clara liebt ihn. Und Alessandro wusste, dass Apostolo, wenn man ihn anklagt, von der Schwester getrennt würde.»

Die Marangon lassen die letzte Luft ab: «Sie müssen unbedingt mit den Lehrern sprechen, den Bezugspersonen in der Einrichtung, die ihn betreut, er wäre nicht imstande zu dem, was Sie behaupten.» Ihr Kopfschütteln hat jedoch an Kraft verloren. Die Empörung über die Absurdität der Situation macht etwas anderem Platz. Bald ist es so weit. Nur ein paar Luftblasen noch.

«Kommen Sie», sagt Arcadipane.

Um 13.24 Uhr führt er sie durch den Flur zum Videoraum. Wenige Schritte, die den Marangon wie eine Ewigkeit vorkommen müssen. Die Zeit verrinnt tropfenweise. Das Schweigen wird ihnen unerträglich. Arcadipane und Pedrelli wissen das und machen es sich zunutze.

In dem Raum hat Franco die Aufnahmen schon vorbereitet: Die Aufzeichnungen der Videokameras einer Bank zeigen Alessandro auf dem Gehsteig fünfzig Meter von dem chinesischen Schneider entfernt. Dann sind da die eines Kaufhauses, wo er die Stiefel und die Maske gekauft hat. Dann wieder die Aufnahmen der Bank, als er den Kimono abholt. Schließlich die Aufzeichnungen einer anderen Bank, die ihn am Abend des Vorfalls zeigen, wie er um 23.24 Uhr schnell ins Crocetta-Viertel zurückkehrt.

«Und dann hat er es Clara gestanden», sagt Arcadipane um 13.33 Uhr. Die letzte Luftblase!

«Aber was sagen Sie da?»

«Ich sage, dass er es vor zwei Tagen Clara gestanden hat.»

«Das ist unmöglich. Clara hätte es uns gesagt.»

«Sie ist nebenan, sprechen Sie mit ihr.»

Die Marangon betreten das Zimmer, wo Clara seit über einer Stunde wartet, vielleicht die Flecken an der Wand studiert oder ihre Schuhe betrachtet, da man ihr das Handy abgenommen hat und Lavezzi, der ihr Gesellschaft leistet, nicht für seine Gesprächigkeit berühmt ist.

Arcadipane und Pedrelli lassen sie allein: Sollen sie das untereinander in der Familie ausmachen. In der Zwischenzeit schickt er Lavezzi in die Bar ein Panino mit Omelett holen, während Pedrelli seine Tupperware mit weißem Reis öffnet und beginnt, ihn mit dem Rücken an die Wand gelehnt zu essen. Kleine Bissen, extrem lange gekaut.

Um vierzehn Uhr und ein paar Minuten kommen die drei aus dem Raum. Man sieht, dass die Frau geweint hat, dass Clara geweint hat und dass Federico sich beherrscht hat, aber auch weinen wird, sobald er allein ist.

Arcadipane schluckt schnell den Rest Brot und Omelett hinunter.

«Haben Sie miteinander gesprochen?» Eine blöde Frage, aber wenn der Wagen bergab rollt, braucht man ihn nicht anzuschieben. In der Tat nicken die drei reumütig.

«Wenn Sie nichts dagegen haben», sagt der Vater, «würde ich ihn gern am Schwimmbad abholen.»

«Es wäre ein Trauma für ihn», sagt die Frau, «wenn Fremde ihn erwarten würden.»

Arcadipane studiert den Mann, versucht zu verstehen, ob er verborgene Seiten von Mut oder Verrücktheit hat, die man auf Anhieb nicht sieht. Er weiß, dass Pedrelli innerlich das Mantra des «nein, nein, nein, die Vorschriften lauten ...» rezitiert.

«Ist gut», sagt Arcadipane. «Einer von uns kommt aber mit. Unterwegs kein Wort zu dem Jungen. Pedrelli, ruf Lavezzi und erklär ihm die Sache.»

«Gewiss, Commissario», sagt Pedrelli halbwegs beruhigt.

Federico Marangon dankt mit einem Nicken und sieht auf die Uhr.

«Ich fahr dann, er kommt gleich heraus.»

Um 14.11 Uhr verlassen Federico Marangon und Lavezzi den Raum und gehen zu dem Volkswagen Tiguan des Mannes, der im Halteverbot vor dem Polizeipräsidium geparkt ist. Clara wirkt sehr müde. Arcadipane fragt sie und die Mutter, ob sie sich setzen wollen.

«Ich verstehe das nicht», sagt die Frau, während sie den Kopf der Tochter streichelt. «Alessandro liebt Luca.»

Der raue Arcadipane von einst hätte ihr geantwortet, dass

er ihn womöglich liebt, dass es ihm aber keineswegs gefällt, durch die dünne Holzwand zu hören, wie der andere seine Schwester vögelt. Die Dinge wären vielleicht anders gelaufen, wenn Clara sich einen Verlobten mit einem hinreichend großen Haus, einem eigenen Zimmer und Bett ausgesucht hätte. Apostolo jedoch: Zweizimmerwohnung, das Schlafsofa im Wohnzimmer, die Mutter immer zu Hause. Unausweichlich das Auswärtsspiel bei den Marangon mit dem Zimmer, das man abschließen kann, mit so fortschrittlichen Eltern, dass ein siebzehnjähriges Mädchen das Recht auf sein Sexualleben hat, und besser zu Hause als wer weiß wo.

Der Arcadipane von jetzt hingegen schweigt und ist fast gerührt, als er Clara sagen hört: «Ich weiß nicht, Mama, vielleicht kann er es uns ja erklären.»

Punkt drei betreten Alessandro Marangon, Federico Marangon und Lavezzi das Polizeipräsidium. Im Auto hat der Junge ein Panino mit Schinken und Mayonnaise gegessen, das er in der Bar des Schwimmbads gekauft hat, wie immer nach dem Training. Die Mutter umarmt ihn, streichelt ihm das Gesicht, weint, versucht jedoch, gefasst zu wirken. Der Junge sieht sie nicht an, er ist ernst, distanziert, er hat verstanden. Arcadipane hofft, sich zu täuschen, als er den Anflug eines Lächelns auf seinen Lippen sieht.

«Gib dem Untersuchungsrichter Bescheid», sagt er leise zu Pedrelli, bevor er mit dem Jungen das Zimmer betritt.

Es ist drei, und alles scheint erledigt, aber nicht umsonst ist das ein Scheißjob.

Der Junge redet nicht.

Schwer zu sagen, ob aufgrund der Krankheit oder weil er unter Fremden ist. Jedenfalls kein Wort. Sie wenden sich ruhig an ihn, dann etwas weniger ruhig. Keine Reaktion. Sie versuchen, die Schwester hereinzuholen, fangen wieder von vorne an, Alessandro ist immer ernst, ruhig. Und stumm. Das Einzige, was ihn zu interessieren scheint, ist die Wanduhr.

Sie wechseln die Umgebung, gehen in Arcadipanes Büro, wo es keine Uhr gibt und der Junge sich nicht ablenken kann. Sie lassen die Eltern hereinkommen und die Schwester hinausgehen. Sie fangen wieder von vorne an. Schlimmer als vorher. Jetzt mit der ganzen Familie, Arcadipane erzählt noch einmal, wie die Dinge gelaufen sind, die Eltern bitten Alessandro auch nur um ein Kopfnicken. Nichts. Die Mutter bemerkt, dass Stunden vergangen sind, sicher muss der Junge auf die Toilette. Lavezzi begleitet ihn. Allein geblieben, weiß niemand, was er sagen soll, alle sind erschöpft, aber das Schweigen des Jungen hat bei den Eltern wieder etwas Hoffnung geweckt, ein bisschen Luft ist in die Flasche zurückgekehrt: Ob er diese Geschichte erfunden hat, um bei der Schwester Aufmerksamkeit zu erregen? Bei ihnen? Ob da etwas dahintersteckt? Jemand, der ihn bedroht und eingeschüchtert hat?

Alessandro kommt mit Lavezzi zurück und sieht nicht aus wie ein verängstigter Junge. Er setzt sich, und eine Stunde später ist er noch immer der Ruhigste in dem Raum. Es ist fast sechs. Arcadipane bemerkt, dass Alessandro Pedrellis Armbanduhr fixiert, die mit ihrem weißen Zifferblatt und den schwarzen Zeigern gut sichtbar ist. Diesmal jedoch mischt er die Karten nicht neu. Er lässt nur die Eltern und die Schwester hinausgehen. Und wartet. Es wird etwas geschehen, das weiß er, und er kann es nicht verhindern. Alles, was er tun kann, ist, gut zu beobachten, was und wie es geschieht. Und versuchen, etwas daraus zu folgern.

Fünf vor sechs. Alle trinken ein Glas Wasser, denn es ist klar, dass sie jetzt nur mehr warten. Die Glocken von San Tommaso läuten den ersten Schlag von sechs Uhr, in dieser Kirche der Beginn der Abendmesse. Alessandro schaut auf Pedrellis Handgelenk, wartet den letzten Schlag ab, sechs Sekunden, dann nickt er und fängt an zu reden.

Das tut er eher gut und ausführlich für einen, der die Mutter braucht, um die Jacke anzuziehen. Sie nehmen alles auf, und gleichzeitig schreiben sie alles Wort für Wort am Computer auf.

20.32 Uhr. Alessandro ist vor über einer Stunde den Ordnungskräften übergeben worden. Pedrelli geht in Arcadipanes Büro und legt einen Ordner auf den Schreibtisch, wo alles fein säuberlich in Reinschrift enthalten ist. Arcadipane dankt ihm mit einem Zeichen, lässt sich gegen die Rückenlehne sinken und raucht die Zigarette, von der er den ganzen Tag geträumt hat. Er kann gerade noch ausrauchen, da ruft Pedrelli ihn schon ans Telefon, der Untersuchungsrichter ist dran. Eine zwanzigminütige Unterredung, in deren Verlauf ihm einige Entscheidungen bezüglich der Verwahrung von Alessandro, bezüglich Clara und Apostolo mitgeteilt werden, mit denen Arcadipane einverstanden ist, von denen er aber froh ist, dass er sie nicht selbst hat treffen müssen.

Jetzt muss er durchatmen und eine Nacht darüber schlafen.

Morgen muss er diese scheiß sechs Sekunden zwischen dem Glockenschlag von San Tommaso und den ersten Worten von Alessandro Marangon unter die Lupe nehmen. Sechs Sekunden zum Zerstückeln. Zum Auseinandernehmen. Zum Kauen.

Alles in allem wird es ein schrecklicher Sonntag.

20.

21.30 Uhr

Sucai an Carotina46, 46 Jahre, ihr Motto: Bestell deinen Garten.

Ciao Carotina46,

da sind wir in dieser großen Arena, ohne Kämpfer zu sein. Du suchst vielleicht, ich suche vielleicht. Aber was? Eine kleine Karotte, wie du schreibst? Versprechen wir uns nichts, aber ein Abendessen? Ich könnte Dienstag oder Mittwoch. Lass mich wissen!

22.56 Uhr

Carotina46 an Sucai, 55 Jahre, sein Motto: Den Körper nicht bewegen und die zuständigen Behörden benachrichtigen.

Was bildest du dir ein? Wir haben gerade mal zwei Worte miteinander gewechselt! Und dann soll ich mit dir abendessen gehen? Wenn du geil bist, stell dich unter die kalte Dusche und lass dir eine Pizza kommen. Und füg ein Foto an, wenn du den Mumm dazu hast!

21.34 Uhr

Sucai an Lucignola, 43 Jahre, ihr Motto: Die Zärtlichkeit nicht verlieren.

Ciao Lucignola,

was hältst du von einem Abendessen? Ich kann Montag, Dienstag und Mittwoch. Erwarte Nachricht.

21.42 Uhr

Lucignola an Sucai, 55 Jahre, sein Motto: Den Körper nicht bewegen und die zuständigen Behörden benachrichtigen.

Ciao Sucai,

was für ein Tempo, alle Achtung! Ob so viel Eifer belohnt wird oder nicht? Lass mich nachdenken … warum nicht. Also auf ein Abendessen. Das Lokal bestimme aber ich, ich habe da gewisse Ansprüche … Von den Tagen her geht Dienstag, denn Montag habe ich Gruppe und Mittwoch Yoga. Schick mir aber wenigstens ein Foto, nur um zu wissen, wie du aussiehst. Ich verspreche, auch wenn du Quasimodo gleichst, das Abendessen steht und wird nicht angetastet.

21.48 Uhr

Sucai an Alchemistin, 43 Jahre, ihr Motto: Wer den Regenbogen sehen will, muss den Regen lieben lernen.

Ciao Alchemistin,

was hältst du von einem Abendessen? Ich kann Montag und Mittwoch. Erwarte Nachricht.

21.55 Uhr

Alchemistin an Sucai, 55 Jahre, sein Motto: Den Körper nicht bewegen und die zuständigen Behörden benachrichtigen.

Sucai, eine Einladung zum Abendessen ist immer was Aufregendes. Nach unserem Mailwechsel bis tief in die Nacht hinein muss ich sagen, dass ich mir das ein bisschen erwartet habe, aber dann das Schweigen gestern … Wer weiß, habe ich mir gesagt … Ein gewisses Bedauern. Das Herz war unglücklich, doch jetzt deine Nachricht. Das Leben hält immer Überraschungen bereit für den, der sein Herz nicht verschließt. Die Wahl des Lokals überlasse ich dir, da vertraue ich dir. Vom Tag her geht bei mir Montag, Mittwoch habe ich Dienst! Ich erwarte deine Nachricht und eine Adresse, wo unsere Worte Gesicht annehmen und die Gesichter vielleicht ein bisschen Röte ... Küsschen und Nacht.

22.02 Uhr

Lucignola an Sucai. 55 Jahre, sein Motto: Den Körper nicht bewegen und die zuständigen Behörden benachrichtigen.

Errata corrige, Sucai, meine Gruppe ist auf Dienstag verschoben worden, weil das Zentrum am Montag wegen Desinfektionsmaßnahmen geschlossen ist. Die finden vormittags statt, aber anscheinend muss eine Nacht vergehen, bis die Räume wieder benutzt werden können. Wer weiß, warum diese Regeln nur für kulturelle Zirkel und Sozialzentren gelten, ich möchte sehen, ob und wie in Kasernen oder in Fast-Food-Lokalen desinfiziert wird. Sagen wir also Montag, das war ja auch eine Option. Danke für das Foto: mutig, eins zu verschicken, wo du auf dem Land beim Tomatensugo-Kochen zu sehen bist! Gibt es diese Riesentöpfe noch? Woher kommst du, aus einem Film von Lina Wertmüller? Ich weiß den ikonografischen Mut zu schätzen, und wir treffen uns um 20.30 Uhr im *Pomorosato*, Via Baltea 18.

22.11 Uhr

Sucai an Alchemistin, 43 Jahre, ihr Motto: Wer den Regenbogen sehen will, muss den Regen lieben lernen.

Ciao Alchemistin,

Montagabend ist mir etwas dazwischengekommen, beruflich, aber ich könnte Dienstag, können wir uns Dienstag treffen? Danke.

22.18 Uhr

Alchemistin an Sucai, 55 Jahre, sein Motto: Den Körper nicht bewegen und die zuständigen Behörden benachrichtigen.

Verdammt, Sucai, als ich las «etwas dazwischengekommen» bin ich zusammengezuckt ... Willst du sehen, dass das Abendessen platzt, habe ich mir gesagt. Weswegen zu lesen, dass es nur um einen Tag verschoben wurde ... Besser so, so haben wir mehr Zeit fürs Warten und Begehren. Geduld ist die Tugend der Starken und Warten die der Tugendhaften.
Küsschen und Nacht.

Erschöpft lässt Arcadipane sich gegen die Lehne des Stuhls fallen, der ihm als Sitzgelegenheit und Kleiderablage dient. Die übrige Kleidung hat er im Koffer oder in den Umzugskisten, die er noch nicht ausgepackt hat. Eine Kiste Hemden, eine Kiste Hosen, Unterwäsche und Socken in zwei Schuhkartons. Und die Schuhe, die darin waren? Das eine war ein Paar Lederstiefel Stil achtziger Jahre, die er für eine Hochzeit gekauft hat. Er hat sie mit Mariangela bei einem der letzten Schuster ausgesucht, die noch von Hand arbeiten, «es ist ein wunderbares Leder, Sie werden sehen, Sie können sie auch vierundzwanzig Stunden tragen, und wenn Sie sie ausziehen, lächelt Ihr Fuß». Die Hochzeit war hingegen eine Tortur, und wenn er versuchte, sie zur Arbeit anzuziehen ... jagte er alle gleich um zehn Uhr morgens zum Teufel. «Vielleicht kann man das Leder klopfen und weicher machen!», sagte Mariangela. «Bei dem, was sie gekostet haben, wäre es eine Schande, sie wegzuwerfen.» Also nahm er die Stiefel und ging zu dem Schuster, wo er ein schönes Schild vorfand: «Aus gesundheitlichen Gründen bis auf Weiteres geschlossen». Erst einen Monat später erfuhr er über polizeiinterne Kanäle, dass der Schuster im Park erwischt worden war, als er versuchte, ein Kind davon zu überzeugen, den Umriss seines Fußes auf Blaupapier festhalten zu lassen. Er wurde nicht angezeigt, auch wenn man im Hinterzimmer seines Geschäfts etwa hundert Zeichnungen von solchen Füßchen fand. Sie wurden nicht als kinderpornografisches Material bewertet, aber ein Jahr später wurde der Schuhmacher von unbekannt erschlagen. Man hat nie erfahren, ob aus den genannten Gründen oder aus anderen Motiven. So blieben die Stiefel bis zum Umzug unberührt in dem Karton, bis er sie wegwarf und durch Unterwäsche ersetzte. Im anderen Schuhkarton waren vermutlich die Filzpantoffeln, die die Kinder … Aber wenn jetzt die Socken darin sind … Wo sind sie geblieben?

21.

Er ist seit sechs Uhr wach, huscht aber erst um halb neun durchs Esszimmer, denn er weiß, dass Germana dann in der Messe ist. Das kleine Espressokännchen steht auf dem Herd, er zündet die Gasflamme an und isst einen der zwei Kekse, die die Frau im Korb für ihn liegen lässt, zusammen mit einer Einzelportion Marmelade (warum soll ich ein Glas Marmelade kaufen, nur Sie essen welche, und sie wird mir schlecht) und dem Kringel Margarine im Punschglas (Butter vor Mittag schlägt auf die Magen).

Er isst den zweiten Keks und trinkt den Kaffee, dann schüttet er die Marmelade und die Margarine in die Spüle, lässt die Verpackung auf dem Tisch und knüllt die Serviette ein bisschen: Sonst kommt sie ja womöglich noch auf die Idee, wenn sie sieht, dass er nicht gegessen hat, an seine Tür zu klopfen und zu fragen, ob er unpässlich sei!

Um zehn vor neun schließt er sich in seinem Zimmer ein. Er hat den ganzen Tag Zeit, an Alessandro Marangon zu denken, an seinen Blick während der sechs Glockenschläge. Diesen auseinanderzunehmen und zu analysieren. Sechs Sekunden gegen einen ganzen Tag. Sehr gut.

Germana kommt um Viertel vor zehn zurück, zieht im Flur die Schuhe aus, stellt die Handtasche ab und ist dann eine halbe Stunde lang in der Küche zugange, mit einem Werkzeug, das sie bei der sonntäglichen Wohltätigkeitstombola für Bedürftige in irgendeinem Teil der Welt gewonnen hat. Arcadipane macht das Fenster auf und raucht, versucht, den Faden wieder aufzunehmen: Warum sechs Uhr? Eine Laune? Eine

Sache für Bekloppte wie ihn? Warum diese leicht nach oben gezogenen Mundwinkel? Befriedigung, das war es, was dieser Mund und diese Augen ausdrückten. Aber worüber? So viele Fragen, keine Antwort, und der Mühlstein im Magen ist immer noch da. Also noch ein Lakritzbonbon.

Um die Mittagszeit klopft es an der Tür. Er schreckt zusammen, weil die Knöchel einer Alten gegen eine Pressspanplatte sind wie das Jüngste Gericht, aber auch, weil er im Zimmer raucht und keinen triftigen Grund hat, an einem Sonntag drinnen zu bleiben.

«Signor Vincenzo?»

«Hm.»

«Sie haben nichts gesagt, wollen Sie eine Kleinigkeit essen?»

«Nein danke.»

«Ich habe Gnocchi gemacht! Ich habe eine Kartoffelpresse gefunden, die ist wie …»

«Ich danke Ihnen, ich habe zu tun.»

«Es geht Ihnen doch wohl nicht schlecht, sonst wäre ein heißer Salbeitee …»

«Es geht mir gut, ich muss Berichte schreiben, essen Sie nur die Gnocchi.»

Stille. Schritte, die sich entfernen. «Ich habe sie eigens gemacht …», der letzte Nagel am Kreuz, dann verklingend: «Ob man sie einfrieren kann? Neue Kartoffel gleich in den Topf, alte Kartoffel …»

Arcadipane macht eine halbe Stunde Pause, versucht zu schlafen, schläft aber nicht. Draußen scheint die Sonne, der Wind ist frisch, schade, dass er nicht hinauskann, aber die Zeit in der Diele, um die Schuhe zuzubinden, wäre fatal: Germana, die kommt, während er noch gebeugt ist, Germana, die ihn nach dem aus dem ersten Stock fragt, dem Halunken mit dem Lachs. Dabei würde ihm ein bisschen frische Luft guttun, da die sechs Sekunden anfangen, die Oberhand über den Tag zu gewinnen, der jetzt nur mehr ein halber Tag ist. Er denkt an

Bramard. Was sind für ihn nun halbe Tage? Werden sie länger, wenn das so ist? Werden sie kürzer? Die eigentliche Frage ist aber: Warum zerbricht er sich über diese Angelegenheit den Kopf? Der Fall ist abgeschlossen, das Puzzle ist vollständig, der Schuldige hat gestanden. Warum versaut er sich seinen Sonntag, wenn er Giovanni beim Fußballspiel zuschauen oder mit Loredana spazieren gehen könnte? Vielleicht ist das überzählige Element irrtümlich aus einem anderen Puzzle in die Schachtel gekommen. Warum nimmt er das Teil nicht und wirft es in die Mülltonne? Wer würde das bemerken außer ihm?

Von draußen kommt Lärm. Er geht ans Fenster. Eine Menge Philippinos hat sich vor ihrer Kirche versammelt, eine christliche Kirche, aber mit einigen Varianten, die er nie verstanden hat. Was er weiß, ist, dass bei ihnen jedes Wochenende was los ist: Feierlichkeiten, Hochzeiten, Bußtage, manchmal auch Prozessionen mit kleiner Musikkapelle. Das erinnert ihn daran, wie er wegen einer Firmung oder Hochzeit der nächsten Verwandten hinunter in den Süden fuhr: die Erwachsenen geschniegelt und gebügelt, die Jungen angezogen wie Elvis, die Mädchen versunken in Spitzen und wie mit Fischleim fixierter Frisur. Übungen im Einbalsamieren. Und viele, viele Fotos. Die Philippinos sind ein bisschen so, aber gemäßigter, bescheiden, ehrlich. Sie werfen Blumen und Konfetti, bilden eine Gemeinschaft. Sie scheinen sich wirklich gernzuhaben. Denn wenn sie sich untereinander nicht gernhaben …

Während er sie beobachtet, dreht er den Kopf und sieht Germana am Küchenfenster, die nicht die Philippiner ansieht, sondern ihn. Arcadipane lässt unbemerkt die Zigarette verschwinden.

«Ich wollte ein bisschen Luft schnappen», sagt er.

«In Ihrem Alter sollten Sie sonntags ausgehen, Eis essen, zu Fußballspielen gehen.»

«Das ist nicht meine Leidenschaft.»

«Ach herrje, Signor Vincenzo, Sie haben bloß die Leidenschaft für Ihre Arbeit. Taddeo war auch so. Er brauchte nur seinen Bus, dann war er zufrieden. Wenn er sonntags nicht Schicht hatte, fuhr er für ein Privatunternehmen nach Oropa und wieder zurück. Ich habe zu ihm gesagt: ‹Warum stürzt du dich in solche Sachen, hast du nicht genug mit deiner Arbeit? Dann halten sie dich womöglich an und du kriegst Probleme.› Nichts zu machen, weder Fußball, noch Karten und auch kein Boccia, es genügte ihm, wenn er einen fahrbaren Untersatz hatte. Arbeit, Arbeit und nochmals Arbeit. Und was hat er davon gehabt? Siebenundvierzig Jahre … Er hätte mehr daraus machen können, sage ich mir manchmal …»

«Ach ja, so ist das … jetzt geh ich, ich habe noch ein paar Dinge …»

«Sie konnten nicht vielleicht … diesen Langfinger aus dem ersten Stock …»

Er geht hinaus, mit der Ruhe ist es nun ohnehin vorbei, und spaziert im Viertel herum. Den wenigen Menschen, die unterwegs sind, wenn auch gut angezogen und mit besten Absichten, wird bald klar, dass es nichts zu tun gibt. Sie suchen eine Bar, aber offen ist nur die mit den unsympathischen Betreibern. Sie fügen sich in ihr Schicksal, trinken einen unfreundlich servierten Kaffee, essen ein abgepacktes Eis. Die mit kleinen Kindern peilen den Spielplatz an, der aber bald eine Staubwolke wird, während die Sonne die Exkremente der Hunde von einer Woche wärmt und diese zwei Stunden in eine Folter verwandelt, während du hoffst, dass das Kind sich wehtut, nicht zu sehr, aber so, dass man ein Pflaster braucht, das es nur zu Hause gibt, wir müssen wirklich heim!

Arcadipane geht in all dem herum mit einem dreibeinigen Hund, der nicht schön ist und sich auf Distanz hält. Die Sonne geht unter, und Sonnenuntergang um halb sieben abends in einem volkstümlichen Viertel ist etwas, wogegen selbst ein Heer von Vierzehnjährigen, die sich an der Hand halten, nichts ausrichten kann.

Zu Hause meidet er die Küche, wo Germana wirtschaftet, und verbarrikadiert sich in seinem Zimmer, um es mit den evidenten Tatsachen aufzunehmen: Der Tag ist vorbei, und er hat keine Lösung gefunden. Keine Idee, keine zu verfolgende Spur, keine Schwingung, die sechs Sekunden haben gegen den ganzen Tag gewonnen. Und was schlimmer ist: Das Einzige, was man tun kann, ist ebendas, was er zuunterst auf die Liste gesetzt hatte mit dem Vermerk daneben «ums Verrecken nicht». Jetzt weiß er, dass er ebendas tun wird. Aber morgen. Jetzt hat er seine Hausaufgaben zu machen … Er hat nur drei Tage, und eine Verabredung fehlt noch.

Er schaltet den Computer an und geht auf die Seite. Keine neue Nachricht. Er klickt sich ein wenig durch die Profile. Neugierig macht ihn «RosaParks, 42 Jahre, ihr Motto: Wenn du dich wirklich setzen willst, bitte um Erlaubnis.» Er sucht auf der Suchmaschine RosaParks, versteht den Satz, schreibt ihr und schlägt ihr für Mittwoch ein Abendessen vor, so ganz einfach, dann sucht er weiter. Die meisten Userinnen sind nicht online. Dann sieht er den grünen Punkt neben dem Namen ohne Foto von Löwe von Ekbatana. Warum nicht. Ein paar Worte, ganz unverbindlich.

19.07 Uhr

Sucai an Löwe von Ekbatana, 37 Jahre, ihr Motto: Meinem Vater verdanke ich das Leben, meinem Meister ein Leben, das wert ist, gelebt zu werden.

Ciao, ich sehe, dass du im Chatroom bist, und ich schreibe dir, um ein wenig zu plaudern. Sonntags haben alle immer zu tun, aber ich, ich langweile mich, wenn ich nicht zu arbeiten habe. Fußball interessiert mich nicht, ich bin nicht sportlich und fahre nicht mit dem Fahrrad durch die Gegend. Der wahre Grund ist vielleicht, dass mir meine Familie fehlt. Ich habe es dir nicht gesagt, aber ich bin geschieden. Eigentlich getrennt. Wie war dein Tag?

19.26 Uhr

Löwe von Ekbatana an Sucai, 55 Jahre, sein Motto: Den Körper nicht bewegen und die zuständigen Behörden benachrichtigen.

Ciao Sucai, es tut mir leid, dass du dich langweilst und auch wegen deiner Trennung. Ich war im Kino, und dann habe ich die Zeit zum Lesen genutzt. Es ist jedenfalls eine Tatsache, dass der Sonntagabend für alle traurig ist. *Saudade*, in der Tat höre ich brasilianische Musik, nicht von der fröhlichen Sorte, was hast du heute getrieben?

19.35 Uhr

Sucai an Löwe von Ekbatana, 37 Jahre, ihr Motto: Meinem Vater verdanke ich das Leben, meinem Meister ein Leben, das wert ist, gelebt zu werden.

Nichts von dem, was ich vorhatte, und ich habe auch vergessen, zu Mittag zu essen. Ich habe nur mit dem Hund einen Spaziergang gemacht, hier im Viertel, und er war auch nicht so recht fröhlich. Der Hund, meine ich.

19.38 Uhr

Löwe von Ekbatana an Sucai, 55 Jahre, sein Motto: Den Körper nicht bewegen und die zuständigen Behörden benachrichtigen.

Wie schön! Du hast einen Hund! Auch ich hätte gern

einen, aber bei meinen Verpflichtungen könnte ich mich nicht genug um ihn kümmern. Jedenfalls verstehe ich, wie du dich nach der Trennung fühlst. Meine Eltern sind getrennt. Ich muss allerdings zugeben, und du wirst denken, ich sei herzlos, dass mir mehr als eine vereinte Familie der Hund fehlt, den meine Mutter meinem Vater überlassen hat, denn für das Tier war die Gefahr des Alleinseins am größten. Zum Glück lässt mein Vater ihn ab und zu ein paar Tage bei mir, weil er eine Arbeit hat, die ihn auch nachts beansprucht. Es ist ein sehr komischer Hund, und er hat nur drei Beine, der Ärmste! Vielleicht heißt er deshalb ...

Arcadipane drückt die Escape-Taste und springt auf. Er geht bis zur Tür, geht an den drei Seiten des Bettes entlang, kehrt zum Computer zurück und schaltet ihn ganz aus. Er zündet sich eine Zigarette an, doch er bemerkt, dass er schon drei Lakritzbonbons im Mund hat. Er zwingt sich, sie trotzdem zu rauchen, um keine voreiligen Entscheidungen zu treffen, aber zwei Züge vor dem Ende holt er das Handy aus der Tasche und wählt die Nummer von Mariangela. Das Telefon läutet und läutet. Keiner antwortet.

Dann eine Nachricht: «Bin in einer Ausstellung und danach Kino. Ich rufe dich morgen nach der Schule an. Guten Abend.»

Arcadipane lässt das Handy auf das Bett fallen und geht zum Fenster. Der Kirchhof der Philippinos ist mit Konfetti, Girlanden und Papierblumen übersät, die die Kinder beim Spielen zertreten haben. Ein am Gitter befestigtes Transparent, weder groß noch klein, gemahnt daran, dass «Alles zum Guten strebt».

22.

Einen kurzen Moment lang jubelte er, denn zum ersten Mal war der Unschuldige am Kreuz durch den Schuldigen ersetzt worden. Er nahm den rechten Arm, der sich von mangelnder Dauerhaftigkeit erwiesen hatte, teilte die dreizehnte Linie, die er eingeritzt hatte, durch einen Querstrich und machte ein Kreuz daraus.

Dann, während das Blut floss, kamen ihm Zweifel.

Wer war der Mann, der ihm zu Hilfe kam? Der Ritter, der ihn zum Schöpfer und zu seiner Erlösung führen würde? Oder ein weiterer nichtswürdiger Teil des Plans? Und wenn der Schuldige, der nun am Kreuz hing, ein neuer Unschuldiger wäre? Mehrmals hatte sich der Schöpfer als geschickt im Spiel mit Spiegeln gezeigt.

So dachte er, während das Blut nach und nach trocknete, wie seine Freude.

23.

«Was machst du hier? Ich dachte nicht, dass es dringend ist!»

«Ist es aber!»

«Du hättest es mir gestern Abend schreiben können, ich hätte dich zurückgerufen.»

«Um Himmels willen, du warst in einer Ausstellung, und danach war Kino auf dem Programm!»

«Ich hätte abgesagt. Was ist Vincenzo, du bist ganz blass, geht es dir nicht gut?»

«Es ging mir sehr gut, bis ich entdeckt habe, was deine Tochter treibt! Die Orte, wo sie sich aufhält!»

«Was für Orte?»

Arcadipane erzählt von duecon.com, von dem Löwen von Ebana (es wird Ekbatana sein, korrigiert sie ihn, die Lehrerin!) und von dieser Art Plattform. Alles abgesehen davon, wie er … das ist jedenfalls nicht die Frage …

Mariangela hört zu, während sie Trepet streichelt, der sich ihr genähert hat und die Liebkosungen seiner struppigen Schnauze genüsslich hinnimmt. Um sie herum ein paar Schüler, die Streber, weil Mariangela immer fünfundzwanzig Minuten vor dem Klingelzeichen in die Schule kommt, um in sich zu gehen, die Bücher vorzubereiten, den Videoraum zu reservieren, in der Klasse zu sein, wenn die Schüler eintrudeln. Deshalb grüßen sie sie, erstaunt darüber, sie noch mit diesem aufgeregten Typen auf dem Parkplatz zu sehen.

«Also, was gedenkst du zu tun?», schließt Arcadipane, um acht Uhr morgens schon müde. Bei dem, was er nachher vorhat.

Mariangela lässt wie üblich ein kleines Polster aus Stille entstehen, was ihr dazu dient, die ruhige und vernünftige Person zu sein, die sie ist.

«Was hast du dir vorgestellt?», fragt sie dann und richtet sich nach einem letzten Klaps für Trepet auf.

«Was ich mir vorgestellt habe? Ich habe dir eben gesagt, dass deine zweiundzwanzigjährige Tochter eine Kontaktbörse besucht, wo es Männer jeden Alters gibt, die ihr nicht zufällig deshalb schreiben, weil sie in ihrem Profil siebenunddreißig Jahre angegeben hat.»

Mariangela rückt ihre Schultasche auf der Schulter zurecht. Die alte aus Leder hat sie ausrangiert; jetzt hat sie eine aus dem MART in Trento, von der Arcadipane nicht weiß, was es ist, aber am liebsten würde er sie in Brand stecken. Konstant sind darin die richtigen Bücher, die kleinen Fächer für den Schulausweis und die Kopierkarte, das mittlere für das Notizbuch, die langen für die Stifte und sogar ein Mikrosäckchen, das – siehe da – eigens für den Schlüssel zum Snackautomaten bestimmt scheint.

«Ich glaube, du übertreibst, Vincenzo. Loredana ist eine gefestigte Persönlichkeit, und sie ist vernünftig. Es ist ihr Recht, die Orte und Personen aufzusuchen, die sie für richtig hält.»

«Die sie für richtig hält.»

«Sicher. Das heißt nicht, dass wir unsere Aufgabe der Fürsorge für sie erschöpft hätten. Also hast du gut daran getan, mir davon zu erzählen. Ich kenne die Plattform nicht, kenne auch den Tenor der Unterhaltungen auf solchen Seiten nicht. Bestimmt weißt du mehr davon als ich, das sage ich ganz ohne Ironie. Du bist ein erwachsener Mann, ohne Bindungen, frei, dir deine Beziehungen zu suchen, wo du willst, ich hoffe, mit Respekt vor den Personen, die du kontaktierst. Aber das Gleiche musst du Loredana zugestehen. Auch sie ist erwachsen. Sie ist zweiundzwanzig.»

«Eben! Mit zweiundzwanzig sollte sie mit ihren Freundinnen Umgang haben. In dem Fitnessstudio, in das sie geht, wird es doch einen hirnamputierten Muskelprotz geben, der allen Frauen gefällt, oder? Wenn nicht, dann soll sie das Fitnessstudio wechseln! Was macht sie auf einer Plattform mit sabbernden Alten?»

«Du provozierst eine ironische Bemerkung, die ich mir verkneifen möchte.»

«Was willst du sagen, dass ich ein altes Schwein bin? Du hast mich doch zu dieser Verrückten geschickt, ich wollte nicht zu ihr gehen.»

«Dann machst du das also als Therapie!»

«Du hast gesagt, ihre Methoden sind ein wenig ...», und das Wort fällt ihm nicht ein.

«Unorthodox.»

«Und dann ist nicht von mir die Rede ... Unsere Tochter ist dabei, eine Dummheit zu begehen, das wollte ich dir sagen!»

«Und daran hast du gut getan. Das ist eine Sache, der man nachgehen sollte. Nicht so sehr wegen der Plattform, sondern wegen der siebenunddreißig Jahre. Das ändert nichts daran, dass auch du mit ihr reden solltest. Ihre Beziehung ist jetzt nicht mehr zu ‹den Eltern›. Für sie sind wir jetzt zwei Personen, umso mehr, als wir getrennt sind.»

«*Ich* muss mit ihr sprechen!»

«Du auch, sicher.»

«Um ihr was zu sagen?»

«Was dir Sorgen macht. Dann hörst du sie an. Ich muss jetzt wirklich gehen. Danke, dass du mit mir das kommuniziert hast, ich bin mir sicher, das wird uns immer besser gelingen», sie küsst ihn auf die Wange und lässt ihn da stehen: einen Mann mit fünfundfünfzig Jahren in einer auch für acht Uhr an einem Märzmorgen zu dicken Jacke, auf dem Parkplatz einer Schule, wo er keine Kinder hinbegleitet, mit einem Hund, der sich auf Distanz hält, und einer Ex-Frau, die auf den Eingang des Gebäudes zustrebt, mit dem leichten Schritt dessen, der seine Gefühle ausdrücken und die Sünden der Welt vergeben kann.

Arcadipane steckt eine Hand in die Tasche und ertastet die Umrisse von nur zwei Rechtecken.

Zum Glück liegt Elsas Laden auf dem Weg, denkt er.

Jeder begnügt sich mit dem, was er hat.

24.

Er hat andere Radiosender ausprobiert, modernere: Werbung auf nationaler Ebene, Musik ohne Spinnweben und akzentfreie Moderatoren, aber nichts zu machen. Zu viel Gelaber und wenig Musik, und dann sind sie fast immer zu zweit und haben nichts zu sagen: Blödsinn, Klatsch … es scheint, dass … die Statistiken belegen … aus einer amerikanischen Studie geht hervor … zweiundfünfzig Prozent der Italiener … Und erst, wenn die Hörer anrufen!

Auf seinem Sender sind die Lieder wenigstens aus den fünfziger bis achtziger Jahren, gut abgelagertes Holz, das nicht mehr arbeitet, Leute, die was zu sagen haben und wenige Komplikationen kennen: er und sie, ich liebe dich oder liebe dich nicht, man stirbt aus Liebe oder durch einen Sturz vom Berg, höchstens ein bisschen Emigration, ich fahre nach Hause, und wir sind viele im Zug, aber keine Abstraktionen, das Maximum an Philosophie in den Refrains, das ist alles, der Rest ist Langeweile. Vor allem keine Moderatoren und Meinungen, nur Ada aus Chivasso, die sich für ihren Carlo zum Geburtstag *Wenn eine Liebe zu Ende geht* wünscht. Nachrichten jede Stunde und Werbung von Unternehmen, wo man auch hinfahren könnte. Keine Hebebühnen und Sondertransporte in Latina. Was soll er mit Hebebühnen aus Latina anfangen, wo er doch nicht einmal die Autobahn genommen hat, um die Maut zu sparen!

Noch eine rote Ampel, der Kreuzweg der Landstraßen. Er hält an und schaut auf die Karte auf dem Sitz neben ihm. Er muss rechts abbiegen, dann immer geradeaus, dann ist er da.

Eine halbe Stunde später irrt er noch immer in den Feldern herum. Zwei Mal hat er um Auskunft gebeten: zuerst einen Typen in Schaftstiefeln und Arbeitshosen, eine Heugabel über der Schulter und einem Ausdruck, als hätte auch er sich verlaufen. Dann eine Frau um die fünfzig im Kleinwagen, die Tür offen und sie auf dem Beifahrersitz, mit ausgestrecktem Bein, vielleicht in Ausübung ihres Berufs.

«Ich suche Via Stradella 26.»

Die Frau schaut über die weiten Felder. In der Ferne hohe Gebäude, Kirchtürme von Dörfern, Silos von Landwirtschaftsgenossenschaften, dazwischen von Wasser bedeckte Erde.

«Adressen verwendet hier niemand», sagt sie.

«Ach nein?»

«Nein. Hier kennen sich alle.»

Arcadipane nickt zu dem Argument, das zumindest einmal aufgebügelt werden müsste.

«Ich suche eine gewisse Angela Tomatis», sagt er.

Die Frau legt ihre Nagelfeile weg und sieht ihn an. Die Luft ist so ruhig und still, dass sie in der Ferne den unsichtbaren Hochgeschwindigkeitszug hören können.

«Die Bildhauerin.»

«Ich weiß nicht, ob sie Bildhauerin ist.»

«Wenn da zwei Frauen wohnen, dann ist das der Hof der Bildhauerin. Einen Kilometer weiter vorn sind sie daran vorbeigekommen. Da steht eine Mücke aus Metall vor dem Eingangstor.»

«Eine Mücke aus Metall.»

«Ich habe Ihnen gesagt, dass sie Bildhauerin ist.»

Arcadipane bleibt stehen und sieht sie an. Vielleicht weil er nicht dorthin will, wohin er muss, oder weil es gerade jetzt lispelnd aus dem Autoradio tönt «du hast gesagt, du hast genug, ich lass dich gehen, wohin du willst». Das ist das Schlimmste: Schmerz wegen Dingen, die einem nicht selbst passiert sind.

«Also kehre ich um», entschließt er sich endlich.

«Meinetwegen können Sie auch geradeaus fahren. Anscheinend ist die Erde rund … Kommt darauf an, wie eilig Sie es haben.»

Arcadipane langt nach der Fensterkurbel, aber sie macht ihm Zeichen.

«Sie haben nicht zufällig einen in Schaftstiefeln gesehen?»

Der Bauernhof steht dort, wo er fünf Minuten vorher vorbeigekommen ist. Er hält den Wagen neben der ein paar Meter hohen Mücke an. Das offen stehende Tor ist gut restauriert, die Einfassungsmauer aus Vollziegeln. Vermutlich umschloss sie früher ein größeres Anwesen, viel Grund und verschiedene Gebäude. Jetzt wirkt es nur noch wie ein Drehkreuz inmitten des Nichts, die Visitenkarte in Goldlettern einer Firma, die längst geschlossen ist.

Er geht hinein.

Das Bauernhaus ist schlicht, mit schönen Proportionen und ohne Großmannssucht renoviert. Arcadipane geht auf das zu, was die Eingangstür zu sein scheint, und läutet an der Klingel, wo es keine Namen gibt. Von drinnen oder von dahinter kommen Geräusche einer Motorsäge und Hammerschläge. Zwei Geräusche, die nicht denselben Zweck zu verfolgen scheinen. In der Luft liegt der Geruch nach Schweißen, und die Sonne ist sehr warm.

Die Hammerschläge verstummen. Wenige Sekunden, und die Tür wird geöffnet. Von einer Frau um die fünfzig, helle Haut mit Sommersprossen auf den Armen, dichte, lockige Mähne, ein Löwengesicht. Sie trägt ein weites Unterhemd und keinen BH. Das ist ihr egal, und nicht nur, weil sie bei sich zu Hause ist. In der Hand hat sie einen Hammer mit kurzem, breitem Kopf, an dem Arm, der ihn hält, treten die Venen hervor.

«Bist du Enrico?», fragt sie.

«Nein.»

«Ich erwarte einen Enrico aus Mailand, wegen der Skulpturen für den Palazzo Manici.»

«Der bin ich nicht.»

Sie verzieht keine Miene.

«Ich bin der ehemalige Chef von Isa, bei der Verkehrspolizei in Vercelli hat man mir diese Anschrift gegeben.»

«Bist du der ehemalige Chef aus Turin? Arcadipane?»

«Ich würde gern kurz mit ihr sprechen.»

Sie schaut hinter sich, wo eine Treppe ist, die nach oben führt, ein alter, dunkler Schrank und gekalkte Wände. Alles Dinge, die sie kennen sollte, da es ihre sind. Sie sieht wieder Arcadipane an.

«Sie arbeitet im Garten, aber ich will nicht, dass du ihr Scherereien machst.»

«In welchem Sinn?»

«In dem Sinn, dass sie jetzt eine Arbeit hat, die ihr nicht sonderlich gefällt, aber dabei geht es ihr besser. Und sie hat mich, ich gefalle ihr und sorge dafür, dass es ihr noch besser geht, also will ich nicht, dass du ihr Leben wieder durcheinanderbringst, verstanden?»

Arcadipane betrachtet den Hammer in der Hand der Frau. Der Lärm der Motorsäge im Garten trägt nicht zur Entspannung bei.

«Ich wollte nur kurz mit ihr reden.»

«Aber natürlich, sie hat mir von dir erzählt. Erst versetzt du sie in die Kleiderkammer dieses beschissenen Kommissariats, und wenn du sie brauchst, kommst du und tust ihr schön.»

«Sie hat einem Kollegen fast das Augenlicht geraubt.»

«So lernt ihr, die Hände bei euch zu behalten. Wenn es nach mir ginge, würde der Typ jetzt Strafmandate in Braille ausstellen.»

Stille. Beziehungsweise, da ist immer noch die Motorsäge.

«Ich kann dich nicht wegschicken, sonst wird sie wütend,

aber ich habe dich gewarnt. Wenn du ihr schadest, kriegst du es mit mir zu tun.»

Arcadipane hat das Gefühl, Kopf und Blick seien unbeweglich, aber offenbar hat er genickt, denn die Frau gibt den Durchgang frei und weist auf die Glastür, die auf der anderen Seite des Hauses in den Garten führt.

Schnell geht Arcadipane den Flur entlang und erwartet von einem Moment auf den anderen, den Hammer im Nacken zu spüren. Er kommt zu der Tür und fummelt daran herum, um sie zu öffnen, und ist draußen, wo die Motorsäge die Luft in metallene Streifen schneidet, die einer am anderen kratzen. Dann hört der Lärm fast gurgelnd auf.

Isa steht, das Werkzeug noch in der Hand, neben einem Holzblock, auf dem einer der letzten Baumstämme ruht, den sie zersägt hat. Stücke von zehn Zentimetern Breite, die sie auf fünfzig, sechzig Zentimeter Länge kürzt. Ungewöhnliches Maß.

Zwischen größeren und kleineren metallenen Mücken, die auf der Wiese stehen, geht Arcadipane auf sie zu. Eine hat eine große Betontasse vor sich, in die sie den Saugrüssel eintaucht. Er achtet auf die Umgebung, um sich nicht zu fragen, was er von Isa sieht: schwarze Jeans, schwarze Stiefel und T-Shirt ohne Ärmel, wie gehabt, aber kein Mohikaner-Haarschnitt mehr. Kein Nasenring. Vor allem das volle Gesicht und die Haare, die ihr ungekämmt und weiblich auf die Schulter fallen. Und dann ein paar Kilo mehr, nicht zu viel, an Hüften und Armen, wie ein weiches Futteral für Kriegsgerät.

«Ich bin hier in der Gegend vorbeigekommen und dachte, ich könnte dir guten Tag sagen», versetzt er. «Wie geht's bei der Straßenpolizei? Fühlst du dich wohl?»

Isa sieht ihn an, weder freundlich noch unfreundlich.

«Auf den Klos im Präsidium gab's wenigstens was zu lesen», sagt sie, «in Vercelli dagegen wird alle sechs Monate frisch gestrichen. Aber fürs Erste geht's gut.»

Arcadipane betrachtet das am Schuppen aufgeschichtete Holz.

«Eine ganze Menge Holz.»

«Das Haus wird mit Biomasse beheizt. Ich habe die Anlage gebaut, weil mir diese Hantiererei mit der Flüssiggasflasche auf die Nerven ging. Willst du auch die Kompostanlage sehen, die ich gebaut habe, und die Solarpaneelen, oder erzählst du mir von dem Fall in der U-Bahn?»

«Ich erzähl dir von dem Fall in der U-Bahn. Was machen wir, können wir uns einen Moment setzen?»

«Das können wir, aber Angela hat dir bestimmt die Hölle heiß gemacht, und jetzt beobachtet sie uns vom Fenster ihres Ateliers aus. Wenn sie sieht, dass ich zu vertraulich mit dir umgehe, wird sie wütend. Mit Lecken zwischen den Beinen kann ich das beheben, aber du …»

«Dann bleiben wir hier. Ich weiß nicht, ob du die Sache verfolgt hast …»

«Ja, zwischen ein Mal Blitzen und dem nächsten lese ich, was ihr wirklichen Polizisten so macht.»

«Mit Apostolo …»

«Hast du einen Bock geschossen.»

«Während mit Marangon …»

«Das ist der richtige Weg, aber du bist nicht überzeugt.»

Arcadipane steckt ein Lakritzbonbon in den Mund.

«Er war es, da gibt es keinen Zweifel, aber mir ist ein Puzzle-Teilchen übrig geblieben, das nirgendwo zu passen scheint.»

Isa nimmt sich ein Stückchen Rinde von den Lippen, vielleicht um sehen zu lassen, dass sie das Zungenpiercing immer noch hat – dass er sich keine Illusionen macht.

«Das Teil, das dir in Händen geblieben ist, was ist das?»

Arcadipane erzählt von dem Geständnis Alessandro Marangons, von den Stunden im Präsidium mit dem ruhigen, auf die Uhr fixierten Jungen, schließlich diese verfluchten sechs Sekunden, die er nirgendwo in dem Tableau unterbringen kann.

Ruhig, ohne zu unterbrechen, hört Isa zu, dann legt sie die Motorsäge am Boden ab.

«Nein», sagt sie.

«Nein?»

«Nein.»

«Auch nicht, wenn ich dich für den Fall abziehe, und wenn du bleiben willst ...»

«Ich habe mich schon entschieden, es geht mir gut hier.»

«Dich zu Tode langweilen.»

«Mich zu Tode langweilen.»

Arcadipane schaut auf die großen Fenster des Ateliers, hinter denen er Formen aus Metall und ein verdächtiges Schweigen erahnt.

«Du könntest mir wenigstens mit dem Computer helfen.»

«In welcher Weise?»

«Was weiß ich, die Sachen, die du so kannst. Ähnliche Fälle, Profile, Verbindungen, du weißt selbst, worin du gut bist. Wenn ich es dir nicht klarmachen konnte, glaubte ich, wenigstens Bramard ...»

Isa wirft die Haare zurück, die ihr auf einer Seite ins Gesicht fallen. Ihre Augen haben eine Farbe wie der Stein, über den viele Personen immer wieder hinweggegangen sind: in Kindergärten, Irrenanstalten, Kasernen, Fluren von alten Entbindungskliniken.

«Hast du mit ihm gesprochen?»

«Sicher habe ich mit ihm gesprochen!»

«Und was sagt er zu dem Fall?»

«Du weißt ja, wie Bramard ist, *Der Sturm* von Giorgione, der kosmische Wind, kleine Rochade ... er wirft den Ball in eine Ecke des Felds, und du holst ihn dir, wenn du imstande bist. Zu dumm, dass ich als Fußballspieler Meniskuszerrung habe, ein blindes Auge und große Lust, duschen zu gehen.»

«Also bist du zu mir gekommen.»

«Ja, ich habe auf ihn gehört und bin zu dir gekommen.»

Isa beugt sich über die Knie, zieht den Schukostecker der Verlängerungsschnur und beginnt, das Blatt der Motorsäge mit einer kleinen Feile zu schleifen. Angela Tomatis kommt mit einem lackierten Tablett und einem einzigen Glas über die Wiese. Als sie da ist, gibt sie es Isa.

«Du kannst heute Abend weitermachen», sagt sie zu ihr. «Bald wird es hier sehr warm.»

Isa richtet sich auf, nimmt das Glas und trinkt einen Schluck, ohne sich um Arcadipane zu kümmern, der seit zehn Minuten in dem Teil des Hofes steht, wo die Sonne schon hinkommt. Ganz zu schweigen von der Tatsache, dass sich kein Lüftchen regt.

«Für mich bleibt es beim Nein», sagt Isa und stellt das Glas ab. «Wie geht es ihm?»

«Er hat Krebs», sagt er und würde gern etwas hinzufügen, aber Isas Augen sind wie jene radioaktiven Elemente, deren Halbwertszeit plötzlich abgelaufen ist, und dann kannst du sie Kindern in die Hand geben.

«Wie, Krebs?», fragt sie.

«Krebs, auch eine schlimme Form», sagt Arcadipane, während die zwei Frauen einen Blick wechseln, der schwer zu entziffern ist für ihn, dem es nicht gelungen ist, eine Frau zu verstehen, die ihm gefiel, ganz zu schweigen von zweien, die sich untereinander gefallen und die er weder je nackt noch mit einem Kind auf dem Arm gesehen hat.

«Meld dich bei ihm», sagt er und dreht sich um, «ich mach mich aus dem Staub.»

Er durchquert den Hof, geht ins Haus und durch den Flur, und als er das Haus verlassen will, bemerkt er, dass Angela Tomatis ihm gefolgt ist.

«Tut mir leid für euren Freund», sagt sie.

«Danke.»

«Aber ich bin froh, dass Isa dir Nein gesagt hat. Sie ist endlich dabei, den Keller mit dieser Geschichte ihres Vaters auszuräumen. All den Dreck, den ihr vor fünf Jahren da hineingekippt habt. Das ist nicht der richtige Zeitpunkt, sich um anderes Gerümpel zu kümmern, mit dem ihr alleine nicht fertigwerdet.

«Ich verstehe.»

«Das glaube ich nicht, aber da sie Nein gesagt hat, ist das nicht wichtig.»

Arcadipane wirft ihr einen letzten Blick zu, dann geht er zum Wagen, wo er Trepet mit hängender Zunge vorfindet.

Er lässt den Wagen an und fährt los, er spürt, dass der Blick des Hundes auf eine Stelle unterhalb des rechten Ohrs gerichtet ist.

«Mir haben sie auch keinen Napf Wasser gegeben. Und ich habe keine Kopfstütze demoliert!»

Er sieht auf das Handy, das er stumm geschaltet hatte. Nichts aus dem Präsidium, aber zwei Anrufe und eine Nachricht von derselben Nummer: «Tick Tack, Tick Tack, Donnerstag ist nah … halten Sie sich ran und stören Sie mich nicht mehr.»

Er will schon antworten, als er in der Ferne eine Figur erkennt, die sich nach fünfzig Metern als der Mann mit den Schaftstiefeln und der Heugabel über der Schulter entpuppt. Vorsichtig fährt er an ihm vorbei. Aus irgendeinem Grund ist er nun in Unterhosen.

Arcadipane hebt die Hand zum Gruß, aber wohin er auch unterwegs ist, er geht zu rasch für solche Nebensächlichkeiten.

25.

«Ich nehme Sprossensalat und die Parmigiana mit Seitan. Zu trinken Essenz von getrockneten Äpfeln.»

«Sehr gut, und für Sie?»

Arcadipane durchbohrt seit ein paar Minuten mit Blicken das dünne Blatt der Speisekarte, ein wenig in aufrichtigem Bemühen, ein wenig weil diese stark geneigte Handschrift …

«Für mich dasselbe wie für die Signora.»

Lucignola zieht amüsiert eine Augenbraue hoch, wahrscheinlich war der Letzte, der sie Signora nannte, ein ambulanter Verkäufer am Strand von Procida.

«Und zu trinken?», der Besitzer lässt nicht locker.

«Dieser Apfelsaft?»

«Marzia kennt ihn gut», und er sieht Marzia an, die Lucignola ist. «Den produziert ein Lieferant aus dem Aostatal für uns. Das sind Äpfel aus eigenem Anbau, die er erntet und den ganzen Winter über auf einem großen Naturholzsieb im Freien liegen lässt. Sonne, Kälte und Schnee lassen die Äpfel trocknen und heben den Zuckergehalt. Im Frühling dann presst er sie in einer antiken Kelter und gewinnt daraus eine begrenzte Menge, auf die wir die Exklusivrechte haben.»

Arcadipane stellt sich die dem Frost ausgesetzten Äpfel vor, kleine Schrumpfköpfe, getrocknet von einem Stamm von Kopfjägern.

«Ein halber Liter Wein vielleicht?»

«Wein schenken wir nur im Glas aus, wenn Sie wollen, bringe ich Ihnen ein Glas.»

«Ein Glas, ja, Roten, egal welchen. Danke.»

Der durchscheinende Typ geht auf seinen O-Beinen davon.

«Man sieht, dass du dich hier wirklich wohlfühlst», kichert Lucignola.

Arcadipane kichert auch, damit man seine hässlichen Zähne auch gleich sieht.

«Zum Glück bringst du mich zum Lachen», sagt sie, «denn ich hatte wirklich einen höllischen Tag, erst die Desinfektion und dann diese Idioten vom Polizeipräsidium. Drei Stunden am Telefon, um eine Demonstration genehmigen zu lassen. Theoretisch müsste man das alles online abwickeln können, aber natürlich gehen sie dir mit tausend Spitzfindigkeiten auf den Geist und versuchen, dir die Sache zu vergällen. Scheiß drauf, ich bleib auch zwei Tage am Telefon, mich kriegen die nicht unter!»

«Ah ja.»

«Hör mal, während wir warten … Ich will ganz offen sein, keiner von uns beiden ist ein Neuling, also rund heraus gesagt, ohne Umschweife. Wie stehst du zur Klitoris?»

«Die Klitoris?»

«Ich habe fünfundzwanzig Jahre gebraucht, um mich anzunehmen, also ist das eine Sache, die ich gleich von vorneherein klarstellen möchte. Die Schuldgefühle wegen der Art, wie ich zum Orgasmus komme, sind für mich passé. Und ich will keine Kompressionshämmer, die wie zu einem Marathonlauf ansetzen, und wenn du nicht kommst, dein Problem! Ich brauche Präsenz, brauche es, vorher und währenddessen berührt zu werden. Und es mir selbst zu machen, wenn ich sehe, dass der Partner den Rhythmus und den richtigen Punkt nicht findet. Im Übrigen, wer kennt dich besser als die eigenen Hände, oder?»

«Wer?»

«Magst du es, die Hände einsetzen? Während du drin bist, meine ich, reden, hinauszögern, stimulieren, auch den An… Oh schau, da kommen schon die Sprossen!»

26.

23.56 Uhr

Sucai an Alchemistin, 43 Jahre, ihr Motto: Wer den Regenbogen sehen will, muss lernen, den Regen zu lieben.

Ciao Alchemistin,

ich schreibe dir, um dich darauf hinzuweisen, dass ich nicht sehr gut darin bin, Personen des anderen Geschlechts zu kontaktieren, mir ist es also recht, wenn wir es morgen ruhig angehen lassen und darüber reden, welchen Beruf wir haben, wo wir wohnen, woher wir kommen und was wir gern essen. Auch wenn wir nicht gleich intim werden, will ich sagen, geht für mich deshalb die Welt nicht unter. Was hältst du von einer Pizza oder einem sehr einfachen Lokal? Ich hoffe, du verstehst. Danke.

Arcadipane schickt die Nachricht ab, steht auf und geht auf leisen Sohlen ins Bad, wo er sich die Zähne putzt, um den Pressspangeschmack der Parmigiana loszuwerden. Als er ins Zimmer zurückkommt, noch immer nichts.

Lucignola ist ebenfalls online. Sicher auf der Suche nach einem, der die Klitoris zu stimulieren weiß. Viel Glück, aber er und all diese Komplikationen …Mit seinen gerüttelten fünfzig Jahren und nach einem Leben auf dem Fahrrad steigt man nicht um aufs Einrad. Auch weil … der kleine Briefumschlag blinkt.

00.16 Uhr

Alchemistin an Sucai, 55 Jahre, Motto: Den Körper nicht

bewegen und die zuständigen Behörden benachrichtigen.

Sucai, wie nett, dass du dir solche Gedanken machst. Keine Sorge, auch ich mag Aggressivität und übertriebene Vertraulichkeit beim ersten Kennenlernen nicht. Meine Freundinnen – wenige, aber gute – sagen von mir, ich sei sehr schüchtern, auch zu sehr. Du hast gut daran getan, deine Sorgen auszudrücken, bei mir kannst du das tun, und du wirst immer ein offenes Ohr finden. Bezüglich Essen habe ich keine Vorbehalte, ein einfaches Lokal passt, es ist nicht die Choreografie, die zählt, und die einfachen Lokale sind immer die ehrlichsten.

Nacht und Küsschen, Küsschen.

Er schickt ihr die Adresse einer Pizzeria, wo es auch ein wenig abruzzesische Küche gibt. Eigentümer ist ein sechzigjähriges Paar, das nie streitet, und die Tische sind schön groß. Die Toiletten sind sauber, auch wenn man den Schlüssel holen und in den Hof gehen muss. Außerdem ist er mit Mariangela schon lange nicht mehr hingegangen, weil sie fand, dass die Pizza in der Nacht im Bauch weitergärte.

Schon will er die Seite verlassen, als er eine Idee hat. Er probiert zehn Minuten herum, um zu verstehen, wie er online sein kann, ohne online zu erscheinen, dann geht er auf das Profil:

Löwe von Ekbatana

Geschlecht: weiblich

Sie mag: Männer

Sie sucht: radioaktive Intelligenz und viel gesunden Menschenverstand

Ihre Stadt: Turin

Ihre Arbeit: Am Fenster stehen

Ihr Motto: Meinem Vater verdanke ich das Leben, meinem Meister ein Leben, das es wert ist, gelebt zu werden.

Alter: 31 Jahre

«Verdammt …!»

Das Handy klingelt, Arcadipane stellt den Ton leiser und überprüft die Nummer: unbekannt.

«Arcadipane, wer spricht da?»

«Isa.»

Langes Schweigen, während dem Arcadipane das abwägen kann, was ihm am Nachmittag entgangen war: Auch die Stimme ist anders als früher, tiefer, mit mehr Leerstellen, weniger Hall. Als ob sie früher von der Brücke eines Schiffs aus gesprochen hätte, das jetzt im Hafen liegt.

«Ich habe etwas gefunden», sagt Isa.

«Was etwas?»

«Etwas, worüber wie morgen beim Mittagessen sprechen. Mit Bramard. In eurer Trattoria.»

«Für mich ist das okay, aber Corso …?»

«Er muss dabei sein.»

«Er muss dabei sein.»

«Ja.»

Schweigen.

«Hast du es dir also anders überlegt?»

«Nein, aber wir mussten Urlaub nehmen, weil zu viele Überstunden zusammengekommen waren, und Angela bereitet eine Ausstellung in Mailand vor. Ich hatte ein paar Stunden frei.»

«Und weil du das Holz fertig geschnitten hattest.»

«Es ist spät, und du musst Bramard noch Bescheid geben.»

«Warum tust du das nicht selbst?»

«Wenn ich das gewollt hätte, hätte ich es schon getan. Und dann geht es nur um das Mittagessen morgen: Ich sag dir, was herausgekommen ist, und Tschüs. Nehmen oder passen.»

«Nehmen.»

«Wie immer.»

27.

Der Schlaf ist der Feind. Nicht der Arm, den er einst hätte vom Körper abtrennen wollen. Er ist dann in der Buße nützlich geworden. Aber der Schlaf, der Schlaf beugt seinen Willen, der Schlaf kommt dem Plan zugute. Deswegen hat sein Krieg ihm in zwei Jahren nur kümmerliche Beute eingebracht. Deswegen ist der Schöpfer am Werk und ist es ihm nicht gelungen, ihn zur Erlösung zu führen.

Diese Überlegungen stellte er an, als er auf den Tod eines jungen Mädchens stieß, der sich tags zuvor in der Region Modena zugetragen hatte. Die Augen verdrehten sich ihm in den Höhlen, das Glied wurde steif, und der Urin lief an den Beinen hinunter, wie es geschah, wenn ein Teil des Plans für ihn offenbar wurde.

Da hielt er eilig alles, was gewesen war, auf Papier fest und ritzte ein neues Mal in den Arm, was seine Form der Buße war. Er frohlockte über das neue Zeichen, das vierzehnte, das ihm den Weg zum Schöpfer wies, und zugleich weinte er wegen des Unschuldigen, der nun ans Kreuz stieg. Und erst nachdem er so Gutes getan hatte, verlor er die Sinne.

28.

Arcadipane und Bramard sitzen an ihrem Tisch zwischen der Küchentür und dem Servierwagen, wo eine Kellnerin, die sie nicht kennen, die Brotkörbe füllt. Abgesehen von ihr ist alles wie immer, nur fünf Jahre älter. Was Eindruck macht und auch wieder nicht, wenn man bedenkt, dass sie zum ersten Mal vor dreißig Jahren in dieses Lokal gekommen sind.

«Erinnerst du dich noch, wo wir davor hingegangen sind?»

«Mittags oder abends?»

«Mittags.»

«Zu Ottavia?»

«Ottavia hatte nur die Bar, und sie ist gestorben, ein Jahr nachdem du ins Präsidium gekommen bist.»

«Dann erinnere ich mich nicht.»

«Ins *Otto colonne*. Marinierte Schleien, in Öl eingelegte Pilze, Minestra mit Reis und Wirsing …»

«… Kichererbsensuppe, freitags Forelle …»

«Samstags Finanziera und die Bedienung immer in Pantoffeln …»

«Die Nichte, fettige Haut, warum sind wir dann nicht mehr hingegangen?»

«Ich weiß nicht, vielleicht haben sie den Hauswein gewechselt.»

«Oder wir haben das hier entdeckt.»

«Oder wir haben das hier entdeckt.»

Sie sehen die Wände an, die jetzt eine andere Farbe haben, aber dieselben Bilder: Totò mit Spaghetti, Sordi und Rigatoni, Fabrizi mit Rostbraten, Platini, der an einem der Tische isst und braun gebrannt in die Kamera schaut, gleich über dem Autogramm.

Es gab Lokale, die näher beim Präsidium lagen, aber diese zehn Minuten zu Fuß inmitten von Studenten, Demonstranten und dann durch die Gartenanlagen des kleinsten und schönsten runden Platzes von Turin dienten ihm zum Beweis, dass die Welt nicht nur aus Leuten besteht, die morden, stehlen, hehlen oder verraten.

Das Essen war letztlich Nebensache: ein Gericht, eine Beilage, ein Viertel Wein, Bramard immer rot, Arcadipane immer weiß, keinen Kaffee, die Trattoria hatte damals keine Espressomaschine. Wenn sie ein paar Worte wechselten, dann nur über die Arbeit. Wenig Persönliches, denn vor Michelles Tod war Bramard ein zurückhaltender Mensch, danach ein verzweifelter. In beiden Fällen verschlossen und auf sich bezogen.

Arcadipane betrachtet Corsos Hände, die auf der karierten Serviette liegen. Hände, die dreißig Jahre lang sein einziger Zugang zu diesem geheimnisvollen und ausweichenden Menschen gewesen waren: Anfangs zu solide und fest für einen Kommissar knapp über dreißig, dann zerschunden von den Bergen, auf denen er den Tod suchte, schließlich zitternd, weil er zu viel oder zu wenig getrunken hatte. Bis er sie vor fünf Jahren kontrolliert und weniger einsam wiedergefunden hatte. Und nun? Was sagten ihm diese ruhigen und mageren Hände, die er vor sich hatte? Ist er noch imstande, sie zu lesen? Ganz allgemein zu lesen?

«Vincenzo?»

«Nichts, ich war in Gedanken», sagt er und sieht sich um.

Die Leute in der Trattoria sind bunt gemischt, weil es im Viertel Büros gibt, Geschäfte, den Markt, Handwerker, Hausbesetzer, Designstudios, drei oder vier historische Huren und jetzt einen neuen Sitz der Universität. Das hat die Preise in die Höhe getrieben, ein paar trendige Lokale haben aufgemacht, was Mailänder Flair und weniger spontane Bewegungen mit sich gebracht hat. Davon zeugen die Plastikbecher mit einer Scheibe Limette, die man morgens vor den herabgelassenen Rollläden der Geschäfte findet, auf den unglücklich platzierten Fensterbänken im Halbparterre und auf den Motorhauben. Und die Lachen von Gekotztem. Alles Dinge, die Arcadipane gern gegen die guten alten zerbrochenen Bierflaschen und sporadischen Blutflecken eintauschen würde.

Die Tür geht auf, und Isa tritt ein.

Sie muss nicht lange suchen, weil das Lokal quadratisch ist mit nur zwei Ausbuchtungen, und in einer davon sitzen sie. Mit zwei Schritten ist sie am Tisch.

«Der Zug war verspätet», sagt sie und setzt sich so, dass sie Arcadipane gegenüber und Bramard an ihrer Seite hat.

Sie trägt ein Sweatshirt, das sie, bevor sie eintrat, vielleicht um die Taille gebunden hatte, denn die Falten daran sind gradlinig. Die knappen schwarzen Jeans lassen nicht mehr die straffen Muskeln des Rechtsaußen der DDR-Nationalmannschaft erkennen. Alles an ihr ist weicher geworden. Auch der Hals, der mit den zusammengenommenen Haaren eine neue Linie voller Anmut zeigt.

«Habt ihr schon bestellt?»

«Nein», sagt Bramard und sieht, wie sie zur einzigen Speisekarte auf dem Tisch greift, «wir haben auf dich gewartet.»

Die Kellnerin kommt. Nicht die neue, die sie nie gesehen haben, sondern die Tochter des früheren Eigentümers, der mit seiner Frau am einzigen runden Tisch sitzt, dem Familientisch, an dem schon die Großeltern vor dem Service saßen, und dann sie, die Erben, und die zwei kleinen Töchter, die um eins aus der Schule kamen, die Rucksäcke unter den Servierwagen mit den Profiteroles pfefferten und die Pasta mit Ricotta verschlangen, bevor sie riefen: «Wir gehen hinauf Hausaufgaben machen», nicht wissend, dass das Metier auch in ihnen Wurzeln schlug. Und da ist sie nun, zwischen fünfundzwanzig und dreißig, mit einem Diamanten im Schneidezahn und einem Bauch mit bald fälliger Frist zum zweiten Kind.

«Ich nehme die Wildschweinswurst», sagt Isa, «Penne alla Norma, Pferdekotelett und gebratene Artischocken. Einen halben Liter Roten.»

Die Kellnerin nickt und sieht die zwei Männer an, vor allem Arcadipane, der sie fixiert, wie es Leute an der Schwelle zum Alter tun, wenn sie etwas vor sich haben, an das sie sich als Kind erinnern.

«Was ist?»

«Wir haben dich gesehen, als du noch ein kleines Mädchen warst.»

«Aha … was nehmt ihr also?»

«Für mich die Cappelletti in brodo», sagt Bramard, «wenig Cappelletti.»

Arcadipane nimmt die Speisekarte, die er noch nicht gelesen hat, aber bei jeder Zeile fühlt er, wie sein Magen sich vor Säure zusammenkrampft.

«Dasselbe, nur etwas mehr Cappelletti.»

«Wein?»

Die beiden sehen sich aus Gewohnheit an, dann schütteln sie einmütig den Kopf … um Himmels willen!

Die junge Frau schwenkt ihren Bauch in Richtung Küche und verschwindet hinter dem Schnurvorhang, wo die Herdplatten sind, der Koch, ihr Partner, der, nachdem er die zweite Schwangerschaft zustande gebracht hat, zum Hilfskoch befördert wurde, und ein kleiner Alter, grauer Schnurrbart, mager wie ein Bäcker, der sich seit den Zeiten, da der Mensch von den Wurzeln zu einem höheren Niveau der Nahrungskette aufstieg, um das Fleisch kümmert.

«Kommen wir zur Sache», sagt Isa.

«Sicher», nickt Arcadipane, «all das Gerede nervt nach einer Weile. Was hast du gefunden?»

Isa holt kein Notizbuch hervor, sondern ein Dutzend Blätter, die sie in der Mitte gefaltet und zusammengeheftet hat. Jedenfalls ein Anfang. Sie hat darauf ein paar Notizen in Form eines Spinnennetzes von Schlüsselwörtern gemacht. Kryptogramme, die Bramard ansieht wie jemand, der sie auch verstehen könnte.

«Ich habe nicht den Schatz gefunden, das sage ich euch gleich, aber ich habe jemand anderen gefunden, der ihn auch sucht.»

Bramard schweigt, Arcadipane sieht ihn an: Er denkt an Ward und die Bomber. Nur dass Ward jetzt eine mit Zungenpiercing ist.

«Stellt euch vor, ihr habt Zeugen», erklärt sie schon gelangweilt, «ihr sprecht mit ihnen, und wenn ihr hinkommt, sagen euch alle, dass vor euch ein Typ da war, immer derselbe, der dieselben Fragen gestellt hat wie ihr.»

«Also sind wir nicht die Ersten», sagt Bramard und nickt.

«Von wegen ‹also›, ich versteh es nicht, Scheiße.»

Das Essen kommt, schneller Service. Die junge Frau stellt die Teller ab und geht. Isa wartet, bis sie an einem anderen Tisch ist.

«Jemand ist an der Sache ebenso interessiert wie du», sagt sie, «und zwar ist das einer, der sich im Netz bewegt wie ich, weil ich hinter allen Türen, die ich geöffnet habe, Daten, Webseiten, Seiten mit gar nicht so einfachem Passwort, seine Spur gefunden habe. Digitaler Fußabdruck nennt man das, und er hat ihn ziemlich unbekümmert hinterlassen. Vielleicht, weil er hofft, dass ihm jemand folgt, oder weil er glaubt, dass niemand ihm folgt, das weiß ich nicht, aber in gewisser Weise erleichtert uns das die Sache.»

«Wie bei einem Klassenkameraden abschreiben», sagt Bramard, wenig begeistert in seinen Cappelletti herumrührend. «Vorausgesetzt, auf den Klassenkameraden ist Verlass.»

Isa nickt und steckt einen Bissen Wurst und ein Stück Brot in den Mund.

«Ob gut oder schlecht, das weiß ich nicht, aber sicher ist er nicht dumm, denn einige der *connections*, die er hergestellt hat, sind wirklich … fantasievoll. Und er bewegt sich nicht auf gut Glück, er hat eine Vision, verfolgt einen Weg, der in seinem Kopf eine Figur bildet, auch wenn sie für uns unmöglich zu fassen ist. Kurz gesagt, seine Spuren zeichnen eine Piste, etwas, das er verfolgt, aber ich habe keine Idee, was das ist.»

Als er das erste Cappelletto in den Mund schiebt, hat Arcadipane eine Vision: er selbst vor fünf Jahren an demselben Tisch sitzend, während er ein Wildschweinkotelett verdrückte, ihm gegenüber Pedrelli, der, wie jetzt er, ein Krankenhaussüppchen verzehrte und dabei die Cappelletti für nachher aufhob, wie er es jetzt macht. Wenn etwas erniedrigend ist, dann sich bei etwas zu ertappen, das einem bei einem anderen erbarmungswürdig erschien.

«Was machen wir also mit dieser Figur … der Vision, die wir nicht verstehen …», brummt er und gibt damit dem negativen Gedanken, der ihn erfüllt, Ausdruck.

Isa hat die Wurst aufgegessen und starrt auf die Küche.

«Wir bitten ihn, sie uns zu erklären.»

Arcadipane und Bramard sehen sich über den Löffeln an.

«Wen?»

«Luigi Normandia.»

«Luigi Normandia.»

«Ja, im Übrigen ist er Ex-Polizist.»

Arcadipane hält den Löffel auf halber Höhe an, etwas Suppe rinnt mit prasselndem Geräusch auf den Tellerrand. Auch Bramard hört auf zu essen und legt den Löffel gesitteter neben dem Teller ab.

«Wie, ein Polizist?»

«Ex», präzisiert Isa. «Er ist vor zwei Jahren aus dem Polizeidienst ausgeschieden, offiziell wegen Schwerbehinderung nach einem Unfall im Dienst, weshalb er mit siebenunddreißig Jahren eine Pension von siebenhundertzweiundsechzig Euro im

Monat bezieht. Die Sache ist aber nicht ganz klar, bei seiner Entlassung war auch Disziplinarisches im Spiel, und ein Teil der Akten ist unter Verschluss, ich bräuchte eine Sondergenehmigung, oder ich probier es von einem Terminal des Präsidiums aus, die von der Straßenpolizei fischen im Trüben. Außerdem wurde die Sache in Bologna bearbeitet, wo er angestellt war, sie ist dort archiviert.»

Die Pasta kommt.

«Bring mir auch das Fleisch und die Artischocken», sagt Isa zu dem Mädchen.

«Okay.»

Zwei Olympionikinnen der Förmlichkeit.

«Sonst nichts?», provoziert Arcadipane sie.

Isa lässt sich einen Moment Zeit, um ein paar Bissen zu essen.

«Verweise.»

«Verweise.»

«Vor der Entlassung hat er zwei Verweise bekommen, wegen Insubordination und privatem Gebrauch amtlicher Mittel.»

«Also war er entweder korrupt», sagt Bramard, der eisern seine Suppe weiter löffelt, «oder er stellte Ermittlungen an, zu denen er nicht berechtigt war.»

«Nach den digitalen Fußabdrücken würde ich sagen Letzteres.»

Arcadipane hat nicht viel verstanden, aber das ist er gewohnt. Er weiß, wenn er mit den beiden redet, nehmen die Dinge früher oder später irgendwie in seinem Kopf die rechte Form an, mit dem Ergebnis, dass er weiß, was er zu tun hat. Oder wenigstens war das so, jetzt ist alles neu, wie wenn man zum ersten Mal vor einer Frau die Unterhose auszieht oder in ein Auto steigt, das bei Frost die ganze Nacht im Freien gestanden ist. Theoretisch ist der Motor da, am Abend zuvor hat er funktioniert, du hast Frostschutzmittel eingefüllt, Benzin gefriert erst bei minus 48 Grad, aber in der Praxis …

«Also?», wirft er ein, was immer eine schöne Art ist, sich zu behelfen.

«Also gehst du hin, redest mit ihm und hörst, was er dir sagt», versetzt Bramard, der fast aufgegessen hat.

«Und du musst auch gar nicht weit fahren», sagt Isa, die schon den Teller mit Brot auswischt. «Vor einem Jahr ist er nach Turin gezogen.»

Die Kellnerin kommt mit dem Pferdekotelett und den gebratenen Artischocken, nimmt den leeren Pastateller mit, samt Arcadipanes letzten Hoffnungen.

«Ich dachte, ihr würdet mir helfen. Inoffiziell.»

«Ich bin ab morgen im Dienst. Ich bin von Anfang an klar gewesen.»

«Ich muss mich um diese Sache kümmern, von der ich dir erzählt habe.»

Arcadipane löffelt weiter betrübt seine Suppe, Bramard isst sein letztes Cappelletto und legt den Löffel weg, Isa kaut das Fleisch und ab und zu ein Stück Artischocke.

«Noch etwas», sagt sie mit vollem Mund. «Was wisst ihr über das Darknet?»

«Nie gehört.»

«Ich auch nicht.»

Sie schneidet ein Stück Fett ab, wie um es beiseitezulegen, aber dann isst sie es.

«Stellt euch einen Eisberg vor. Der aufragende Teil ist das Netz, wie wir alle es benutzen. Groß, von einem Schiff aus betrachtet, klein, wenn man bedenkt, wie viel unter Wasser ist. Dieser Teil des Netzes teilt sich auf in zwei digitale Welten: das Deep Web, sehr groß, vielleicht 90 Prozent des gesamten Netzes, wo du den Reflex der Seiten des oberen Teils findest: Facebook zum Beispiel, Fotos, Mails, aber auch ganz viel anderes Zeug, das lieber unter der Oberfläche treibt, weil es seinen Urhebern erlaubt, anonym zu bleiben. Ihr müsst nicht notwendig an illegale Sachen denken, im Deep Web findest du auch Artikel von politischen Dissidenten, Journalisten, Bloggern, Menschen, die in einer Diktatur leben. Jeder, der etwas ins Netz stellen will, ohne erkannt zu werden. Das ist der schummrige Bereich der Diskothek, wenn man so will, wohin man sich zurückzieht. Der Teil, den die Suchmaschinen nicht erfassen, deshalb werdet ihr mit Google nichts dergleichen finden.»

Sie unterbricht sich wegen einer Flachse, die Konzentration verlangt. Sie sehen ihr bei dem Kampf zu, sie ist siegreich und spült die Schmach mit einem halben Glas Wein hinunter.

«Das Dark Web ist eine ganz andere Geschichte. Es ist der unterste Teil des Eisbergs, ganz tief unten, ein nicht zu großer Bereich, wo kein Licht hinkommt und das Wasser immer dunkel ist. Kurz, das sind die Privaträume, wo Geschäfte abgewickelt werden, die nicht gesehen werden wollen.»

«Aus den Augen, aus dem Sinn», bemerkt Arcadipane.

Isa und Bramard schauen ihn an, weil das nicht so recht passt.

«Viele glauben, das Dark Web sei enorm groß, eine Art digitales dantesches Inferno, aber so ist es nicht. Es ist klein, wenige Zehntausende URL-Adressen, eine bescheidene Zahl verglichen mit dem Deep Web und dem normalen Web. Aber der Zugang zu diesen Seiten ist schwierig, weil mit der Domain .onion versehen und nur über Tor-Browser zugänglich, ein System, das ursprünglich vom US-amerikanischen Verteidigungsministerium entwickelt wurde, um eine anonyme und sichere Kommunikation zu gewährleisten. Dort findest du wirklich alles: Leute, die Killer anheuern, Drogen, die du dir nach Hause liefern lassen kannst, Waffen, Perversionen, Rassismus, Antisemitismus, Misogynie, Snuff-Filme, Pornografie und vor allem Pädophilie. Silk Road war der eklatanteste Fall von Dark Web, weil es eine Art Amazon für illegales Zeug geworden war, aber nach seiner Schließung gibt es viele kleine Boutiquen, kleine Ketten, die denselben Service anbieten.

Geschäfte, die Sachen vorschlagen, auf die du nie kommen würdest, von der Art Angebot und Nachfrage von Personen zusammenzubringen, die einen Finger abschneiden oder sich einen Finger abschneiden lassen wollen.»

«Sill…»

«Silk Road», sagt Isa und nickt, «aber das hat nichts mit den Fingern zu tun, und es gibt auch jede Menge Großstadtlegenden zu dem Thema.»

Arcadipane sieht Bramard an, der den Kopf schüttelt und ihn ermuntert: nie gehört. Isa hat das Fleisch fast aufgegessen.

«Ich erzähle euch das, weil die digitalen Fußspuren dieses Normandia fast alle dort enden, im Dark Web. Wenn er also zu etwas ermittelt, sucht er dort. Und das schon seit geraumer Zeit.»

«Im Computer.»

Isa zieht ein untröstliches Gesicht.

«Im Dark Web», hilft Bramard nach.

«Und wie kommt man da rein? In die Privaträume?»

Isa isst ihre letzte Artischocke.

«Wie in alle Privaträume kommst du nur rein, wenn jemand für dich bürgt, der zu dieser Welt gehört. Man muss deren Sprache kennen, in diesem Fall heißt das Tor oder Suchmaschinen wie Onion.City, Onion.to, Not Evil, Onion Web Search und Torch. Nimmt man hinzu, dass die Adressen der Seiten .onion sehr häufig wechseln, werdet ihr dort, sobald man euch sieht, mit Ohrfeigen empfangen.»

«Und du?»

«Ich hatte nie Interesse an so was, aber ich nehme an, auf irgendeine Weise … Auch dort gibt es jedoch verschiedene Niveaus, Seiten, die den Zugang regeln. Man muss herausfinden, was wir suchen und wo Luigi Normandia seine Angel ausgeworfen hat.» Sie nimmt das Handy, und ohne aufzuhören zu reden, tippt sie etwas ein. «Die einzige Möglichkeit ist, ihn selbst zu fragen. Ich schick dir gerade seine Adresse.»

Arcadipanes Handy vibriert leise. Er sieht nach: Isas Nachricht ist angekommen, aber da sind auch zwei oder drei Anrufe von Pedrelli.

«Entschuldigt», sagt er, steht auf und geht zur Tür, wo ein Garderobenständer steht, den die Leute unglaublicherweise noch benutzen.

«Was ist?», fragt er, sobald sich am anderen Ende jemand meldet.

Pedrelli setzt zu einer langwierigen Erklärung an, die Arcadipane nur deshalb nicht unterbricht, weil er Bramard und Isa am Tisch beobachtet. Seit jeher hat er den Eindruck, wenn sie zusammen sind, dass die beiden über die Treppe eines dreistöckigen Hauses mit engen Treppenabsätzen ein Klavier hinaufwuchten: Etwas Kostbares, aber sehr Sperriges, dessen Handhabung Kraft und Augenmaß verlangt; die Notwendigkeit, die Bewegungen millimetergenau abzustimmen, ohne genau zu wissen, was der andere macht. Und ein gewisses Talent, die Maße einzuschätzen.

Das ist jedes Mal so, wenn diese beiden zusammentreffen. Arcadipane spürt das, auch wenn er nicht in Metaphern zu denken versteht, nicht Klavier spielt und noch nie eins transportiert hat. Höchstens ein Piano mit Mariangela, und dabei trug die ganze Last fast immer sie.

Ob das Klavier dieser zwei je im dritten Stock angekommen ist … Das weiß er nicht. Und warum es so schwer ist … Pah. Die banalste Hypothese ist, dass er zehn Jahre zu alt ist und sie zehn Jahre zu jung, aber bei so komplizierten Leute wie diesen beiden sind die Maßstäbe, die für andere gelten, einfach lächerlich.

Pedrelli ist fertig, und obwohl Arcadipane die ganze Zeit an anderes gedacht hat, ist die Essenz klar. Ein Zeichen dafür, wie viel unnötige Bewegung dieser Mann macht.

«Okay», sagt er, «danke, dass du mir Bescheid gegeben hast.»

Arcadipane kehrt zurück an den Tisch, wo Isa sich einen Kaffee und einen Amaro hat bringen lassen.

«Es war Pedrelli, ich muss gehen», sagt er und legt einen Fünfziger auf den Tisch, was früher reichte.

«Ich auch», sagt Isa. «Mein Zug geht um zwei. Ich bräuchte jemand, der mich zum Bahnhof bringt.»

«Ich komme an Porta Susa vorbei.»

«Mein Zug geht von Porta Nuova.»

«Ich bring dich hin», sagt Bramard, «so kannst du in Ruhe deinen Kaffee trinken.»

Arcadipane ist noch immer der Einzige, der steht, die Jacke in der Hand.

«Dann spreche ich also mit Normandia und halte euch auf dem Laufenden.»

Schweigen.

«Das scheint mir das Mindeste, wo ihr heute gekommen seid.»

«Ist gut», sagt Bramard.

Arcadipane spielt mit einem Knopf an seiner Jacke.

«Wenn es passt», sagt Isa nach einem Schluck Kaffee.

Arcadipane schlüpft in die Jacke, grüßt und geht rasch hinaus, um den Eindruck aufrechtzuerhalten, ihnen ein Versprechen abgerungen zu haben. Isa trinkt den Kaffee aus und geht über zum Amaro.

«Wie lang braucht er, deiner Meinung nach?», fragt sie und lässt ein großes Stück Brot unter dem Tisch verschwinden.

«Hängt davon ab, wo er geparkt hat.»

Während Isa schlückchenweise den Amaro trinkt, zerdrückt Bramard eine Brotkrume, er würde daraus gern eine Schildkröte formen, aber er war nie gut darin. In der Tat behilft er sich mit einer Schlange. Wer sie jetzt sähe, würde an einen Vater mit seiner Tochter denken, die ernsthaft über ein Projekt von ihr diskutiert haben, das geplatzt ist.

«Er hat weit weg geparkt», sagt Isa.

«Vielleicht …»

In diesem Moment geht die Tür auf, und Arcadipane streckt den Oberkörper herein, das Gesicht rot vom schnellen Gehen.

«Trepet!», zischt er ein wenig ungehalten, ein wenig bemüht, es nicht zu erkennen zu geben.

Unter dem Tisch ein Schnauben, das Rücken eines Stuhls, und der Hund mit seinem gedrungenen Körper eilt schwänzelnd zur Tür. Arcadipane sagt etwas zu dem Tier, das ihn ignoriert, wirft den zweien am Tisch einen letzten Blick zwischen Vorwurf und Entschuldigung zu, geht hinaus und schließt die Tür.

«Gehen wir auch?», fragt Isa.

«Gehen wir.»

Sie nehmen eine der Einbahnstraßen, die zur Mole führen. Das Wetter ist unentschieden: Wolkenfetzen, die ein bedeckter Himmel sein könnten, aber auch leicht bewölkt, je nach Laune. Ein frischer Wind poliert das Grau des Asphalts und der Dächer.

«Schade, dass du den Polar nicht mehr hast!», sagt Isa.

Corso schaut auf die Straße.

«Er war alt, und es lohnte sich nicht mehr, ihn zu reparieren.»

«Er war supercool, diese Karre hier dagegen sagt überhaupt nichts.»

«Sie sagt, wozu sie gut ist, das heißt, sie bringt dich nach Hause, aber das haben wir schon beredet. Was wolltest du?»

«Was ich wollte?»

«Der Zug nach Vercelli um 14.04 Uhr fährt wie alle Züge nach Mailand ab Porta Nuova, hat aber den ersten Halt in Porta Susa. Für Arcadipane lag das am Weg. Was wolltest du mir also sagen?»

Isa spielt an der Dichtung des Fensters herum.

«Ich bin jetzt bei der Verkehrspolizei.»

«Ja. Das hat Arcadipane mir gesagt.»

«Und seit vier Jahren habe ich eine Beziehung mit Angela Tomatis. Erinnerst du dich, die Zeugin …»

«Arcadipane hat mich informiert», sagt Bramard und nickt.

«Wie leben in ihrem Bauernhof, und wir denken über ein Kind nach. Zuerst vor allem sie, aber jetzt ich auch.»

Corso schweigt, weil die Fragen, die ihm in den Sinn kommen, nicht das Bild eines intelligenten und gut informierten Mannes abgäben.

«Wenn du dich fragst, ob das geht, die Rechtslage ist nicht klar und eindeutig, wer es will, macht es jedenfalls, mit künstlicher Befruchtung, womöglich im Ausland, oder auch mit natürlichen Methoden. Niemand kann einer Frau verbieten, ein Kind zu haben. Wer dann bei ihr ist, wenn sie es großzieht, das ist ihre Angelegenheit.»

«Das finde ich auch», sagt er.

Ein paar Minuten fahren sie schweigend dahin, das Klavier hängt auf dem zweiten Treppenabsatz fest, es geht weder vor noch zurück … einer der beiden müsste in die Knie gehen, ohne die Gewissheit, dass er auch wieder hochkommt.

«Was ich dir sagen wollte», die Dichtung lässt sich partout nicht in Ordnung bringen, «wir haben an einen Samenspender gedacht, und ich möchte, dass du das bist.»

Bramard weiß, dass in diesem Moment jeder Atemzug, auch die kleinste Bewegung eines Fingers das Klavier ins Erdgeschoss abstürzen lassen kann, in einem Tohuwabohu von klirrenden Tasten, Ecken und Mauerwerk aufreißend. Deshalb schweigt er.

«Angela und ich hatten gedacht, uns ein wenig Zeit zu lassen und dich gemeinsam zu fragen, aber dann hat Arcadipane …»

«Er hat dich aufs Laufende gebracht.»

«Ich weiß, so gesagt klingt das …»

«Nein», er schüttelt den Kopf. «Das hast du richtig gesagt. Ich fühle mich geschmeichelt …»

«Also ja?»

«Nein.»

Sie sind mittlerweile auf dem großen Corso, der Fluss hinter ihnen. Der alte Zafira legt Tempo zu.

«Wir müssen das nicht machen, wenn es darum geht … ja, es könnte auch nicht funktionieren. Wenn der Samen dagegen in eine Bank eingespeist wird, kann man die Befruchtung mehrmals versuchen, auch wenn …»

«Dann bin ich bereits tot.»

«Das wollte ich damit nicht sagen.»

«Ich weiß, das wäre jedenfalls ein rationaler Gedankengang. Doch meine Antwort ist nein: Ich fühle mich geschmeichelt, bin gerührt, aber nein. Ich könnte dir den Grund darlegen, was mehrere Gründe sind, aber ich bin müde, und die Gründe sind persönlicher Natur, also bitte ich dich, mir zu vertrauen. Du wirst andere Lösungen finden, und ich sage das mit einem Bedauern, für das ich mich schäme, denn das ist eines der schönsten Dinge, um die man mich je gebeten hat.»

Isa lässt die Dichtung los und legt die Hände auf die Knie, die Umrisse des Bahnhofs Porta Nuova erheben sich kühn zu ihrer Linken. Bramard fährt unter das Vordach.

«Verbleiben wir so, du hast eine Woche Zeit, darüber nachzudenken.»

«Isa …»

«Zwei …», sagt sie, und das ist keine Frage, dann steigt sie aus.

Corso zögert eine Sekunde und fährt los.

Sie schaut ihm nach, wie er sich in diesem wuchtigen Wagen mit den lose heraushängenden Dichtungen entfernt.

«Du bist wirklich ein alter Trottel», sagt sie, während sie auf die U-Bahn zusteuert, «der um 14.04 Uhr geht nur ab Porta Susa.»

29.

Arcadipane steuert den Wagen durch den Stadtverkehr, das Radio nicht eingeschaltet. Im Kopf hat er keinen klaren Gedanken sondern ein weiches und undeutliches Knäuel, in dem sich vermengen Apostolo, Normandia, Mariangela, das Dark Web, Bramard, die Eisberge, Loredana, das Deep Web, Isa. Tor, Lucignola, Ariel, Marangon, duecon.com und … Ergebnis? Er fährt. Die Aufmerksamkeit ist auf die anderen Wagen konzentriert: Sie nicht berühren, nicht von ihnen berührt werden.

Um 14.10 Uhr parkt er vor dem Ausgang, aber auf der anderen Straßenseite.

Er hat nicht angerufen, um die genaue Uhrzeit zu erfahren. Er hat sich nicht gefragt, ob jemand anderer auf ihn warten würde. Wie gesagt, er hat keinen klaren Gedanken. Auch nicht den Gedanken, warum er hier ist. Das Einzige, was er hat, ist der freie Nachmittag vor dem Abendessen. Auf einem Parkplatz oder anderswo.

Um achtzehn Uhr zwölf öffnet sich die Tür. Vier Stunden sind vergangen, während denen er Trepet drei Mal hinausgelassen hat, auf dem Betonring, der Parkplatz und Felder voneinander trennt, balanciert ist, zwei Zigaretten geraucht und eine Handvoll Lakritzbonbons verzehrt hat.

Man sieht nicht, wer die Tür geöffnet hat, sondern nur Luca Apostolo herauskommen und den Hof überqueren bis zur Einzäunung, wo das elektrische Tor aufspringt. Er ist bekleidet mit ein paar Jeans, einer glänzenden Sportjacke, die Haare an den Seiten länger, und die vom Kamm fallen ihm an den Seiten herunter. Aber Arcadipane kann keine Metaphern bilden und noch nicht einmal die benutzen, die andere gebildet haben.

Er hebt die Hand. Der Junge sieht ihn und geht auf ihn zu, von vorneherein ausschließend, dass andere auf ihn warten könnten. Als er einsteigt und sich setzt, hat Arcadipane den Motor schon angelassen.

«Hat man dir gesagt, was passiert ist?»

«Nein, nur dass ich heute Nachmittag rauskomme.»

«Okay, dann erkläre ich es dir.»

Um 18.37 Uhr stecken sie im Corso Oddone im Verkehr fest, und Arcadipane hat erzählt, was es zu erzählen gab. Seit ein paar Minuten raucht Apostolo eine Zigarette, um die er ihn gebeten hat, das Fenster halb offen.

«Leihen Sie mir Ihr Handy», fragt der Junge. «Meins haben sie mir wiedergegeben, aber der Akku ist leer.»

«Willst du deine Mutter anrufen?»

«Nein.»

«Also an deiner Stelle würde ich mir das gut überlegen.»

Nach fünf Minuten sind sie etwa hundert Meter weitergekommen.

«Er ist ihr Bruder», sagt der Junge rauchend. «Ich hätte es vielleicht genauso gemacht.»

«Vielleicht, aber ich würde mir das trotzdem gut überlegen.»

Endlich werden sie über den Corso Novara hinaus geschwappt, das Schlimmste müssten sie hinter sich haben. Der Junge wippt mit dem Bein in einem schnellen Rhythmus, der dem entsprechen muss, was ihm im Kopf herumgeht. Arcadipane weiß, er würde gern sehen, dass er die Umgehungsstraße nimmt und dann abzweigt in Richtung Meer oder Mailand, irgendwohin, bloß nicht gleich zu Hause sein. Aber Via Cigna ist ein Abflusskanal, und sie sind ein Papierschiffchen. Die Gebäude verändern sich, werden ärmer, sie sind fast in Barriera.

«Danke jedenfalls», sagt er, «dass Sie mir geglaubt haben.»

«Ich habe dir nicht geglaubt.»

«Vielleicht nicht, aber sie haben es gespürt.»

«Ich habe überhaupt nichts gespürt. Du hast nur erst viel Pech gehabt und dann ziemliches Glück.»

Ein Anflug von Lächeln huscht über das Gesicht des Jungen, aber die Lippen sind es nicht gewohnt.

«Clara wird doch nicht verhaftet?»

«Ich glaube nicht. Und auch der Bruder nicht, bei dem, wie er ist. Die Frau ist gestern aus dem Koma erwacht. Sie dürfte es schaffen.»

«Das wollte ich eben fragen.»

«Na sicher.»

Sie sind in Barriera, der Junge betrachtet die Straßen, die er kennt, wo er geboren wurde, sich geprügelt hat, wo er gedealt hat und sich überlegt hat abzuhauen, dann aber hätten sie ihm gefehlt. Er wirft die Zigarette aus dem Fenster wie ein Hund, der an seine Ecke pisst. Arcadipane hält genau vor dem Haus. Apostolo dreht sich um und sieht Trepet an, der mit dem Bauch nach unten auf dem Rücksitz liegt.

«Sie mögen wohl die aussichtslosen Fälle, hm?»

«Läute, wenn deine Mutter nicht da ist, warten wir in der Bar.»

«Sie ist da. Sie ist immer da.»

«Ja», sagt er und steckt ein Lakritzbonbon in den Mund, ohne eins anzubieten. «Jetzt geh, ich muss duschen und mich umziehen, heute Abend bin ich zum Abendessen verabredet. Ich hoffe, wir sehen uns nicht wieder.»

«Ich auch», und er steigt aus.

30.

«Ich komme seit vielen Jahren hierher, und ich habe die Besitzer nie streiten sehen. Ich finde das hässlich, wenn man wo hingeht, wo die Leute sich gegenseitig zum Teufel wünschen, oder? Im ersten Moment lachst du darüber, dann sagst du dir, was soll ich ausgehen, da bleib ich doch lieber zu Hause! Hast du Kinder?»

Alchemistin, die Nicoletta heißt, schüttelt den Kopf, den sie gesenkt hält, und lächelt nein.

«Ich habe einen Sohn mit einundzwanzig, der Fußball spielt, und eine Tochter mit zweiundzwanzig, die in der Schule immer sehr gut war. Seitdem ich getrennt bin, sehe ich sie weniger, der Junge lebt nicht mehr zu Hause und scheint mir recht gut gesettelt. Bei dem Mädchen hoffe ich, dass es nur eine Übergangsphase ist, denn ich sage dir nicht, wo ich sie getroffen habe.»

Alchemistin hebt leicht den Blick, was vermutlich bedeutet «ich möchte wirklich gern wissen, wo». Arcadipane öffnet schon den Mund, doch dann erinnert er sich, mit wem er hier ist und warum.

«Ach je, das sind bloße Kindereien … Bei meiner Arbeit kann ich mich nicht so sehr um sie kümmern.»

«Und was ist diese», fragt Alchemistin und macht mit zwei Fingern jeder Hand eine Geste in der Luft, «Arbeit?»

«Ich bin bei der Polizei.»

Alchemistin reißt die Augen auf, aber um das abzuschwächen, senkt sie den Kopf.

«Und was machst du?»

Sie nickt, auf die Frage ist sie vorbereitet.

«Ich arbeite mit Kindern.»

«Ah, bist du Lehrerin?»

«Krankenschwester auf der Entbindungsstation.»

«Schön.»

«Sagen wir, es ist sehr», Geste mit den Fingern in der Luft, «lehrreich.»

Arcadipane betrachtet sie, während sie den Blick auf den Ausschnitt des Tischtuchs senkt, wo bald ein Teller stehen wird, jetzt noch nicht. Und dann ist da diese Geste mit den Fingern. Und? Aber er kann ja verdammt noch mal nicht sagen, dass er nur da ist, weil eine verrückte Psychotante es ihm angeschafft hat!

Der Kellner kommt, einer von denen, die kurzfristig angestellt, wenig oder gar nicht bezahlt werden und bald wieder gehen. So ist im Lokal immer wer zwischen den Tischen unterwegs, der die Teller mit Pizza wie eine gezündete Bombe behandelt.

«Isst du sie immer so? Nur mit Mozzarella?»

Alchemistin nickt und beginnt, ihre Pizza zu teilen wie jene, die einen Apfel so schälen, dass die Schale an einem Stück bleibt. Eine anspruchsvolle Arbeit, die vom Außenrand zum Mittelpunkt geht und dabei wahrscheinlich der Anordnung der Steine von Stonehenge folgt. Arcadipane schaut voller Bewunderung zu: Die konzentrische Spirale ist überall zwei Zentimeter breit. Alte Mechanikerschule Fiat. Präzisionsarbeit.

«Entschuldige», lacht sie hinter vorgehaltener Hand, «eine von meinen», vier Finger in der Luft, «Manien.»

Arcadipane zuckt mit den Schultern und beginnt, seine Pizza zu schneiden, wobei er als Kriterium nur den Durchmesser seines Mundes nimmt, multipliziert mit zwei.

«Jedem das Seine, oder? Einmal haben wir einen festgenommen, der in den besseren Vierteln unterwegs war. Jung, gut aussehend, immer eine Schneiderschere bei sich.»

Sie unterbricht ihre Sezierarbeit und sieht ihn mit einem Hauch wohligen Gruselns an.

«Nein, nein», beruhigt Arcadipane sie kauend, «wenn der eine Dame mit ihrem Hündchen an der Leine sah, lief er hinterher und zack, schnitt er die Leine durch und floh mit dem Hündchen unterm Arm. Nur kleine Hunde mit langem Fell. Und weißt du, was er damit machte?»

Nicoletta erschaudert am ganzen Körper, den ihr, klein, mager und würdevoll, dieses Leben beschert hat, wer weiß, wie das im nächsten ist. Man hat den Eindruck, als ob dieser grazile Knochenbau, das feine Haar, die sehr blauen und nicht tiefen Augen Teil einer Ausstattung wären, die sie befähigt, in die Lüfte aufzusteigen, sich über die groben Dinge dieser Erde zu erheben. Ektoplasmatisch ... würde Arcadipane sagen, wenn er imstande wäre, etwas mit mehr als acht Buchstaben zu denken und dann auch auszusprechen.

«Er hat Schuhe damit geputzt.»

Nicoletta rollt die Augen, die so klein wie Kampferkügelchen sind.

«Er ging um die Ecke, suchte sich einen ruhigen Winkel, stopfte ihnen das Maul mit einem aufgeschnittenen Tennisball ... eine ordentliche Portion schwarze Schuhwichse, und dann ging's los mit dem Bürsten. Danach ließ er sie frei, nicht ein Kratzer, abgesehen von dem schmutzigen Fell von der Schuhcreme. Wir haben ihn gefunden, weil er eines Tages den falschen Hund erwischt hat, den Pekinesen der Frau eines Richters. Zwei Männer eigens dafür abgestellt, bis wir durch Analyse der Schuhwichse, ein sehr besonderes Produkt, französisch ... aber isst du die Pizza immer so?»

Mit einer eher komplexen Bewegung von Messer und Gabel schneidet sie den Streifen Pizza ab, an dem sie kaut, nach Art von Andenkamelen.

«Die Welt ist Kontinuität, Verbindung, Einheit», sagt sie und versucht, den Unwillen darüber, dass sie alle drei Prinzipien verletzen musste, zu verbergen. «In den antiken Kulturen repräsentierte die Spirale diese Art Verbindung zwischen den Dingen. Wenn ich esse, versuche ich, die Einheit der Nahrung zu bewahren, meine und die der Welt, deren Teil wir sind. Das ist eine eher verbreitete Praxis, um ehrlich zu sein, aber ich habe sie durch einen südamerikanischen Roman gelernt. Jetzt gibt es auf der ganzen Welt Gruppen, die sie», Zeichen mit den Fingern in der Luft, «lehren.»

Arcadipane nickt.

«Und diese Sache mit den Fingern?»

«Welche Sache?»

«Wenn du redest, hältst du manchmal inne und machst so mit den Fingern», Arcadipane ahmt sie nach.

«Das sind Anführungszeichen.»

«Anführungszeichen.»

«Das heißt, dass du das folgende Wort in Anführungszeichen setzt. Das habe ich vor vielen Jahren in der Serie *Friends* gelernt. Phoebe machte das immer so. Das ist eine Art der Relativierung. Vielleicht hängt das mit meinem Beruf zusammen», und wieder senkt sie den Blick, wie um sich zu entschuldigen. «Den ganzen Tag dem Beginn des Lebens nahe zu sein, lässt einen verstehen, dass alles relativ ist, kurz und wunderbar zugleich.»

«Sind sie denn hässlich, wenn sie neu geboren sind?»

Sie blickt auf, diesmal schnell.

«Sie sind nicht hässlich.»

«Dann haben wir Pech gehabt, meine Kinder waren Scheusale, vor allem Giovanni. Er sah aus wie ein hinten im Schrank zerknüllter Pantoffel. Stell dir vor, meine Frau hat ihn Mister Magoo genannt. Unglaublich, wenn man an den prächtigen Jungen denkt, der er heute ist.»

Sie versucht, das mit einem «Hm, hm» zu bestätigen, dann senkt sie resigniert den Blick und widmet sich wieder dem Verzehr ihrer spiralförmigen Pizza.

Um elf Uhr ist Arcadipane im Auto vor seinem Haus. Heraußen aus der Pizzeria, hat Nicoletta ihm zu verstehen gegeben, dass sie Dunkles in ihm ahne und dass sie, er solle das nicht übel nehmen, nicht meine, ihre Begegnung könne Raum zur Erhebung bieten.

«Ja», hatte er sich todmüde beeilt zu bestätigen, es könne da keine «Entwicklung» geben.

Bei dem Wort Entwicklung war sie wieder ein wenig munterer geworden, vielleicht angestachelt von einem mikroskopischen Bedauern, aber die Abwärtsspirale war in Gang gesetzt, und eine Spirale unterbricht man nicht, also dankte sie ihm, dass er ihr eine Region der Welt erschlossen habe, die ihr so fern sei, denn auch was uns nicht angehört, ist kostbar, aber … Unterdessen betrachtete Arcadipane ihre Bluse, die Puffärmel hatte, und eine unbestimmte Schläfrigkeit, für die er sich nicht schuldig fühlte, nahm ihn ganz ein. Im Übrigen hatte er ja auch hart gearbeitet, den ganzen Tag lang mit schwierigen Personen über schwierige Dinge geredet. Hätte er das der Alchemistin oder irgendeiner andere Frau erklären können, wäre das besser gewesen. Und hätte er das vor Zeiten mit Mariangela gekonnt, wäre das noch besser gewesen.

Er steigt aus dem Wagen, müder und weniger fröhlich als zuvor, holt die Schlüssel heraus und tritt in den Hausgang ein, wo sich im trüben Licht der Lampe jemand bewegt. Der Sohn von der im ersten Stock. Als er ihn sieht, weicht der Typ an die Wand zurück, hält sich wie eine Schabe daran fest, um der Begegnung in der Mitte des Hauseingangs auszuweichen.

«Hey, Bursche, hör mal …»

31.

Unter dieser Hausnummer ist der herabgelassene Rollladen eines Friseursalons.

Er geht zurück zur Kreuzung, kontrolliert noch mal den Straßennamen, dann Isas Nachricht, aber Name und Nummer stimmen.

Er geht noch einmal die fünfzig Meter bis zur Nummer 18, wo der Rollladen nach wie vor unten und keine Klingel ist. Er legt das Ohr an, drinnen rührt sich nichts. Es gibt nebenan keine Geschäfte, wo man fragen könnte, und Passanten sind Passanten, wieso sollten sie wissen, wer dort zu Hause ist und wo er abgeblieben ist.

«Sind Sie der Letzte?»

Arcadipane dreht sich um hundertachtzig Grad herum und sieht sich im Schatten eines großen Mannes, der ihn um gut zwanzig Zentimeter überragt. Nicht alt, aber das ist schwer zu sagen, wenn sie über hundertzehn Kilo schwer sind. Den Rauschebart mit ein paar weißen Haaren zusammengerechnet und den Overall abgerechnet, würde man am Ende fünfzig sagen. Auf dem Kopf eine russische Eisenbahnermütze, die ihn noch größer macht.

«Der Letzte in Bezug auf was?»

«In Bezug auf ihn», der große Kerl weist auf den herabgelassenen Rollladen.

Arcadipane nickt, deswegen ist er hier.

«Wann macht er gewöhnlich auf?»

Der Mann sieht ihn zärtlich an. Zärtlichkeit bei großen Menschen ist, wie wenn man einen Panzer als Schulbus nutzt.

«Man sieht, dass sie ihn nicht kennen», sagt er. «Er hat keine Geschäftszeiten, seine Tür ist immer offen.»

«Aber jetzt ist sie zu.»

«Weil Mittwochvormittag die unbegleiteten Bestattungen sind.»

«Unbegleitet.»

«Verstorbene, die niemand haben. Er gibt ihnen das letzte Geleit, zwei Worte, die Anwesenheit», dann sieht er auf die Armbanduhr. «Das ist rasch erledigt, er müsste gleich kommen.»

«Dann ist er kein Friseur.»

Über das Antlitz des Mannes gleitet ein Schatten der Missbilligung, der recht lang braucht, um das ganze Gesicht einzunehmen. Arcadipane bemerkt, dass er ein gerötetes Auge hat und dass beim Sprechen die Unterlippe recht feucht wird.

«Ich glaube, Sie sind falsch informiert. Die Friseurin, die hier ihr Geschäft hatte, ist vor drei Jahren in Pension gegangen, und jetzt vermietet sie den Laden als Wohnung.»

«An diesen Luigi Normandia.»

«Ich weiß nicht, wir kennen ihn nur als Lui. Warum sind Sie hier, wenn ich fragen darf?»

«Ich muss mit ihm reden.»

«Wie alle! Ich hatte dieses Problem mit dem Auge, sehen Sie? Man hatte es schon aufgegeben, aber jetzt wird es besser. Weshalb müssen Sie mit ihm reden?»

«Verschiedene Dinge, vor allem aber bin ich umgeben von Leuten, die sich nicht um ihre eigenen Angelegenheiten kümmern, meinen Sie, er kann da was machen?»

Der Mann fixiert ihn. Er versucht zu verstehen, wie ernst er es meint. Er versteht, dass er es ernst meint.

«So war ich auch: aggressiv und verschreckt», er lächelt. «Tun sie mir den Gefallen und sagen Sie ihm, dass ich am Nachmittag vorbeikomme, heute Vormittag ist er wohl beschäftigt. Auf Wiedersehen.»

Mit elastischem Schritt geht der Mann auf den Pfahl eines Halteverbotsschilds zu und bindet ein Hollandrad los, Rücktrittbremse und hoher Lenker, um den Rücken gerade zu halten, und fährt los. Er macht kehrt und kommt gegenüber vorbei, lächelt noch einmal, als ob Groll wasserlöslich wäre.

Was lächelst du, verdammt noch mal?, denkt Arcadipane und setzt sich auf die untere der beiden Stufen.

Er zündet sich eine Zigarette an, das Viertel kennt er, weil er alle Viertel der Stadt kennt, außer denen, die in den letzten fünf Jahren im Norden der Stadt entstanden sind. Und dann hat hier Bramard gewohnt, als ihre Wege sich kreuzten. Vier Stockwerke ohne Lift, um in ein Zimmer voller Bücher zu gelangen, ein einziges Dachfenster, ein Campingkocher, ein Ofen, der nicht zog, und Toilette auf dem Gang gemeinsam mit Leuten, die er am nächsten Tag auf der Arbeit treffen würde, und hier ist nicht die Rede von Kollegen. So waren die Zeiten, oder so war Bramard. Und dabei war das Gehalt eines Kommissars kein Pappenstiel!

Arcadipane nimmt lange, abgewogene Züge und sieht auf den Platz, wo er sich befindet. Vor zwanzig Jahren war das, obwohl neben der Synagoge gelegen, ein Platz für Dealer. Das Gebäude gegenüber verlassen und von Verzweifelten besetzt, der Asphalt voller Schlaglöcher, und jetzt, sieh an: eine Bar mit Terrasse, ein Kindergarten, das Gebäude ein Co-Housing, was immer das bedeutet.

Es sind einige Leute unterwegs, der normale Betrieb am Morgen eines Markttages, und doch, als er ihn sieht, weiß er, dass er es ist.

«Luigi Normandia?»

Der Mann, der groß und mager ist wie ein nasses Seil, nickt. Er trägt nichts, woran man sich erinnern würde: ein normales langarmiges T-Shirt, normale Hosen, normale, aber seitlich aufgerissene Turnschuhe. Große und schmutzige Hände, vielleicht von dem Handvoll Erde für die einsamen Verstorbenen.

«Ich bin Kommissar Arcadipane. Ich muss mit dir sprechen.»

«Ich weiß», sagt Luigi Normandia.

Arcadipane sieht ihn an und begreift, dass dieser Mann in seinem Leben vieles war, bevor er das wurde, was er jetzt ist. Viele unterschiedliche Dinge, die alle eine unauslöschliche Spur hinterlassen haben: Legastheniker, Rechtshänder, aus dem Aostatal stammend, ein Wunderkind am Klavier, zerstreuter Schüler, fanatischer Skifahrer, einzelgängerischer Gymnasiast, Verführer, Athlet, Sechzehnjähriger, der nichts zuwege bringt, Abstinenzler, einziger Fall von alkoholbedingtem Koma in der Nacht vor dem Abitur, Erstsemester in Philosophie, Verlobter der Begehrtesten, eherner Nietzscheaner, Wichser, Basketballspieler, Demonstrant, Fallschirmspringer, Astronom mit Neigung zum Tarock, Beamter, ganz Beruf und zu Hause, digitaler Autodidakt, enttäuschter Bulle, Hedonist, Eigentümer von drei Patenten, wovon eins ein neuer Leiter ist, Agoraphobiker, serieller Ficker, Objekt von Ermittlungen, Gehorsamsverweigerer, Behinderter, Depressiver, Linkshänder, Pensionist, Prediger, Besucher von Friedhöfen am Mittwoch, groß gewachsener Mann ohne Abzeichen gegenüber einem kleinen Mann mit Abzeichen.

«Gehen wir hinein», sagt Luigi Normandia.

Er schiebt den Laden hoch, der kein Vorhängeschloss hat, und bittet Arcadipane hinein. Trepet folgt ihnen, die hohen Stufen machen ihm Schwierigkeiten. Das Ambiente ist das eines Damensalons: der große, wandhohe Spiegel, zwei Friseurstühle und der Geruch nach Taft. Um daraus eine Behausung zu machen, sind eine Liege, ein Schreibtisch mit zwei Computern darauf und drei Bücherregale voller Aktenordner hinzugefügt worden. Alles Dinge, die Arcadipane nicht bemerkt, weil er die vierte Wand ansieht, die von einem Spinnennetz aus Fotos, Zeitungsartikeln und pastellblauen Aufschriften bedeckt ist. Pfeile, Kreise, Ebenen, die sich übereinanderschieben, und die Miniatur eines Aufzugs aus Karton, aufgehängt an einem Faden, um mental von einer Ebene zur anderen dieser im Wahn zementierten Stadt zu gelangen.

«Was machst du hier genau?», fragt er. «Du bist kein Friseur, sagt man mir.»

«Ich diene den Bedürftigen, denn er sorgt für mich und die anderen und hat mir befohlen, Sorge zu tragen.»

«Solche wie der große Typ mit der Bindehautentzündung? Ich hoffe, all dieses Kommen und Gehen bringt dir auch was ein.»

«Der reiche Bruder schlief im Palast bei seinem Geld und wachte hungrig auf. Der Arme schlief unter einem Baum ein, und sein Leben kannte nur Sattheit.»

Arcadipane dreht sich um und sieht ihn an. Aufrecht mitten im Raum, ein paar Friseurhauben als Hintergrund, rasierter Schädel, länglich und unregelmäßig, hohe Wangenknochen, knöcherne Stirn. Die Nase wie gegen eine Scheibe gedrückt. Das Resultat ist, dass er schön ist, auch wenn wirklich schön nur die grünen und fernen Augen sind. Er betrachtet wieder die Collage an der Wand.

«Was ist das? Deine Agenda?»

Normandia geht zu der Wand.

«Das ist der Plan von Shun», sagt er, hebt den linken Arm und weist auf die Spirale, die Arcadipane nicht bemerkt hatte, ein enormer Strudel, der alle an der Wand angebrachten Inschriften, Zeitungsartikel und Fotos miteinander verbindet. «Der Grund, warum du hier bist.»

«Ich? Und wer ist Shun?»

«Shun ist der Plan, aber wie die Schöpfung einen Schöpfer hat, so hat Shun einen Urheber, der sich nicht zeigt. Deshalb bist du gekommen. Um zu ihm zu gelangen und Rechenschaft von ihm zu verlangen.»

Arcadipane sieht Trepet an, der tatsächlich die Linien an der Wand betrachtet. Außer dem Taftgeruch treten jetzt andere Gerüche in dem Raum hervor: abgestandene Luft, Toner, aufgewärmte Pasta mit Sugo, Aceton, Schuhe, Klebstoff und etwas, was von Reibung herrührt.

«Hör mal, Normandia, du bist Polizist gewesen, nicht wahr?»

«Das bin ich gewesen.»

«Dann weißt du also, wie wir so ticken. Du weißt, dass ich rein gar nichts verstehe. Sei bitte konkret, denn es ist neun Uhr morgens, und mir brummt jetzt schon der Schädel.»

Normandia fixiert ihn. Jetzt fährt er mir an die Gurgel, denkt Arcadipane. Hingegen geht der Mann, gefolgt von Trepet, an eines der Bücherregale, nimmt einen Ordner heraus, kommt mit hölzernen Schritten wieder zu ihm, ein leichtes Hinken, und gibt ihn ihm. Immer gefolgt von Trepet.

Arcadipane schlägt die letzten Seiten auf: Artikel über den Fall in der U-Bahn. Er blättert zurück, hält sich nur bei den Schlagzeilen auf: Der Selbstmord einer Lehrerin, ein überfahrener Junge, der Mord an einer Brokerin, von dem er sich an etwas erinnert, Brandstiftung, ein toter Junge in einer verlassenen Industrieanlage, ein aus dem Fluss geborgener Toter und andere Meldungen, die das Gemeinsame haben, dass jemand dabei draufgeht oder fast. Unterschiedliche Orte, im Lauf der letzten zwei Jahre, und die Schuldigen, wenn es welche gibt, immer hinter Gittern. Hier und da ein paar Seiten mit Aufzeichnungen in winzig kleiner Druckschrift, zu deren Entzifferung Stunden nötig wären.

Er schließt den schweren rauen Ordner, der irgendwie büromäßig ist.

«Das sind gelöste Fälle, scheint mir.»

«Ja.»

«Der Schuldige festgenommen.»

«Ja.»

«Aber du hast eine Theorie.» Arcadipane klopft zwei Mal auf den Ordner. «Die hier drin steht, nehme ich an.»

«Da», nickt Normandie. «Und dort», er schaut auf die

Wand. «Und hier», er schiebt den Ärmel am rechten Arm hoch, der bis dahin am Körper herabgehangen war.

Arcadipane betrachtet die dreizehn Linien und das Kreuz, die mit einem Messer in das kraftlose Glied geritzt sind.

«Ich nehme an, sie haben dir nicht recht gegeben.»

«Nein.»

«Und warum sollte ich das tun?»

«Nicht zufällig klopfte er an seine Tür, denn ohne es zu wissen, hatten sie dieselbe Vision gehabt.»

«Was heißt das?»

«Sprich mit den Menschen, die du gesucht hast, wäge ihre Ängste, teile ihre weisen Motive, und wenn das dich nicht entfernt, klopf noch einmal an diese Tür, weil wir einen Ort haben, wohin zu gehen.»

«Wir haben einen Ort? Welchen Ort?»

«Modena.»

«Warum? Was ist in Modena?»

«Ein totes Mädchen, das ich nicht wieder zum Leben erwecken kann, und ein Mann am Kreuz.»

Arcadipane schaut hinunter auf Trepet, der Hund erwidert den Blick.

«Ich brauche ein paar Stunden, um einen Blick auf dieses Zeug zu werfen», sagt Arcadipane. «Wenn du mich nicht siehst, weißt du, was die Antwort ist.»

Normandia nickt.

«Er wollte glauben, aber er sagte: Wenn du an mich glaubst, wirst du an Simon Magus glauben, an die Schacherer mit Wundern und an jene, die behaupten, mit Toten reden zu können. Glaube also nicht, sondern greif mit Händen, denn so wie der Fisch Wasser braucht und der Falke den Wind, so schwimmt der Mensch in der materiellen Welt.»

Dann sieht er auf die Plastikuhr an der Wand, das Zifferblatt umrahmt von fließendem Haar und der Aufschrift «Wella Professionals».

«Wenn wir gegen Mittag aufbrechen können, vermeiden wir den Verkehr um Piacenza.»

Und zum ersten Mal leuchtet in seinen Augen ein Hauch von Amüsement. Ganz seins, einverstanden, aber schneidend.

32.

«Arcadipane, ich habe vorhin angerufen und möchte Barbicinti sprechen.»

«Augenblick, ich sehe nach, ob er wieder hereingekommen ist.»

«Barbicinti.»

«Ciao Attilio, ich bin's, Arcadipane.»

Schweigen.

«Arcadipane aus Turin, die Fortbildung über Interpol in Trento, erinnerst du dich? Zweibettzimmer, weil sie im letzten Moment die Mittel gekürzt hatten …»

«Arcadipane, verdammt, du hast eine ganz andere Stimme am Telefon! Es war, als würdest du aus dem tiefsten Kalabrien anrufen! Wie geht's dir?»

«Gut, gut, und dir?»

«Wenn ich im Büro bin, fantastisch, Ärger gibt's zu Hause … dabei könnten wir es genießen, die Kinder sind aus dem Haus und studieren … die Wohnung ist zu groß … meine Schichtdienste passen nicht mehr … und nach Argentinien sind wir dann doch nicht gefahren, aber wozu erzähle ich dir das!»

«Genau. Hör zu, ich störe dich wegen …»

«Was heißt hier stören! Neulich habe ich von eurem Fall mit der Kolumbianerin gelesen. Bravo, bravo, du hast immer noch ein Händchen!»

«Man tut, was man kann, ich rufe dich an wegen einer … etwas vertrackten Sache.»

«Lass hören, sehen wir zu, dass wir die Sache etwas weniger vertrackt machen.»

«Luigi Normandia.»

Schweigen. Bürogeräusche.

«Barbicinti?»

«Ich bin schon da, du meinst unseren Luigi Normandia?»

«Ich glaube! Er war in Bologna im Dienst, hattest du mit ihm zu tun?»

«Direkt zu tun nicht, aber die Welt hier ist klein. Ist etwas mit ihm?»

«Nein, nein, ich bin nur auf ihn gestoßen … Eine lange Geschichte, ich will dich damit nicht aufhalten. Ich wollte nur verstehen, was für ein Typ er ist.»

Das Klicken des Bürostuhls mit flexibler Rückenlehne, Barbicinti macht es sich bequem.

«Was soll ich dir sagen, Vincenzo, ein bisschen komisch war er schon. Introvertiert, Kontakte zu Kollegen null, zu den Kolleginnen eher zu viel, aber man ertrug ihn, weil er gut war. Ein Visionär, weißt du, der Typ Verrückter, der im Stehen schläft und dann Wunder wirkt. Es war klar, dass sein Platz in einem dieser Labors für Superhirne war, die Impfstoffe entwickeln oder herausfinden, was im Big Bang abging. Aber hier war er, und hier haben wir ihn behalten.»

«Also ein guter Polizist.»

«Gut, ja, Vincenzo. Man durfte ihn aber bloß nicht mit Zeugen, Verdächtigen oder Angehörigen der Opfer reden lassen. Darin war er behindert. Aber auf der abstrakten Ebene … du konntest ihm zwei Hölzchen in die Hand drücken, und er heizte dir das Haus ein, wenn du verstehst, was ich meine.»

«Und die Verweise …»

«Aber willst du so einen denn wieder eingliedern? Sein einer Arm ist so, dass du ihn höchstens als Kleiderbügel verwenden kannst!»

«Nein, was denn Wiedereingliederung, er taucht in meinen Ermittlungen auf, als Zeuge … eine Parallelgeschichte … Was waren diese Verweise?»

«Die Verweise, sagst du. Er hatte sich da in einen etwas … fantastischen Fall verbissen, einer von denen, die er ab und zu aus dem Hut zauberte, aber der damalige Chef hatte für Sperenzchen nichts übrig. Er hat es ihm zwei oder drei Mal im Guten gesagt, der aber machte auf eigene Faust weiter, arbeitete in der Dienstzeit: Archive, Zeitaufwand, Dienstreisen, Mittel … So Dinge, die uns Chefs auf die Palme bringen, bis er ihm einen Verweis erteilte.»

«Gehorsamsverweigerung.»

«Gehorsamsverweigerung, Nichteinhaltung der Dienstvorschriften, unentschuldigte Abwesenheit, was wir so schreiben, um nicht schwarz auf weiß festzuhalten, dass einer ein Arschloch ist. Normandia hat aber nicht lockergelassen. Tagsüber versah er den normalen Dienst, und nachts arbeitete er an seiner Sache und riskierte die totale Erschöpfung.»

«Aber was war seine Sache?»

«Seine Sache, seine Sache! Er sagte, es gebe da ein Komplott zur Verurteilung von Unschuldigen, indem man ihnen die Schuld für verschiedene Verbrechen anlastet. Da stecke eine sehr große Struktur dahinter … also müsse man abgeschlossene Fälle neu aufrollen. Aber du weißt ja, einem Staatsanwalt kannst du die Frau vögeln, aber nicht ihn dazu bringen, einen abgeschlossenen und archivierten Fall wiederaufzunehmen, oder?»

«Hieß diese Struktur, von der er sprach, Shun?»

«Ach, da erinnere ich mich nicht. Man müsste die Berichte einsehen, wenn sie nicht jemand hat verschwinden lassen, nach dem Kladderadatsch.»

«Was für ein Kladderadatsch?»

«Das weiß ich nur vom Hörensagen, Vincenzo, Sachen, die in der Kaffeepause aufkommen oder beim Abendessen mit Kollegen …»

«Erzähl ruhig, ich mach mir dann schon meinen Reim drauf.»

«Eines Nachmittags befand sich Normandia mit einem fünfzehnjährigen Jungen im alten Industrieviertel der Stadt. Er sagt, er sei ihm bis dorthin gefolgt, böse Zungen behaupten, er habe ihn in diese aufgelassene Fabrik mitgenommen. Sechs Monate zuvor war der Junge wegen des Selbstmords eines seiner Freunde, der sich vor den Zug geworfen hatte, als Zeuge vernommen worden. Klarer Fall von Selbstmord, kein Zweifel, aber das war einer der Fälle, in den Normandia sich verbissen hatte. Er meinte, dieser Danilo habe etwas mit dem Tod des Freundes zu tun. Und verfolgte ihn.»

«Und was ist in der verlassenen Fabrik passiert?»

«Da gehen die Versionen auseinander.»

«Sie gehen auseinander.»

«Normandia behauptet, der Junge habe versucht, sich in den Schacht des Lastenaufzugs zu stürzen, und er habe ihn am Arm gepackt. Wer ihm übel will, meint dagegen, er habe ihn extra im Leeren baumeln lassen, um etwas aus ihm herauszubekommen.»

«Und der Junge stürzt.»

«Ja, aber auch hier gehen die Versionen …»

«Auseinander.»

«Und wie! Normandia sagt, er konnte den Jungen fünfzig Minuten lang halten, ihn aber nicht hochziehen, weil der achtzig Kilo wog, und er konnte sich nirgendwo abstützen. Er kann noch nicht einmal das Handy herausholen und Hilfe anfordern, also beschränkt er sich darauf, ihn zu halten, in der Hoffnung, dass jemand kommt oder der Junge hochklettern kann.»

«Aber der Junge schafft es nicht.»

«Laut Normandia will er nicht.»

«Er will nicht.»

«Normandia sagt Nein. Weil der Plan des Jungen war, in diese Fabrik zu gehen, sich umzubringen und die Schuld auf ihn abzuwälzen, der ihn unter Druck setzte. Also das Schema zu befolgen: der Freund ein Selbstmörder, fälschliche Beschuldigung, und der arme Junge bringt sich um. Das ist natürlich die Version Normandias, aber da ist der Telefonanruf.»

«Welcher Telefonanruf?»

«Während er da hängt, nimmt der Junge das Handy und ruft uns an. Er hat Zeit zu sagen, dass ein Polizist ihn im Leeren hängen lässt, um ein Geständnis zu erpressen, und dann fällt er hinunter.»

«Die Linie.»

«Er und die Linie, hier gehen die Versionen wieder auseinander.»

«Erheblich.»

«Und ob. Dem Chef gefiel die, dass Normandia die Scheißidee hatte, den Jungen im Leeren baumeln zu lassen, um ihn zum Reden zu bringen, dem verängstigten Jungen ist es gelungen anzurufen, und an dem Punkt hat Normandia ihn nicht mehr halten können oder hat ihn hinunterfallen lassen.»

«Und Normandias Version?»

«Dass er den Jungen fünfzig Minuten lang gehalten hat und der ihm währenddessen von einem Spiel erzählte, bei dem man, um Punkte zu sammeln, jemanden umbringen und die Schuld auf jemand anderen abwälzen musste. Dass er lachte, während er ihm das erzählte, weil man ihm ohnehin nicht glauben würde. Dann hat der Junge angerufen, er hat sich gewunden, damit Normandia den Griff lockerte, und ist unten gelandet.»

Arcadipane fährt ein paar Sekunden lang mit dem Löffelchen an der Innenwand der Tasse entlang, wo die Spuren des Kaffees eingetrocknet sind. Die Terrasse der Bar ist leer.

«Sicher», resümiert er, «um sich mit Normandias Version anzufreunden, muss man schon sehr gutwillig sein.»

«Sehr.»

«Während die andere Version …»

«Leichter verdaulich ist.»

«Genau.»

«Aber der Arm?»

«Welcher Arm?»

«Als die Kollegen ankamen, fanden sie Normandia praktisch mit ausgekugeltem Arm vor. Der Oberarmknochen aus dem Schultergelenk gesprungen, Sehnen überdehnt, Muskelfasern zerrissen, so was kommt nicht vor, wenn du jemand auch Schweren ein paar Minuten lang festhältst. Daher die Frage: Wenn das Ziel war, ihn zum Sprechen zu bringen, warum deshalb so weit gehen, den Arm zu zerstören?»

«Warum?»

«Dafür gibt es keinen Grund, also hat die Version von Normandia mit den fünfzig Minuten, in denen er um jeden Preis versucht hat, den Jungen zu halten, etwas für sich.»

«Hat sie!»

«Und was tut man in solchen Fällen? Eine Anschuldigung zieht eine Untersuchung nach sich, eine Untersuchung einen vertraulichen Hinweis, ein vertraulicher Hinweis eine Pressenotiz, eine Pressenotiz eine Schlagzeile, eine Schlagzeile einen Prozess, ein Prozess jede Menge Scheiße auf die Polizei. Also ist es besser, man hält die Sache unter Verschluss und findet einen Kompromiss.»

«Die Entlassung und eine kleine Pension.»

«Was sollten wir machen? Normandia war inzwischen nicht mehr richtig im Kopf, beschränkt, besessen von diesem Scheißspiel … Sogar das Angebot, den Arm operieren zu lassen, hat er abgelehnt. Dabei hätte er alles bezahlt bekommen! Er sagte, das sei ein Beweis, und so müsse er bleiben. Im Dienst war er in diesem Zustand ja nicht zu halten. Wir sind, was wir sind, aber ein Irrenhaus dann doch noch nicht.»

Arcadipane blättert in dem Ordner, den er ganz gelesen hat. Er sieht die Kellnerin in der Tür erscheinen und macht ihr ein Zeichen, sie solle ihm noch einen Kaffee bringen.

«Hör mal, und in Sachen Religion?»

«Religion in welchem Sinn?»
«Bibel, Evangelien, Predigerton.»
«Nein, scheint mir nicht.»
«Also redete er normal?»
«Normal ist ein großes Wort für Normandia, aber an kirchliche Dinge erinnere ich mich nicht.»
«Auch nicht, dass er Menschen heilte? Eine Art Heiliger?»
«Ach herrje, Vincenzo, du willst doch wohl nicht eine Sekte oder so was ins Spiel bringen? Pass auf, Normandia ist jemand, der dich um den Finger wickelt, hast du verstanden? Halt dich von ihm fern und lass dir nicht das Geld aus der Tasche ziehen, denn für unsereinen gibt es das Paradies erst mit der Pensionierung.»
«Gut gesagt, Barbicinti.»
«Da, wo wir sind, können wir nicht alles ernst nehmen, nicht wahr? Apropos, du dort in Turin hast nicht zufällig ein paar Tickets für das Stadion übrig? Mein jüngerer Sohn ist Fan, aber die haben ja Preise! Und dann muss man sie ein Jahr im Voraus kaufen …»
«Ich werd sehen, was ich tun kann», und der Kaffee kommt.
«Danke. Von dem aber halt dich fern, okay?»
«Aber wir sind doch keine kleinen Jungs, Barbicinti», sagt Arcadipane lachend. «Solche wie den durchschauen wir doch auf hundert Meter Entfernung.»
«Auf einen halben Kilometer, Vincenzo, auf einen halben Kilometer … also meldest du dich wegen der Tickets?»
«Sicher.»
«Zum Teufel mit Normandia.»
«Zum Teufel mit ihm.»

33.

«Am Sonntag, dem 17., abends fand im Ortsteil Campanazzo die Abschlussfeier des lokalen Kirchweihfests statt, das ebenda am 15. begonnen hatte. Vorgesehen waren ein Abendessen unter ordnungsgemäß genehmigtem Zeltdach, Preisverleihung im Boccia-Wettbewerb, Preisverleihung im Poesie-Wettbewerb *Mein Campanazzo*, Live-Musik mit DJ Alessio, Zaubertricks, Feuerwerk und symbolische Schließung der Tore durch die Gräfin von Campanazzo, ein im Wechsel verliehener Ehrentitel.

An besagtem Abend begaben sich Pilar Fuxarda, 21, geboren in Malaga, für einige Tage zu Gast bei der Freundin Donatella Melagoli, und diese selbst, ebenfalls 21, die sich einige Monate zuvor im Erasmus-Austauschprogramm kennengelernt hatten, gemeinsam zu dem Fest, um mit ein paar mit der Melagoli bekannten jungen Männern den Abend zu verbringen.

Der Abend verlief unter Lachen und Scherzen, die jungen Leute tanzten, obwohl es Tänze aus früheren Zeiten waren, und sahen sich das Feuerwerk an, danach verließen die Melagoli und die Fuxarda um circa 1.20 Uhr die Festgemeinde, weil die Fuxarda am nächsten Tag nach Mailand gebracht werden musste, von wo aus um 9.40 Uhr ihr Rückflug abging.

Nachdem sie den Sportplatz, wo das Fest stattfand, verlassen hatten, gingen die Mädchen an der Staatsstraße 22 entlang, an der rechts und links der Fahrbahn in langen Reihen Autos geparkt waren. Weil die beiden Mädchen erst später zu dem Fest gekommen waren, hatten sie ihren Punto circa zwei

Kilometer vor dem Dorf abstellen müssen; da Frösche und Tortelli auf dem Speiseplan standen, waren viele Besucher von auswärts gekommen, und auch wegen des Feuerwerks von Campanazzo, das in der Gegend recht berühmt ist.

Die Fuxarda und die Melagoli gingen also hintereinander an der Straße entlang und hielten sich dabei rechts, da in fünfhundert Meter Entfernung von dem Sportplatz die Straßenbeleuchtung aufhörte und die Straße dunkel war. Sie waren fast bei dem Punto angelangt, Eigentum des Vaters der Melagoli, als ein Wagen mit hoher Geschwindigkeit näher kam, nach Aussagen der Melagoli aus der Kurve getragen wurde und mit Gewalt die Fuxarda erfasste, die von den beiden hinten ging. Die Melagoli stand unter Schock und rief die Freundin, da sie sie weder auf der Straße noch sonst wo sah.

Der Wagen hielt unterdessen fünfzig Meter weiter vorn. Der Fahrer, Domenico Borghi, 43, stieg aus, erschüttert von dem Vorfall, und begann zusammen mit der Melagoli die Fuxarda zu suchen, sie riefen laut ihren Namen und suchten die Umgebung ab, wo Maisfelder waren. In der Zwischenzeit kamen andere Wagen heran, und jemand rief den Krankenwagen und uns. Drei Autos wurden so positioniert, dass ihre Scheinwerfer die Felder beleuchteten, ein Dutzend Personen schlossen sich der Suche an, und nach circa zehn Minuten wurde der Körper der Fuxarda in einem derzeit trockenen Bewässerungskanal circa fünfzehn Meter vom Unfallort entfernt gefunden. Das Mädchen wurde geborgen und von einem Arzt, der unter den Herbeigeeilten war, untersucht, aber er konnte nur noch den Tod feststellen, da die Kopfverletzungen, wie klinische Untersuchungen dann auch bestätigten, auf der Stelle zum Tod geführt haben mussten.

Wir waren schnellstmöglich, um 1.47 Uhr, vor Ort und leiteten die vorschriftsmäßigen Maßnahmen ein, indem wir die nicht beteiligten Personen entfernten und in Erwartung des Krankenwagens erste Personalien aufnahmen.

Der Unfallverursacher, der von dem Vorfall sehr mitgenommen war, war mit Frau und zwölfjährigen männlichen Zwillingen in seinem Renault Megane unterwegs gewesen und erklärte, er fahre auf der Landstraße höchstens achtzig Stundenkilometer. Auch sie kamen von dem Fest, was vermuten ließ, wie der Test dann bestätigte, dass der Mann eine größere Menge Alkohol zu sich genommen hatte als gesetzlich zulässig. Seine aufgrund der Erregung eher wirren ersten Äußerungen lauteten dahin gehend, dass die Fuxarda in dem Moment, in dem er in die Kurve fuhr, ‹in die Mitte der Fahrbahn gesprungen› sei, eine Behauptung, die von der Freundin des Mädchens widerlegt wurde, die bekräftigte, dass die beiden hintereinander auf der rechten Seite gingen.»

Der Gefreite Fenice blättert ein paar Seiten weiter und schaut dabei nach wie vor auf den Bericht. Im Büro hört man das Geräusch von Kies und bewegten kleinen Steinchen. Ein unbestimmter Geruch von Salat, der zu lang im Wasser gelegen hat.

«Da sind noch ein paar Seiten», sagt er, ohne den Blick von dem Geschriebenen zu heben, «aber ich glaube, die sind nicht von Belang. Ich habe Ihnen den Bericht vorgelesen, weil ich an diesem Abend nicht im Dienst war, aber Tonelli, der unter den Ersten vor Ort war, ist sehr genau und wenig anfällig für das ‹Carabinesisch›. Natürlich gibt es noch weitere Untersuchungsprotokolle, aber das würde Zeit verlangen. Wenn es Fragen gibt, stehe ich jedenfalls zur Verfügung.»

Arcadipane kaut sein Lakritzbonbon zu Ende und schaut auf seine Hände, er hat die Finger ineinander verflochten, die Unterarme auf die gespreizten Knie gestützt. Eine nicht sehr elegante Pose, aber wenn du gewisse Dinge hörst, ist es besser, dich so fest wie möglich auf dem Boden zu verankern. Das lernt man durch Erfahrung.

«Was kannst du mir über den Mann im Megane sagen?»

«Domenico? Er ist hier in Stezzaglio geboren, jeder weiß,

wer er ist, auch weil er der Besitzer des einzigen Minimarkts ist, wo er mit seiner Frau arbeitet. Ein herzlicher Mensch. Ich kenne ihn persönlich, weil ein paar Jahre lang der Bus einer Fangemeinde sich angewöhnt hatte, bei Auswärtsspielen im Ort haltzumachen. In Borghis Minimarkt war es zu unangenehmen Vorfällen gekommen, kleine Diebstähle. Als die Sache in regelrechte Plünderungen ausartete, bat Borghi um unser Eingreifen. Es hat ein Dutzend Anzeigen gegeben, aber Borghi hat das nicht weiter verfolgt. Ein vernünftiger Mensch, sehr ausgeglichen.»

«Und der Alkoholtest?»

«Er hatte getrunken, er sagt, zwei Glas Wein. Rechnen wir noch zwei hinzu. Was zusammen mit der späten Uhrzeit und der Müdigkeit seine Reaktionsgeschwindigkeit bestimmt beeinträchtigt haben wird, aber hätten wir fünfzig weitere Personen herausgegriffen, hätten die Ergebnisse schwerlich anders ausgesehen. Was nicht verhindert, dass das eine äußerst schlechte Angewohnheit ist. Und eine Straftat obendrein. Ich bitte um Verzeihung, ich würde es vorziehen, dass Sie nicht rauchen. Das ist keine Frage der Etikette, ich bin Asthmatiker.»

Arcadipane steckt die Zigarette wieder weg, er hatte sie eigentlich hervorgeholt, ohne es zu bemerken.

Er betrachtet den Gefreiten Fenice, einer von den Männern, die wahrscheinlich schon mit fünf Jahren davon träumten, zu den Carabinieri zu gehen, und sich mit etwas über dreißig pfeilgerade auf dieses Ziel zubewegten: Eine Polizeistation leiten, womöglich eine große, aber im aktiven Dienst bleiben, im Territorium verankert. Keine Ambitionen auf Karriere, Papierkram, Arschkriecherei. Bei den Menschen sein. Wie ein Priester, der unmittelbar nach Empfang der Weihen am Abend, bevor man ihm mitteilt, wohin er entsandt wird, in seinem Zimmer betet: «Eine Pfarrei, Herr, mach, dass es eine Pfarrei wird, kein Betsaal mit staubigem Hof. Ich bitte nicht um einen wirklichen Fußballplatz, ich bitte nicht um einen Rasenteppich, mein Herr, gib mir Staub, schlaffe Bälle und Kinder, die den Akt der Reue nicht kennen, Jungs, die nicht zur Kommunion gehen und im Beichtstuhl sagen: ‹Ich habe Unkeuschheit getrieben.› Böse alte Weiber, die beim Niederknien den ausgeleierten Gummizug ihrer Unterhosen sehen lassen und schlechte Vorleser der Heiligen Schrift, kropfige Kollekte-Einsammler und unerträgliche Stimmen im Chor, abgesehen von dem großen und schüchternen Mann, der immer unter den mehr als dilettantischen Sängern ist, der mit den vielen Haaren, für die er sich schämt, denn mit über sechzig ist Eitelkeit eine Sünde, insbesondere als Witwer. Gib ihn mir, der seine Stimme Monate und Monate im Zaum hält, bis er sie an einem Herbstmorgen bei einer Beerdigung ganz entfaltet wie ein Leinentischtuch, das für nur ein Mahl gewebt wurde. Da hebt sich dieser ganz banale Kirchenraum, sogar der ausgeleierte Gummizug und der Messdiener mit den Schuhen mit blinkender Sohle um zwei Oktaven und schwingt zu deinem Ruhm. Ruhm der abseits Stehenden im Chor, der Missratenen, der fast Reuigen, der fast vom Glauben Berührten.»

«Commissario, ich habe Sie gefragt, ob Sie noch mehr wissen wollen …»

«Was können Sie mir über das Mädchen sagen, die Melagoli?»

Der Gefreite fasst sich an den Krawattenknoten.

«Es ist schwer, ein Urteil über ein zwanzigjähriges Mädchen abzugeben, das soeben seine Freundin hat sterben sehen. Offenbar haben sie sich im letzten Jahr während eines Erasmus-Aufenthalts in Serbien kennengelernt. Dann ist die Fuxarda die Melagoli für ein paar Tage besuchen gekommen, aus Anlass des Kirchweihfests, von dem das italienische Mädchen ihr erzählt hatte. In den Tagen davor waren sie in Mailand und Bologna gewesen, ein paar Konzerte, Dinge, wie bei

Mädchen dieses Alters üblich. Am Abend des Unfalls hatten beide Cannabis geraucht. Die Melagoli hat das sofort zugegeben, aber meiner Erfahrung nach sind das keine Gewohnheitskonsumentinnen, jedenfalls glaube ich nicht, dass das Einfluss gehabt hat.»

Arcadipane steckt sich ein weiteres Lakritzbonbon in den Mund.

«Ich biete Ihnen keins an, weil ich sie lose in der Tasche habe.»

«Keine Sorge, ich habe Probleme mit dem Zucker.»

Das Gesicht des Carabiniere ist sehr ernst für sein Alter, aber nicht arrogant.

«Und was passiert jetzt?», fragt Arcadipane.

Der Mann legt ebenfalls die Hände zusammen, aber vor dem Mund, und schüttelt den Kopf.

«Lauter traurige Sachen.»

«Als da wären?»

«Domenico Borghi wird große Schwierigkeiten bekommen, womöglich mit Gefängnis, auch wenn bei den neuen Bestimmungen ... Auf jeden Fall ist er nicht der Typ, der eine Zelle braucht, um seine Strafe zu verbüßen: Die beiden heranwachsenden Söhne waren dabei, ich glaube, er wird lang brauchen, um das Geschehene zu verdauen, vorausgesetzt, es gelingt ihm überhaupt. Die Melagoli hingegen ist jung, sie wird leiden, eine Hornhaut bilden und darauf laufen. Jetzt wird sie das womöglich nicht glauben, aber in ein paar Jahren wird sie wieder auf dieses Kirchweihfest gehen. Und noch eins weiß sie nicht: Wenn sie wieder hingeht, auch in vierzig Jahren, wird sie noch immer an diesen Abend denken, und es wird ihr wie gestern vorkommen.»

«Sie sind sehr weise.»

«Finden Sie?»

«Ja.»

«Das ist, weil hier nicht viel passiert, man hat ausreichend

Zeit zum Nachdenken. Aber das Traurigste habe ich Ihnen noch nicht gesagt.»

«Das dachte ich mir.»

«Die Fuxarda, das spanische Mädchen … die Eltern waren in irgendeinem abgelegenen Ort in Mali unterwegs. Wir konnten sie erst gestern verständigen, sie kommen also in ein paar Tagen. In der Zwischenzeit liegt die Leiche des Mädchens in einem Sack bei unserem Bestattungsunternehmen, an einem Ort, wo sie niemanden kennt.»

Arcadipane nickt, an Traurigkeit lässt die Sache wirklich nichts zu wünschen übrig.

«Sie werden wissen wollen, warum all diese Fragen. Genügt es Ihnen, wenn ich Ihnen sage, dass ich zurzeit versuche, am hellichten Tag den Mars mit bloßem Auge zu sehen?»

«Kann man sich vorstellen.»

«Da Sie so verständnisvoll sind, darf ich Sie da auch um die Adresse der Melagoli bitten?»

«Das ist nicht so einfach, da ihr nicht offiziell hier seid, aber wenn Sie herumfragen, wird man Ihnen sagen, dass der Vater die einzige Reparaturwerkstatt für Fahrräder in der Umgebung hat, und die Familie wohnt im Stock darüber.»

Arcadipane bedankt sich und steht auf. Der Gefreite Fenice dagegen bleibt sitzen.

«Sehen Sie etwas, was ich nicht gesehen habe?»

«In dieser Sache?»

«In dem Unfall.»

«Wenn ich eine Antwort hätte, würde ich sie Ihnen geben.»

«Und Ihr Kollege? Was sagt der?»

Arcadipane dreht sich zu Normandia um, der die gesamte Unterhaltung über das Aquarium angesehen hat, in dem sich eine Schildkröte auf einem vermutlich künstlichen Felsen aufhält, Kopf und Beine aus dem Panzer herausgestreckt, um die wenige Wärme einzufangen, die durch das Fenster, das auf die Altstadt geht, hereinkommt.

«Er sah viele Städte …», sagt Normandia, «und hatte viele Liebesnächte …»

O Scheiße, denkt Arcadipane.

« … kannte die Tiere, die Wärme und den Ursprung, als das Leben in den Meeren entstand und aus den Meeren hervorging und dorthin wieder zurückkehrte, bis einige Lebewesen an Land blieben und die Erde bevölkert ward. Aber noch konnte er sich nicht weise nennen. So besuchte er die Wöchnerinnen und staunte über ihre Freude. Doch war er nicht weise, bis er die Nächte bei den Toten verbrachte, in den Zimmern, die sie beherbergten, so erfüllt von ihrer Einsamkeit und dem Gruß, den sie nicht empfangen hatten.»

Im Raum ist nur das Plätschern des Wasserreinigers zu hören, der für sauberes Wasser für die Schildkröte sorgt. Wenige Salatblätter schwimmen sanft an der Oberfläche.

«Gut, wir wollen nicht weiter stören», Arcadipane reicht dem Gefreiten Fenice die Hand, «wir haben Ihnen schon zu viel Zeit geraubt. Danke nochmals.»

Fenice steht auf, setzt ein schwaches Lächeln auf und drückt ihm die Hand, schaut aber weiterhin auf Normandia, der jetzt ebenfalls steht.

«Ich gebe Agostino Bescheid», sagt der Gefreite.

Normandia nickt, denn holt er Arcadipane an der Tür ein.

Sie steigen die Treppe hinunter.

«Hatten wir nicht gesagt, dass ich rede?», sagt Arcadipane.

Sie treten auf den Platz hinaus, den die Sonne zweiteilt. Es ist drei Uhr. Der Ort ist leblos, die einzige Bewegung der Pollenstaub, den ein leichter Wind herumwirbelt. Auf dem Weg zum Auto treffen sie drei Frauen des Orts, Alter zwischen fünfundzwanzig und sechzig. Alle drei haben für Normandia einen nicht uninteressierten Blick übrig, wie auch schon die Angestellten in der Raststätte, wo sie für zwei Panini haltgemacht haben, die er bezahlt hat. Der Mann aber, einen Mayonnaisefleck von dem Panino Capri auf dem Pullover, erwidert den Blick nicht, weder jetzt noch in der Raststätte, die ausdruckslosen grünen Augen sind auf etwas am Ende der Reise gerichtet.

Arcadipane lässt Trepet aussteigen, der am Brunnen säuft und in der Nähe uriniert. Kurze Rohrleitungen. Unterdessen beginnt er am Handy die Suche: «Fahrradreparatur Stezzaglio». Die Suche geht langsam.

Als er es gefunden hat, steigen sie ins Auto.

Arcadipane sieht Normandia an, der neben ihm sitzt, Trepet, eingerollt auf seinen Knien, schläft schon. Eine obszöne Pietas.

«Wer verdammt noch mal ist Agostino?», fragt er, während die Signorina GPS empfiehlt: «Sechzig Meter geradeaus.»

34.

Der Alfa folgt zackig den Anweisungen der Signorina GPS und genießt die kurvenreiche Strecke zwischen bestellten Feldern und Industriehallen. Die Sonne neigt langsam den Kopf. Arcadipane hält den Blick starr auf die Straße gerichtet und fährt sich mit einer Hand durchs Gesicht, obwohl er nicht verschwitzt ist.

Er denkt an den freundlichen Empfang durch Mutter und Tochter Melagoli, der Vater abwesend, weil in der Redaktion eines Lokalblatts, das eine höhere Auflage erzielt als viele nationale Tageszeitungen, die angebotenen zwei Glas Wasser, die gut ausgestattete Küche, die Mutter, die für eine so schreckliche Sache die richtigen Worte zu finden weiß, da sie Sozialhelferin ist, auch wenn sie sich jetzt ein paar Tage freigenommen hat, um bei Donatella zu sein, die unterdessen Trepet streichelt und die Mutter machen lässt, bis sie vorsichtig und mit einigen Entschuldigungen gebeten wird, alles noch einmal zu erzählen, diesem Mann, der sich zerstreut als Kommissar ausgegeben hat, man weiß nicht von wo, und diesem anderen ohne Berufsbezeichnung, der auf Fragen der Mutter als Mitarbeiter bezeichnet wurde, dem Anschein nach ein Drogenabhängiger, ein Hehler, aber mit diesen verrückten Augen und dieser Ferne im Blick, die etwas von Innerer Mongolei und Steppen hat. Und Donatella lässt sich nicht bitten und erzählt, weinend, als sie beim Moment des Unfalls ankommt, aber auch fähig, zu lachen über die Begegnung mit Pilar in Belgrad in einer Wohnung, die sie mit zwei anderen Mädchen teilten. Schließlich Donatellas Zimmer, wo noch Pilars Koffer steht, den sie gepackt hat in Erwartung der Eltern, die ihre Sachen werden mitnehmen wollen. In diesem Moment sagt Luigi Normandia etwas fast Normales und nimmt das Mädchen mit hinaus, um ein Bild anzusehen, das Pilar gemalt hatte, die in Madrid Kunst studierte, und das Donatella, seitdem sie aus Belgrad zurück ist, im Bad aufgehängt hat, weil sie es gern am Morgen nach dem Duschen betrachtet. So kann Arcadipane allein in diesem Zimmer bleiben, das ihn irritiert, weil es ihn so sehr an das von Loredana und anderen intelligenten Mädchen wie Clara Marangon erinnert. Zimmer, die von den Frauen erzählen, die sie einmal sein werden, zu interessant für den Großteil der Männer. Aber warum geht Loredana dann auf diese scheiß Seite … Er darf sich nicht ablenken lassen, und um sicherzugehen, fotografiert er: das Zimmer, die Regale, das gut bestückte Bücherregal, den Schreibtisch, den Computer. Auch hier ein Computer wie bei Alessandro Marangon, aber zeig mir das Zimmer eines Zwanzigjährigen ohne einen … Dann kommt das Mädchen zurück, und er kann das Handy gerade noch rechtzeitig verschwinden lassen. «Ich hoffe, ich konnte euch nützlich sein», sagt sie, weil sie das im Fernsehen gehört hat, wenn die Leute mit Polizisten reden. «Sehr», und: «Ich danke dir, denn ich weiß, das ist ein schwieriger Moment …» «Sicher, dass Sie nicht wenigstens einen Kaffee wollen?», schlägt die Mutter bereits unter der Tür vor. «Soweit ich verstanden habe, habt ihr eine lange Reise vor euch.» Normandia will den Mund aufmachen, und er berührt ihn am guten Arm, der versteht und schweigt. «Um Himmels willen, wir haben schon zu viele getrunken», Gruß und Arrivederci.

Arcadipane biegt in eine größere Straße ein, wo ein Straßenschild sagt, dass es noch sechs Kilometer bis Carpi sind. Von dort aus sollte er den Weg kennen: ein Neubauviertel an der Einfallstraße Richtung Zentrum.

«Was sagen wir?», lenkt er ein. «Dass die Freundin des Opfers zu perfekt ist als Freundin des Opfers? Dass du an der

Wand eine Karte gezeichnet hast, auf der Campanazzo steht? Und warum sollte sie sie gestoßen haben? Um die Schuld dem armen Teufel mit seinem Megane anzulasten? Um Punkte in einem Spiel zu sammeln, von dem wir nicht einmal wissen, ob es existiert? Dir geben sie wenigstens eine kleine Rente, mich setzen sie mit dem Aschenbecher und Pedrelli unterm Arm vor die Tür. So werde ich abgefertigt. Jetzt erledigen wir diese Sache, und du tust mir den Gefallen und hältst den Mund, da es sich um eine Privatangelegenheit handelt, dann kehren wir zurück nach Turin, wo ich im Übrigen ein anstrengendes Abendessen vor mir habe … Und morgen kommst du zu mir ins Büro, ganz unauffällig, und wir gehen die ganze Sache noch einmal in aller Ruhe durch. Denn wenn du dir erwartest, dass ich mit den lächerlichen drei Indizien, die wir haben, offizielle Ermittlungen einleite …»

Normandia schweigt. Hinter seinem Profil, in das jemand diese Boxernase hineingesetzt hat, erscheinen die ersten Reihenhäuser des Neubauviertels. Arcadipane hält den Wagen in einer dieser neuen Straßen an, deren Gehwege noch in Zellophan verpackt sind.

«Steig du auch aus», sagt er zu Trepet, «er wird sich freuen, dich zu sehen.»

Sie gehen zur Klingel. Er läutet.

«Wer ist da?», sagt eine Frauenstimme mit ausländischem Akzent.

Schweigen.

«Wer ist da?»

«Ich bin Giovannis Vater», sagt er.

Das Tor springt auf. Sie gehen durch das nicht sonderlich gepflegte Vorgärtchen. An der Tür steht die farbige Putzfrau: ein Meter achtzig, knielange Shorts, Giovannis Trainingsanzugjacke über einem Nike-Unterhemd.

«Ich bin Suade. Giovanni ist unter der Dusche, er ist gleich da. Kommt herein.»

So werden sie von Suade in das kleine Reihenhaus geführt, das Giovannis Club, für den er spielt, seinem Mittelstürmer zugeteilt hat. Mittelstürmer und nicht kalkulierender Regisseur, weil er tatsächlich nach alter Manier in der Mitte des Spielfelds agiert: tief Luft holen, Attacke mit dem Bajonett, ab und zu eine Handgranate und Forza Savoia!

Der große Wohnraum mit integrierter Küche ist schön, wie er ihn in Erinnerung hat, das weiße Sofa, die großen Drucke an den Wänden, ein Metalltisch und ein Zweiundfünfzig-Zoll-TV-Bildschirm. Alles wie beim letzten Mal, außer Suade. Das Mädchen, das muss man ihr lassen, hat wunderbar lange und gedrechselte Beine, zu einem Pferdeschwanz zusammengefasstes Kraushaar, das zwei Puffs bildet, bevor es in ein Schwänzchen ausläuft. Die Haut schwarz mit bernsteinfarbenen Reflexen, und sie lächelt. Und wenn sie lächelt, meine Herrn … Das Ledersofa erklärt sich, die Stereoanlage ohne weiteres, vom Fernseher ganz zu schweigen, aber Suade? Tragen Putzfrauen jetzt die Sweatshirts ihrer Kunden? Wer ist diese Schickse, die auch zwei oder drei Jahre älter ist als Giovanni?

«Möchtet ihr etwas zu trinken?»

«Etwas Süßes mit Kohlensäure, und wenn es recht ist, setze ich mich einen Moment aufs Sofa.»

«Sicher. Und was möchten Sie?»

Normandia hat sich entfernt und betrachtet voller Neugier den Hund der Nachbarn, der im Hof scharrt. Der klassische Golden Retriever, den man zum Reihenhaus, dem Volvo Kombi und der ersten Packung Prostatamittel mitgeliefert bekommt. Trepet, der zu Normandias Füßen sitzt, kaut an seinem Beinstumpf, dann schaut er auf den Artgenossen im Hof: eine übergewichtige Hausfrau angesichts der Gymnastikstunden einer Jane Fonda.

«Er nichts, danke», antwortet Arcadipane.

Während Suade sich in der Küche zu schaffen macht,

kommt Giovanni die Treppe herunter, das Handtuch um die Hüften geschlungen und mit nassen Haaren.

«Papa! Verdammt, was für eine Überraschung!»

«Ciao Giovanni», sagte Arcadipane mit Schwiegermutterstimme.

«Was machst du hier?»

«Ach, ich war zufällig in Modena und dachte … ich wollte dir eine Überraschung bereiten, aber …»

«Das hast du goldrichtig gemacht, ich zieh mir nur rasch was an, unterhaltet euch unterdessen», und er läuft die Treppe wieder hinauf, zwei Stufen auf einmal nehmend, muskulöse Waden unter dem Handtuch und die Schultern von einem, der die Gegner vom Feld fegt.

Als Arcadipane sich zur Küche umdreht, fängt er den Blick des Mädchens auf, die mit Wohlgefallen auf die Treppe schaut, wo Giovanni verschwunden ist, was die Hypothese der Putzfrau hinfällig macht. Aber es könnte die Physiotherapeutin sein!

«Es freut mich, Sie kennenzulernen, Giovanni hat viel von Ihnen erzählt.»

Auch die Physiotherapeutin geplatzt.

«Ah ja!»

Sie reicht ihm das Glas Cola und setzt sich auf das Sofa.

«Ihre Arbeit ist sehr spannend», sagt sie und nickt. «Die Geschichte mit den zwölf Skeletten ist Wahnsinn. Dann auch die von Ihrem Freund Bramard, wie hieß noch gleich sein Serienmörder?»

«Seiner hieß Autunnale. Auch ich hätte da ein paar, aber ich habe noch nicht das Patent angemeldet. Die Kosten schrecken mich ein wenig ab.»

«Er hat mir gesagt, dass Sie so sind», sagt sie lachend.

«Ha, ha, ha», lacht auch Arcadipane. «Und was erzählen wir uns nun, da du schon alles weißt?»

Sie lacht wieder, immer herzlicher. Normandia ist mittlerweile Teil der Einrichtung geworden. Trepet winselt vor Eifersucht, da er sieht, dass Normandia in telepathische Kommunikation mit dem Retriever getreten ist.

«Und was machst du so?», fragt Arcadipane.

«Ich laufe.»

«Du läufst, sieh an!»

«Suade ist Vierhundertmeterläuferin und trainiert auch auf die achthundert Meter», sagt Giovanni, der angezogen herunterkommt, die Haare aber noch nass. «Sie geht nach Rio.»

«Ah, ich dachte, sie ist Afrikanerin.»

Giovanni hält auf der vorletzten Stufe inne. Suade wechselt den Gesichtsausdruck.

«Ich bin Italienerin», sagt sie. «Und nach Rio möchte ich zu den Olympischen Spielen.»

Arcadipane trinkt einen Schluck Cola, was in Wirklichkeit Chinotto ist, und er hasst Chinotto. Er ist schließlich nicht Bramard, dann schlägt er sich mit einer Hand auf den Schenkel.

«Ich habe Spaß gemacht!», und zu Suade gewandt: «Er hat dir ja gesagt, dass ich so bin.»

Sie lächelt, und es scheint ein aufrichtiges Lächeln, dann steht sie auf und überlässt den Platz Giovanni.

«Schlagfertig!», und Arcadipane weist auf den Zugang zur Küche, wo sie verschwunden ist.

«Und ob! Also pass auf, was du sagst.»

Suade hat den Mixer eingeschaltet. Arcadipane fühlt sich, als ob seine Eier mit durchgequirlt würden.

«Aber wie kommt es, dass …»

«Sie teilte sich mit zwei Mannschaftskolleginnen eine Wohnung im Zentrum», Giovanni zuckt mit den Schultern. «Ich dagegen hatte dieses große Haus, wir haben uns angefreundet, und dann ging alles ganz schnell. Ich wollte es dir sagen, aber dann habe ich gedacht … im Juni wird man dann sehen.»

«Im Juni?»

«Ich habe ein paar interessante Angebote für nächstes Jahr. Lacrava sagt …»

«Wer, der Pelikan?»

«Er ist mein Manager, Papa, du magst ihn nicht, aber er macht einen guten Job.»

«Du rennst, und er kassiert die Tantiemen, da gibt es viele, die auf diese Weise einen guten Job machen würden.»

Giovanni sieht ihn mit einem schiefen Lächeln an.

«Weißt du, dass ich mich wirklich freue, dich zu sehen?»

Das ist er also, sein Sohn, kräftig, sportlich, verlobt mit einer Vierhundertmeterläuferin und offen für Veränderungen, wie seine Mutter es ihm beigebracht hat. Dabei hatten sie so viel gemeinsam: das Grunzen beim Essen, die schlechten Noten in der Schule, einmal Sitzenbleiben, die Streitereien mit der Schwester. Und was hat er schlussendlich von ihm? Einen Scheißdreck, abgesehen von diesem Nicht-Lockerlassen im Mittelfeld und diesem schiefen Lächeln.

«Trepet!», ruft Giovanni.

Der Hund kommt mit seinem Beinstumpf wedelnd, um sich streicheln zu lassen, nur kurz, dann legt er sich wieder Normandia zu Füßen nieder.

«Was hat dein Freund?», fragt Giovanni auf den schlecht gekleideten Mann am Fenster weisend.

Arcadipane wiegt den Kopf, um zu sagen: Probleme … eine lange Geschichte …

«Aber», sagt er, «du gehst im Juni weg, und sie …?»

«Suade?»

«Hm», flüstert er. «Suade.»

«Wir sind beide Sportler, Papa. Wir kalkulieren das ein, nächstes Jahr kann sie vielleicht in Verona trainieren und ich in Sizilien. Unsere Welt ist so. Die Bindungen kommen und gehen. Bleibst du zum Abendessen?»

«Zum Abendessen nein, nein, ich habe eine Verabredung.

Wir gehen jetzt», er springt auf, eine gute Ausrede, den Chinotto nicht auszutrinken.

«Normandia? Lass den Hund in Ruhe, komm, wir müssen gehen.»

Normandia tut ein paar Schritte rückwärts, um den Retriever nicht aus den Augen zu lassen, der in dem Moment etwas Interessantes macht, nämlich ein Loch. Trepet scheint getröstet.

«Hör mal, Papa, ich hoffe, du bist mir nicht böse, dass ich dir nicht früher davon erzählt habe.»

«Wo denkst du hin, ihr seid erwachsen ... mir solltet ihr Rechenschaft ablegen?»

Auch das Mädchen kommt an die Tür.

«Es war mir ein Vergnügen», versucht Arcadipane wiedergutzumachen, «und danke für den Chinotto.»

«Ganz meinerseits», sagt sie wenig überzeugt, dann sieht sie Normandia und reicht ihm die Hand, die sie aus der Arcadipanes gezogen hat.

Normandia sieht sie an.

«Er nahm sich», setzt er an, « ...»

Arcadipane stößt ihn an, diesmal aber auf der Seite des toten Arms.

«... eine Frau aus Afrika, auf dass sie ihm Kinder gebäre. Er wählte sie mit starken Beinen und erntete jede Nacht die Früchte seiner Wahl. Und als die Nachkommenschaft üppig war, sagte er, dass er gut daran getan hatte, seinen Samen in den Schrein der Frau aus Afrika zu legen.»

Fahren und jemanden ausschimpfen ist keine leichte Sache, deshalb lässt er immer Pedrelli fahren. Und der versucht wenigstens, den Schlägen auszuweichen! Nicht dass er dagegenhalten würde, aber wenigstens zieht er den Kopf ein, krümmt sich ganz zusammen, das ist wie Steine in einen Teich werfen, nicht dass der sich bewegt, aber wenigstens eine gewisse

Mobilität, ein paar Spritzer, die Kreise, die sich konzentrisch ausbreiten. Aber mit Normandia, herrjemine! Was für ein Spaß soll das sein, Steine gegen einen größeren Stein zu werfen? Deshalb schweigt Arcadipane nach einer Weile. Deshalb und weil er müde ist. Er würde sich gern zu Hause aufs Bett werfen, hingegen hat er das Abendessen mit RosaParks! Zum Glück ist es das dritte und letzte.

«Wir müssen zurück nach Stezzaglio», sagt Normandia.

Arcadipane sieht ihn an.

«Die Autobahn ist in der anderen Richtung, und ich will die Autobahn nehmen. Es hat einen guten Grund, dass ich fahre, während du … diese Sachen … sagst!»

«Ich muss zurück nach Stezzaglio», wiederholt Normandia.

Noch einmal sieht Arcadipane ihn an, fährt rechts ran und beugt sich vor, um über die Beine von Normandia hinweg die Tür zu öffnen.

«Los, steig aus! Geh nach Stezzaglio.»

Normandia, den Blick starr geradeaus gerichtet, streichelt weiterhin Trepet, der zusammengerollt auf seinen Knien liegt.

«Worauf wartest du, steig aus!»

Ein großer Lkw fährt an ihnen vorbei, seine Druckwelle schüttelt den ganzen Wagen, woraufhin seine Rückwand im Dämmerlicht entschwindet und die exotischen kyrillischen Lettern mit sich nimmt.

«Du steigst nicht aus, hm!»

Als sie nach Stezzaglio hineinkommen, ist das Dorf ausgestorben, obwohl es erst seit einer halben Stunde dunkel ist. Arcadipane folgt den Anweisungen der Signorina GPS bis zu einem nüchternen Schaufenster im Erdgeschoss eines Baus aus den siebziger Jahren, bescheiden und zweckmäßig. Er hält den Wagen an, ohne den Motor abzustellen, Normandia legt Trepet auf den Rücksitz und öffnet die Tür.

«Bist du sicher?», fragt Arcadipane.

Normandia hält inne, den rechten Turnschuh schon auf dem Asphalt.

«Ich diene den Bedürftigen. Er sorgt für mich und die anderen und hat mir befohlen …»

«Sorgen ist ja gut und schön, aber wir kennen sie doch gar nicht.»

«Sie ist fern von daheim, und niemand ist bei ihr.»

«Das ist hart, ich weiß, aber ich glaube nicht, dass es für sie einen Unterschied macht, ob du die ganze Nacht dort sitzt.»

«Das ist nicht wahr.»

«Dass es für sie keinen Unterschied macht?»

«Dass du das nicht glaubst.»

Arcadipane trifft auf Normandias Blick, und einen Moment lang ist er ein Neugeborenes, das vom Arm der Mutter in der Wanne gehalten wird; ein Blatt, gewiegt auf seinem Weg vom Ast auf die Erde; der Irre, der auf dem Dorffest tanzt; ein Kiesel, der den Fluss gewähren lässt. Dann steigt Luigi Normandia aus dem Wagen aus. Er sieht, wie er auf die Tür der Leichenhalle zugeht, wo ein Mann auf ihn wartet. Da kurbelt er das Fenster herunter.

«Normandia!»

Normandia dreht sich um und kommt noch einmal zum Wagen. Er beugt seine Einszweiundneunzig zu ihm hinunter. Sein Gesicht ist jetzt nur wenige Zentimeter von dem Arcadipanes entfernt, der einen Fünfzig-Euro-Schein aus dem Portemonnaie holt und ihn ihm hinhält. «Da, lass dir eine Pizza und was zu trinken bringen, du hast heute ja gar nichts gegessen. Und morgen früh wäschst du dich, frühstückst und nimmst den Zug. Wir sehen uns gegen Mittag bei mir im Büro. Bring deinen Papierkram mit. Jetzt halt mir keine von deinen verdammten Predigten und nimm.»

Normandia hält keine verdammte Predigt und nimmt das Geld, dann wendet er sich um zu dem Mann in grauem Sweatshirt und schwarzen Hosen, der an der Tür zu seiner Arbeitsstätte auf ihn wartet.

«Guten Abend», sagt der Mann und reicht ihm die Hand. «Ich bin Agostino, der Gefreite hat mich verständigt, dass Sie kommen würden.»

35.

Sie ist schön, vor allem aber intelligent, das sah man schon an dem, was sie schrieb, immer kurz, immer aufs Notwendige beschränkt, immer ein bisschen ironisch. Deshalb reden sie jetzt seit einer Stunde über seine Arbeit, über ihre Arbeit, ihren schwulen Sohn, der in Kanada seinen Doktor macht, über die Vierhundertmeterläuferin bei Giovanni und über den Umschlag, den er jeden Zwölften des Monats seiner Frau vorbeibringt, um noch einmal einen Fuß in diese Wohnung setzen zu können. Nicht über die Tochter auf der Webseite, denn schließlich … und dann auch über die Veränderungen der Verkehrswege im Zentrum, über die Küchenorganisation der Großmütter und über die Bomber von Ward, den er, um Eindruck zu schinden, in einer seiner letzten Mails erwähnt hat.

Am Ende scheint es jedoch, als seien sie seit zehn Minuten hier, wären da nicht die leere Flasche Pelaverga, die sie ausgesucht hat, und die zwei Kaffeetässchen, die sie vor sich haben. Also stehen sie auf und gehen gemeinsam zur Kasse, sie vorneweg mir ihren etwas weiten schwarzen Hosen, den Herrenschuhen, dem schmalen, aber kräftigen Rücken und dem schulterlangen Haar. Und da passiert es. Während sie darauf warten zu bezahlen und hin und her diskutieren, ich übernehm das, aber nein, die Zeiten sind vorbei, aber was hat das damit zu tun, ich habe dich eingeladen, aber ich habe gegessen wie ein Scheunendrescher, und der Wein, dann bin beim nächsten Mal ich dran … Sie kommt etwas näher, oder er, und da nehmen sie ihn wahr … den Geruch. Kein Gestank und auch kein falsches Parfüm, einfach ein Geruch. Das ist alles. Und von dem Augenblick an ist die Vorstellung, unbekleidet zu sein, die ihnen bis vor einer Minute im Kopf herumgegeistert war, keine gute Idee mehr. Nicht dass sie abscheulich gewesen wäre, aber es gibt fünf oder sechs bessere Ideen, und das sind viele, wenn da nur die eine sein sollte, nämlich die, miteinander zu schlafen.

Sobald sie draußen sind, sagen sie es sich: Sie verwendet das Wort «Chemie». Er nickt. Sie kichern. Ein kleines Bedauern, aber wenig. Jeder auf seine Art wissen beide, dass gegen diese Sache nichts zu machen ist.

So verabschiedet Arcadipane sich von RosaParks und fährt nach Hause, wo er vor dem Zubettgehen die hässlichen Fotos, die er im Zimmer von Donatella Melagoli gemacht hat, an Isa und Bramard schickt. Eine Serie von ungeschickten, mit einem Finger getippten Nachrichten.

«Werft mal einen Blick darauf, vielleicht springt euch ja was ins Auge.»

In diesem Moment sitzt in dreihundert Kilometern Entfernung Normandia in einem kahlen Raum, steril und von unübertrefflicher Sauberkeit, auf einem Metallstuhl neben einer ebenso metallischen Liege, darauf ein großer schwarzer Sack, der der Schönheit seines Inhalts, der diese in gewisser Weise bewahrt, nicht gerecht wird, und isst das zweite Stück Pizza Quattro formaggi. Der Käse ist leider sofort abgekühlt, da die Temperatur im Raum aus gutem Grund elf Grad beträgt.

36.

«Ich habe ihn gegen die Wand gedrückt …»

«… und haben ihm die Fresse poliert.»

«Nein, aber ich war zwanzig Zentimeter entfernt. Er konnte mir nicht auskommen …»

«… und da haben Sie ihm mit dem Knie eins in die Eier gegeben …»

«Eigentlich …»

«… er hat sich vorgebeugt, der Kopf war auf der richtigen Höhe, und *zack*! Mit dem Knie ins Gesicht.»

«Nein, ich habe ihm gesagt, er soll aufhören, sonst bekommt er Ärger mit mir! Ich, der ich noch nie jemanden bedroht habe … nicht einmal bestimmte Scheißkerle, die im Vergleich zu dem hier …»

Ariel lässt sich gegen die Rückenlehne ihres Stuhls fallen und fixiert einen Punkt an der Wand zu ihrer Linken, wo im Übrigen nur ein Bild hängt, aber es ist so klein, dass man nah hingehen müsste.

Arcadipane versucht zu erkennen, was für ein Gesicht sie macht, aber bei diesen nebeneinander angeordneten Sesseln wie im Kino …

«Was sagen Sie dazu?»

«Wozu?»

«Ich war dabei, diesem armen Kerl gegenüber handgreiflich zu werden. Was bedeutet das?»

«Welchem armen Kerl?»

«Aber hören Sie mir denn überhaupt zu? Dem aus dem ersten Stock!»

«Aber wissen Sie, dass Sie eine Akkumulation von Problemen sind, und nicht zu wissen, was Akkumulation heißt, rangiert auf dem hundertachtundzwanzigsten Platz Ihrer Liste? Wir sind hier seit einer halben Stunde, und was haben Sie mir erzählt? Dass Sie einen Nerd belästigt haben, der mit seiner Mutter lebt. Sie sind wirklich brutal, wissen Sie das?»

«Was ist ein Nerd?»

«Lassen Sie den Kerl vom ersten Stock sein. Haben Sie denn Ihre Aufgaben gemacht?»

«Ich habe drei Frauen getroffen, und wenn Sie es wissen wollen, es war ein Desaster. Die erste hatte es mit der Klitoris, die zweite war esoterisch und die dritte noch schlimmer.»

«Lassen Sie mich nicht fragen, warum! Sie sind imstande, allein die Straße zu überqueren, also können Sie auch einen Gedanken zu Ende formulieren, oder?»

«Sie war schön, intelligent, das Abendessen war angenehm, viel mehr als das, aber dann hab ich ihren Geruch wahrgenommen … ich kann das nicht genau erklären, aber …»

«Sie stank.»

«Sie stank nicht, es war nur ein Geruch, ich glaube, wir alle haben einen.»

«Sie sollen nichts glauben, Sie werden bezahlt, um die Bösen zu fangen, und Sie bezahlen mich, um von den Lakritzbonbons loszukommen. Also haben Sie die Stinkbombe einfach stehen lassen.»

«Sie stank nicht, nur die Chemie stimmte nicht.»

«Gebrauchen Sie keine Worte, die sich gegen Sie wenden könnten, und bevor Sie das feststellten, werden Sie ihr doch wenigstens eine Hand unter die Bluse gesteckt haben.»

«Das war nicht nötig.»

«Warum? Hat sie sie ausgezogen?»

«Warum sind Sie so? Warum hören Sie nicht einfach zu? Ich dachte, solche wie Sie wären dazu da zuzuhören?»

«Hassen Sie mich jetzt?»

«Sicher hasse ich Sie, Sie sind hassenswert.»

«Und was halten Sie davon, mir einen Tritt gegen das Schienbein zu versetzen? Oberhalb des orthopädischen Schuhs, meine ich. Wo es mir wehtun müsste, nur so, zum Spaß …»

Arcadipane hält dem Blick ihrer nordischen und herbstlichen Augen stand. Vielleicht ist sie an einem Ort mit wenig Licht aufgewachsen … Große Fenster und keine Vorhänge, aber wenig Licht. Deshalb ist sie so … versehrt und grausam. Wie diese Wikingerkönige, die verkrüppelt zur Welt kamen und einen Weg finden mussten, ein Heer zu befehligen, die Einheit des Landes zu erhalten, ein Schwert zu führen, Nachkommen zu zeugen, und das alles von einem hölzernen Wägelchen mit quietschenden Rädern aus. Das ist der Grund, weshalb sie eine tierische und sublime Grausamkeit entwickelten.

Im Stock darunter schlägt jemand einen Nagel ein. Das typische *pum, pum, pum*, um ein Bild an der Wand zu befestigen. Ariel trinkt von ihrem Tee, der seit Beginn der Sitzung kalt geworden sein muss.

«Also?» fragt sie. «Wir waren bei der Stinkbombe ohne Bluse …»

«Nennen Sie sie nicht so.»

«Seien Sie nicht nachtragend, sie ist schließlich nicht die Mutter Ihrer Kinder, außer Sie wollen Kinder, die einen üblen Geruch absondern.»

«Er war nicht übel, nur … er passte nicht zu mir. Ich habe das sofort begriffen, denn bei Mariangela war es das Gegenteil. Manchmal sagte oder tat sie Dinge, die mir nicht passten, aber der Geruch stimmte. Und auch die Haut.»

«Nennen Sie mir eine Sache, die Ihre Ex-Frau … Wie hieß sie noch gleich?»

«Mariangela.»

«Nun, die Ihre Ex-Frau machte, die Sie nicht ertrugen, aber über die Sie hinweggegangen sind. Nicht für die Therapie, ich will nur mal herzhaft lachen.»

Arcadipane wendet sich um, um sie anzusehen, aber sie blickt auf das Fenster, wo heute die Vorhänge offen sind. Um halb zehn Uhr morgens ist der Hügel eine üppige grüne Linie. Wenige Wolken, weiß und harmlos. Diagonaler Flug von Vögeln, keine Schwalben, keine Tauben und auch keine Spatzen. Vielleicht Seevögel, die seit ein paar Jahren, angezogen von den Abfällen, die Stadt bevölkern.

«Das erste Mal bin ich im Mai '78 mit Mariangela ausgegangen. Wir waren in einem Restaurant in Pavarolo essen. Davor hatte es ein paar Kaffees in der Stadt gegeben, einen Spaziergang im Park, aber ihren Geruch hatte ich schon wahrgenommen. An jenem Abend fuhren wir heim, ich hatte noch den Fiat 128 mit Autoradio und wollte Eindruck machen. Sie hatte das Fenster offen und sang, nicht laut, nur für sich, während sie mit den Händen das Lied erklärte.»

«Sie erklärte das Lied?»

«Wenn es im Lied hieß ‹Bleib einen Moment stehen›, machte sie mit den Händen Zeichen für Stehenbleiben. Wenn es von einem hieß, dass er schlief, schloss sie die Augen. Wenn es hieß ‹Breite die Arme aus› …»

«Ich habe verstanden, ich habe verstanden. Sie inszenierte den Text jedenfalls?»

«Ich hatte bei anderen schon dasselbe gesehen, und da fand ich es grauenhaft, etwas, was man nicht anschauen konnte. Sie hingegen machte das, und da war es nicht so grauenhaft. Es war nicht schön, sicher, aber es betraf nicht ihre ganze Person. So habe ich begriffen, dass ich sie liebte. Ich weiß nicht, ob ich mich verständlich mache.»

«Wie ein Affe, der den Würfel von Rubik gelöst hat. Es ist Ihnen gelungen, aber man muss sehen, wie und vor allem, ob Sie es bemerkt haben. So viel dazu. Ihr Aufenthalt auf duecon.com hat Sie immerhin an den Punkt gebracht: Es hängt nicht davon ab, wie Tatiana, Stefania oder Giovanna sich kleiden, und auch nicht davon, was sie sagen oder wie Sie sich kleiden, zum Glück, also quälen Sie sich nicht länger. Es ist Ihnen einmal im Leben passiert, kann sein, dass Sie einen neuen Geruch finden oder dass Sie einsam wie ein Hund mit voller Blase krepieren, der an allen Ecken im Viertel geschnüffelt hat, ohne die passende für sich zu finden. Das Paradoxe ist, obwohl es Sie mehr als alles andere betrifft, ist es in gewisser Weise nicht Ihre Sache. Es braucht Sie also nicht zu kümmern. Und das wäre erledigt.»

«Was ist erledigt?»

«Die Frage Ex-Ehefrau und andere Formen der Unterhaltung, bleibt noch der größte Brocken.»

«Was denn für ein großer Brocken?»

«Der Grund, weshalb Sie hier sind! Erinnern Sie sich: Gejammer, ich esse Lakritzbonbons, ich habe Bauchweh, ich bin nicht mehr gut in der Arbeit? Wussten Sie, dass sich in Sibirien Hunderte von Metern tiefe Löcher in der Erde aufgetan haben? Schlünde, deren Grund man nicht sieht. Man nennt sie Tore zur Hölle. Sie scheinen von einem Meteor verursacht oder von einem riesigen Maulwurf gegraben, Dinge, die es vorher nicht gab und die im Lauf von wenigen Jahren, manchmal Wochen …»

«Aber was hat das mit mir zu tun?»

«Ich klage Sie nicht an. Diese Löcher sind durch die Erderwärmung verursacht. Die Temperatur steigt, die Permafrostschicht schmilzt, das Erdreich, das sie bedeckt, hat keinen Halt mehr. Das ist eine Kettenreaktion: Willst du verstehen, wie dieses Loch entstanden ist? Lass das Loch Loch sein, versuch zu verstehen, weshalb die Temperatur steigt. Gegenwärtig sind wir beim Permafrost, können Sie mir folgen? Bei welchem Schritt habe ich Sie verloren? Sie erscheinen mir etwas verwirrt.»

«Das bin ich.»

«Jetzt passen Sie auf: Sie sind mit einem Abgrund zu mir gekommen.»

«Ein Abgrund.»

«Das will ich meinen, es blieb Ihnen nur noch, sich aus dem Fenster zu stürzen.»

«Reden Sie nicht so.»

«Wir sind in den Abgrund hinabgestiegen, fragen Sie nicht, wie, Sie haben es nicht bemerkt, aber das haben wir getan, und wir haben gesehen, dass es damit zusammenhängt, dass der Permafrost geschmolzen ist. Diese Permafrostschicht ist aber immer solide gewesen, also hat sich an anderer Stelle etwas geändert, etwas, das nichts mit dem Loch oder dem Permafrost zu tun hat, das sind nur Konsequenzen und in gewisser Weise irrelevant.»

«Sie sagen, dass es mir schlecht geht, dass ich keine Frau mehr lieben werde und dass das irrelevant ist?»

«Sehen Sie, wenn Sie die Positionslichter im Auge behalten und nicht zerstreut sind, können Sie mir folgen?»

«Das erscheint mir eine grauenhafte Perspektive.»

«Übertreiben Sie nicht. Die Alternative wäre, das Loch zu behalten, hineinzuschauen und zu schreien, dass es das Tor zur Hölle ist. Die meisten Menschen machen das so. Im Übrigen würden Sie beim Hinuntersteigen entdecken, dass es Schuld des Permafrosts ist und dann der Erderwärmung und dann, dass Sie die Klimaanlage ausschalten und aufhören müssten, Sprays zu verwenden, Dinge, die Sie nicht tun wollen, also können Sie ebenso gut am Rand des Lochs hocken bleiben und den Teufel an die Wand malen, das ist weniger aufwendig. Sie sind müde heute, Sie haben anderes im Kopf, was halten Sie davon, wenn wir fünf Minuten früher Schluss machen? Ich lasse Ihnen drei Euro nach.»

«Aber was ist diese Sache, die das Loch verursacht hat? Wissen Sie das?»

«Die Wärme.»

«Mein Loch!»

«Sicher weiß ich das. Aber das ist erst die zweite Sitzung.

Guter Schachzug, Sie haben es versucht. Machen Sie Ihre Hausaufgaben, kann sein, dass Sie es schaffen oder nicht schaffen, in welchem Fall Sie sich damit zufriedengeben, dass das Loch Schuld des Permafrosts ist. Sie haben genug zu bieten, um einer dummen Gans, die Sie online finden, Eindruck zu machen.»

«Können Sie mir nicht einen Hinweis geben? Warum ausgerechnet ich …?»

«Auf der Vorderseite des gusseisernen Ofens Jotul 118, des am meisten verbreiteten in ganz Skandinavien, ist ein Gebet eingraviert, das auf das Mittelalter zurückgeht und das jeden Abend vor dem Schlafengehen gesprochen wurde, wenn man die Glut bedeckte: ‹Ich bedecke mein Feuer am späten Abend. Wenn der Tag zu Ende geht, Gott mache, dass mein Feuer nie erlischt.›»

«Das ist ein norwegisches Gebet.»

«Sicher, meinen Sie, die Norweger seien dumm? Nur weil sie glauben, dass, wenn einer zwischen einer schwangeren Frau und dem Ofen hindurchgeht, das Kind mit einem Schielauge zur Welt kommt? Jetzt lassen Sie das Geld im Körbchen am Eingang und vergessen Sie die drei Euro Rabatt. Es ist genau 10.30. Wir sehen uns nächste Woche.»

«Wollen Sie nichts von den anderen Personen hören, die ich getroffen habe?»

«Sind Sie mit ihnen ins Bett gegangen?»

«Nein, Sie haben gesagt, es ist besser …»

«Auch nicht ein bisschen nähergekommen?»

«Auch nicht.»

«Dann haben Sie mir nichts zu erzählen.»

«Also kann ich aufhören?»

«Womit?»

«Auf der Webseite Frauen zu treffen.»

«Warum? Haben Sie nicht Ihren Spaß?»

«Ein bisschen. Aber es macht mich auch traurig.»

«Na und? Auch der arme Nerd aus dem ersten Stock tat Ihnen leid, aber Sie haben ihm die Fresse poliert! Wenn sie Schwarz-Weiß-Filme wollen, sind Sie zu spät dran. Die Sitzung ist beendet. Machen Sie weiter mit der Webseite, ich sehe, dass es funktioniert, und bringen Sie mir auch die paar Skalps. Die Vietkong strecken die Köpfe heraus, das ist nicht der Zeitpunkt nachzulassen. Andere Aufgaben stelle ich Ihnen nicht, Sie machen sie ohnehin nicht. Was ist in Ihrer Arbeit, was Ihnen so viel Zeit wegnimmt?»

«Um ehrlich zu sein, versuche ich einem beizustehen, der nicht ganz richtig im Kopf ist.»

«Bravo, klappen Sie im Auto die Sonnenblende hinauf, bei Ihrem Modell hat sie noch einen kleinen Spiegel, und jetzt gehen Sie, *à la guerre comme à la guerre*.»

37.

Gegen zwei schickt er Pedrelli chinesisches Essen holen, denn das kann man im Stehen essen ohne aufzudecken, so brauchen sie die Sachen nicht vom Schreibtisch zu räumen, vom Sofa und allen horizontalen Oberflächen, die sie im Lauf des Vormittags mit dem Material aus den vierzehn Ordnern bedeckt haben: vom Selbstmord einer Frau vor zweieinhalb Jahren bis zum Fall Fuxarda. Dazwischen sieben Fälle von Selbstmord oder zumindest als solche archiviert, zwei Unfälle, die einen Verursacher haben, und drei Morde, deren Täter verhaftet wurden. Schließlich der Überfall auf die Mendes, der Fall in der U-Bahn, bei dem Apostolo entlastet und Alessandro Marangon verhaftet wurde.

Außer in diesem letzten Fall verbüßt Normandia zufolge in allen übrigen Fällen anstelle des wahren Schuldigen, eines Shun-Spielers, jemand anderer die Strafe.

Pedrelli kommt zurück, setzt sich auf den einzigen frei gebliebenen Stuhl und stellt die Tüte mit den Schachteln chinesischen Essens auf seinen Knien ab. Arcadipane liest die letzte Akte, der Selbstmord einer Frau in der Provinz Padua: Angefangen hat er bei den jüngsten Akten bis zurück zu denen, die Normandia angelegt hat, als er noch Polizist war, voller Protokolle, Anmerkungen zu den Zeugen, Fotos vom Tatort und Informationen zu dem, den Normandia für den wahren Schuldigen hält, immer Jungs zwischen sechzehn und zweiundzwanzig.

«Ich glaube, wir sollten besser essen.»

Arcadipane beschränkt sich darauf, eine Augenbraue hochzuziehen, und liest weiter. Normandia steht am Fenster und beobachtet die Tauben auf dem Dach des Präsidiums, die mit ihren ersten Liebesspielen beschäftigt sind.

«Kalt ist es wirklich unbekömmlich.»

Arcadipane hebt den Blick von der Akte und fixiert Pedrellis bekümmertes Gesicht.

«Sollen wir essen, Pedrelli?»

«Ich sage das für euch, ich habe meine Mittagsmahlzeit schon zu mir genommen.»

«Wenn du willst, dass wir essen, warum sagst du da nicht: ‹Ihr habt mich geschickt, Essen zu holen, jetzt kriegt euren Arsch hoch, sonst wird's kalt?›»

Pedrelli sieht ihn an, als ob da noch mehr kommen sollte, was aber nicht der Fall ist, dann schaut er auf Normandia, um zu sehen, ob er der Unterhaltung folgt. Er war ihm auf Anhieb äußerst unsympathisch. Erstens, weil ein Fremder, der sich mit einem Einkaufswagen voller Akten am Eingang präsentiert, den er bestimmt in einem Supermarkt geklaut hat ... Zweitens, erklären die Informationen, die er zu dem Subjekt bekommen hat, weder seine Anwesenheit und schon gar nicht sein Verhalten. Drittens, auch wenn Pedrelli den ganzen Vormittag im Büro war, hat er ziemlich wenig von dieser Geschichte von unschuldigen Schuldigen, Selbstmorden, die keine sind, und Spiel um Punkte verstanden.

«Pedrelli?»

«Ja, Commissario?»

«Gibst du mir diese Ravioli, oder brütest du sie aus?»

«Gewiss, Commissario», und er reicht ihm die gedämpften Teigtaschen und das Huhn mit Mandeln und bleibt mit der Portion kantonesischen Reis am Schoß sitzen.

«Er heißt Luigi Normandia», sagt Arcadipane und nimmt die erste Teigtasche in Angriff.

Pedrelli schaut auf dem dreieckigen Rücken des Mannes, der mit seinem Umriss fast das ganze Fenster versperrt. Erst jetzt bemerkt er, dass die Haare fachmännisch rasiert sind.

«Signor Luigi, Ihr Mittagessen.»

Normandia beobachtet das Ergebnis einer Annäherung zwischen Tauben, dann dreht er sich um und geht zu Pedrelli.

«Er war sanft, und die Sanften waren gesegnet, denn wenn der Wald brennt und die Ernte in Gefahr ist, sind sie der Regen, der sie rettet. Freue dich also, wenn ein Sanfter an deine Tür pocht, denn gesegnet ist dein Tag.»

Von seinem Stuhl aus reicht Pedrelli ihm den kantonesischen Reis hinauf. Normandia nimmt ihn, mit Stäbchen und Soja-Sauce, und kehrt ans Fenster zurück, wo er alles auf dem Fensterbrett abstellt und zu essen beginnt.

«Das heißt danke für das Essen», sagt Arcadipane. «Ich habe dir ein paar Sachen anzuvertrauen. Bist du bereit?»

«Gewiss, Commissario.»

Arcadipane zieht ein paar Fotos aus der Akte, in der er gerade liest, und legt sie zu einem weiteren Dutzend Aufnahmen, die er im Lauf des Vormittags zusammengestellt hat. Er gibt Pedrelli ein Blatt Papier mit wenigen Zeilen von seiner Hand.

«Das sind die Adressen von Bramard und Isa Mancini», dann gibt er ihm auch die Fotos. «Tu mir den Gefallen, scann die ein und schick sie ihnen. Das ist schon die ganze Arbeit.»

Pedrelli nimmt alles und geht hinaus. Arcadipane widmet sich wieder dem Huhn mit Mandeln. Etwa zehn Minuten lang tun er und Normandia nichts anderes als essen. Im Büro ist es weder heiß noch kalt, es ist angenehm, abgesehen vom Geruch nach dem vergammelten Schaumgummi des Sofas. Draußen vor dem Fenster das Leben des Hofs mit seinen minimalen und notwendigen Geräuschen: Autos, die hereinkommen und hinausfahren, der eine oder andere Kollege, der grüßt oder spöttische Bemerkungen macht. Die befahrene Straße, das Kommen und Gehen der Passanten sind jenseits des Tores. Indem er all dem lauscht, denkt Arcadipane, dass das seine Stadt ist, hier ist er geboren, und hier wird er sterben. Er wird keiner von denen, die nach der Pensionierung zurückkehren in den

Süden oder nach Portugal gehen, weil es da billiger ist. Er wird in Turin bleiben und wird nicht einmal die Dinge anschauen gehen, die er nie die Zeit gehabt hat zu entdecken. Nur Orte, wo er schon mal war, Tische, an denen er schon gesessen ist, Gerichte, die er schon gegessen hat. Seine Stadt, wie er sie kennt, abgesehen von den Ermordeten.

Er wirft die Schachtel des Huhns in den Papierkorb und weiß, dass sie den Rest des Nachmittags über riechen wird. Er nimmt die Füße vom Tisch.

«Setz dich, Normandia, wir müssen reden.»

Normandia lässt den restlichen Reis auf der Fensterbank. Der Stuhl, der, als Pedrelli darauf saß, ein Thron schien, ist jetzt ein Hockerchen.

«Sprechen wir über die letzten zwei Fälle, die du verfolgt hast, als du noch bei der Polizei warst. Und bitte kein ‹Er sagte und der Arme und der Reiche› oder sonstige Scheißparabeln. Wenn du willst, dass man dir recht gibt, musst du wie ein Christenmensch mit mir reden, verstanden?»

Normandia scheint präsent.

Arcadipane nimmt eine der zwei Aktenmappen, die er beiseitegelegt hat.

«Der Selbstmord Antonello Sera, Lehrer für Kunstgeschichte, zweiunddreißig Jahre, angestellt am musischen Gymnasium Balla in Perugia. Seit zwei Jahren Probleme mit Depressionen, schizoide Tendenzen, Verfolgungswahn, wird zunächst für sechs Monate vom Unterricht dispensiert, dann ein Jahr Wartezeit, schließlich drängt er darauf, wieder angestellt zu werden, und man kommt ihm entgegen. Anfänglich alles gut, dann beginnt er wieder zu wackeln. Er behauptet, einige Schüler aus einer Dritten verfolgten ihn, sie würden ihm seine Unterrichtsunterlagen stehlen, bis dahin, dass sie in die Wohnung eindringen und ihn im Schlaf fesseln oder in seiner Abwesenheit die Möbel verrücken würden. Die Ärzte empfehlen ihm eine weitere Auszeit, er solle sich behandeln lassen, aber an einem seiner letzten Unterrichtstage gibt er den Schülern eine Aufgabe, geht zum Fenster und stürzt sich aus dem drittem Stock. Es wird Selbstmord festgestellt, da sind die Zeugenaussagen der Dritten E, sechzehn Schüler, alle einmütig, aber du fängst an zu ermitteln, weil deiner Ansicht nach die Schüler ihn aus dem Fenster geworfen haben. Du befragst sie ohne Genehmigung. Die Eltern protestieren, dein Vorgesetzter sagt, du sollst aufhören. Du durchsuchst auf eigene Faust das Klassenzimmer, machst Fotos. Dein Vorgesetzter sagt es dir noch mal, aber du beginnst, einen der Schüler zu verfolgen, einen gewissen …», er sucht in der Akte nach dem Namen.

«Claudio Domeniddio.»

«Claudio Domeniddio, nicht zufällig der Klassenbeste. Du setzt ihm zu, beschuldigst ihn, die Klassenkameraden hörig gemacht zu haben, du gibst dich als Internetexperte aus und dringst in sein Zimmer ein, stiehlst ihm den Computer und findest nichts. Du bekommst einen offiziellen Verweis und zehn Tage Suspension vom Dienst ohne Gehalt. Einer Anzeige der Eltern entgehst du nur durch ein Wunder. Ist das korrekt?»

«Alles, bis auf das Nichts-Finden.»

«Lass hören.»

«Im Computer des Jungen waren drei Berichte über den Fall Manson, sehr spezifische Veröffentlichung, insbesondere schien ihn etwas zu interessieren, was Manson von seinen Jüngern verlangte.»

«Ich bin ganz Ohr.»

«Hatten sie ein Opfer ausgemacht, drangen die Manson-Anhänger in dessen Wohnung ein und verrückten erst kleine Dinge, dann die Möbel und hinterließen immer deutlichere Spuren, dass ein Fremder da gewesen war. Das war eine Art, die Person aus dem Gleichgewicht zu bringen, Unsicherheit und Verletzlichkeit zu erzeugen. Für Manson war das eine Weise, direkte Kontrolle über seine Anhänger, indirekte über seine künftigen Opfer auszuüben.»

Arcadipane braucht eine Weile, um aus dem Staunen über diese Rede ganz ohne biblische Anspielungen herauszukommen.

«Also entscheidest du, wann und wie zum Teufel du reden willst!»

Normandia schaut auf das Fenster.

«Wenn er sich mit Weisen unterhielt, zeigte er, dass er Gesetze und Schriften kannte, wenn er unter dem Volk war, bediente er sich dessen Sprache, damit kein Verdacht aufkäme.»

Arcadipane blättert wieder in der Akte.

«Das war der Beweis für deine Theorie? Dokumente über Manson im Computer des Klassenbesten?»

«Das war das, was ich fühlte.»

«Was du fühltest.»

Normandia sieht ihn wieder an.

«‹Er klopfte nicht zufällig an seiner Tür, sondern weil sie, ohne es wissen, dieselbe Vision gehabt hatten.› Wenn ich mich geirrt habe, der Einkaufswagen steht unten, und Pedrelli wird glücklich sein, mir zu helfen, ihn zu beladen.»

Arcadipane sieht ihn mit einem schiefen Lächeln an.

«Ich kenne zwei Typen, die außergewöhnlich gute Polizisten sind und beschissene Menschen genau wie du», sagt er. «Das ist mir nicht gleich eingefallen, weil sie mir die Sache mit den Predigten ersparen.»

Normandia verbirgt ebenfalls ein Lächeln. Arcadipane legt die Akte Sera beiseite und nimmt die zu Danilo Cenci, er schlägt sie erst gar nicht auf, er hat sie gelesen. Und hat sich von Barbicinti aus Bologna das Material zu den internen Ermittlungen schicken lassen.

«Was ist in dieser Fabrik passiert?»

«Wie Pilatus für Christus der Henker und für Barnabas der Retter war, gibt es da auch zwei Wahrheiten.»

«Was du nicht sagst!»

«Du hast meine Aussage gelesen, also frag mich, was du mich fragen willst.»

«Was hat der Junge zu dir gesagt, während er im Leeren hing?»

«Dass ich eine Anklage auf Mord bekommen würde und dass er mit diesen Punkten plus denen für den Mord am Freund unter dem Zug im Shun an erster Stelle sein würde.»

«So ganz nebenbei!»

«Dann hat er im Präsidium angerufen und es so angestellt, dass ich ihn aus dem Griff verlor.»

«Und als Toter wurde er dann Tabellenerster?»

«Ich habe diese Tabelle nie gesehen.»

«Und auch diesen Shun nicht.»

«Auch nicht.»

«Aber es sind zwei Jahre, dass du ihn suchst.»

«Zwei Jahre und zwei Monate suche ich Shun und seinen Schöpfer.»

«Den Schöpfer einer Sache, die du nie gesehen hast und nie mit Händen fassen konntest, sie könnte also auch nicht existieren, oder täusche ich mich?»

«Du täuschst dich.»

«Erleuchte mich.»

«Das Zweite Kepler'sche Gesetz besagt, dass die Sterne am Rande der Galaxien sich schneller drehen als die in der Mitte, was dazu führen würde, dass die äußeren Sterne sich aufgrund der Zentrifugalkraft immer weiter entfernten. Das geschieht aber nicht. Woraus folgt, dass es, auch wenn wir es nicht sehen und nicht berühren können, im Universum etwas gibt, das die Galaxien und vieles andere mehr zusammenhält. Weil wir es nicht sehen, nennen wir es dunkle Materie.»

«Ich habe rein gar nichts verstanden.»

«Es gibt Dinge, die wir nicht sehen und nicht berühren können, aber aufgrund ihrer Auswirkungen können wir auf ihre Existenz schließen. Radiowellen sieht man nicht und kann man nicht berühren, aber wenn du das Radio andrehst und Musik hörst, kannst du daraus schließen, dass es sie gibt. Und wenn es sie gibt, hat sie jemand erzeugt.»

Arcadipane legt die Hände pyramidenförmig vor den Mund, wie wenn er nachdenkt.

«Das Beispiel mit dem Radio ist besser», sagt er schließlich. «Und was wären die Auswirkungen in diesem Fall?»

Normandia hebt mit der linken Hand den rechten Arm, legt ihn auf den Schreibtisch und schiebt den Ärmel hoch. Mit dem Zeigefinger zählt er die Zeichen, die er sich eingeritzt hat.

«Vierzehn Auswirkungen, die auf die Existenz eines Plans und seines Schöpfers schließen lassen.»

Arcadipane betrachtet diese Schnitte aus der Nähe.

«Warum ist einer ein Kreuz?»

«Weil er anders ist als die anderen, das ist der Zugang, und den hast du geschaffen.»

«Den Zugang?»

«Nur wer in Shun drin war, kann ihn uns zeigen.»

«Jemand wie der Schüler aus Perugia, Domeniddio, den du ausgequetscht hast? Oder die Melagoli?»

«Sie haben aber keinen Grund, uns zu helfen.»

Arcadipane denkt nach, die Finger wippen zu den Lippen hin, von den Lippen weg, zu den Lippen hin, von den Lippen weg.

«Bisher aber war Alessandro Marangon in der Sache stumm wie ein Grab, man bräuchte etwas, um Druck auszuüben …»

Es klopft an der Tür, die sich öffnet, ohne eine Antwort abzuwarten.

«Kann ich?», fragt Pedrelli und steckt den Kopf herein. «Ich habe euch Kaffee gebracht …»

Arcadipane lehnt sich wieder im Bürostuhl zurück. Normandia schiebt den Ärmel über die Zeichen.

Pedrelli stellt das Tablett auf den Schreibtisch zusammen mit dem Packen Fotos, die er eingescannt hat.

«Ich habe die Mails verschickt, das Programm sagt, der Empfänger hat sie geöffnet.»

Arcadipane nimmt das Tässchen und trinkt den Kaffee ungesüßt. Normandia trinkt auch und dankt Pedrelli mit einem Zeichen, der teils aus Veranlagung, teil wegen der Anerkennung für seine Gefälligkeit die Reserven fallen lässt. Sie stellen die Tassen gleichzeitig wieder ab, und das Geräusch des Porzellans fällt mit dem Klingeln von Arcadipanes Handy zusammen, das den ganzen Morgen unter den Papieren vergessen war.

Arcadipane geht ran, denkt, es sei die durchgeknallte Psychotante, aber es ist eine Nachricht von Bramard.

Nur ein Wort: «Kokarde.»

«Kokarde», denkt Arcadipane, «was zum Teufel ist Kokarde?», nimmt die Fotos, die an die beiden verschickt wurden, und breitet sie auf dem Schreibtisch aus. Er isoliert vier davon, und da ist sie, die Vibration.

«Pedrelli? Komm her.»

Der Vize geht um den Schreibtisch herum und stellt sich hinter seinen Vorgesetzten.

«Siehst du die?», und Arcadipane zeigt zuerst auf einen Punkt an der Wand oberhalb des Lehrerpults in der Dritten E in Perugia, dann auf ein Regal im Zimmer von Danilo Cenci und schließlich auf die Tasche an der Jacke eines Jungen, den Normandia vor Zeiten in einem anderen Fall fotografiert hat.

«Sicher sehe ich die», bestätigt Pedrelli.

«Sind sie deiner Ansicht nach identisch oder sehr ähnlich wie diese hier?», und er weist auf eine Kommode im Zimmer der Melagoli auf dem Foto, das er am Tag zuvor gemacht hat.

«Sehr ähnlich, Commissario, auch wenn auf die Entfernung …»

«Sehr ähnlich, Pedrelli, vorerst geben wir uns damit zufrieden.»

«Gewiss, Commissario, wir geben uns damit zufrieden.»

«Gut. Ich ruf jetzt den Gefreiten Fenice in Stezzaglio an und bitte ihn, zu der Melagoli nach Haus zu fahren und das Beweisstück mitsamt dem Computer des Mädchens zu beschlagnahmen. Während du dich in deinen Peugeot setzt und zu den Marangon fährst, um zu kontrollieren, ob sich im Zimmer des Jungen ein gleiches oder ähnliches Teil findet.»

«Gewiss, Commissario, gebe ich Erklärungen?»

«Deiner Ansicht nach?»

Pedrelli legt einen Finger auf den Mund, dann nimmt er die Tässchen und geht hinaus.

Normandia, der die ganze Zeit aus dem Fenster geschaut hat, sieht jetzt Arcadipane an.

«Vielleicht haben wir», und Arcadipane macht Anführungszeichen in der Luft, «unser Druckmittel.»

38.

Die ersten zwei Stunden kann man vergessen, aber das ist oft so.

Er hat nie Statistiken aufgestellt, ist aber überzeugt, dass alles in der ersten Viertelstunde passiert oder nach drei Stunden, sonst geht man über zur Größenordnung von Tagen, Wochen, aber hier muss etwas von außen geschehen, etwas, das über das Setting Befragter-Befrager hinausgeht.

Andererseits würde man sagen, zwischen Konzentration, abgerissenen Worten, Aufmerksamkeit auf die geringsten Regungen des Gesichts und des Körpers verfliegt die Zeit, dabei vergeht sie nie. Vor allem für den, der die Fragen stellt. Wer antwortet oder nicht antwortet, kann manchmal so scheinen, als ruhe er sich aus.

Nimm zum Beispiel Alessandro Marangon. Seit zwei Stunden sitzt er da, ohne ein Wort zu sagen, an diesem Tisch, auf dem ein Laptop steht, dazu die weiß-gelb-blaue Kokarde, die man in seinem Zimmer unter den Trophäen und Zeugnissen vom Schwimmen gefunden hat, aber wenn man ihn ansieht, wirkt er frisch wie eine Rosenknospe. Arcadipane hingegen ist verschwitzt, der Haarkranz in seinem Nacken ist zerwühlt, weil er sich beim Sprechen und Gehen im Nacken kratzt, dann lutscht er Lakritzbonbons, steht auf und setzt sich wieder. Das heißt nicht, dass er sich nicht unter Kontrolle hat, dass er nicht weiß, was er tut. Auch er ist Mittelfeldspieler wie sein Sohn, normal, dass er verschwitzter ist als der Torwart oder ein Mittelstürmer, die sich nur bewegen, wenn der Ball in ihre Nähe kommt. Er spielt auf dem gesamten Feld, läuft vor und zurück, spart sich aber immer Reserven auf für danach, weil er weiß, das Danach ist seine Domäne, die Höhle, wohin er sie locken will, die elfte und zwölfte Runde, wenn die Schwächlinge schon am Boden liegen und er noch einen Umzug in den dritten Stock ohne Lift bewältigen könnte. Veranlagung, Erbe von Armut und Mühsal. Ein Scheißerbe, aber wenn man diese Arbeit macht …

«Du sagst also, die Kokarde hast du per Post bekommen, aber du weißt nicht, von wem. Auf dem Umschlag war kein Absender angegeben, kein Zettel dabei, und du kannst dir das nicht erklären, denn auf der Kokarde war auch nichts geschrieben. Du hast sie zu den Auszeichnungen fürs Schwimmen getan, denn womöglich stammte sie aus einem Wettbewerb, den du vergessen hast.»

Alessandro nickt. Sein Gesicht ist glatt und ruhig. Es scheint nicht so, als ob die zwei Tage Gefängnis und der Hausarrest nach Einspruch der Eltern ihn sonderlich aus dem Gleichgewicht gebracht hätten.

«Wir aber sind mit dieser deiner Version nicht einverstanden, weil uns andere Evidenzen vorliegen. Du weißt, was Evidenz heißt, nicht wahr?»

Alessandro schaut ihn schief an. Arcadipane weiß, dass dies der Moment ist: Der Junge ist müde, auch wenn er es nicht spürt, wütend, auch wenn er es nicht glaubt, und hält sich noch immer für den Herrn der Lage, auch wenn er es nicht ist.

«Shun», sagt Arcadipane, und nur Gott weiß, wie viel Mühe es ihn gekostet hat, es zwei Stunden lang für sich zu behalten.

Alessandro reißt die Augen auf, und die Pupillen weiten sich. Das passiert, auch wenn in diesem Moment das Gehirn an den ganzen Körper Depeschen verschickt, in denen geschrieben steht: Verrate uns nicht. Aber wie man weiß, machen die Boten halt, um die Pferde zu tränken, sich den Hintern zu reiben, und wenn sie eine finden …

«Die Evidenzen, von denen ich gesprochen habe», fährt Arcadipane ruhig fort, «führen alle zu Shun, diesem Spiel, das du sehr gut kennst und das im … wie hieß das noch gleich, Normandia? … stattfindet. Ich versteh nichts davon.»

Normandia ist von Anfang an hinter dem Jungen, er lehnt an der Wand, wo Alessandros Augen ihn nicht sehen können.

«Dark Web», sagt er.

Als sie den Raum betraten, hat er sich sofort dorthin gestellt, und Arcadipane hat gleich begriffen, dass er ein tougher Kerl ist: Keinerlei Allüren, nur das Nötige, und wenn das Nötige ist, sich so lang im Gras zu verstecken, bis der Feind die Hosen herunterlässt, dann … So war ihm nach fünf Sekunden in diesem Raum klar, dass er Rückendeckung hat, und zwar auf der richtigen Höhe.

«Ich weiß davon nichts», sagt Alessandro, aber mittlerweile sind Hirn und Gesicht getrennt unterwegs.

«Ich verstehe, aber das ist unwahrscheinlich, weil die Evidenzen, wie ich dir sagte … und ich spreche nicht nur von deinem Fall, sondern auch von anderen Spielern, die wir ausfindig gemacht haben, apropos, wo stehst du auf der Tabelle?»

«Welche Tabelle?»

«Spiel nicht den Bescheidenen, komm, bei dem Streich, den du uns gespielt hast, wirst du unter den Ersten sein. Sicher, wir haben dich geschnappt, aber ich habe mir folgendes Bild gemacht … hör zu: Es gibt einen Zeitpunkt, nach dem du deine Punkte hast, was immer geschieht, und niemand kann sie dir mehr nehmen, und für dich war dieser Zeitpunkt Samstag, der 16., um sechs Uhr, als du auf den letzten Glockenschlag gewartet und dann gestanden hast. Sag mir, dass ich recht habe, denn ich habe mit dem Kollegen da hinter dir eine Wette abgeschlossen.

Alessandro schweigt, senkt aber den Kopf. Unterdessen fühlt er die Präsenz von einem hinter ihm, einem, von dem er nicht weiß, was er tut, wie nah er ist, was ihm im Kopf herumgeht.

«Und dann, um bei den Evidenzen zu bleiben, sind da die Kokarden. Anfangs haben wir uns gesagt, ach was, komm, Kokarden, das sind coole Typen … Die bewegen sich im …»

«Dark Web», singt Normandia seinen Refrain.

«Im Dark Web, ja Scheiße, aber wer kommt denn ins Dark Web? Toughe Kerle, bestimmt keine Leute, die mit einer Kokarde herumlaufen. Als ob das ein Schönheitswettbewerb wäre! Und dann haben wir diese Kokarden auf den Fotos gesehen, die ihr auf Facebook und Instagram verschickt, und wir haben begriffen: Ihr kennt euch gar nicht! Ihr wisst nicht, wer verdammt noch mal die anderen Spieler sind! Aber wenn ihr in den Social Media unterwegs seid und auf einem Foto einen anderen findet, der vielleicht eine Kokarde im Hintergrund oder am Motorrad befestigt hat. Dann wisst ihr, das ist ein Spieler. Ein … wie nennt ihr das?»

«Brother», füllt Normandia die Leerstelle aus.

«Ein Broter!», gelingt es Arcadipane jedenfalls, das Wort falsch auszusprechen. «Fantastisch als Erkennungszeichen, oder? Nur ihr. Aber jetzt …», Arcadipane geht zum Tisch, stützt die Hände darauf und bringt sein Gesicht dem Jungen nahe, weil der Mundgeruch nach Lakritzbonbons, der Schweiß, der unrasierte Bart, die roten Augen und die hässlichen Zähne zählen, wenn du in dreißig Zentimeter Entfernung bist …, «steckst du in der Scheiße, mein Junge, um es klar zu sagen, denn die Mendes kann nicht mehr sprechen, dauerhafte Schädigungen, und wir wissen von Shun, also kommen noch nichtige Beweggründe hinzu, was eine nicht unerhebliche Erschwernis darstellt. Also sehe ich das so: Wenn du nach Hause zurückwillst oder etwas in der Art, dann zeigst du uns jetzt diesen Shun», und mit den Augen deutet er auf den Computer, «und wie er funktioniert. Sonst kannst du dir alle Einsprüche, Freundschaften, ärztlichen Atteste oder Anwälte deiner Eltern sonst wohin stecken, ich scheiß zum Frühstück darauf und fühl mich dann den ganzen Tag schön leicht, verstanden?»

Alessandro zittert ein wenig, Arcadipane sieht es am Ohrläppchen, das über den kurz geschnittenen Haaren vibriert und an der weißen Haut am Hals, dann legt er die Hände auf die Tastatur und beginnt zu schreiben.

Normandia rührt sich nicht, er reckt nicht einmal den Hals über Marangons Schulter, um zu sehen, was auf dem Bildschirm passiert. Er steht mit verschränkten Armen da, auch der leblose Arm, und fixiert irgendeinen Punkt auf dem Linoleumboden. Arcadipane zündet sich unterdessen eine Zigarette an, er weiß, was jenseits der Wand ist, und auch, dass er jedenfalls nichts kapieren würde. Der Junge tippt unterdessen ein paar Minuten lang, dann lehnt er sich wieder gegen die Rückenlehne, verschränkt die Arme und schluckt.

«Das ist S.Hun», sagt er.

Arcadipane schaut hin, und da ist ein blaues Rechteck, eine hässliche Grafik und die Aufschrift «S.Hun».

«Okay, und um ihn jetzt anzumachen?»

Alessandro Marangon sieht ihn an.

«Da gibt es nichts anzumachen.»

«Wie nichts? Beim Flipper wirft man den Ball ein, beim Automaten drückt man den Hebel, und wie spielt man hier?»

«Man muss eingeladen werden.»

«Um zu spielen, muss man eingeladen werden.»

Der Junge nickt.

«Und dich, wer hat dich eingeladen?»

Alessandro Marangon schweigt, jetzt auf eine ganz andere Art. Der Brustkorb ruhig, die Hände entspannt: Diese Information wird am schwierigsten aus ihm herauszuholen sein, die letzte, wenn's gut geht. Besser, man insistiert nicht, um den Zugvorteil nicht zu verlieren. In der Tat hat Normandia die Position gewechselt und Arcadipane auf sich aufmerksam gemacht, um ihm zu verstehen zu geben, was er schon verstanden hat. Jetzt geht es darum, dieses Schweigen gegen etwas einzutauschen, was die Sache wert ist, aber was?

«Wir machen eine Pause», sagt Arcadipane, «ich lass dir einen Kaffee bringen, eine Coca-Cola, was trinkst du?»

«Ich kann das nicht trinken. Das verträgt sich nicht mit meinen Medikamenten.»

«Wir haben hier keinen Tamarindensaft oder Gerstenwasser. Ist eine Orangeade recht?»

Alessandro bejaht, Arcadipane drückt die Zigarette im Aschenbecher auf dem Tisch aus, aber schlecht, sodass sie weiterglimmt, denn auch wenn er aus dem Raum draußen ist, will er präsent bleiben, damit der Junge nicht vergisst, sei es den Rauch, seinen Gestank oder die Abdrücke seiner schweißigen Finger auf dem Tisch.

An der Tür dreht er sich zu Normandia um, aber der ist in die Betrachtung des Mayonnaiseflecks auf seinem Pullover versunken. Arcadipane hat verstanden und geht hinaus. Er läuft das kurze Stück Flur bis zur nächsten Tür und tritt ein. Drinnen sind Pedrelli, Isa und Franco, Pedrelli steht, Isa und Franco sitzen am Computer, auf dem dasselbe Bild erscheint, das Arcadipane drinnen gesehen hat. Hinter der Scheibe sitzt Alessandro am Tisch, Normandia lehnt an der Wand, keiner der beiden hat sich auch nur einen Millimeter bewegt, seitdem er hinausgegangen ist.

«Na, wie sieht's aus?», fragt Arcadipane.

«So», sagt Isa und weist auf den Bildschirm.

«Und was ist so? Etwas Gutes?»

«Ist dir der Unterschied zwischen einem Fuchs und einem ausgestopften Fuchs geläufig? Wir haben einen ausgestopften Fuchs. Wir können uns vorstellen, wie er sich bewegt, aber er bewegt sich nicht.»

«Wir können ihn aber dazu bringen, dass er sich bewegt, oder?

«Vielleicht», sagt Isa, «mit ein paar Wochen Arbeit und viel Glück, stets vorausgesetzt, dass sie es nicht bemerken und das Spiel abbrechen.»

Arcadipane sieht Franco an. In Räumen mit Neonbeleuchtung nehmen seine roten Haare eine Färbung wie bei amerikanischen Diven aus den fünfziger Jahren an. Und die Sommersprossen wirken wie mit dem Pinsel aufgetragen.

«Das ist jedenfalls ein guter Anfang», ermuntert ihn der IT-Spezialist. «Wenn er uns nicht auf die Seite geführt hätte, wären wir nie hingekommen.»

«Okay», versucht Arcadipane sich Mut zu machen, «einstweilen wissen wir, dass es diese Sache gibt. Pedrelli, sei so gut, hol eine Orangeade für den Jungen.»

«Gewiss, Commissario», und er macht sich auf den Weg.

«Pedrelli?»

«Ja?»

«Vom Automaten unten, wo es die nachgemachten Marken gibt.»

«Gewiss, die nachgemachten Marken.»

Während Pedrelli hinausgeht und die Tür schließt, passiert in dem Verhörraum etwas.

Normandia löst sich von der Wand, geht zu dem Jungen und setzt sich auf den Tisch, den Rücken zur Glaswand. Die Mikrofone da drin sind sehr empfindlich, aber seine Stimme ist wirklich nur ein Hauch, selbst Alessandro Marangon scheint ihn nicht zu hören. Er bleibt ungerührt, der schwache Reflex des blau-violetten Bildschirms auf dem Gesicht. Und doch geht etwas in ihm vor, denn auch wenn er sich nicht bewegt, ist es, als ob eine Substanz sich erweichen würde, porös würde, bis Normandia sich über ihn beugt und ihm etwas ins Ohr sagt, die Wange auf seine Schulter legt.

Wer jetzt einträte, würde sagen, ein Junge in orangefarbenem Polo-Shirt tröstet einen armen Alten, aber wer jetzt einträte, würde nichts von dem, was er sieht, begreifen. Er würde nur mit offenem Mund dastehen, wie sie alle, so wie man eine sehr langsame Rotation beobachtet, das Auseinanderdriften zweier Zellen, die Frau, die sich gern auf die Kloschüssel setzt.

Dann löst Normandia sich von dem Jungen, und ohne ihm noch einen Blick zu widmen, geht er aus dem Raum.

Jetzt ist Alessandro Marangon so allein, wie er es seit der Zeit nicht war, als er eine Eizelle und ein Spermium war, die auf verschiedenen Beinen herumgetragen wurden und sich nicht einmal kannten.

In den beiden Räumen herrscht absolute Stille.

Die Tür öffnet sich, Normandia tritt in das kleine Zimmer und lehnt sich an die hintere Wand, die gleiche Haltung wie im anderen Raum.

Alessandro Marangon weint. Er schluchzt nicht, berührt nicht sein Gesicht, aber sie sehen die Tränen genau, und wenn sie auf den Monitor der Überwachungskamera schauen, können sie sie noch besser sehen, weil das Licht darauf fällt und zwei Rinnsale erkennen lässt. Dann hebt er die Hände, wie ein Pianist, der sich kurz sammelt, und legt sie auf die Tastatur.

Auf dem parallel geschalteten Computer, an dem Isa sitzt, bewegt sich etwas.

«Er lässt uns eintreten», sagt Isa.

Der Bildschirm wechselt, eine Achtziger-Jahre-Grafik erscheint, sehr schlicht, fast klösterlich. Da sind siebenundzwanzig Namen, Pseudonyme, mit einer Zahl daneben: die Rangliste. Einer der Namen, der an dritter Stelle, blinkt: Bjutiful.

«Das ist er.»

«Also ist er Tabellendritter?»

«Sieht so aus.»

Von der blinkenden dritten Position aus löst sich ein stilisierter Briefumschlag, der an der Seite der anderen Namen herunterfällt bis über die Position siebenundzwanzig hinaus und dann anhält, größer wird und in die Schrift Iskariot übergeht. Blinkend. Ohne Rangnummer.

«Was ist Iskariot?», fragt Arcadipane.

«Das sind wir», sagt Normandia.

«Wie wir?»

«Wir warten», bestätigt Isa, «wir warten darauf zu spielen.»

«Warum? Spielen wir etwa?», sagt Arcadipane.

«Hast du je Schaben in der Wohnung gehabt?»

«Nein.»

«Die Kammerjäger bringen kleine giftige Köder hinter den Steckern und den Fußleisten an. Es genügen zehn für eine sehr große Wohnung. Eine Schabe kommt daher und frisst den Köder, vergiftet sich, aber sie stirbt nicht gleich, sie kehrt zurück in den Bau. Sterben muss sie dort, weil die Schaben Kannibalen sind, die anderen fressen sie, vergiften sich, und aus ist's mit der Kolonie.»

«Worauf warten wir also?»

«Dass jemand kommt und uns in den Bau führt.»

«Wer jemand?»

«Der Schöpfer», sagt Normandia vom hinteren Ende des Raums aus.

Arcadipane sieht Alessandro an, der jetzt nur wie ein Kind mit einer Last weniger wirkt. Dann den Bildschirm, wo in Blassrot in großen Lettern der Schriftzug «S.Hun» erscheint.

«Aber was verdammt noch mal ist dieser S.Hun?»

«Surface Hunters», sagt Isa lächelnd. «Jäger der Oberfläche.»

39.

Er steckt den Schlüssel ins Haustor, und dabei denkt er, dass es immer spät ist.

Morgen und Nachmittag vergehen wie nichts: Er wacht im Morgengrauen auf, fängt an, etwas zu tun, und schon ist es spät, schon ist es dunkel und er müde. Das ist eine Tatsache. Während er die Tür öffnet und in den Hauseingang mit Fliesenboden eintritt, hebt er Trepet hoch und nimmt ihn unter den Arm, durchquert den Vorraum ohne einen Blick auf den Briefkasten, denn …

«Hören Sie!»

Arcadipane sieht die Frau desinteressiert, fast beleidigend an, dann bemerkt er die geöffnete Tür hinter ihr und begreift.

«Sind Sie der Kommissar, der bei Germana wohnt?»

«Der bin ich.»

«Ich bin die Mama von Alberto, der Junge, den Sie neulich abends im Treppenhaus angegriffen haben.

«Angegriffen …»

«Sie wissen, was Sie tun, oder machen Sie den Mund auf und lassen die Luft raus?»

«Eigentlich …»

«Es ist nicht schön, wegen einer solchen Sache angeklagt zu werden. Von einem Polizisten obendrein. Sie haben ihn erschreckt, wissen Sie das?»

«Kann sein, aber Ihr Sohn muss …»

«Was muss er?», und sie macht einen entschiedenen Schritt auf ihn zu, in Pyjama-Oberteil, Pantoffeln und weiten Tibethosen. «Sich die Haare schneiden? Ein ordentliches Hemd anziehen? Mehr unter Leute gehen und Freunde finden? Vielleicht ein Mädchen? Das sage ich ihm jeden Tag, aber ich knalle ihn deswegen nicht gegen die Wand. Diese Erziehungsmethode dürfte seit fünfzig Jahren überholt sein.»

Arcadipane bemerkt, dass er Trepet zu sehr drückt, der in der Klemme unter seinem Arm knurrt und sabbert. Er lockert den Griff.

«Sie haben recht, aber Diebstahl ...»

«Diebstahl? Diebstahl? Kommen Sie, kommen Sie», und sie wendet sich halb zur Wohnungstür, «Kommen Sie, kommen Sie.» Während Arcadipane die Schwelle überschreitet und sich in einem Flur voller Stoffe, mit einer kleinen Buddha-Figur, einem niedrigen Lackschränkchen und dem Duft nach ätherischen Ölen wiederfindet, wird ihm bewusst, dass er seit fünfunddreißig Jahren außer aus beruflichen Gründen nicht mehr die Wohnung einer ihm unbekannten Frau betreten hat.

Den Gedanken hätschelnd, folgt er den breiten und angenehmen Hüften der Frau und schaut nach rechts: Wohnküche und Bad; und nach links: das Zimmer der Frau und ein kleines Studio ohne Mobiliar, nur eine ein Meter breite Matte, Ölfläschchen und ein leuchtender Stein. Am hinteren Ende des Korridors eine Tür, die sich von den anderen unterscheidet, sie ist aus Metall.

Das ist das Zimmer des Jungen, aber es könnte ein Zugwaggon sein, den man einer Horde Graffiti-Malern überlassen hat, wäre da nicht eine griechische Büste, auch sie beschmiert, und das Ruderboot, das an der Decke aufgehängt ist und das in Anbetracht der Leiter wahrscheinlich als Bett dient. Außerdem ein Minischrank, ein großer Schreibtisch mit einem überdimensionalen Mac, einem Scanner und viel Durcheinander.

«Ich nehme an, Ihre Kinder sind zur Schule gegangen oder gehen noch zur Schule. Die Rucksäcke, die sie benutzen, hat wahrscheinlich Alberto entworfen, wie das Design vieler Produkte, die Sie kaufen. Jetzt hat er eben die Neugestaltung der Berliner U-Bahn abgeschlossen, und er arbeitet für eine Kette von zwanzig Restaurants an der amerikanischen Westküste. Hat er es Ihrer Meinung nach nötig, die Einkaufstaschen alter Frauen im Haus zu stehlen?»

«Vielleicht …»

«Gut», die Frau setzt ein halbes Lächeln auf, das sie wohl schon parat hatte, seit sie ihn im Hausgang mit dem Hund unterm Arm gesehen hat. «Ich wollte nur sichergehen, dass Sie nicht einer von den Polizisten sind, die ihre Arbeit mit nach Hause nehmen. Jetzt können Sie ihn runterlassen, wenn Sie wollen, wir haben eine Katze, aber die lebt oben auf den Möbeln.»

«Das macht nichts, er verliert nur so viel Haare …»

«Geben Sie ihm zweimal die Woche morgens ein rohes Ei. Das tut unseren Haaren gut, geschweige denn ihren.»

«Wo ist Ihr Sohn jetzt?»

«Es gibt zwei Gründe, warum er aus dem Haus geht, die Manga-Messe in Leipzig und wenn der Giro d'Italia durch Turin kommt. Und dabei hat er nie Fahrradfahren gelernt, stellen Sie sich vor.»

Arcadipane sieht sich um. Unter den Schriftzügen an den Wänden ist ein wiederkehrender, eine Art Unterschrift, ein Wort ohne Sinn.

«Er muss sehr gut sein.»

«Das war seine Art, mit den unangenehmen Dingen, die ihm zugestoßen sind, die uns zugestoßen sind, fertigzuwerden. Das Ergebnis ist ein anormaler Junge, aber ein Goldjunge.»

«Auch meine … Sie haben mich wahrscheinlich den ganzen Abend hier abgepasst, entschuldigen Sie die Störung.»

Kichernd begleitet ihn die Frau bis zur Tür.

«Entschuldigen Sie mich bei Ihrem Sohn.»

«Ich denk ja gar nicht daran! Hart angefasst zu werden, hat ihm gutgetan. Er hat sogar gesagt, er will Ihnen die Fresse polieren! Können Sie sich Alberto vorstellen, wie er jemand die

Fresse poliert? Bevor Sie gehen, darf ich Ihnen zwei Ratschläge geben?»

«Außer dem Ei für den Hund?»

«Vergessen Sie diese Sache mit den Diebstählen, ganz abgesehen von Germana, wir wissen alle, wer sie ist, und es ist gut so.»

«Und der zweite Ratschlag?»

«Sie sind verspannt.»

«Das ist Veranlagung, auch mein Vater …»

«Nein», lacht sie, und ihre unteren Zähne sind leicht nach innen geneigt. Die Haare hingegen sind kurz, nicht gefärbt, mit ein paar grauen Fäden an den Schläfen, «ich meinte, Sie sind geladen, verschlossen, eine Kanonenkugel. Gönnen Sie sich ab und zu eine Massage.»

«Eine Massage.»

«Ich mache hier keine Werbung für mich, Sie müssen ja nicht unbedingt zu mir kommen. Aber ein bisschen Shiatsu würde Ihnen guttun, es würde das eine oder andere Chakra öffnen.»

«Wer weiß, was ich dann darin finde? Was kostet das?»

«In meinem Fall sechzig Euro für fünfzig Minuten, aber Sie können es auch für weniger oder mehr finden.»

«Ich dachte mehr … ich gehe zu einer Psy… aber die … da muss man sich voranmelden?»

«Besser.»

«Denn jetzt ist es spät.»

«Jetzt?», und sie schaut in den Flur, als ob die Antwort dort hinten wäre. «Gewöhnlich arbeite ich nicht am Abend …»

«Sicher, sicher.»

Sie sieht ihn mit leicht geneigtem Kopf an.

«Entschuldigen Sie, wenn ich Ihnen das sage, aber angesichts des Missverständnisses mit Alberto … das sind Shiatsu-Massagen … normale Massagen, verstehen Sie? Sie brauchen nicht einmal die Kleider auszuziehen.»

Auch Arcadipane sieht sie an, drei oder vier Sekunden Dunkelheit, dann begreift er.

«Aber was meinen Sie, ich dachte nicht im entferntesten …»

«Okay, okay, nur dass wir uns richtig verstehen. Hören Sie, wie gesagt, arbeite ich nicht abends, aber heute Abend ist wirklich so … Wenn Sie wollen, gehen Sie hinauf, stellen sich unter die Dusche, und dann machen wir eine Sitzung, dann erzähle ich Ihnen von den Diebstählen, und Sie machen Ihren Frieden mit der Sache.»

Als Arcadipane hört, dass sie die Tür geschlossen hat, nimmt er zwei Stufen auf einmal, Trepet noch immer unter dem Arm wie ein Baguette.

Er hat eine Verabredung mit einer Frau, die bald ihre Hände auf ihn legen wird. Das und nicht mehr, einverstanden, und für sechzig Euro, aber jeder begnügt sich mit den Erleuchtungen, die er hat.

40.

Als er bei Nummer 18 ankommt, bemerkt er, dass der Rollladen halb heruntergelassen ist.

«Verdammt», denkt er, während er Trepet die drei Stufen hinaufhoppeln und hineinlaufen sieht.

Sehr bedächtig geht auch er die drei Stufen hinauf, beugt die Knie und nimmt die Prozedur des Eintretens in Angriff.

Er hat so gut geschlafen, das Drama begann im Moment des Aufstehens aus dem Bett. Gar nicht zu reden vom Sitzen auf der Kloschüssel, Germana hat bei Unterschrift des Mietvertrags darauf bestanden, just zwei Zeilen in einem alten Kalender, eine Formalität, damit beide zufrieden sind, dass in ihrer Wohnung im Sitzen uriniert wird, denn abgesehen von der Zielgenauigkeit des Einzelnen … und dann die Spritzer, um Himmels willen …

Schließlich hatte er es eingesehen, hatte unterschrieben und zwei Jahre lang im Sitzen gepinkelt. Außer an diesem Morgen, als er halb heruntergebeugt merkte, dass er es nicht schaffte. So hat er im Stehen gepinkelt. Germana, die vermutlich durch die dünne Wand zur Küche das *tock* der Brille auf der Kloschüssel gehört hatte, empfing ihn mit piemontesischer Kälte, der Kaffee eher lauwarm, ein Keks statt zwei und zum Abschied ein empörtes «Eier für eine Zabaione habe ich keine!».

Als er die Bewegung halb ausgeführt hat, bemerkt er im Inneren künstliches Licht, Geruch nach Socken und das Ticken einer Tastatur. Er durchläuft den tiefsten Punkt und richtet sich wieder auf, immer langsam. Isa sitzt am Tisch, von ihr geht das Ticken aus. Normandia liegt mit geschlossenen Augen auf der Pritsche. Da sind die Kartons von zwei Pizzen, drei Bierflaschen, eine Konfektion Eis. Und eine eingeschaltete Halogenlampe, eine von denen, auf deren Fuß sich tote Wanzen sammeln.

«Na, was macht ihr?»

Isa gähnt, das Gesicht vom Bildschirm blau.

«Was sollen wir schon tun? Wir haben die ganze Nacht gevögelt, aber dann haben wir ein Faultier hereinkommen sehen und haben uns wieder angezogen. Du hingegen?»

Arcadipane macht ein paar sehr steife Schritte.

«Shiatsu.»

«Zum ersten Mal?»

«Zum allerersten Mal.»

«Man sieht, dass du es gebraucht hast.»

«Das hat die Masseurin auch gesagt, ‹wenn es dir morgen wehtut, heißt das, dass du es gebraucht hast›, mir kommt vor, diesen Schwachsinn habe ich schon mal gehört.»

«Vielleicht der Typ, der dich vor sieben Jahren angefahren hat, als du bei Rot über die Straße gelaufen bist?»

«Ich bin nicht bei Rot über die Straße gelaufen!»

«Lavezzi hat sich die Aufzeichnungen von der Bank an der Kreuzung geben lassen, du bist bei Rot rübergegangen. Und er hat das Video auch auf YouTube gestellt, sechshunderttausend Aufrufe. Sicher auch von der Versicherung, die dir nichts gezahlt hat.»

«Scheißkerle. Gib mir diese … Schachtel da, ich muss mich setzen.»

Isa streckt sich und zieht eine kleine Kiste heran. Arcadipane lässt sich darauf fallen. Er sieht auf den Bildschirm und seine Unverständlichkeit.

«Habt ihr die ganze Nacht gearbeitet?»

«Zwischen einem Fick und dem nächsten.»

«Ihr hättet im Präsidium sein können, das habe ich dir gesagt, als du gekommen bist. Ich hätte unten Bescheid gesagt und Franco gebeten dazubleiben.»

«Franco ist gut, wenn es darum geht, diejenigen zu schnappen, die Phishing machen, das ist etwas anderes. Und du weißt, dass ich nicht gern ins Präsidium komme. Hier mag die Gesellschaft ja nichts Besonderes sein, aber es gibt einen Top-PC, und es passieren interessante Dinge.»

«Der Art?»

«Um drei ist eine Alte gekommen, um sich die Beine massieren zu lassen. Das hättest du hören müssen, wie sie vor fürchterlichen Schmerzen weinte, aber Sai Baba hier hat sie wiederhergestellt. Das Problem war, als der Ehemann sie abholen kam. Er hat mit einem Eisenträger auf den Rollladen eingeschlagen. Kurz, es war was los. Hey, wir haben auch zwei Pizzen gegessen.»

Arcadipane schaut auf Normandia, der die Augen geschlossen hat, aber einen Mundwinkel hochgezogen.

«Wenn du fertig bist, wäre ich für arbeiten.»

«Und ich wäre in Ferien, und ich tue dir einen Gefallen damit.»

«Ich dachte, deine Ferien sind vorbei und du wärst gekommen, weil diese Sache dich anturnt.»

«Willst du was wissen oder nicht?»

«Sag an, sag an, die Ohren sind das Einzige, was mir nicht wehtut.»

Isa nimmt ihr selbst produziertes Heft, bedeckt von dem üblichen Spinnennetz an Worten.

«Fangen wir bei den einfachen Dingen an: Ich hab alles kopiert, was kopierbar war, für den Fall, dass sie das Eindringen bemerken und zumachen. Das ist möglich, weil der Master sicher weiß, dass wir Alessandro Marangon haben, was erklären könnte, dass wir noch nicht als Spieler zugelassen wurden.»

«Bis hierher kann ich dir folgen.»

«Siehst du den anderen Alias, der unter dem unseren blinkt?

Das ist einer, der diese Nacht von Aldebaran eingeladen wurde, der in der Tabelle an neunzehnter Stelle steht. Auch er ist jedoch noch nicht eingetreten, die Wartezeiten könnten also für alle lang sein, das weiß ich nicht. Bei den anderen Spielern stehen Punktzahl und Datum ihres Eintritts daneben, aber ich kann bei den Daten weder eine Logik noch eine Konstante feststellen. Vermutlich gibt es die, aber nur Grendel kennt sie.»

«Wer ist Grendel?»

«Der Master, der Schöpfer und absolute Herr des Spiels aus zwei Gründen: Die Seite sieht keine Interaktionen zwischen Spielern und Nutzern vor, es gibt keinen Chat-Room, Foren oder Mails, keine Details, die Rückschlüsse auf die wahre Identität zulassen würden. Nur der Master weiß, wer die Teilnehmer sind, nur er kann die Tabelle und die Punktzahl auf den neuesten Stand bringen, aber es gibt keinen Hinweis, wann diese Operationen vorgenommen werden. Wir wissen nicht, wie der Spieler mit dem Master kommuniziert oder darauf hinweist, was er getan hat. Vielleicht, wenn wir zum Spiel zugelassen wären … vorerst schauen wir aus dem Fenster.»

«Und diese Punkte? Wie können wir wissen, zu wem sie gehören und was er getan hat?»

Isa denkt nach, nicht darüber, was sie sagen muss, sondern wie.

«Das ist ein sehr elementares Spiel, das ganz auf dem Vertrauen zu dem Master basiert. Ich glaube, niemand kennt die Kriterien der Zuteilung der Punkte, nicht einmal die Spieler. In gewisser Weise ist das, wie am Black-Jack-Tisch zu sitzen und die Karten nur dem Kartengeber zu zeigen. Er sagt, wer gewonnen hat, und die anderen vertrauen ihm. Das ist eine Vermutung, es könnte auch sein, dass die Spieler, wenn sie eingetreten sind, eine Art Regel bekommen. Das scheint mir jedoch nicht Grendels Stil.»

«Also seid ihr praktisch die ganze Nacht am potentesten

Computer der Welt gesessen, zwei verhaltensgestörte Genies, und wir wissen einen Scheißdreck.»

«Ich hab dir gesagt, wir haben gevögelt, apropos, in der Thermosflasche da ist Nescafé, den ich mir an einem bestimmten Punkt machen musste, um mit dem Rhythmus mitzuhalten.»

Arcadipane nimmt die Thermoskanne, daneben stehen ein Pappbecher und eine Tasse.

«Wer hat aus der Tasse getrunken?»

«Er.»

Arcadipane nimmt den Pappbecher und gießt sich ein wenig Kaffee ein. Er trinkt ihn in kleinen Schlückchen. Er weist auf ein Dutzend Aktenmappen, die unordentlich auf der rechten Hälfte des Schreibtischs liegen.

«Habt ihr versucht, Verbindungen zu den Spielern herzustellen?»

Isa springt auf, die Beine breit, weil der Stuhl dazwischen steht.

«Verdammt, Normandia, das ist es, was wir hätten tun sollen! Was für Idioten aber auch! Zum Glück ist der Chef heute gekommen, ohne sich bei Rot überfahren zu lassen!», und sie setzt sich wieder.

Normandia rührt sich nicht, die Hände hinter dem Kopf verschränkt. Arcadipane trinkt den letzten Schluck.

«Also? Diese Verbindungen?»

«Die am unteren Ende der Tabelle sind wahrscheinlich Selbstmörder, wo der Spieler den Tatbestand der Anstiftung erfüllen würde, viele sind gleichrangig, niedrige Punktzahl zwischen zehn und zwanzig, die Unterschiede hängen von den Umständen ab, das weiß nur der Master.»

«Und die über zwanzig?»

«Zwischen zwanzig und vierzig, das sind, glaube ich, Morde, die der Spieler als Selbstmorde erscheinen lassen konnte. Wie es aussieht, bekommt man Punkte, aber nicht viele, wenn die Schuld auf den Toten fällt und nicht auf jemand Dritten. Es ist ein bisschen so, wie die Kugel mit nur einer Bande ins Loch zu schicken. Sicher steckt hinter dem Punktesystem ein Algorithmus, aber das vorherrschende Kriterium könnte folgendes sein: Je mehr Banden der Spieler zu machen versteht, je mehr er die Schuld auf andere abwälzt, desto mehr Punkte sammelt er. Der Spieler an zwölfter Stelle zum Beispiel, *Orologio da rote*, das ist, glaube ich, die Schulklasse aus Perugia, der Fall des Selbstmords des Lehrers für Kunstgeschichte. *Orologio da rote*, also Zahnraduhr, ist ein wenig bekanntes Sonett von Ciro di Pers, einem italienischen Barockautor. Ich habe mir die Anthologie der italienischen Literatur angesehen, die in der Klasse benutzt wird, und das Sonett kommt darin vor, dann habe ich das Programm überprüft, das die Italienischlehrerin auf der Seite der Schule eingestellt hat, und scheinbar hat die Klasse das Sonett durchgenommen. Auch das Datum des Eintritts des Spielers passt dazu.

Dein Mädchen aus Modena, die Melagoli, muss in diesem Abschnitt der Tabelle sein, wenn wirklich sie es war, die die Freundin vor das Auto gestoßen hat. Sie könnte Mordillo oder Anaconda sein, die Daten stimmen, aber wir haben keine Anhaltspunkte, um sie zu identifizieren. Das einzig Sichere ist, dass Alessandro Marangon Bjutiful ist, mit siebzig Punkten an dritter Stelle auf der Liste rangiert und vor sechs Monaten beigetreten ist. Der an zweiter Stelle, Skalpell, mit 126 Punkten ist, glaube ich, der Junge …», und sie weist auf Normandia, auf seinen rechten Arm, den jemand so zugerichtet hat. «Die hohe Punktzahl könnte sich durch den Mord an dem Freund vor dem Zug erklären und dann durch den Selbstmord, als ob er in zwei Löcher geschossen hätte, oder etwas Ähnliches … Gieß mir auch etwas Kaffee ein.»

«Und der Tabellenerste?», fragt Arcadipane, während er Thermosflasche und Tasse weitergibt. «Wie hat er 152 Punkte gemacht?»

Isa greift nach der Tasse, dann überlegt sie es sich und nimmt wieder den Pappbecher.

«Keine Ahnung, aber wir haben vierzehn Aktenmappen und siebenundzwanzig Spieler, da sind also Fälle, die Normandia nicht gefunden hat. Um ehrlich zu sein, wissen wir nicht einmal mit Sicherheit, ob alle, die Normandia gefunden hat, Jäger der Oberfläche sind.»

Arcadipane steht auf und macht ein paar Schritte im Raum. Wenn er länger in einer Position bleibt, verspürt er eine gewisse Erleichterung, aber er weiß auch, dass sie zu verlassen, die Hölle sein wird. Trepet liegt auf einem Stoffhaufen, was ein Pullover sein könnte oder ein ausgetrocknetes Schaf. Natürlich zu Füßen der Pritsche.

«Was sagst du, Normandia?»

Normandia sagt nichts, er schläft oder hat die Augen jedenfalls geschlossen. Arcadipane setzt seinen Rundgang auf den zwölf Quadratmetern fort und kommt an die Wand mit der Spirale. Er hat sie zum ersten Mal vor zwei Tagen gesehen, und doch ist sie ihm schon vertraut. Kein gutes Zeichen, wenn man bedenkt, wer sie angelegt hat und warum. Bramard würde vielleicht etwas davon verstehen, denkt er, aber ehrlich gesagt … ihn in seinem Zustand hinterm Ofen hervorlocken zu wollen … und dann, er kann vielleicht im Kaffeesatz lesen, aber im Moment hat er weder Kaffee noch Kaffeesatz zum Lesen.

«Warum, deiner Meinung nach?», fragt er.

Isa lässt einen Augenblick lang das Programm sein, an dem sie schreibt.

«Warum was?»

«Der, der diese Sache aufgezogen hat. Warum macht er das? Was hat er davon? Geld?»

«Das glaube ich nicht. Deswegen wird es überhaupt nicht leicht sein, an ihn heranzukommen.»

«Überhaupt nicht leicht heißt, wie viel Zeit?»

Isa zuckt mit den Schultern in der aufsässigen Art, die sie sich mit fünf, sechs Jahren zugelegt hat und dann im Lauf des Größerwerdens ergänzte durch schräg gestellte Augen, den eingezogenen Hals und die Brüste, die sich synchron mit den Schultern bewegen. Das Ergebnis davon war, dass im Präsidium ein Drittel der Kollegen ihr die Fresse hätte polieren wollen, ein Drittel sie ficken und ein Drittel alles beide. Dann hat sie jemandem fast das Auge ausgerissen, und da haben sich die Prozentzahlen verschoben.

«Also? Wie lange brauchen wir, um ihn festzunehmen?»

Isa trinkt den restlichen Kaffee und wirft den Kopf nach hinten.

«Eine Stunde? Fünfundzwanzig Jahre?», sagt sie. «Ross Ulbricht hat Silk Road 2011 gegründet, und man hat ihn, die Hände auf der Tastatur, 2013 erwischt, aber er hatte etliche Millionen Dollar in Silk Road Bitcoin angehäuft, und wenn Geld mit im Spiel ist, auch virtuelles, hinterlässt man immer Spuren. Das hier ist aber keine Seite, wo man Drogen, Waffen, falsche Ausweise, Medikamente oder Betäubungsmittel kaufen kann, es ist ein exklusiver Zirkel, in den man nur auf Einladung hineinkommt und wo nichts zirkuliert außer Berichte von Verbrechen, die dem Master auf bestimmtem Wege angezeigt werden, und Punkte, die der Master auf bestimmtem Wege vergibt. Die einzigen beweglichen Gegenstände sind diese Kokarden, aber wir haben noch nicht verstanden, was sie bedeuten, außer einer Art Nachweis der Präsenz.»

«Okay, aber einer, der so etwas schafft, der seinen Spaß daran hat. Hast du eine Vorstellung, was für ein Typ das ist?»

«Wenn wir Ross Ulbricht als Modell nehmen, das Pseudonym, das er sich als Wächter der Silk Road gewählt hatte, war der Name einer fiktiven Person aus einem Roman, den William Goldman 1973 veröffentlicht hat: *Brautprinzessin.* Was auf einen literarisch gebildeten Menschen schließen ließ, mit einem gewissen Maß an Respektlosigkeit und Ironie und dem

Bedürfnis, die herkömmlichen Schemata und Strukturen herauszufordern, alles Dinge, die auch auf das Buch von Goldman zutreffen. In der Tat war das Profil passend, denn als er gefasst wurde, hatte man einen sensiblen und hochintelligenten Mann vor sich, Diplomingenieur, Vergangenheit als Pfadfinder, mit einer umfangreichen Bibliothek, ein dezidierter ‹Freigeist›. Von seinem Standpunkt aus war die Seidenstraße ein Ort der totalen Freiheit, eine virtuelle utopische Gesellschaft.»

«Aber du sagst, der hier ist anders.»

«Sehr, aber er hat auch ein literarisches Pseudonym gewählt. Grendel ist das Ungeheuer, das der Held Beowulf im gleichnamigen Epos vom Anfang der englischen Literatur besiegt. Das ist kein gewöhnlicher Text, nur wenige kennen ihn, und noch weniger haben ihn gelesen. Also glaube ich, dass es ein Mann zwischen dreißig und vierzig ist, gebildet, der die Sprachen beherrscht, das literarische und das informatische Englisch. Auch das Achtziger-Jahre-Design der Seite, die elementare Grafik, in der Art von Pac-Man ist aussagekräftig.»

Irgendwo schlägt eine Glocke neun. Normandia öffnet die Augen und steht langsam auf. Wortlos räumt Isa ihren Platz. Der Mann macht da weiter, wo sie aufgehört hat, tippt nur mit den Fingern der linken Hand. Arcadipane macht Isa ein Zeichen, flüstert ihr ins Ohr.

«Kann er das? Auch nur mit einer Hand?»

Isa schnaubt, geht auf die Pritsche zu und lässt sich mit Schwung darauf fallen.

«Sicher kann er das. Nur ein Haufen Idioten wie die staatliche Polizei konnte sich zwei wie uns entgehen lassen! Und dann, wenn du nichts dagegen hast, wär jetzt ich dran mit Ausruhen. Zwei Stunden sind schnell rum.»

Trepet, der von Isas Satz aufgewacht ist, steht auf, folgt Normandias Spur bis zu dem Tisch und legt sich darunter nieder. Arcadipane macht ihm ein Zeichen, er solle aufstehen, der übersieht das, da macht Arcadipane eine brüske, schnelle Bewegung und deutet auf den Ausgang, aber er fühlt, wie sich der Schultermuskel löst und sich irgendwo unter dem Schulterblatt einrollt. Mit dem schmerzlosen Arm gelingt es ihm, ein Sucai in der Tasche und den Mut zu finden, zum Rollladen zu gehen. Dabei denkt er an das Wohlgefühl, mit dem er sich von diesem Massagefuton erhoben hatte, an den Tee, den Eleonora ihm gemacht hatte, während sie ihm die Geschichte von den Diebstählen im Haus erzählte, und dem zweiten Besuch in Albertos Zimmer, um ihm gewisse Zeichnungen zu zeigen.

«Isa, weißt du, wer Muna ist?», fragt er schon halb hinuntergebeugt.

Isa hält die Augen geschlossen, scheinbar hat die Pritsche diese Wirkung.

«Das weiß doch jeder», antwortet sie, «das ist eine Art Banksy der Musik. Scheinbar ist er Deutscher, andere sagen, er lebt in Amsterdam. Mysterium. Auch weil die einzige Sache, die Muna heißt, ein Fluss in Nordostsibirien ist, der von Oktober bis Mai zugefroren ist und an dessen Lauf es keine Ansiedlung gibt. Vielleicht hat das mit seiner Idee zu tun, sich nicht bekannt zu machen. Aber wen zum Teufel schert das? Was zählt, ist, was er macht, nicht, wer er ist.»

Arcadipane windet sich vorsichtig unter dem Rollladen durch, währenddessen es draußen zu regnen anfängt, dann wieder aufklart, und schließlich fallen erneut ein paar Tropfen.

41.

«Macht es Sinn, sie um neun Uhr abends abzuholen, wenn sie gewohnt sind, um halb zehn das Licht auszumachen? Weiß er denn, wann sie ins Bett gehen? Hat er sich je darum gekümmert, wenn er vor dem Fernseher saß? Und als Tommaso Asthma hatte, ist er da in sieben Jahren *einmal* aufgestanden? ‹Aber ich höre um acht Uhr mit der Arbeit auf, das weißt du doch!› Klar weiß ich das, Scheißegoist, seit Jahren arbeitest du bis um acht oder neun, weil sonst Mama Fiat vor die Hunde geht … und dann müssen sie dich auch anrufen, wenn wir beim Abendessen oder übers Wochenende weg sind! ‹Ich bekomme eine Extrazulage dafür, vierundzwanzig Stunden erreichbar zu sein. Wenn du die Kreditkarte benutzt, ist dir das ganz recht, oder?› Die Kreditkarte habe ich ihm aber gezeigt … tausendfünfhundert Euro im Monat schiebt der Scheißkerl mir jetzt rüber, aber die Schlappe hat ihm nicht gereicht, er bringt sie zu spät, nach dem Wochenende, er ändert den Kalender, weil er arbeiten muss. Als ob ich nicht wüsste, dass er Kitesurfen geht! Man braucht nur den Wetterbericht zu hören, wenn in Catania, wohin Ryanair fliegt, Wind und Wellen angesagt sind, dann arbeitet er natürlich an diesem Wochenende.»

Medusa isst ein paar Pastetchen, als ob sie die Eier des Idioten zermalmen würde.

«Aber ich rede nur von mir, entschuldige, wie geht's mit deiner Trennung?»

Arcadipane schaut auf die Pasteten auf seinem Teller.

«Ruhiger, auch wenn meine Frau einen Verlobten hat.»

«Nun, das ist ihr gutes Recht, oder? Du hingegen, bist du schon lang auf der Seite unterwegs?»

«Eine Woche, mehr oder weniger.»

«Ich bin dadrauf seit dem Tag, nachdem er gegangen ist. Hau doch ab, hab ich mir gesagt, du bist ihm immer treu gewesen, abgesehen von ein paar Dummheiten, du bist sechsundvierzig Jahre alt, du bist schließlich nicht tot, es gibt eine Welt da draußen. So werfe ich seit zwei Jahren, wenn ich Zeit habe, einen Blick hinein. Ich habe ein paar Leute kennengelernt, Sexgeschichten, nichts Besonderes, aber man findet, was man sucht, oder? Durch das Geschäft sehe ich viele Leute, ich habe kein Problem mit meinem Sozialleben. Die Kinder gehen jetzt auf die Sant'Egidio-Schule, wo sie bis um sieben versorgt sind, und jedes zweite Wochenende sind sie mit den Pfadfindern unterwegs. Die Wohnung ist sturmfrei. Wenn du willst, gehen wir nachher zu mir und schauen uns einen Film an, ich weiß ja nicht, welchen Geschmack du hast, aber mit dem Streaming findet man für jeden etwas …» Ein Telefon klingelt.

Medusa erstarrt, versteinert. Arcadipane greift schnell in die Tasche, beim Herausziehen fallen ihm ein paar Lakritzbonbons auf den Boden.

«Entschuldige, das ist Arbeit, ich muss unbedingt rangehen.»

Er steht auf, ohne auf das Gesicht zu achten, das sie macht, weil er weiß, welches Gesicht sie macht. Er verlässt den Raum, dann tritt er durch die Tür des Bistrots *La Gûepière*. Er nimmt eine Zigarette und macht zwei Schritte auf dem reinlichen Bürgersteig des Zentrums.

«Was gibt's?»

«Wir stecken in der Scheiße», fasst Isa zusammen.

«Das nenn ich gute Nachrichten! Was bedeutet das?»

«Das bedeutet, dass die Seite verschwunden ist.»

«Und kann man sie nicht wiederfinden?»

«Bist du sicher, dass du weiterhin so dämliche Fragen stellen willst? Grendel hat abgerüstet, das Geschäft aufgegeben, den Rollladen runtergelassen, und außerdem, hast du präsent, wenn im Film die Spuren am Boden mit einem Zweig weggewischt werden? Etwas in der Art.»

«Also hat er kapiert, dass Istra... Ignav...?

«Dass Ischariot wir waren? Wahrscheinlich. Ich schick dir ein Bild auf WhatsApp.»

Arcadipane raucht und wartet. Unterdessen geht er um die Ecke. Das Handy gibt Zeichen, er öffnet das Bild. Er sieht es an und legt das Handy wieder ans Ohr.

«Fische?»

«Das ist der Schild, den er uns zurückgelassen hat: drei Fische, die sich auffressen, der jeweils größere den kleineren.»

«Aber was bedeuten die drei Fische?»

«Das ist eine Botschaft, glaube ich: Der kleine Fisch ist S.Hun, der mittlere Fisch wir, die wir versuchten, ihn hinterrücks zu überfallen und zu fressen, und der große Fisch Grendel, der hinter uns war und uns gefressen hat.»

«Er hat also das Spiel beendet.»

«Um es vielleicht auf einer anderen Seite wiederzueröffnen, auf die er die Spieler umgelenkt hat.»

«Meinst du, das ist so?»

«Hast du vielleicht getrunken, dass ich dir alles zweimal sagen muss?»

«Was heißt hier getrunken, ich denke laut nach.»

«Umso schlimmer! Ich dachte immer, was innen vor sich geht, ist besser, als was man von außen sieht, na ja ... Hast du Neuigkeiten zu den Kokarden?»

«Pedrelli hat es überprüft, die wir in Händen haben, stammen von zwei verschiedenen Produzenten, einer im Piemont, der andere in der Lombardei, und sie sind Teil einer Lieferung ab Fabrik zwischen 2011 und 2012. Es sind Produkte, die gewöhnlich für Viehmessen oder Pferderennen bestimmt sind. Die Abnehmer sind Unternehmen, Organisatoren von Messen, Kommunen, Sportvereine. Eher selten sind private Abnehmer, Pedrelli hat sich die Namen geben lassen.»

«Fingerabdrücke?»

«Viele, die meisten nicht vollständig, außer natürlich denen von den Jungen, die sie besaßen. Diejenigen, die man vergleichen kann, ergaben kein Ergebnis, keine Übereinstimmung. Alessandra macht noch weitere Untersuchungen, aber ich würde sagen, hier sind wir an einem toten Punkt.»

«Dann würde ich jetzt nach Hause gehen, seit zwei Tagen habe ich nicht geduscht, und Normandia ist ein solches Plaudertäschchen … Ab morgen bin ich im Übrigen wieder im Dienst.»

«Ist gut. Hör mal Isa … danke.»

«Fick dich.»

«Dir auch einen guten Abend.»

Er kehrt in die *Gûepière* zurück, und während er an der Theke vorbeigeht, bemerkt er, dass der sechzigjährige Kellner in Bluse ihn im Auge behält. Er geht geradewegs auf den Tisch zu, wo aber niemand ist. Er setzt sich und schaut auf die Tür zur Toilette. Nicht lang, denn der Kellner in Bluse kommt herbei.

«Die Signora lässt ausrichten …», zerknirscht verschluckt er die Worte.

«Ich habe nicht verstanden.»

«Sie ist gegangen, sie hat mir aufgetragen, Ihnen auszurichten … Ich weiß nicht, ob ich kann …»

«Schon gut. Ist die Bestellung schon aufgegeben?»

«Nein, als ich erst Sie und dann die Signora habe hinausgehen sehen …»

«Sehr gut, mach rückgängig, was ich bestellt habe», und er nimmt die Speisekarte wieder in die Hand. «Mach mir …»

Der Kellner hat schon seinen Block aus der Gürteltasche gezogen.

«Gibt es so was Ähnliches wie ein Beefsteak?»

«Ein Entrecôte.»

«Also Entrecôte mit normalen Kartoffeln, vielleicht im Ofen geröstet.»

«Sehr gut … kann ich das andere Gedeck …»

«Nimm es weg, nimm es weg.»

Er nimmt das Gedeck weg, dann bleibt er zögernd am Tisch stehen.

«Entschuldigen Sie, wenn ich mir erlauben darf, aber stimmt es, dass du Arcadipane bist?»

Arcadipane antwortet nicht, er sieht ihn an und lässt Bilder Revue passieren.

«Ich bin Vito Scordamaglia.»

«Vito … Vito … Vito! Vito Scordamaglia … verdammt! Deine Mutter hatte das Kurzwarengeschäft am Largo …»

«Pedassi.»

«Madonna, Vito, wie lang haben wir uns nicht gesehen? Vierzig Jahre?»

«Auch mehr!»

«Aber das ist verrückt, und jetzt bist du hier … Wie geht es dir?»

«Gut, gut, vor einem Monat bin ich Opa geworden.»

«Opa! Aber wie viel Jahre Unterschied ist zwischen uns?»

«Fünf Jahre.»

«Madonna, welche Freude, dich zu sehen, Vito! Aber erinnerst du dich noch, welche Abreibungen du mir verpasst hast? Ich kam immer voller blauer Flecken nach Hause!»

«Nichts für ungut, hm.»

«Aber was denn nichts für ungut, hör mal, wenn du diese Uniform ausziehst, warum kommst du dann nicht an den Tisch, und wir trinken ein Gläschen miteinander?»

Vito sieht sich um.

«Später, wenn der Eigentümer die Zelte abbricht …»

Als Arcadipane wieder allein ist, trinkt er das Glas Bordeaux aus und streckt die Beine von sich, die er vorher bei sich behalten musste, wegen der Stiefel von Medusa. Verflixt, Vito!

Wenn sein Leben nicht den Bach runterginge und der Fall am Arsch wäre, wäre das ein wirklich schöner Moment.

42.

Wir sind zu heißem Kaffee und zwei Keksen zurückgekehrt, aber der Löffel Margarine ist knapp bemessen und die zwei Marmeladedöschen sind Aprikose, wovon Germana weiß, dass er sie nicht so gern mag. Eine Art Bewährung also, wo er an diesem Morgen wirklich alles darangesetzt hat, um im Sitzen zu pinkeln, auf eine Amnestie hoffend.

Der Kaffee ist jedenfalls Morphium, wenn man berücksichtigt, dass am Ende die Flaschen mit Vito Scordamaglia zwei wurden und die Uhrzeit auch. Aber heute geht es mit dem Rücken besser, die Sonne scheint, die Luft kommt lind beim Fenster herein … ein Wunder, wenn der Fall nicht am Arsch wäre, wie gestern Abend, und wenn da nicht eine Alte wäre, die mit ihren schlaffen Pobacken am Spülstein lehnt.

«Haben Sie denn dann Fortschritte gemacht?»

Arcadipane stellt das Kaffeetässchen ab.

«In was, Germana?»

Sie fährt sich mit einer Hand durchs Gesicht, um ihr Lachen zu verbergen: Immerhin ist sie eine Signora allein in einem Zimmer mit einem Mann. Deshalb steht sie morgens gegen halb sieben auf und richtet sich ein bisschen her: Haare, Gesichtscreme, die dann an den behaarten Wangen hängen bleibt, der Morgenrock gebügelt, zwei Pumpstöße Talkumpuder. Was man riecht, wenn sie näher kommt, und jetzt kommt sie näher.

«Ich meinte den Sohn von der …», und mit dem Blick weist sie aus der Tür, die Treppe hinunter bis zur fraglichen Wohnungstür.

«Die Signora Eleonora Puledda. Der Sohn Alberto Puledda. Ich habe meine Informationen eingeholt, Audio- und Videoüberwachung angeordnet, zwei Tage Beschattung, habe an den Handläufen Fingerabdrücke nehmen lassen und mit ein paar Hehlern aus dem Viertel gesprochen, aber kein Tatbestand. Nicht einmal die Informanten im Knast kennen sie, also habe ich die Ermittlungen abgeschlossen. Keine Verantwortlichkeit der Puledda, das steht fest. Ich habe nicht früher mit Ihnen darüber gesprochen, weil es mich wurmte, versagt zu haben. Es tut mir leid.»

Er wendet das Gesicht zum Fenster, wie um sein großes Bedauern auf seinem Fluchtweg zu betrachten, und unterdessen wartet er auf eine Reaktion. Germana atmet und denkt nach, das merkt man daran, dass sie mit ihrem Gebiss etwas schmatzt, Metronom ihres Nachdenkens.

«Sie haben auch eine Cousine, die ab und zu …»

«Überprüft, sie hat mit der Sache nichts zu tun.»

Germana denkt noch einmal nach.

«Ich vertraue Ihnen, um Himmels willen, das ist Ihr Beruf, aber was ist mit diesen Diebstählen?»

«Jemand von außen.»

«Obdachlose?»

«Kann sein, Obdachlose.»

«Und was raten Sie, die Sie vom Fach sind?»

«Vertagen.»

«Ver… was?»

«Auf sich beruhen lassen, seine Sachen immer schön zusammenhalten, nichts auf dem Treppenabsatz lassen, die Einkaufstüte immer fest in der Hand, die Schuhe in der Wohnung, Blumentöpfe nur dort, wo niemand drankommt, niemals den Schlüssel unter der Fußmatte, um Himmels willen! Und dann …»

Arcadipanes Handy piepst.

«Entschuldigen Sie, das ist von der Arbeit.»

Eine Nachricht von Alessandra aus dem Labor. «Kommen Sie, sobald Sie können, ich habe was.»

«Und dann?», holt Germana ihn in die Gegenwart zurück.

«Und dann, an Ihrer Stelle würde ich nie allein im Haus sein.»

«Aber da sind doch Sie …»

«Ich? Ich gehe jetzt», und er steht auf, «und Sie sehen mich bis abends nicht. Wussten Sie, dass die Mehrzahl der Verbrechen zwischen neun Uhr morgens und acht Uhr abends geschieht?»

«Ich dachte nachts.»

«Illusion! Heutzutage wollen auch die Verbrecher schlafen! Denken Sie darüber nach, Sie sollten nicht allein sein. Verzeihung, aber ich muss jetzt wirklich gehen.»

Arcadipane tritt auf den Treppenabsatz hinaus, geht mit lauten Schritten vier oder fünf Stufen hinunter, dann ändert er klammheimlich die Richtung.

Erschöpft kommt er im fünften Stock an, die Schmerzen vom Shiatsu machen sich noch immer bemerkbar. Er setzt Trepet auf den Boden, der im dritten Stockwerk aufgegeben hat, und holt tief Luft. Er weiß, dass der erste Eindruck zählt, seine Haltung, sein Auftritt.

Er streicht sich, so gut er kann, die verschwitzten Haare glatt und läutet. Nichts.

Er versucht es noch mal, dann erinnert er sich daran, was Eleonora Puledda ihm gesagt hat, dass sie aus Sparsamkeit alles abstellte. Also klopft er.

Er hört Schritte näher kommen. Ein fetter Kater würde mehr Lärm machen. Jemand schaut durch das Guckloch.

«Ich bin der Mieter von Signora Germana im zweiten.»

Nichts.

«Ich müsste mit Ihnen reden.»

Die Tür öffnet sich einen Spaltbreit, just um die Stimme durchzulassen.

«Ich wollte gerade frühstücken.»

«Es ist wirklich nur eine Sache von wenigen Minuten.»

Der Spalt vibriert und lässt dadurch eine Unentschlossenheit erkennen, die Arcadipanes Mitleid erregt, dann geht die Tür auf, und es zeigt sich eine kleine Alte wie auf den Schachteln für Kekse, die aber alt und halb angeknabbert sind.

«Entschuldigen Sie die Uhrzeit», sagt Arcadipane.

Die Frau, die achtzig oder hundertzwanzig Jahre alt sein könnte, ist eine winzige Portion und hält die Augen niedergeschlagen, den Blick ins Leere gerichtet, wie man es vor dem Exekutionskommando tut.

«Können wir hineingehen?», fragt Arcadipane.

Sie dreht sich um und lässt ihn folgen, vielleicht in der Hoffnung, in dem grauen Flur erdolcht zu werden, wo Arcadipane einen Geruch von Ofen und Gerberei ausmacht. Hingegen kommen sie heil und wohlbehalten im Esszimmer an, das auch als Küche dient. Ein Raum, der als Speicher gedacht gewesen war, widerrechtlich ausgebaut und bewohnt wurde und dann unter der Hand legalisiert wurde. Ein dekorativer kleiner Ofen verbreitet mehr Lärm als Wärme. Verbrannt werden darin die Kartons, die die Frau mit religiösem Eifer in einer Obstkiste gestapelt hat. Außerdem ein Gaskocher mit Gasflasche, eine kleine Kredenz, ein Koffer, zwei Stühle, reinliche Spitzengardinen. Ein niedriger Kühlschrank. Eine Öffnung, die zum Bad geht, das nur durch einen Vorhang abgetrennt ist, und eine, die ins Schlafzimmer führt, das durch eine alte, aus fünf Fensterläden gewonnene Holzwand abgeteilt ist.

«Setzen wir uns», sagt Arcadipane, und so geschieht es.

«Sie wissen, welchen Beruf ich habe?», fragt er.

Die Frau sieht ihn aus bescheidenen Augen an.

«Bei der Polizei», sagt sie.

«Richtig, aber machen Sie sich keine Sorgen, ich bin nicht in offizieller Mission hier, der Arbeit wegen, wenn Sie mich verstehen.»

Sie schüttelt den Kopf, aber sie bearbeitet die eine Hand mit der anderen und scheint drauf und dran zu weinen.

«Ich will damit sagen, Sie können ganz beruhigt sein. Niemand will Ihnen etwas wegnehmen. Ja, ich bin hier, um Ihnen einen Vorschlag zu machen. Wollen Sie ihn hören?»

Sie denkt nach.

«Muss ich den Lachs zurückgeben?», fragt sie.

«Sie müssen keinen Lachs zurückgeben, hören Sie mir zu …»

«Ich wusste nicht, dass er da war», schnieft sie. «Als ich ihn gesehen hab, habe ich gedacht …»

Arcadipane ist schon im Begriff, eine Hand nach der ihren auszustrecken, aber da überkommt ihn der Gedanke an das, was unter diesem schwarzen Jäckchen, diesem Rollkragenpulli ist, etwas, was schon ein wenig jenseitig ist. Aber die Bewegung ist nun einmal im Gange, und seine Hand landet auf denen der Alten, die warm sind und mit großen pulsierenden Adern: ein hart gewordener Klumpen Pasta, aber essbar.

«Machen Sie sich keine Sorgen um den Lachs», sagt er, von einer idiotischen Begeisterung erfasst. «Im Haus sind alle Ihre Freunde. Wollen Sie meinen Vorschlag hören?»

Sie trocknet sich die Augen, die aber nie wirklich geweint haben, und nickt.

«Ihre Wohnung», Arcadipane sieht sich um und fürchtet, ironisch zu klingen, aber zum Glück ist die Frau vor der Ironie auf die Welt gekommen, «im fünften Stock … ohne Lift … ich stelle mir vor, das ist recht mühsam.»

«Ja, aber ich gehe wenig aus.»

«Sie gehen wenig aus, aber manchmal müssen Sie doch zum Doktor, einkaufen …»

Die Frau schlägt die feuchten Augen wieder nieder.

«Die alltäglichen Dinge», versucht Arcadipane einzulenken, «da gibt es immer was, und wenn man niemanden hat … denn Sie haben niemand, nicht wahr? Keine Kinder oder Enkelkinder …»

Sie schüttelt den Kopf.

«Also kommen wir zur Sache. Ich bin zur Miete bei Signora Germana, die Sie kennen. Ich fühle mich wohl dort, auch wegen der Küche, aber ich habe meine Zeitpläne, meine Ansprüche …»

Beim Wort Ansprüche verfinstert sich die Miene der Frau.

«Aber das sind Sachen, die Sie nicht interessieren, sicher, doch Sie sind hier allein, mit der Beschwernis der fünf Stockwerke, und ich bin für Germana keine große Gesellschaft. Also sage ich mir … wenn ich diese Wohnung miete und sie renoviere, die Wohnung bleibt Ihre, versteht sich, das halten wir alles schriftlich fest, aber ich miete sie von Ihnen und habe meine Unabhängigkeit, während Sie mit einem Teil der Miete zu Germana gehen, die im zweiten Stock wohnt, sie kocht und wäscht für Sie und ihr leistet euch auch gute Gesellschaft. Was sagen Sie dazu?»

Die Frau ist reglos, als ob sie einen Stockhieb in den Nacken bekommen hätte. Wie man ihn einst auf dem Land den Kaninchen versetzte, aus Erbarmen, bevor man zu den Messern griff.

Dann schaut sie auf.

«Wie viel Miete bekomme ich?»

«Wie viel Sie bekommen.»

«Wie viel ich bekomme.»

Arcadipane versteht, was kleine Kinder bei der ersten Stunde im Schwimmbad empfinden, wenn sie ohne Vorwarnung ins Wasser geworfen werden und nach Luft schnappen und Wasser schlucken.

«Sechshundert Euro im Monat», sagt er in einem Atemzug, «mehr als Ihre Wohnung wert ist in Anbetracht des Zustands und des Stockwerks ohne Lift. Sie geben Germana zweihundertfünfzig, da bleiben Ihnen noch dreihundertfünfzig, zusammen mit den dreihundert von der Mindestrente, die Sie bekommen, leben Sie gut und wie eine Königin. Ich habe schon mit dem Jungen aus dem ersten Stock vereinbart, dass er einmal in der Woche einen Großeinkauf für euch macht und euch die Sachen an die Wohnung bringt. Das ist mein Angebot.»

Die Frau sieht ihn an,

«Der Drogensüchtige?»

«Er ist nicht drogensüchtig. Das ist jedenfalls das Angebot. Denken Sie darüber nach, Sie müssen sich nicht sofort entscheiden.»

Die Frau nickt, aber mit gesenktem Kopf, den Blick starr auf den Tisch gerichtet, wo zwei Fliegen nicht zum Spiel hintereinander herlaufen. Arcadipane weiß nicht, ob diese Haltung eine Bitte um Zeit ist, eine Verabschiedung …

«Wenn Sie möchten, ich habe ein bisschen Grießbrei gemacht.»

«Um Himmel willen», er springt auf, «ich gehe und lasse Sie in Ruhe frühstücken.»

Er ist schon im Flur, als die Alte noch vom Stuhl aufsteht. Er wartet auf sie. Sie kommt gemächlich und wischt sich die Hände an der Schürze ab. Von innen ist die Tür mit Schaumgummi ausgekleidet, vielleicht zur Isolierung. Sie öffnet die Tür. Arcadipane verabschiedet sich von ihr, und auf dem Treppenabsatz kommt es ihm sehr hell vor.

«Hören Sie!», sagt sie, während er schon mit dem Fuß auf der ersten Stufe steht.

«Ja?»

«Wäre es auch für ihn?», und sie weist auf Trepet.

«In welchem Sinn?»

«Kommt er auch mit?»

«Ja, er auch.»

Sie sieht Trepet an, der sie seinerseits ohne Groll anschaut.

«Sie fressen die Leitungen», sagt sie.

«Wer frisst die Leitungen?»

«Diese Rasse. Sie fressen die elektrischen Leitungen.»

Arcadipane stellt beide Füße wieder auf den Treppenabsatz.

«Ich garantiere Ihnen, dass Hunde keine Leitungen fressen.»

Sie kaut etwas, und Arcadipane bemerkt, dass sie ein Lakritzbonbon im Mund hat.

«Einer von dieser Rasse hat sie mir alle weggefressen.»

«Hatten sie einen Hund?»

«Nein.»

«Aber ein Hund wie dieser hat die Leitungen gefressen.»

Die Frau nickt und betrachtet das Tier mit Argwohn.

«Haben Sie deswegen kein Licht mehr?»

«Genau!»

«Hat es sich nicht gelohnt, sie wieder verlegen zu lassen?»

«Warum? Dann kamen ja Sie mit diesem Hund da.»

«Das ist richtig.»

«Das ist richtig.»

«Geben Sie mir Bescheid?»

Die Frau nickt und huscht hinein. Das Guckloch geht auf. Arcadipane steigt die ersten Stufen unter Beobachtung hinunter.

43.

Wenn du eintrittst, ist sie nie da, aber sie kommt dann schon.

Das ist eine ihrer Marotten, und sie hat viele davon. Zum Beispiel der kleine Raum neben dem Labor, wo sie sich immer verkriecht: ob das ein Bad ist oder ein Umkleideraum … niemand hat da je seine Nase hineingesteckt … Also stellt Arcadipane sich vor, dass alle es so machen wie er, wenn sie eingetreten sind: zwischen der Metallliege und den abgeschlossenen Regalen voller Instrumente hin und her gehen. Sich der Abzugshaube nähern, die immer in Betrieb ist, einen Blick auf die Akten auf dem Schreibtisch werfen, wo zwei Fotos von Alessandra stehen, das eine mit der Nichte, das andere mit einem Typen im Kittel, von dem Arcadipane jetzt weiß, dass das ein amerikanischer anatomischer Pathologe ist, der im Auftrag des FBI Leichen in verschiedenen Ambientes vergräbt und dann ihre Zersetzung studiert. Das alles mit hin und wieder gespitzten Ohren, ob sich vielleicht die Tür zum Nebenraum öffnet, wie eben jetzt.

«Guten Tag, Commissario.»

«Guten Tag, Alessandra.»

Sie hat ein Gefäß mit Glasdeckel bei sich und trägt wie immer die ausgebeulten Hosen, Hemd und schwarze Lederweste mit der Anstecknadel der Nomadi.

«Ich habe Sie angerufen, weil ich auf den drei Kokarden etwas gefunden habe.»

«Hier bin ich. Du rufst und ich eile herbei.»

Alessandra sieht ihn ernst an, während sie das Gefäß mit den Kokarden auf der Liege abstellt.

«Interessant sind eigentlich zwei Dinge. Die Kokarden bestehen aus einem zur Rosette gefalteten Band mit einem Knopf in der Mitte, wo man die Schleifen mit dem Namen der Veranstaltung oder des Preises ankleben oder feststecken kann.»

«Sehr interessant.»

«Nicht so sehr, ich weiß, aber es kommt schon noch. Die Kokarden haben alle diese Schleifen getragen, die aber entfernt wurden, vermutlich von dem, der sie verschickt hat, bevor er sie aufgab.»

«Willst du damit sagen, sie sind gebraucht?»

«Das kann man nicht behaupten, denn sie können aus einer schon beschrifteten Partie stammen, man hat die Schleife entfernt und sie verschickt. Dann wären sie nicht gebraucht.»

«Richtig. Also sind sie neu?»

«Nein.»

«Ich weiß, dass du sehr allein bist hier unten, aber können wir zur Sache kommen?»

Alessandra legt die Hände auf das Gefäß, als wolle sie seine Vibrationen spüren.

«Es ist Fliegenschiss darauf.»

«Fliegenschiss», wiederholt Arcadipane, um sich zu vergewissern, dass er recht verstanden hat.

«Fliegenschiss in mindestens zehnfacher Menge von dem, was man gewöhnlich auf einer Jacke, auf einem Tischtuch oder anderen Stoffoberflächen findet.»

Arcadipane streicht mit den Handinnenflächen über seine Kleidung, von oben nach unten, wie wenn man beim Schneider den Sitz eines Kleidungsstücks probiert. Auf der Höhe der Rippen ist es noch ganz passabel, aber darunter …

«Also haben wir viel Fliegenschiss», wiederholt er für sich und stellt damit ein Axiom auf, das ihm viele Dinge erklären könnte, wenn man denn wüsste, dass es ein Axiom ist.

«Und nicht nur das», sagt Alessandra. «Auch Kuhhaare.»

«Kuhhaare.»

«Auf zwei Kokarden sind Haare von derselben Kuh, während auf der dritten Haar von einem anderen Tier ist. Wenn wir die Ausscheidungen der Fliegen, die Kuhhaare und die Tatsache zusammennehmen, dass sich auf der Rosette Einstiche und Spuren von Klebstoff befinden, können wir sagen, dass diese Kokarden verwendet wurden, um mindestens zwei verschiedene Kühe auszuzeichnen.»

Arcadipane betrachtet Alessandras Gesicht und beginnt, darin etwas Ungewöhnliches zu bemerken.

«Du willst mir sagen, dass der Pirat des Dark Web mit Kuhmist bedeckte Kokarden verschickt.»

«Fliegenschiss, von der Kuh sind die Haare.»

Arcadipane nickt.

«Was siehst du mich so an?»

«Nichts, es ist nur …»

«Ich habe den Platysmamuskel straffen lassen.»

«Aha! Das wäre …», und er weist auf die betreffende Region.

«Ich habe das Doppelkinn entfernen lassen. Missfällt Ihnen das?»

Arcadipane neigt den Kopf.

«Nein, nein, ganz im Gegenteil … es macht dich schlanker!»

Alessandra mustert ihn ein paar Sekunden lang, dann dreht sie sich um.

«Man tut, was er kann, um sich zu optimieren …», hört er sie sagen, während er die Labortür öffnet. «Fast alle jedenfalls.»

44.

Das Motorrad hält neben dem Eingang, auch wenn an dieser Stelle keine weißen Striche für Parkplätze sind. Isa steigt ab, nimmt den Helm ab, der keinen Gesichtsschild hat, und macht ihn am Hinterrad fest, mit einer Kette, die sie im Rucksack hatte.

Sie zieht der Reißverschluss ihrer Lederjacke auf, nimmt die Haare zusammen und geht auf die Tür zu, macht eine kurze Pause, um die neue Fotozelle und die gläsernen Türen zu testen, die sofort auf sie ansprechen.

In dem Kabäuschen sitzt ein Typ mit enormem Kopf und Haaren nur obendrauf. Isa bemerkt, dass er in einer Zeitschrift über Schildkröten liest, der Titel des Artikels lautet: *Ist deine männlich oder weiblich?*

«Arcadipane», sagt Isa.

«Erster Stock, Sie müssten einen Ausweis …»

«Ich weiß, wo es ist.»

Sie nimmt zwei Stufen auf einmal, wird aber vor dem Treppenabsatz langsamer, weil sie den Geruch von Männern erkennt, die dafür bezahlt werden, dass sie es mit dem Teil des Lebens aufnehmen, von dem andere sich lieber fernhalten. Etwas, was sie einst begehrt, dann verflucht hat und dem sie dann nachtrauerte. Jetzt weiß sie nicht. Was sie weiß, ist, dass der Korridor bis zu Arcadipanes Büro zwanzig Meter lang ist und dass sie ihn ohne Helm entlanggehen muss.

Sobald sie den Korridor betritt, ist es, als ob sich in dem Raum und den einzelnen Büroeinheiten ein miserabler Geruch verbreitet hätte. Alle drehen sich nach ihr um, als sie vor der Tür steht. Während sie hineingeht, wandeln sich die Blicke von Erstaunen zu «Ganz schön dreist, verdammt». Da ist auch schon mal ein «Wer ist die Fotze?» dabei: Das sind die Neuen, die in zwei Minuten von den Schreibtischnachbarn aufgeklärt werden, und wenn Isa vorbei ist, auf dem Laufenden sind.

Isa geht gar nicht mal so rasch, bis sie an einem Arbeitsplatz vorbeikommt, wo der Mann sitzt, der – man würde es nicht sagen – nur auf einem Auge sieht. Sie geht noch ein paar Schritte weiter, dann hält sie inne. Sie macht kehrt und betritt den Kubus.

In anderen Bereichen des Raums werden Hälse gereckt, kein Papierrascheln oder Tastengeklapper ist mehr zu hören.

«Damals habe ich dich um Entschuldigung gebeten», sagt Isa, «aber das habe ich nur getan, damit sie mir die Pistole wiedergeben. Heute bitte ich dich wirklich darum.»

Sie hat ohne Hast gesprochen, hart, warm, und jetzt hält sie ihm über dem Schreibtisch die Hand hin.

Er sieht sie an, die Lippen zu einer unschönen Grimasse verzogen. Dann streckt er den Arm aus und drückt ihr die Hand.

«Wie ist es bei der Straßenpolizei?», fragt er sie.

«Im Winter ist es kalt, im Sommer heiß, und das ganze Jahr ist es beschissen.»

«Dann ist das der richtige Platz für dich», sagt er zu ihr, dann zieht er die Hand zurück und legt sie zur Arbeit wieder auf das Formular, das er dabei war auszufüllen.

Isa kehrt auf den Flur zurück, und jetzt geht sie schnell voran. Sie ist vor der Tür, an der der Name des Mannes geschrieben steht, dessentwegen sie hier ist. Sie klopft nicht an, tritt ein und findet Arcadipane, Normandia und Pedrelli rings um den Tisch stehend vor, die stummen Gesichter ihr zugewandt.

«Was machst du hier?», fragt Arcadipane sie.

«Ich bin hier, weil ich gestern Nachmittag zufällig eine Urlaubsverlängerung bekommen habe und gestern Abend eine Mail von dir mit Alessandras Befunden zu den Kokarden.»

«Ach das», sagt Arcadipane, «wir sprachen gerade darüber.»

«Gut so, macht weiter», sagt Isa und öffnet ihren Rucksack.

Die drei gehen weiter ihre Daten durch: die durch Einladung zugelassenen Spieler, der Master, der entscheidet, wer zugelassen wird, das Fehlen eines zeitlichen Schemas der Eintritte, die per Post verschickten Kokarden, Kokarden, die zuvor als Auszeichnung auf Viehmessen verwendet wurden; unterdessen ist Isa an den Schreibtisch getreten, hat zwei schmutzige Kaffeetässchen und ein paar Aktenmappen beiseitegeschoben und öffnet den Laptop.

Die drei verstehen und machen Platz.

«Wenn die Kokarden Spuren von Haar und Scheiße tragen», sagt Isa, «waren sie auf einer Viehmesse im Einsatz. So weit sind wir uns einig, oder?»

«Ja», antwortet Arcadipane für alle. «In der Tat haben wir gesagt, dass derjenige, der die Kokarden verschickt hat …»

«Viehzüchter ist», sagt Isa.

«Viehzüchter oder …»

«Viehzüchter. Ich habe die Daten der wichtigsten Rindermessen, hundertsiebenundzwanzig in Norditalien in den letzten zwei Jahren, mit den Eintrittsdaten der Spieler verglichen, und das ist dabei herausgekommen.»

Arcadipane, Pedrelli und Normandia betrachten die Grafik auf Isas Laptop. Einer von den dreien versteht gar nichts, der andere denkt, der lila Hintergrund sei unpassend, und der Dritte versteht, aber sagt wie üblich nichts.

«Abgesehen von den ersten acht Spielern, für die Grendel vielleicht einen Vorrat an Kokarden hatte, fallen die Daten der folgenden Spieler mit einer Viehmesse im Piemont oder der Lombardei zusammen oder folgen ihnen binnen weniger Tage. Zum Beispiel der Eintritt dieser zwei Spieler fällt im Abstand von einem Jahr mit der Messe von Sant'Alessandro bei Bergamo zusammen.»

«Mit anderen Worten …»

«Grendel lässt jemanden eintreten, jedes Mal, wenn eine seiner Kühe gewinnt und eine Kokarde bekommt, so kann er sie an den neuen Spieler schicken. Das ist das Kriterium.»

Arcadipane nimmt das Kaffeetässchen und kippt es in den Mund, als ob es voll wäre, was es aber nicht ist.

«Für mich ist das Blödsinn», sagt er.

«Hast du die Kühe, die zu diesen Daten den Wettbewerb gewonnen haben?», fragt Normandia.

Isa ruft eine andere Seite auf.

«Sechs Beitrittsdaten fallen mit dem Sieg einer Kuh piemontesischer Rasse namens Polca zusammen, die im Stammbaum als genetisch hochwertiges Tier aufgeführt wird. Das Haar auf den Kokarden ist vermutlich ihres. Die anderen Daten entsprechen der Auszeichnung anderer Kühe aus derselben Zucht wie Polca.»

Isa tippt auf eine Taste, und auf dem Bildschirm erscheint das Foto eines Viehhüters auf der Alm. Ein Typ um die sechzig, strenges, aber nicht intelligentes Gesicht, den Stock über die Schultern gelegt, Hut, weiche Hosen und grobe Schuhe. Ein Teil der Unterschrift vom Scanner weggeschnitten: «Die Zucht von Renato Clary wieder an der Spitze im Wett…»

Alle schauen auf das Foto, dann auf Isa, dann wieder auf das Foto.

«Ich halte das für Blödsinn», sagt Arcadipane, «und einen kolossalen obendrein.»

Zehn Sekunden lang Schweigen.

«Kolossaler Blödsinn», sagt Normandia, «aber so ist es.»

45.

Es gibt noch die Bar bei der öffentlichen Waage und auf der öffentlichen Waage einen Traktor mit dem Anhänger voller Holz. Im Übrigen ist der Platz groß, ein Teil überdacht, wo früher Markt war und jetzt hin und wieder Versammlungen abgehalten werden, eine Tankstelle, ein Lebensmittelgeschäft, Metzgerei, Bank und ein paar Trattorien, die versuchen, mit Namen wie *Wanderers Ruh* oder *Gipfelblick* die Wochenendtouristen anzulocken, auch wenn der Ort im Mittelgebirge liegt – Füchse, Wildschweine, ein paar Rehe eher als Murmeltiere und Gämsen – und sein Auskommen einer Sargfabrik verdankt, die seit fünfzig Jahren das Wasser des Flusses nutzt, eine jahrhundertealte lokale Schreinertradition und die Bereitschaft der Talbewohner, den Tod als einen Umstand zu betrachten und basta.

An einem solchen Ort kann man an einem Dienstagmorgen um 11.38 Uhr eine Alte antreffen, die aus dem Haus gegangen ist, um Weißbrot, etwas Gemüse und ein Klistier einzukaufen; den Gemeindediener, zwei Forstarbeiter, einen Jungen, der den Bus verpasst hat, nun auf den nächsten wartet und dabei über Kopfhörer Musik hört, und drei Idioten, die von Turin heraufgekommen sind mit einer Vorstellung, die keiner Erwähnung wert ist.

Das denkt Arcadipane, während er diesen von allen vergessenen Platz betrachtet und den Subaru Forester der Carabinieri vor der Station halten sieht. Es steigen aus der Gefreite Bernardi, ein jüngerer Carabiniere und Renato Clary. Sie plaudern scheinbar über dies und das, während sie auf den Eingang zugehen, wo er sie aus den Augen verliert. Da wirft Arcadipane einen Blick auf den Parkplatz, wo er seinen Alfa 33 sieht, darin Isa und Normandia, Trepet auf seinen Knien.

Die Tür zum Büro des Gefreiten öffnet sich, Bernardi tritt ein und nimmt die Kappe ab. Ein Kleiderständer ist in Reichweite. Die Jacke dagegen behält er an, weil er in Ausübung seines Dienstes ist und es drinnen nicht wärmer ist als draußen, wo die frühlingshafte Gebirgsluft frisch ist. Arcadipane bleibt am Fenster stehen. Bernardi ist ein Gefreiter wie der in Stezzaglio, Fenice, nur weniger gebildet, weniger intelligent, dicker, mit weniger Haaren, gelangweilter, kleiner und mit Schnurrbart. Vielleicht kam es Arcadipane deshalb so vor, als er um halb zehn sein Büro betrat, als stünde er vor einem Spiegel.

Bernardi setzt sich auf seinen Platz hinter dem Schreibtisch und dreht sich auf seinem Bürostuhl Arcadipane zu. Er nimmt ein Paket Zigaretten vom Regal und bietet sie an.

«Danke, ich habe meine eigenen», sagt Arcadipane und steckt ein Lakritzbonbon in den Mund.

Bernardi macht ihm Zeichen, er solle das Fenster ein wenig öffnen wegen des Rauchs, der in Kürze das Zimmer erfüllen wird. Arcadipane gehorcht.

«Wollte er wissen, warum?», fragt er.

«Nein. Ich habe ihm gesagt, es sei wegen einer Überprüfung der Ställe, wie wir ausgemacht hatten. Wahrscheinlich hat er das nicht geglaubt, aber die Leute hier sind nicht sonderlich gesprächig, auch nicht, wenn es in ihrem Interesse wäre, Bescheid zu wissen, vielleicht sind sie deshalb so.»

«So, wie?»

«Verschlossen, misstrauisch», der Gefreite zuckt mit den Schultern. «Auch weil sie bis ’82 bloß die Schotterstraße hatten. Es gibt sogar Lieder über die Talbewohner, aber wenn Sie den Dialekt nicht verstehen, werden Sie sie kaum kennen.»

«In der Tat kenne ich sie nicht.»

Bernardi, der bis dahin die Zigarette zwischen den Fingern und das Feuerzeug in der anderen Hand gehalten hat, zündet sie an. Er nimmt zwei kurze Züge, um die Lunge auf das Zeug vorzubereiten, das er ihr zumuten wird. In dem kleinen Büro breitet sich sogleich der Geruch nach verbrannten Kleidern und Stroh aus. Er wirft den Kopf ein wenig nach hinten, wie um zu sagen, «das war jetzt nötig». Der Aschenbecher ist schön, aus einer Holzscheibe gemacht, die Innenfläche verglast, aber damit war es mit dem guten Geschmack auch schon vorbei. Der Schreibtisch ist ein scheußliches Metallgerüst.

«Mein Vater war in den sechziger Jahren hier Carabiniere», sagt er, «und wissen Sie, wie er die aus dem Betatal nannte?»

«Wie nannte er sie?»

«Kuhtritt.»

«Kuhtritt.»

Der Gefreite Bernardi kichert. Er raucht und kichert. Jetzt, da er sitzt, spannt die Jacke über dem Bauch, und er hat ein prächtiges Gerstenkorn auf dem Augenlid. Ein Auswuchs in einer leicht anderen Farbe als die übrige Haut. Arcadipane betrachtet ihn so, wie wenn man zu denken versucht, ja, er sieht mir ähnlich, aber ich bin besser!

«Immer Streit zwischen Familien», sagt der Gefreite, «ein Baum an der Grundstücksgrenze, Kühe, die zwei Grashalme von der Wiese des anderen fressen, ein beiseitegerückter Stein, der Bach, der da lang und nicht dort lang fließt, die Bienenstöcke, das Maultier. Fehden, die sich über Generationen hinzogen, hier ein gespaltener Schädel, da ein Messerstich, ein paar Gewehrschüsse, einer blieb als Krüppel zurück, ein anderer blind, wieder ein anderer tot, aber nie eine Anzeige. Die Todesfälle waren alles Jagdunfälle oder eben ‹Kuhtritte›. Leute, deren Söhnen der Schädel eingeschlagen wurde, mit einem gebrochenen Bein, einem ausgestochenen Auge, die Carabinieri fragten, und sie: ‹Kuhtritt.› Jetzt ist das nicht mehr so, jetzt gibt es sogar ein paar Agriturismi, einen Campingplatz, auch wenn der fast immer geschlossen ist, es bleiben aber besondere Leute, Dickschädel, und die Clarys sind im Betatal fest verwurzelt.»

«Ja, genau, diese Clarys?»

«Eine Familie von Viehzüchtern, er und der Bruder. Im Winter sind ihre Tiere in Fioretto im Stall, und sobald der Schnee schmilzt, ziehen Renato und sein Sohn auf die Alm, eine Stunde Fußmarsch oberhalb von hier, wo sie eine alte Hütte ohne Strom haben. Der Bruder dagegen bleibt herunten, weil er im Sommer ein bisschen als Installateur für die Touristen arbeitet.»

«Und Renato?»

«Ein schweigsamer Typ, wenig gesellig. Seine Frau ist gestorben, als das Kind drei oder vier Jahre alt war. Kein ‹Kuhtritt›, eine schlimme Krankheit, sie waren auch viel im Krankenhaus in Cuneo, aber das war Schicksal. Danach hat Renato vor allem an das Unternehmen gedacht, an die Tiere, den Käse. Er kann kaum lesen und schreiben, aber für die Kühe hat er eine Begabung. Du brauchst nur mal samstags hinaufzugehen, da siehst du sie Schlange stehen: Der eine hat ein Problem mit dem Stall, der andere möchte ein Tier zum Kaufen oder Verkaufen schätzen lassen. Er sagt dir Vergangenheit, Gegenwart und Zukunft jedes Tiers, sogar ohne es anzufassen oder ihm ins Maul zu schauen, er braucht nur darum herumzugehen. In der Vergangenheit hätten ihn auch große Viehzüchter gerufen, sie haben ihm goldene Brücken gebaut, aber aus dem Tal wegzugehen, das liegt ihm nicht, außer für die Viehmessen, wo er bekannt ist und immer einen Preis mit nach Hause bringt. Abgesehen davon, Frau hat er keine mehr genommen, er trinkt nicht, und er und sein Bruder reden nicht miteinander, aber sie ackern wie zwei Ochsen vor demselben Pflug. Außer den Kühen interessiert er sich, glaube ich, für nichts. Probleme mit der Justiz keine, wenn wir zu ihm hinauf sind, dann nur wegen der Schule des Sohnes.»

«Warum? Was hat er angestellt?»

«Nichts! In der Grundschule, da war eine neue Lehrerin aus der Stadt, die uns jeden zweiten Tag anrief, um zu sagen, dass der Sohn Clary nicht in die Schule kam, dass der Vater nicht auf die Verweise und auf die Telefonate reagierte, dass Verletzung der Schulpflicht auch im Gebirge schwer wiegt. Alles richtig, um Himmels willen … Also fuhren wir hinauf, fünfzehn Kilometer Kurven, wir sprachen mit dem Vater, der immer wieder dasselbe sagte: Der Junge geht in die Schule und kommt weinend nach Hause, weil er den Lärm nicht erträgt, sodass er den Kühen schon keine Glocken mehr umhängte. Schließlich haben wir ihn untersuchen lassen, die Ärzte haben bestätigt, dass das Kind eine Ohrenkrankheit hat. Sie haben ihm ein Gerät verordnet, der Vater musste es ihm kaufen, aber es funktionierte nicht besonders gut. Ergebnis: Der Junge ging weiterhin wenig zur Schule, aber die Lehrerin hatte jetzt einen Wisch vom Arzt und war beruhigt. Das sind alle Probleme der Clarys mit dem Gesetz, deshalb bin ich neugierig zu erfahren, was Sie ihn fragen wollen!»

«Kann ich mir vorstellen, aber ich würde gern allein mit ihm sprechen.»

Der Gefreite Bernardi hat die Zigarette fast aufgeraucht. Im Raum nebenan macht ein Kollege Schubladen auf und zu.

«Das sind verschlossene Leute, wenn sie nicht wenigstens ein bekanntes Gesicht sehen …»

«Ich verstehe, aber das ist eine komplizierte Geschichte, weshalb ich Sie vorerst bitte …»

«Aber danach … wo Sie mich schon mal hinaufgeschickt haben, ihn zu holen …»

«Einverstanden, sobald ich klarer sehe … Ich würde jetzt anfangen.»

«Fangen Sie an, ja, er wartet schon zehn Minuten nebenan!»

Arcadipane schweigt und schaut aus dem Fenster, er weiß, dass jetzt mehr zu sagen unnütz und schädlich wäre, und vor allem hat er keine Lust dazu. Seine geringe Intelligenz ist schon ganz auf das Danach gerichtet, wenn Renato Clary eintreten und sich setzen wird und schon alles wissen wird, was er abstreiten muss, oder vielmehr rein gar nichts weiß, was viel wahrscheinlicher ist. Tatsache ist, dass er zwei Stunden Autofahrt mit zwei Bekloppten auf sich genommen hat und dass er jetzt tun wird, was zu tun ist, wie beim Zahnarzt, je eher, desto besser, wenn man schon mal den Mut gefunden hat, so weit zu kommen.

Während er das denkt, hört er, wie die Tür aufgeht, den Mann, der ein «Guten Tag» zwischen respektvoll und misstrauisch sagt. Dann setzt Renato Clary seinen Hintern, der von den unzähligen Malen, die er die elektrische Melkmaschine angelegt hat, feist geworden ist, auf den Stuhl und legt den Hut auf die Knie. Bernardi schließt die Tür. Arcadipane wirft einen letzten Blick auf den Platz und beginnt.

Ein paar Stunden später steht Arcadipane an demselben Fenster, ohne Jacke, verschwitzt und sieht ins Dunkel, auf die Straßenlaternen und ihr Ergebnis, soll heißen, eine Melasse, die sich über die Autos ergießt, die Fassade der für den Ort zu großen Kirche, die alten Häuser, die den Platz säumen wie eine Reihe unregelmäßiger Zähne. In diesen sechs Stunden dort drinnen haben sie drei Kaffee getrunken, einige Pinkelpausen eingelegt, ein paar Telefonate geführt. Der Gefreite Bernardi ist hereingekommen, hinausgegangen und wieder hereingekommen, und im Großen und Ganzen weiß er jetzt, worum es geht, was seinen erschrockenen Blick erklärt und die Kälte, mit der er Arcadipane jetzt begegnet, der sich nicht wundern würde, wenn der Gefreite vom anderen Zimmer aus das Präsidium in Turin angerufen hätte, um seine Identität, den Dienstgrad und seine geistige Gesundheit zu überprüfen. An diesem Punkt ist Arcadipane, während er seinen Alfa 33 ansieht, der an derselben Stelle steht wie am Morgen.

Im Wagen sind Isa und Normandia, die sich im Lauf dieser Stunden ein paar Mal die Beine vertreten haben, jeder für sich, Trepet pinkeln geführt haben, schweigend gemeinsam Gnocchi mit Toma gegessen haben, die Isa bezahlen musste, jeder etwa zwanzig Minuten geschlafen haben und jetzt das Fenster fixieren, wo seit mindestens einer Stunde Licht brennt und wo Arcadipanes dunkle Silhouette erschienen ist, der verneinend den Kopf schüttelt, sich dann umdreht und tut, was er tun muss, nämlich sich bei Renato Clary entschuldigen und ihn entlassen.

46.

Er fährt auf der Talsohle entlang, die Fahrbahn ist breit, auf den kurzen geraden Strecken kann die Tachonadel über die Achtzig hinausgehen. Es ist kein Verkehr, entspannt lässt er sich gegen die Rückenlehne sinken und sortiert, was ihm im Kopf herumgeht, wirres Zeug, unterschiedliche Materialien, die man auseinandernehmen muss, um zu verstehen, was wegzuwerfen und was zu behalten ist, vielleicht nachdem man sie gereinigt hat. Isa ist eingeschlafen, oder sie schaut nur hinaus, wo man in der Dunkelheit Wiesen erahnt, Holzstapel und den Fluss, der rechts neben ihnen entlangläuft und ab und zu eine Brücke erfordert.

«Er ist es nicht», hat Arcadipane gesagt, als er in den Wagen stieg. «Er hat nicht einmal einen Computer im Haus.»

Das war's. Keine Hypothese, keine Erklärung, keine der Überlegungen, die man anstellt, wenn man sich verrannt hat. Isa ist nicht der Typ dafür. Arcadipane ist müde. Und Normandia sitzt hinten mit Trepet in einem Schweigen, das jetzt alle umfängt.

Dann hinter einer Kurve, ein Schatten auf der Straße, ein gleißender Umriss. Arcadipane reißt das Steuer herum, aber nicht viel, weil er keine Zeit dazu hat. Der Aufprall ist auf der Beifahrerseite. Isa hebt ruckartig den Kopf.

«Was war das?»

Arcadipane fährt noch etwa hundert Meter weiter, fährt rechts ran, wo es möglich ist.

«Ein Tier», sagt er und sieht nach rückwärts, wo alles dunkel ist.

«Was für ein Tier? Ein großes?»

«Ich weiß es nicht.»

Er und Isa steigen aus und kontrollieren das Auto. Der Scheinwerfer ist kaputt, ein paar Kratzer an der Karosserie, nichts weiter. Sie steigen wieder ein. Arcadipane wendet. Isa fragt nichts und legt den Sicherheitsgurt nicht an. Sie fahren langsam auf der verlassenen Straße, die sie nur im Kegel des Scheinwerferlichts sehen. Arcadipane ist fast an der Kurve, er erkennt den Punkt wieder, aber er sieht nichts, er fährt noch weiter, wendet noch einmal und fährt im Schritttempo, sucht Straße und Straßenrand ab.

«Da ist es», sagt Isa.

Arcadipane schaltet die Warnblinkleuchten ein und steigt aus. Isa ebenso, sie schaltet die Taschenlampe am Handy an. Sie beleuchtet den Straßenrand, wo das Tier liegt, reglos und nicht groß.

«Ist das ein Hirsch?», fragt Arcadipane.

«Es hat kein Geweih. Vielleicht ein Reh, ein Damhirsch. Ich kenn mich da nicht aus.»

Arcadipane tut ein paar Schritte im Gras, während Isa bleibt, wo sie ist. Was auch immer es ist, es ist jung, nicht mehr als zehn Kilo schwer. Arcadipane geht näher hin, beugt sich hinunter, und die schmerzenden Beine sind der letzte Kontakt, den er zu seinem Körper hat, zur Dunkelheit, zum Grund, warum sie drei um diese Zeit auf dieser Straße sind. Dann legt er eine Hand auf die Brust des Tiers, die sich langsam hebt und senkt. Das Tier bewegt sich nicht, auch wenn seine gesamte Natur ihm vermutlich zuruft, es solle aufstehen, weglaufen und im schwarzen Gebüsch verschwinden. Seine Brust ist warm, sein Fell rau.

«Im Kofferraum ist eine Decke», sagt Arcadipane mit anderer Stimme als vor einer Minute.

«Was willst du tun?»

«Hol die Decke.»

Isa tut, wie ihr befohlen, und ein paar Sekunden lang bleiben er und das Reh im Dunkeln. Arcadipane spürt die kalte Erde unter ihnen, die dagegen dem Reich der Wärme angehören, und er nimmt wahr, dass das Reh auf der Kippe zwischen beiden Welten steht.

Isa bringt die Decke. Arcadipane breitet sie über dem Tier aus, er umfängt es mit den Armen und hebt es hoch, und sei es auch nur, um es von der kalten Erde zu entfernen. Das Reh tut nichts, es lässt lediglich Hals und Kopf nach unten fallen. Wenige Schritte bis zum Wagen, während denen Arcadipane an all die Male denkt, die er etwas Kleines und Lebendiges von ungefähr diesem Gewicht in Armen gehalten hat, dieses Pochen, dann legt er das Tier auf dem Rücksitz ab, auf dem Platz, den Normandia frei gemacht hat, indem er Trepet in den Arm nahm.

An der Stelle von vorhin wendet er und fährt an.

«Im Ort gibt es bestimmt einen Tierarzt», sagt Arcadipane.

«Man bringt keinen Hirsch zum Tierarzt! Außerdem ist nichts mehr zu machen.»

«Wir wissen nicht, ob es ein Hirsch ist, das hast du selbst gesagt. Und auch nicht, was wir tun oder nicht tun können.»

Isa betrachtet Arcadipanes Profil, blass und voll eines so seltsamen Schmerzes, dass sie nicht weiter insistiert.

Zehn Minuten später sind sie auf dem Dorfplatz. Es ist sieben Uhr abends, und niemand ist unterwegs. Isa dreht sich um und sieht das Tier an.

«Ich glaube, es ist tot.»

«Geh und hol den Gefreiten.»

Isa betrachtet das Gebäude, in dem die Carabinieristation untergebracht ist, kein Licht.

«Da ist niemand mehr.»

«Dann such auf dem Handy nach einem Tierarzt.»

Isa sucht, ruft an und legt wieder auf.

«Niemand da», entgegnet sie. «Es ist sieben Uhr abends.»

Arcadipane steigt aus, öffnet die hintere Wagentür und legt die Hand auf die Brust des Tiers, die noch warm ist, aber ohne Herzschlag. Er sieht auf das Gebäude, wo er den Nachmittag verbracht hat.

«Läute», sagt er, «vielleicht wohnt er drüber.»

Isa geht zu dem Haus, wo in der Tat im zweiten Stock Licht brennt.

Arcadipane legt das Ohr an die Brust des Rehs, das Fell ist grob wie die Haare eines alten Mannes und riecht nach etwas, was gelaufen ist, Freude empfunden, begehrt hat und dem jetzt nachtrauert. Dann spürt er, wie die Wärme unter seiner Hand weniger wird und alles auf einmal steif wird: ein rascher und seiner Natur nach definitiver Übergang. Der Moment.

«Da ist Leben», sagt Normandia und fixiert weiterhin den im Rahmen der Windschutzscheibe erscheinenden Teil des Dorfes.

Als Isa mit dem Gefreiten zurückkommt, jetzt in Trainingshosen und Pullover, sitzt Arcadipane auf dem Rücksitz, die Füße am Boden, das Tier unter der Decke verborgen hinter sich. Trepet schnuppert in der Luft, wie alle Tiere es machen, bevor sie sich entscheiden, ob sie zu etwas Totem hingehen oder ihm ausweichen wollen.

«Guten Abend», sagt der Gefreite bedächtig.

«Guten Abend», sagt Arcadipane, den Blick auf die Lichter der einzigen offenen Trattoria gerichtet.

«Ihre Freundin hat mir gesagt … der Tierarzt ist verhindert … allerdings für diese Dinge …»

«Macht nichts», sagt Arcadipane.

Isa und der Gefreite betrachten die Umrisse, die sich unter der Decke abzeichnen.

«Ihr habt Glück gehabt, dass es noch nicht ausgewachsen war … es hätte euch von der Straße abbringen können, und die Versicherung zahlt bei solchen Schäden nicht. Ich rate euch jedenfalls, keine Meldung zu machen, auch weil es eine

Strafe gibt für diejenige, die sie überfahren … ihr könnt es hier lassen, ich habe jemand, der …»

«Danke», sagt Isa, «ich kümmere mich darum.»

Der Gefreite sieht Isa an, dann Arcadipane, der verwilderte Bart auf der bleichen Haut.

«Dann erzählt ihr mir, wie ihr auf die Idee kommen konntet, Clary …», er zögert, «aber geht jetzt, es war für alle ein langer Tag.»

Der Gefreite Bernardi zieht sich in seinen Crocs zurück. Isa setzt sich auf den Vordersitz, die Füße ebenfalls auf dem Asphalt.

«Nicht um dich in deiner Empfindlichkeit zu verletzen, aber …», sie fährt sich mit der Hand über die Stirn, «Angela hat auf ihrem Hof immer Tiere gehabt, also … Im Grunde ist es auch für das Tier besser, wenn es nicht umsonst gestorben ist, oder?»

«Bitte», sagt Arcadipane nickend, «geh in die Bar und bring uns drei Bier.»

Isa holt das Portemonnaie aus dem Rucksack, steht auf und geht. Arcadipane zieht das Handy aus der Tasche und sucht die gewünschte Nummer.

«Können wir auf morgen vorverlegen?»

«Um zehn.»

«Um zehn.»

47.

Warum Normandia?

Weil Pedrelli ist, wie er ist, und zu dieser Stunde die Sonderberichterstattung über den neuen Papst verfolgt, während seine Frau die Socken faltet, sich überlegt, es wäre besser, sie zusammenzurollen, wie sie es im Fernsehen gesehen hat, sie dann aber doch lieber faltet, wie sie es seit fünfundzwanzig Jahren so macht, denn man sollte sich besser nicht auf solchen neumodischen Kram einlassen. Und abgesehen von Pedrelli, wer bleibt da? Lavezzi? Der hinter der Bäckerei seiner Eltern wohnt und außer zu Huren jede Form von Beziehung scheut? Botta, der Ärmste, der sich erst noch die Hörner abstoßen muss? Ihn gleich mit so Schwerem belasten?

Womit die Liste, wenn er Bramard ausnimmt, der krank und fern ist, zu Ende ist.

So parkt er den Alfa mit dem beschädigten Scheinwerfer vor der *Churrascaria Rio Grande*, nimmt Trepet unter den Arm und geht voraus. Das Lokal ist halb leer, aber das Gute daran ist, dass drinnen alles geblieben ist wie früher. Brasilianisch sind hier nur zwei Flaggen, die Fotos von Garrincha, die Platzsets aus geflochtenen Palmblättern und zehn Gerichte mit Bohnen und viel Fleisch auf der Speisekarte. Die Kellnerin ist genau betrachtet Kreolin, und der Eigentümer hat die typische Visage von einem, der aus dem Sila-Gebirge in Süditalien kommt und findet, dass die Welt überbevölkert ist.

Sie nehmen an der Theke Platz. Arcadipane bestellt ein Bier, Normandia ein Glas Wasser und ein Gericht aus Fleisch, Reis und Bohnen.

«Das Lokal hier hieß mal *Pieter Moderno*», sagt Arcadipane, ohne dass ihn jemand gefragt hätte. «Bramard und ich kamen am Ende des Tages hierher, ob wir traurig waren oder zufrieden. Wenn wir sie erwischt hatten und wenn sie uns entkommen waren. Als Junggesellen und verheiratet. Nüchtern oder betrunken. Und jetzt habe ich niemanden mehr, mit dem ich hierherkommen könnte, außer dir.»

Normandia nimmt eine Handvoll Nachos, die vielleicht nicht brasilianisch sind.

«Wer ist Bramard?»

«Er war mein Chef.»

«Ein guter Chef?»

«Mit seinen dreißig Jahren war er der jüngste Kommissar Italiens», sagt Arcadipane und nickt. «Er hat Fälle gelöst, wo andere nicht einmal einen Fall sahen. Niemand wusste, wie, aber am Ende war es, wie er sagte. Auch ich, der ich mit ihm zusammenarbeitete, wusste nicht, wie sein Kopf funktionierte. Ich sah nur die Ergebnisse: der fertige Tisch und ein paar Sägespäne am Boden. Es gibt gute und schlechte Polizisten. Gute Chefs und Chefs, die besser etwas anderes machen sollten. Und dann gab es Bramard. Bis Autunnale auftauchte.»

Normandia nimmt noch eine Handvoll Nachos.

«Er ermordete junge Frauen, alle vom selben Typ, schlank, lange Haare, und er hinterließ sie ausgeblutet in Hütten auf dem Land. Eine extravagante Sache. Japanisch. Und viel Laub. Bramard war ihm auf der Spur, aber er hat seine Frau genommen und seine wenige Monate alte Tochter. Michelle haben wir gefunden, wie die anderen, die Tochter nicht. Von da an kannte Bramard keinen anderen Gedanken mehr, als Autunnale zu fassen. Aber es ist ihm nicht gelungen. Dann kam der Alkohol. Er ist aus dem Polizeidienst ausgeschieden, bevor sie ihn feuerten, er wurde Lehrer und hat eine Frau gefunden, die schon Kinder hatte, aber jahrelang ist er nachts in die Berge gegangen, um sich umzubringen. Bis vor fünf Jahren durch einen Brief von Autunnale, der ihm nach wie vor schrieb …», Arcadipane nimmt auch eine Handvoll Nachos, «und jetzt, da es ihm gelungen war», er kaut und weint, «ausgerechnet jetzt, Scheiße!»

Die Frau stellt das Essen auf drei Teller verteilt auf die Theke. Arcadipane dreht sich um und betrachtet das Lokal, um die Augen zu verbergen. Normandia mischt den weißen Reis unter die schwarzen Bohnen und führt einen Löffelvoll zum Mund.

«‹Wenn der Brunnen austrocknet›», sagt er, doch dann unterbricht er sich, um zu schlucken, «‹gibst du mir dann einen anderen Brunnen?›, fragte er den Herrn. ‹Ich habe deine Gebote befolgt und nichts gegen deinen Willen getan.› Der Herr antwortete, er würde ihn ihm geben, aber er fragte: ‹Wie willst du, soll ich dir einen anderen Brunnen geben?› Darauf der Mann: ‹Lass eine neue Pflanze sprießen, und ich weiß, wo ich graben muss.›

Monate vergingen, der Brunnen trocknete aus, und der Mann war jeden Tag enttäuscht, weil der Herr ihn nicht zufriedenstellte. Worin habe ich gefehlt, fragte er sich. Womit habe ich ihn enttäuscht? Die Felder vertrockneten, und seine Familie litt Hunger, der Mann beschloss, sein Hab und Gut auf einen Karren zu laden und auf die Suche nach einem neuen Brunnen zu gehen. Doch als er eine Ziege schlachtete, um das letzte Mahl in dem Haus einzunehmen, das seines Vaters und des Vaters seines Vaters gewesen war, sprach der Herr zu ihm. ‹Warum verlässt du deinen Grund und Boden?›, fragte er ihn. ‹Ich verlasse ihn, weil du dein Versprechen, mir einen neuen Brunnen zu geben, wenn der alte ausgeschöpft ist, nicht gehalten hast.› ‹Ich habe mein Versprechen nicht gebrochen›, sagte der Herr, ‹du bist es, der nicht beharrlich ist wie dein Vater und dessen Vater vor ihm. Du verlässt deinen Brunnen, wenn du doch beim Hinabsteigen sehen würdest, wie er gebaut ist und ihn dir zu eigen machen würdest. Wer sich so seinem Brunnen gegenüber verhält, verfährt ebenso mit der Erde, dem Glauben und den Gefühlen. Dein Wagen ist jetzt beladen, entscheide du, ob du der Mann sein willst, der seinen Brunnen bis auf den letzten Tropfen pflegt, oder der Nomade, der keinen Brunnen sein eigen nennen kann.›»

Arcadipane trocknet seine Wangen mit den Händen und die Hände am Kopf von Trepet, den er unter dem Arm hält.

«Niemand kann die Stelle von Bramard einnehmen», sagt Normandia und steht mit vollem Mund auf. «Und schon gar nicht ich. Den Grund wirst du verstehen. Also pflege deinen Brunnen.»

Arcadipane sieht ihn hinkend zur Toilette gehen.

Er dreht sich um, als er bemerkt, dass die Kreolin ein frisches Bier vor ihn hinsetzt, das er nicht bestellt hat. Neben dem Glas ein Flyer.

«Am letzten Freitag des Monats veranstalten wir eine *serata particular*», heißt es da. «Es gibt immer Gelegenheit, Freundschaft zu schließen und guter Laune zu sein.»

Arcadipane nimmt das Blatt und studiert die Reihe von Pfauen in Shorts und mit Sonnenbrillen.

«Warum nicht», sagt er schniefend. «Warum nicht?»

48.

«Vor acht Monaten habe ich den Alfa zur Inspektion gebracht. Das ist nie ein schöner Moment, ich habe immer Angst, dass sie mir sagen, das lohnt sich nicht mehr. Wegen der Vorschriften gegen die Luftverschmutzung … und auch wegen der Sicherheit. Also bringe ich ihn zu Bruno in meinem früheren Viertel. Bruno hat eine Giulia und einen Fiat 124 in der Garage. Ihm brauche ich nichts zu erklären. Er weiß, warum einer seit dreißig Jahren nicht das Auto wechselt. Ich gebe ihm die Schlüssel, und er sagt: ‹Komm in zwei Stunden wieder.› Ich komme wieder, und der TÜV ist gemacht, die Plakette angebracht, und ich zahle die siebzig Euro und noch was gern.

In diesen zwei Stunden bin ich früher zu Fuß nach Haus gegangen, das ist nicht weit, aber vergangenen Mai war ich mit Mariangela auf Kriegsfuß, die Sache mit dem Kollegen war eben herausgekommen.

Ich hätte mich von Pedrelli abholen lassen können, aber es war ein schöner Tag, auch nicht zu heiß. Und ich hing meinen Gedanken nach. Also spaziere ich an der Dora entlang, komme an den Po, gehe den Corso Belgio hinauf, alte Häuser, aber auch neue Wohnhäuser, viele Garagen, ein gut besiedeltes Viertel. Am Fluss nisten jetzt auch Seevögel, es ist später Vormittag, es sind nicht viele Leute unterwegs, ich trinke einen Kaffee in der Bar und mache mich auf den Weg zurück zu Bruno.

Ich bin auf dem großen Corso auf dem Zebrastreifen einer einmündenden Straße, als rechts von mir eine Frau von oben auf das Dach eines dort parkenden Ypsilon fällt. Ein furchtbarer Knall von Blech und zersplitterndem Glas, wie bei einem Unfall.

Die Frau ist jetzt zwanzig Meter entfernt, liegt am Boden in dem Zwischenraum zwischen dem Ypsilon und dem Bordstein.

Eine junge Frau, die aus der Gegenrichtung kommend sieht, was los ist, schlägt die Hand vor den Mund und läuft davon. Aus einem Wagen, der angehalten hat, steigt ein Typ aus, wirft einen Blick auf die Situation und beeilt sich anzurufen. Auch nahe bei mir telefoniert jemand, ich höre, wie er die Adresse angibt: ‹Eine Frau ist aus dem dritten Stock gestürzt›, sagt er, ‹jetzt liegt sie am Boden. Ich weiß nicht, ob sie verletzt ist, sie ist aus dem dritten Stock gestürzt!› ‹Die Ärmste, die Ärmste›, jammert eine Signora. Unterdessen ist eine Minute vergangen, zwei. Und die Frau liegt noch immer allein am Boden.

Ich laufe hin. Ich glaube schnell, denn ich habe keine Zeit, an etwas zu denken.

Sie liegt auf den dreißig Zentimetern Abstand zwischen Reifen und Bordstein, die Augen geöffnet, die Brust hebt und senkt sich unmerklich. Sie ist klein und mager, graues Haar, schwarzes Jäckchen über einem Rollkragenpulli. Keine Wunden, kein Jammern, nur zerbrochene Scheiben, ein Büschel Haare, das am Fenster festhängt, einen Ohrring hat es weggeschleudert, auf dem Gehsteig eine Blutlache auf der Höhe des Beckens. Und doch weiß ich, dass sie im Sterben liegt. Auch wenn sie atmet und die Augen geöffnet hat. Ich weiß, dass sie daran arbeitet. Und es ist eine mühselige Arbeit, danach zu schließen, wie die Füße in den rosa Haussocken zucken.»

Arcadipane unterbricht sich, steckt ein Lakritzbonbon in den Mund.

«Was haben Sie dann gemacht?»

«Ich habe ihr eine Hand auf die Schulter gelegt, weil ich wusste, dass da das Jäckchen, der Rollkragenpulli und vielleicht ein Unterhemd waren. Ich wollte, dass sie weiß, dass sie nicht allein ist, aber ich hatte Angst, dass sie mich, wenn ich ihre Haut berührte, mit sich nehmen würde. ‹Ganz ruhig›, habe ich gesagt, ‹gleich kommt der Rettungswagen›, aber gemeint habe ich, ‹bald ist alles geschafft›.

In diesem Moment hat sich ihr Gesicht zusammengezogen, und durch die Kleidung hindurch habe ich gespürt, wie die Wärme aus ihrem Körper wich. Fünf Sekunden, vielleicht sieben, und es war vorbei. Ihre graue Haut und sie selbst aus derselben Materie wie der Bordstein.»

Arcadipane legt das Kinn auf die verschränkten Hände, die Ellbogen auf den Knien abgestützt, und starrt die Leiste an, die den Boden von den schlecht gestrichenen Wänden trennt. In der Stille des Studios hört man ein *Piep Piep*. Das Geräusch eines Krans, der seinen Arm über der nahe gelegenen Baustelle schwenkt.

«Ich hatte noch nie jemanden sterben sehen. Auch nicht Vater, Mutter oder Onkel. Ich kam immer nach dem Hinscheiden, wie auch in der Arbeit. Es gibt einen Toten, man ruft uns, wir untersuchen die Umgebung, wir fragen, wer es ist, wir machen Fotos, schreiben den Bericht, die Details von links nach rechts, und in den folgenden Tagen versuchen wir herauszufinden, wer ihn ermordet hat. Die Justiz, dem Caesar geben, was des Caesars ist, das Rätsel lösen. Ich dachte, das sei nützlich. An dem Tag hingegen habe ich verstanden, dass es das nicht ist. Das Einzige, was zählt, ist der Moment, in dem man da ist und dann nicht mehr. Höchstens das Leben, das davor war. Ich jedoch kümmere mich um das Danach, ich komme, wenn die Partie aus ist, das Feld leer. Ich bin derjenige, der die Flaschen einsammelt, das Papier, den Müll.»

«Und was ist dann mit der Selbstmörderin geschehen?»

Arcadipane verlagert das Gewicht seines Kopfes. Er fixiert Ariels Körper von der Taille abwärts.

«Die Carabinieri sind gekommen, ich habe mich ausgewiesen, und das Protokoll wurde aufgesetzt. Die Portiersfrau hat die Personalien der Frau angegeben, sie hat gesagt, sie war neunundfünfzig Jahre alt, sie lebte allein und ging wegen der Depressionen schon eine Weile nicht mehr aus dem Haus. Die vom Rettungsdienst haben den Körper mit einem Tuch abgedeckt, die Carabinieri sind rauf in die Wohnung, haben festgestellt, dass da niemand war und dass die Frau die Wohnungstür offen gelassen hatte, wahrscheinlich um ihnen die Arbeit zu erleichtern. Sie haben die Ausweispapiere genommen, haben die Angaben übertragen und festgehalten, dass die Frau die Hausschuhe vor dem Fenster hatte stehen lassen. Die Leute unten verliefen sich allmählich, der Leichnam war bedeckt worden, es gab nichts mehr zu sehen. Der Eigentümer des Ypsilon ist gekommen, hat das Auto weggefahren, und nach einer Stunde etwa ist der Transporter gekommen, hat den Leichnam aufgeladen, und alle sind weggegangen.»

«Sie auch?»

«Ich habe mich in den Außenbereich der Bar gegenüber gesetzt. Da waren ein Mann und eine Frau. Wahrscheinlich waren sie von Anfang an dort, denn ab und zu sahen sie zu mir herüber, aber wir haben nicht miteinander gesprochen. Ich habe ein Glas Weißwein bestellt, und während ich ihn trank, kam die Portiersfrau heraus und hat einen Eimer Wasser dorthin gekippt, wo die Blutflecken waren. Dann hat sie die Scherben zusammengekehrt und ist wieder hineingegangen. Der Mann und die Frau haben das Geld auf dem Tisch gelassen, sich mit einem Zeichen verabschiedet und sind gegangen.

Nach einer Weile hat ein Kombiwagen mit einem Mann und einem zehnjährigen Jungen darin vor der Barterrasse gehalten. Der Mann hat an der Stelle des Ypsilon geparkt und hat dabei keine dreißig Zentimeter frei gelassen. Er ist ausgestiegen und hat etwas zu dem Jungen gesagt, der aus dem Kofferraum seine Sporttasche geholt hat und ihm gefolgt ist.

Ich habe auf die Uhr gesehen, laut Protokoll waren seit dem Todeszeitpunkt eine Stunde und zweiundfünfzig Minuten vergangen. Dann bin auch ich aufgestanden. Bruno machte zu, und ich musste den Wagen abholen.»

Die Sonne, die über die gerade Linie der Dächer gegenüber aufsteigt, fällt auf eine Ecke des Dachfensters. Das Licht im Raum nimmt zu, während aus der Mansarde nebenan Klopfgeräusche kommen von jemand, der den Filter eines Espressokännchens sauber macht. Metall auf Hartplastik. Fünf oder sechs Schläge, eine gründliche Reinigung.

«Haben Sie Angst zu sterben?», fragt Ariel. «Ist das der Punkt?»

Arcadipane streicht sich übers Kinn, die Fingerknöchel gegen den unrasierten Bart.

«Ich habe Angst, dass meine Kinder sterben, Mariangela, Bramard, alle, die ich kenne. Ich habe Angst, selbst zu sterben und dass es nicht zählt. Dass es passiert, ohne dass jemand es merkt, ohne die Zeit, es gewahr zu werden, oder mit zu viel Zeit dafür. Und dass gleich jemand kommt und seinen Volvo parkt. Das Leben ohne uns weiterlebt. Bin ich auf einem schlechten Weg?»

«Auf keinem guten», Ariel zuckt mit den Schultern. «Aber jetzt wissen wir wenigstens, was den Permafrost zum Schmelzen gebracht hat.»

Arcadipane sieht sie an.

«Was mache ich also?»

«Was soll ich Ihnen sagen? Es gibt genug Leute, die sich den Kopf darüber zerbrochen haben, aber die Antworten sind nicht …»

«Zum Beispiel?»

«Eine der besten? Wenigstens was die Kürze angeht. ‹Wenn wir da sind, ist der Tod nicht da. Und umgekehrt.›»

Arcadipane schluckt das letzten Stückchen Lakritzbonbon.

«Schöner Quatsch.»

«Dann hören Sie die anderen besser nicht. Möchten Sie etwas chinesischen Tee?»

«Nein danke.»

Ariel steht auf, greift das an der Decke befestigte Seil, geht bis zum Wasserkocher und schaltet ihn ein, dann wartet sie, den Arm nach oben gestreckt, sie hat einen alten Pullover an, eine Wollhose und die Füße in den orthopädischen Schuhen ausgestellt. Eine Pyramide aus unregelmäßigen Steinen, wo die Unvollkommenheit des einen auf der der anderen ruht, in einem Nullsummenspiel. Der Wasserkocher schaltet sich aus.

«Und da wäre noch was», sagt Arcadipane.

«Bitte sehr», sagt sie und gießt heißes Wasser in die Teekanne.

«Ich liebe Sie seit fünf Jahren.»

Ariel schaut nach der Zeit auf der Projektionsuhr an der Wand, wie um eine nicht sonderlich wichtige Verspätung festzustellen.

«Oh, là, là», sagt sie, dann füllt sie die Tasse und verbirgt die Lippen hinter einem Schluck noch nicht fertig gezogenen Tees.

49.

Nach elf kommt er in Santo Stefano an, in einem Winkel des Himmels noch der pudrige Abdruck dessen, was in der Nacht der Mond gewesen war.

In den vorherigen Stunden hat er, dienstliche Verpflichtungen vorschützend, Germanas Frühstück ausgelassen, hat schnell im Präsidium vorbeigeschaut, mit Pedrelli einen Kaffee getrunken, mit ihm über die Akte «Jäger der Oberfläche» gesprochen und dass es angesichts der Sachlage besser war, sie für sich zu behalten, dann war er in Ariels Studio gewesen, das er verlassen hat, nachdem er lange über etwas gesprochen hat, was er am Abend zuvor auf dem verlassenen Platz eines Gebirgsdorfs verstanden hat, und äußerst verkürzt über etwas, was er just in dem Moment begriffen hat, als er sie vor all dem Licht und dieser Schwerkraft stehen sah.

Jetzt bleibt ihm nur zu sagen, was ihm auf dem Barhocker eines brasilianischen Lokals im Turiner Norden aufgegangen ist. Danach würde er nach Hause gehen und sich niederlegen.

Sie kommt heraus, als sie den Wagen hört.

«Guten Tag, Elena. Ich suche Corso.»

«Guten Tag», antwortet sie und streicht die blonden Locken hinter die Ohren, im Nacken werden sie wohl von einem Gummi gehalten. Woraufhin Elena, die ihm früher genervt mit einem Zeichen den Rücken gekehrt hätte, jetzt sagt, er sei im Studio und werde wahrscheinlich schlafen, weil er nachts schon um drei Uhr wach ist, schon im Keller, wo er die Kisten mit den alten Fällen öffnet, wer weiß, warum, wer weiß, was er sucht, dann macht er Frühstück für die Kinder, die in die

Schule gehen, er setzt sich mit ihnen an den Tisch, hört ihnen zu, dann legt er sich ein wenig mit ihr ins Bett, bis sie aufstehen und Kaffee trinken, sie geht zur Arbeit, heute nicht, heute arbeitet sie nachmittags, während er liest und seine Sachen macht, schläft und die Nachtstunden nachholt.

Arcadipane dankt ihr. Er und Trepet überqueren den Hof, steigen die Treppe hinauf und betreten den großen Raum, wo es nach altem Papier riecht, nach Kaffee und im Hintergrund nach Medizin. Der Hund geht sofort hin und legt sich neben den Sessel, auf dem Corso sitzt. Der schließt das Buch, streckt eine Hand aus und krault ihm den unregelmäßigen Schädel.

«Schön, die neue Kopfstütze in deinem Alfa», sagt er. «Erinnerst du dich an den Typen, der den Friseur umbrachte, weil er ihm Comics zu lesen verbot, wenn er sich nicht die Haare schneiden ließ? Im Auto fraß er, auch in Handschellen, die gesamte Polsterung des Vordersitzes. Schade, dass es damals kein Paketband gab.»

«Ich erinnere mich.»

Bramard schiebt die Lesebrille auf die Nase hinunter und sieht Arcadipane an, der wenige Schritte von der Tür stehen geblieben ist.

«Du weißt, dass ich nur die Maschine für Filterkaffee habe, aber wenn du willst, ich habe ihn gerade frisch gemacht.»

«Gut», sagt Arcadipane.

Corso steht auf, nicht mühsam, nur wirklich mager, geht zur Kaffeemaschine und füllt zwei Becher mit dieser schrecklichen Brühe, die er seit jeher trinkt. Dann tritt er zu Arcadipane an die Scheibe zum Hof.

«Wie geht es mit S.Hun?», er reicht ihm den Becher.

Arcadipane nimmt ihn mit beiden Händen, spürt die Wärme und weiß, das Vergnügen endet hier: kein Zucker, nicht einmal ein wenig Milch.

«Nicht deswegen bin ich gekommen.»

«Ach nein? Weshalb dann?»

Arcadipane trinkt einen Schluck und kann eine Grimasse nicht vermeiden.

«Nichts Besonderes. Sehen, wie es dir geht, ein bisschen plaudern.»

Auch Corso trinkt. Der Hof liegt voll in der Sonne, schmal die Schattenränder. Eine Katze überquert ihn mit elastischem Schritt. Trepet ahnt das und schnaubt, doch dann dreht er sich zur anderen Seite.

«Wir sind nicht eben Weltmeister in diesen Dingen, hm!», stellt Bramard fest.

«Aber ab und zu muss man es wohl sein.»

«Warum? Mir missfällt unsere alte Art nicht.»

«Und was ist unsere alte Art?»

Bramard trinkt einen Schluck, man sieht, dass er nachdenkt.

«Wenn ich es dir sage, ist es nicht mehr unsere Art.»

Arcadipane dreht sich um und sieht auf die mit Büchern tapezierten Wände, als ob einer der Bände geflüstert hätte. Aber da sind nur sie zwei.

«Du bist der einzige Freund, den ich habe», sagt er und dreht sich wieder um. «Der Mensch, den ich neben Mariangela und den Kindern am liebsten hab. Und doch habe ich nie etwas von dir begriffen.»

Diesmal nimmt Bramard zwei Schluck, den zweiten abschließend.

«Danke. Auch bei mir ist das so, abgesehen davon natürlich, dass ich von dir alles begriffen habe. Können wir jetzt zur alten Art zurückkehren? Es ist nicht schön, zwei Putern bei ihren Flugversuchen zuzusehen.»

«Auch nicht Menschen, die einen mit Kaffee zu vergiften suchen.»

«Ich bin gern allein. Also, dieser S.Hun?»

Arcadipane erzählt und tut das in verhältnismäßig klarer Weise, wenn man bedenkt, dass seine Sprache der Spiegel seiner wenigen unfrisierten Haare ist, die grundlos und an der falschen Stelle zu lang sind: Die Webseite wurde geschlossen, nachdem Alessandro Marangon sie hat eintreten lassen, der Schild mit den drei Fischen, die Kokarden, die Viehmessen, die Art, wie sie Renato Clary ausfindig gemacht haben, und die Tatsache, dass er nicht Grendel sein kann, weil er mit dem Computer nicht umzugehen weiß, kein Englisch kann und nicht das richtige Profil hat.

«Das wäre?»

«Laut Isa ist Grendel zwischen dreißig und vierzig, gebildet, kreativ, intelligent, introvertiert, beherrscht Fremdsprachen und liest viel. Das kapitalistische System gefällt ihm nicht, aber er kommt recht erfolgreich damit klar. Kurz, er ist nicht verhaltensgestört. Und er kennt sich bestens aus im Netz und dem, was dahinter ist.»

«Das könnte das Profil von Autunnale sein.»

«Meinst du? Daran hatte ich noch gar nicht gedacht.»

Bramard geht zur Kaffeemaschine und kommt dabei an Trepet vorbei, er beugt sich hinunter und streichelt ihn vom Kopf bis zum Schwanz, eine Art Scanner, dann füllt er seinen Becher, den er in einer Hand hält, während er die andere in die Tasche der Jeans steckt. Das übliche karierte Hemd, das er über der Hose trug, und jetzt ist es drin, vielleicht weil Verbergen in diesen Fällen schlimmer ist.

«Autunnales Plan war ästhetischer Natur, eine Modalität, die Präsenz erforderte, wie fast alle Killer. In seinem Kopf war das, was er tat, hohes Kunsthandwerk, und ein Goldschmied, ein Uhrmacher oder ein Restaurateur beziehen Lust aus dem Umgang mit der Materie und aus der Gewissheit, dass jemand ihre Handschrift wiedererkennt. Das ist der Grund, warum ein Großteil der Serienmörder in eigener Person handelt.»

«Ich habe nichts verstanden, also nehme ich an, dass du auf einem guten Weg bist.»

«Dieser Grendel hingegen nicht. Er kennt seine Opfer

nicht, es ist nicht er, der sie umbringt, er ist bei den Morden nicht dabei, auch nicht über Videos oder Fotos. Also warum hat er dieses Spiel kreiert? Welche Lust bezieht er daraus?»

«Das habe ich mich auch gefragt, aber ich habe keine Ahnung.»

«Vermutlich, weil es eine andere Lust ist als die, welcher wir bisher begegnet sind. Die Mörder, die wir kennen, sind sich des Schmerzes, den sie zufügen, bewusst, der Tatsache, dass das falsch ist und dass sie es verdienen, verfolgt und bestraft zu werden. Wir und sie sprechen dieselbe Sprache, wir sitzen am selben Spieltisch. Was aber scheinbar nicht der ist, an dem Grendel sitzt.»

«Nicht derselbe Tisch.»

«Nein, bei Grendel ist es so, als würde er das, was er tut, nicht auf dieselbe Weise lesen wie wir, als wüsste er nicht, dass er etwas Falsches tut.» Bramard sieht ihn an. «Als ob er spielen würde.»

«Spielen?»

Bramard geht ein paar Schritte an der Bücherwand entlang und tippt mit den Fingern ein Regal auf halber Höhe an.

«Bist du je im Spielcasino gewesen?»

«Einmal, ich habe achtzig Euro verloren und musste mir auch eine Krawatte kaufen.»

«Die da hingehen, die wahren Spieler, tun das aus vielen Motiven, aber wenn du sie fragst, werden sie dir sagen, der wahre Grund sei, dass sie sich vergnügen. Sie gehen nicht hin, um zu gewinnen, in der Tat verliert der Großteil von ihnen, sie gehen hin, weil sie sich, während die Kugel rollt oder die Karten ausgegeben werden, vergnügen, auch wenn sie wissen, dass sie vermutlich ihr Geld verlieren werden.»

«Meinst du?»

«Ich weiß es nicht, ich war nie in einem Spielcasino, aber ich habe Dostojewski gelesen.»

«Hat er gespielt?»

«Vielleicht, aber uns interessieren nicht die Spieler, uns interessiert die Bank.»

«Die Bank.»

«Im Unterschied zu den Spielern spielt die Bank nicht zum Vergnügen. Sie spielt, um zu gewinnen. Wenn der Croupier die Karten ausgibt, tut er das nicht zu seinem Vergnügen, er tut seine Arbeit, und seine Arbeit ist, dem Casino Geld einzubringen. Ist das klar?»

«Schau, heute Morgen hatte ich schon eine Vorlesung über Permafrost und die Löcher in Sibirien …»

«Shun ist ein Spiel und Grendel ist sein Schöpfer, der Croupier und das Spielcasino. Dieser Logik folgend, fragen wir uns: Warum hat Grendel das Spiel geschaffen? Was hat er davon? Kein Geld, weil er nicht bezahlt wird, und auch keinen Ruhm, da das Spiel ja für einen engen Zirkel ist. Warum also hat er es geschaffen? Antwort: um zu spielen. Genauso, wie es die Spieler machen, auch wenn er der Mei…»

Die Tür fliegt auf, schlägt gegen die Wand. Eine theatralische Szene, sodass die Speichelblase im Winkel von Trepets Maul platzt und der Hund mit seinen drei Beinen aufspringt.

«Ich muss mit dir reden», sagt Matei, dreizehn Jahre, den Rucksack über die Schulter, halb draußen, halb drinnen im Raum.

«Erst mal sagt man guten Tag», sagt Bramard, «und dann, können wir nicht beim Mittagessen darüber reden?»

«Beim Mittagessen nicht, da ist Mama und auch Ani. Diese Sache ist nur von uns zwei.»

«*Zwischen* uns zwei, und ich war dabei, etwas mit Vincenzo zu besprechen, den du nicht einmal begrüßt hast.»

«Und du lässt dich nicht operieren. Ich habe die Nachrichten gelesen, die Ani mit ihrer Klassenkameradin wechselt. Sie sagt, du willst dich nicht operieren lassen.»

Bramard sieht ihn an.

«Das ist eine komplizierte Geschichte, Matei, ich wollte warten, mit dir darüber zu reden, bis die Schule aus ist.»

«Ani hat auch Schule, und sie weiß es …»

«Wirklich, Matei, wir reden später darüber, ich verspreche es dir.»

«Das ist mir egal, was du versprichst. In fünf Jahren bin ich Profifußballer, ich brauche fünf Jahre, fünf Jahre lang bringst du mir was bei und bleibst bei Mama, Ani muss auch auf die Universität. Nach fünf Jahren kannst du machen, was du willst, ich werde einen Haufen Geld verdienen und bin dann weg.»

Arcadipane, der bis zu diesem Augenblick den Jungen betrachtet hat, dreht den Kopf, um Corso anzusehen.

«Mein Sohn ist auch Fußballer», bringt er versuchshalber vor, weil Bramards Schweigen sich in die Länge zieht.

«Ich weiß, aber er hat nur einen Fuß», bemerkt Matei trocken. «Ich schieße mit beiden Füßen gleich gut, wie Profis das müssen. Das ist der moderne Fußball.»

Bramard tut einen Schritt auf den Jungen zu, der wirkt wie jemand, der eine Anzeigentafel studiert, auf der eine Nachricht ist, die ihm nicht behagt. Arcadipane erwartet eine Ohrfeige, dagegen legt Bramard seine Hand langsam auf Mateis Schulter.

«Es freut mich, dass ich dir noch fünf Jahre lang nützlich sein kann, aber die Entscheidung liegt bei mir. Deine Mutter und Ani haben sie akzeptiert, und das wirst auch du tun.»

«Du», zum ersten Mal stockt der Junge, «hast meinen Vater umgebracht.»

«Ich habe ihn nicht umgebracht, und das weißt du.»

«Aber wenn du nicht gewesen wärst, hätten sie ihn nicht umgebracht.»

«Das ist möglich», sagt Bramard ruhig.

Arcadipane hustet, nicht zum Schein, er hat sich an der Spucke verschluckt. Matei tut einen Schritt rückwärts, entzieht sich Bramards Hand.

«In einer halben Stunde gibt's Essen», sagt er in geschäftsmäßigem Ton. «Wenn dein Freund bleiben will, kann er bleiben, sagt Mama, aber …», und er macht Arcadipane Zeichen, dass während des Essens kein Wort über die Angelegenheit verloren wird.

«Okay, Matei, geh jetzt.»

Der Junge weicht zurück, ohne sich umzudrehen, als müsse er sie in Schach halten, und als er auf dem Treppenabsatz ist, wendet er sich ruckartig um und läuft weg. Sie hören das Geklapper des Rucksacks, das den Hof überquert, die Schritte, die zwei Stufen auf einmal nehmend die Treppe gegenüber hinaufeilen, die Küchentür.

«Sicher, manchmal ist, sie reden zu lassen oder ihnen eine Pistole in die Hand zu geben …», bemerkt Arcadipane. «Wann hast du ihm gesagt, wie sein Vater gestorben ist?»

«Letztes Jahr, aber er beginnt erst jetzt zu verstehen …», Bramard kehrt zur Kaffeemaschine zurück, als ob ihm ein nebensächlicher Gedanke in den Sinn gekommen wäre, der dann aber den ganzen Raum einnimmt.

Er gießt ein wenig aus der Kanne in den Becher.

«Du hast gesagt, dieser Clary hat einen dreizehnjährigen Sohn?», fragt er.

«Sieht so aus. Der Vater behält ihn bei sich, damit er ihm mit den Kühen hilft, aber wir haben ihn nicht gesehen. Der Carabiniere sagt, er hatte Schwierigkeiten in der Schule wegen Problemen mit den Ohren.»

«Was für Probleme?»

«Er ertrug keine Geräusche.»

«Hyperakusis.»

«Wenn du es sagst! Die Ärzte haben das jedenfalls bestätigt.»

Bramard kehrt zurück an die Glasscheibe, schaut auf das Fenster auf der anderen Seite, hinter dem sich die Silhouetten von Elena und Matei bewegen.

«Im *Beowulf*», sagt er, «greift Grendel das Dorf an, weil die

Stimmen und Gesänge bis in seine Höhle dringen und ihn verrückt machen. Er leidet an überempfindlichem Gehör, Hyperakusis.»

Arcadipane nimmt seinen Becher von der Fensterbank und führt ihn an die Lippen, aber da fällt ihm ein, was darin ist. Er stellt ihn wieder ab.

«Er ist dreizehn, ist immer bei den Kühen, und ich weiß nicht einmal, ob er die fünfte Klasse Grundschule hat!»

Bramard kehrt ihm weiterhin den Rücken zu. Er führt den Becher an die Lippen und trinkt einen Schluck.

«Er ist dreizehn Jahre alt», sagt er, «er spielt und ist sich nicht bewusst, dass er etwas Schreckliches tut.»

Arcadipane sieht Bramards Rücken an. Er denkt an all die Male im Büro, in denen er ihn stundenlang fixiert hat, er am Schreibtisch, Bramard am Fenster. Es war das Ergebnis ihrer Diskussionen, ihres Austauschs, wenn Bramard sagte: «So ist es», und er: «Ach komm! Das ist unmöglich.» Und er erinnert sich auch, wie es ausging.

Er holt das Handy hervor und sucht die Nummer.

«Isa? Hier ist Arcadipane, bist du in Vercelli? Besser so … Aber was machst du bei Normandia? … Egal. Bist du mit dem Motorrad unterwegs? Dann nehmt den ersten Zug, es gibt jede halbe Stunde einen, und steigt in Carmagnola aus. Ja, die Paprika, aber das hat nichts damit zu tun … Ich warte am Bahnhof auf euch, wir müssen noch einmal in dieses Tal … Ich erklär's dir dann, jetzt brauchst du nur zum Bahnhof zu gehen und den Zug nehmen … Ja, ich bin hier bei ihm … Ist gut, ich sag's ihm.»

Arcadipane steckt das Handy wieder weg und geht mit großen Schritten zur Tür. Bramard hört, wie er die Treppe hinuntersteigt. Er geht ans Fenster und öffnet es ein wenig. Arcadipane sitzt im Auto, lässt den Motor an, wendet, doch dann bleibt er unter dem Fenster stehen. Bramard sieht, wie er die Scheibe herunterkurbelt und sich hinauslehnt.

«Isa sagt, sie wartet auf eine Antwort von dir.»

Bramard hebt die Hand, wie um zu sagen, Nachricht bekommen. Arcadipane will das Fenster schon wieder hochkurbeln, hält aber inne.

«Was zum Teufel treibt ihr denn da, ihr zwei?»

Bramard schüttelt den Kopf, nichts Wichtiges, und schließt das Fenster. Mit quietschenden Reifen fährt der Wagen an.

«Was zum Teufel treiben wir alle?», fragt er Trepet, der sich in diesem Moment auf den Rücken dreht und seine zweifarbigen Hoden zeigt.

50.

Früher hätte der Alfa diese Serpentinen locker genommen, aber das Dienstalter verlangt seinen Tribut. Und dann sind diese Kehren mit ihrer stetigen und verborgenen Steigung heimtückisch, die Bäume am Straßenrand werden weniger und kommen dann wieder, sodass man den Eindruck hat, nichts an Höhe zu gewinnen. Hingegen geht es aufwärts, und wie, Isa und Arcadipane merken es an der dünneren Luft, die bei den Fenstern hereinkommt, und daran, wie die Zeit sich zerdehnt, Löcher bekommt, sich mit Leere füllt. Was Normandia auf dem Rücksitz spürt, weiß keiner.

«Das Gute ist», sagt Isa, «dass wir ankommen, wenn er achtzehn ist, das vereinfacht die Sache.»

Arcadipane steckt ein Lakritzbonbon in den Mund und antwortet nicht. Ein weiteres Schild gleitet an ihrer Rechten vorbei, der übliche Kirchturm, die übliche Kirche, die üblichen baufälligen oder mit großem Aufwand an Metall, Beton und Zirbenholz renovierten Häuser, selten etwas gut Gemachtes, meist Gärten und Höfe, improvisierte Schuppen, rostige kleine Traktoren und im Lauf der Jahre angesammelter Müll. Als würden sie seit vierzig Minuten durch eine Rumpelkammer fahren.

Doch jetzt weitet sich das Tal, wie der Gefreite am Telefon gesagt hat, als er ihnen Anweisungen gab. Im Übrigen haben sie ihn außen vor gelassen, erstens, weil er von der Armee ist, andere Familie, dann, weil Arcadipane bei ihm schon einen Bock geschossen hat und keinen weiteren Grund zur Belustigung liefern will.

«Wir müssten fast da sein», sagt Isa und vergleicht die Karte auf dem Handy mit der Straßenkarte, die sie offen auf den Knien liegen hat.

In der Tat sehen sie nach zwei Kehren das Schild «Fioretto». Der Clary-Betrieb liegt hinter dem Dorf, und dort finden sie auf einer Holztafel «Clary», weder Unternehmen noch Bauernhof oder Viehzucht. Nur Clary.

Mit einer letzten Anstrengung bringt der Alfa sie auf den Platz, an dem zwei kleine Häuser stehen und drei schmucklose niedrige Ställe: gekalkte, aber nicht gestrichene Wände, Eisenbeschläge, Blechdächer. Rundherum Weiden, auf denen unverdächtige Kühe grasen, große Euter, schmutziges Hinterteil, im besten Fall von Schlamm, philosophischer Blick. Abseits davon ein paar Esel und drei Mulis, das Meckern von Schafen, die man nicht sieht. Das einzige zeitgenössische Element ist ein schwarzer Pick-up, hinten ein Aufkleber im örtlichen Dialekt, was eine Aufforderung sein muss, nicht zu dicht aufzufahren.

Sie steigen auf dem Platz aus, der es fertigbringt, zugleich staubig und voller Schlamm zu sein. Arcadipanes Mokassins sind gleich hinüber. Für Isas Stiefel gibt es Hoffnung. Bei Normandia ist es, als würde er in seinen ausgelatschten Turnschuhen schweben.

Sie bleiben beim Wagen stehen und rufen Renato Clary.

Der Mann kommt aus einem der Ställe, wischt sich die Hände mit einem Fetzen ab, er trägt einen Mechanikeroverall, der von allem schmutzig ist außer von Motorenöl. Er hat ein neutrales Gesicht, wie ein Lumpen, der zwei oder drei Jahre in einem Kofferraum vergessen wurde. Dichte Augenbrauen, rötliche Haut, etwas Bart. Er scheint weder erstaunt noch verärgert, Arcadipane zu sehen.

«Wir würden gern mit Ihrem Sohn Bartolomeo ein paar Worte wechseln.»

Der Mann trocknet sich die Hände sehr sorgfältig ab.

«Er ist jetzt nicht da.»

«Er ist nicht da.»

«Er ist oben auf der Alm», er deutet mit dem Kinn auf etwas hinter und über ihm, «da ist eine Kuh, die muss niederkommen. Das Kalb liegt quer, er ruft mich, wenn es Schwierigkeiten gibt.»

Arcadipane sieht auf den Pfad, der in einen Hang voll dunklem Gras führt. Die Straße hingegen, auf der sie gekommen sind, geht als Feldweg weiter, tiefe Schlaglöcher.

«Warum haben Sie mir nicht gesagt, dass Ihr Sohn einen Computer hat?»

«Ihr habt mich gefragt, ob ich mich mit Computern auskenne und Englisch spreche, beides kann ich nicht.»

«In den letzten drei Jahren hat der Lieferdienst aber acht Lieferungen mit informatischem Material zugestellt. Haben Sie nichts bemerkt? Haben Sie die Pakete nicht gesehen? Bezahlen nicht Sie per Postanweisung?»

Der Mann wirft den Fetzen über die Schulter.

«Die Hälfte von dem, was wir bei Messen einnehmen, gehört ihm. Er macht die Anmeldung und alles, da ist es nur gerecht, dass er seinen Anteil hat, wenn ein Preis kommt. Was er damit macht, interessiert mich nicht. Hauptsache, er macht die Arbeit, die mit den Tieren anfällt.»

Arcadipane steckt ein Lakritzbonbon in den Mund.

«Wohin ist all das Zeug? Der Gefreite hat neulich kontrolliert. Im Haus habt ihr keinen Computer, und es gibt auch keine Verträge mit Providern.»

Der Mann deutet wieder auf die Alm.

«Er nimmt es und bringt es eingepackt hinauf. Ich dachte, es wären Bücher. Vielleicht ein bisschen schmutzige Sachen.»

«Ein bisschen schmutzige Sachen, warum nicht. Wie lange braucht man, um da hinaufzukommen, wo dein Sohn ist?»

«Bei eurem Tempo? Eine Stunde.»

«Da gibt es eine Straße, die weiterführt, können wir nicht mit dem Auto fahren?»

Renato Clary zuckt mit den Schultern, eine gewohnheitsmäßige Geste, und deutet mit dem Kinn auf den Alfa.

«Mit dem da ist nach hundert Metern die Ölwanne kaputt.»

Arcadipane weist auf den Pick-up.

«Dann beschlagnahmen wir deinen.»

«Bedient euch, ein Querlenker ist kaputt, aber er müsste es aushalten. Falls ihr wieder herunterkommt, braucht ihr dafür zwei Stunden.»

Isa holt schon den Rucksack und die Landkarte aus dem Auto. Arcadipane geht zu ihr hin und sagt mit leiser Stimme etwas zu ihr.

«Und wenn wir hier auf ihn warten?»

«Und wenn er uns sieht und nicht herunterkommt?»

«Wir kennen ja nicht einmal den Weg …»

«Wir haben die Karte, es ist eine Alm, da wird es Kühe geben …»

Arcadipane denkt nach, aber er weiß, dass er das schnell tun muss.

«Okay, Clary, gib das Handy ab und rühr dich nicht vom Fleck, verstanden?»

«Meinetwegen macht, was ihr wollt», sagt der Mann und reicht ihm das Handy, das er in der Tasche hatte, «ich gehe in den Stall und tue, was ich zu tun habe.»

«Ich bleibe bei ihm», bricht Normandia sein Schweigen. «Zu Fuß halte ich euch nur auf.»

«Ist gut», Arcadipane gibt ihm Clarys Handy. «Achte darauf, dass er sich wirklich nicht vom Fleck rührt. Beim Hinaufgehen rufen wir im Präsidium an und fordern Verstärkung an. Wenn du aber Probleme hast, ruf den Gefreiten an, der ist näher.»

Normandia nimmt das Handy und folgt Renato Clary in das niedrige Gebäude. Isa ist schon einige Schritt voraus. Arcadipane sieht, wie ihre Beine die ersten Meter Steigung bezwingen, schluckt und setzt sich in Bewegung.

Nach etwa zehn Minuten wird der Weg zum Pfad, dann zum steilen Pfad, dann nur mehr unbestimmte Spuren von Kühen. Arcadipane keucht, zieht die Jacke aus und klemmt sie unter den Arm. Erst da erinnert er sich an Trepet.

Er denkt nach, wo er ihn gelassen haben könnte, und die Antwort tröstet ihn. Es geht ihm dort besser als anderswo, sagt er sich: Im Übrigen scheint er sich überall wohler zu fühlen als bei ihm!

Nach vierzig Minuten kommt der psychische Kollaps, hegt er Reuegedanken, bekommt Krämpfe in den Arschbacken.

Er hat nichts im Magen, Isa hingegen erwartete ihn am Bahnhof mit zwei Panini in einer Tüte, die sie und Normandia freundlicherweise nicht mit ihm teilten. Auf der Fahrt haben sie nicht gesprochen, auch wenn Arcadipane sie hätte fragen wollen, was sie und Bramard ausheckten. Aber Isa ist, obwohl sie sich ein wenig verändert hat, nicht gerade eine offene Tür mit «Willkommen» auf dem Fußabstreifer.

«Wir sind da», sagt sie auf einem Hang, wo er sie fünf Minuten später einholt.

Vor ihnen öffnet sich eine leicht muldenförmige Ebene, ein Bach durchquert sie diagonal, ein paar verwahrloste Steinhäuser und grasende Kühe ohne Drähte oder Zäune. Auf einer Seite kommt der Feldweg heraus, auf dem die Ölwanne kaputtgegangen wäre.

Arcadipane und Isa gehen auf die Almhütten zu, vorbei an desinteressierten Kühen, einschließlich eines zwölf Doppelzentner schweren Stiers, der wie sein Harem ein gelbes Abzeichen im Ohr trägt. Keine Kuhglocken.

Bei den Häusern angekommen, rufen sie zwei, drei Mal nach dem Jungen. Nichts. Die Türen sind offen, Isa schaut hinein und zieht den Kopf zurück, sagt, da sei niemand, dann verschwindet sie hinter einer der Hütten. Arcadipane denkt, sie müsse mal, wobei ihm einfällt, dass auch er seit dem Morgen nicht gepinkelt hat. Ein Zeichen, dass die Prostata hält?

Oder dass auch dieser Reiz abstirbt? Dazu bräuchte man das Gutachten eines Ingenieurs, keinen Arztbesuch.

«Arcadipane!», hört er Isa rufen.

Er geht um die Ecke und sieht sie an der Tür zu einer Blechhütte, eine Art Klo mit fünf Plätzen.

«Was ist?»

«Komm und schau dir das an.»

Drinnen sind ein Stuhl, ein Tisch aus zwei Böcken und ein paar Brettern, zwei leere Colaflaschen, ein altes Radio, eine Tastatur und zwei Säulen, von denen viele Kabel ausgehen.

«Was ist das?»

Isa weist auf die Klemme, die die Kabel zusammenfasst und durch ein Loch in der Wand nach draußen leitet.

«Das sag ich dir, was das ist», und sie geht hinaus.

Sie gehen um die Blechhütte herum auf die Rückseite, wo im Felsen verankert zwei Parabolantennen und ein paar Kästchen sind, wo die Kabel enden.

«Das ist eine Funkbrücke», sagt Isa, «deshalb gibt es keine Provider und keine Verbindungen.»

«Eine Funkbrücke?»

«Das ist ein System, um mit Radiowellen Nachrichten zu übermitteln. Unser Junge hat die geniale Idee gehabt, sich dieses Zeug allein zusammenzubasteln, und das Glück, irgendwo hier in der Nähe eine potente Relaisstation zu haben.»

Isa fummelt am Handy herum, aber sie hat kein Netz. Sie greift auf die Landkarte zurück. Arcadipane wartet auf die Auskunft. Wind ist aufgekommen, der ihm den Schweiß auf dem Rücken gefrieren lässt. Er zieht die Jacke über das klitschnasse Hemd.

«Ich glaube, es ist das hier», sie weist auf die Karte.

Arcadipane schaut hin und sieht eine rote Kuppel mit der Aufschrift «Observatoire astronomique».

«Ist das einer von den Orten, wo sie die Sterne anschauen?»

«Ich weiß nicht, was sie anschauen», sagt Isa und wendet

sich nichts Gutes verheißend dem Berg zu, «aber sicher haben sie eine leistungsfähige Funkstation für die Übermittlung ihrer Daten. Es liegt genau hinter der Anhöhe, vermutlich gleich jenseits der Grenze.»

«Okay, gehen wir runter zum Wagen, wir rufen sie …»

«Schau», sagt Isa, «wo der Weg unter den dunklen Felsen entlangführt.»

Arcadipane schaut hin und sieht, was er nicht sehen möchte: zwei Gestalten, eine kleiner als die andere, kaum wahrnehmbar gehen sie durch eine schattige Zone bergauf.

«Er hat uns kommen sehen, sagt Isa, die seit mindestens zwei Stunden nur unangenehme Dinge feststellt, «oder … Scheiße!»

Sie laufen zu der zweiten Hütte, unter einem improvisierten Vordach ist der schwarze Pick-up geparkt.

«Wir hätten ihn am Zaun festbinden sollen, verdammt!», sagt Arcadipane. «Ruf die Carabinieri, sie sollen nachsehen, wie es Normandia geht.»

Isa sucht nach einer Netzverbindung, sie klettert auf das Dach der Hütte. Arcadipane hört, wie sie anruft, sich ausweist, schnell die Sachlage erklärt und auflegt.

«In einer halben Stunde sind sie bei Clary», sagt sie und kommt vom Dach herunter.

Arcadipane schaut auf die zwei Pünktchen, die jetzt auf halber Höhe des Abhangs sind.

«Aber wohin verdammt noch mal gehen die?»

«Keine Ahnung, womöglich zum Observatorium, oder sie versuchen, nach Frankreich zu entkommen. Jedenfalls sollten wir uns beeilen.»

«Beeilen wir uns, hinunterzukommen und einen Hubschrauber anzufordern, willst du sagen?»

Isa sieht auf ihre Armbanduhr.

«Mir soll's recht sein, wenn du es auf deine Kappe nimmst, bei der Beweislage, die wir haben, einen Hubschrauber anzufordern. Jetzt ist es jedenfalls fünf, du brauchst eine Stunde, um die Sache dem Polizeipräsidenten zu erklären, dann müssen sie den Hubschrauber auftreiben, der von Turin aus eine halbe Stunde braucht, rechne die Zeiten zwischen den einzelnen Schritten hinzu, dann wird es dunkel, und wir sprechen von morgen früh.»

Arcadipane denkt nach, und er denkt schlecht nach, weil er müde ist, die Beine nicht mehr spürt, ein Schuh kaputt ist und der Schweiß in der Rinne zwischen den Pobacken gefriert. Außerdem muss er, und das ist das Schlimmste, in allem, was er denkt, Isa recht geben.

«Gehen wir», entscheidet er.

Sie gehen bergauf und kontrollieren ab und zu, wo die zwei sind, die oft selbst stehen zu bleiben scheinen, vielleicht um zu kontrollieren, wo sie sind. Pausen, die für Arcadipane Aufatmen bedeuten, Labsal und angesichts ihrer geringen Dauer Leid zugleich.

Unterdessen geht ringsum die Sonne unter. Das Licht fällt schräg ein, und alles wird feierlich, auch die Blumen, das Gras und die Felsen, die aber dieselben sind wie vorher, doch jetzt ist da die Magie der brennenden Kerzen in der Kirche, dieser Moment, dieser Wunsch, diese Berufung. Alles Dinge, die Arcadipane schnaubend, schwitzend, die kaputte Sohle des Mokassins mitschleifend wahrnimmt und auch wieder nicht, jedoch empfindet auch er etwas Religiöses, in der Tat sagt er nichts, klagt nicht und hat ständig Bilder vom Kalvarienberg vor sich. Wie damals, als er Ariel auf diesen heiligen Berg hinauftrug, das Gewicht ihres Körpers, aber damals war die Rede von einer halben Stunde Fußmarsch, und er spürte ihre Brüste an seinen Schulterblättern … Ariel, wie konnte ihm in den Sinn kommen … die Fortsetzung des Gedankens erstickt im Sauerstoffmangel.

Er lässt sich auf einen Felsen am Wegrand fallen, der wie gemacht scheint, seinen vor Anstrengung zitternden Hintern aufzunehmen.

«Ich mache hier Schluss, geh du.»

Isa betrachtet ihn von ein paar Metern höher, ohne auch nur einen Tropfen Schweiß.

«Du hast mich hierhergebracht, und jetzt komm», sagt sie.

Arcadipane schüttelt den Kopf, er fühlt, wie seine Lungen auf die Hüften drücken. Er isst ein Lakritzbonbon, das ist immerhin Zucker. Dann greift er in seine Gesäßtasche, holt seine Pistole hervor und hält sie Isa hin.

«Geh du, ich übertrage dir alle Autorität, im Namen des Vaters, des Sohnes …»

Isa rührt sich nicht.

«Spinnst du? Deiner Ansicht nach geh ich hin und schieße auf einen halbwüchsigen Jungen?»

Arcadipane schaut nach oben, die Anhöhe ist nicht weit, und die zwei Umrisse scheinen unter dem Kamm stehen geblieben zu sein.

«Du hast recht», sagt er und steht auf. «Die Befriedigung, auf ihn zu schießen, die will ich für mich.»

Weitere fünfzehn Minuten Agonie, aber wer kann sagen, was fünfzehn Minuten im Kopf eines Mannes sind, der leidet? Bis Arcadipane Isa auf der Anhöhe einholt und sich vorbeugt, Hände auf den Knien und Kopf hängen lassen: all das, was man nicht tun sollte, wenn man nach Sauerstoff ringt.

«Und?», fragt er, noch bevor er den Blick heben kann.

«Und Scheiße.»

Arcadipane richtet sich auf. Auf der anderen Hangseite liegt in etwa hundert Metern Entfernung ein graues, anspruchsloses Gebäude mit verrammelten Fenstern und Türen: das Observatorium. Der Junge steht auf dem kleinen Vorplatz vor dem Gebäude, braune Hosen, roter Pullover und schwarze Haare, vorne kurz und hinten etwas länger, wie die österreichischen Lkw-Fahrer in den achtziger Jahren. Die noch kindliche Gesichtshaut ist olivfarben oder schon gebräunt. Neben ihm Normandia.

«Verdammt …», versetzt Arcadipane, dann versteht er.

Er beugt sich wieder vor. Die Beine zittern ihm vom Aufstieg, vor Überraschung und Wut.

«Was macht das Arschloch da?», fragt er.

«Nichts, sieht so aus, als würde er warten.»

«Umso besser für ihn. Jetzt gehen wir und schnappen sie uns, und dann setzt es …»

«Ich weiß nicht», sagt Isa und zeigt auf einen Wegweiser, auf dem zwei Pfeile eingezeichnet sind, einer in der Richtung, aus der sie gekommen sind, der andere in Richtung Frankreich, wo das Observatorium, Normandia und der Junge sind.

«Was ist das?», fragt Arcadipane.

«Die Staatsgrenze. Gilt jenseits davon unsere Gerichtsbarkeit?»

«Und ob, wir haben den Jungen in flagranti bei einer kriminellen Tat erwischt.»

«Selbst wenn das Subjekt in flagranti erwischt wurde, können wir es nicht über die Staatsgrenze hinaus verfolgen. Das Einzige, was wir tun können, ist Meldung zu erstatten …»

«Das sind hundert Meter, verdammt noch mal! Bis gestern hast du die Kollegen verprügelt, und jetzt reitest du auf Paragrafen herum?»

«Ich will bloß keine Probleme.»

Arcadipane sucht in der Tasche nach einem Lakritzbonbon, findet aber schon die Tasche nicht. Er betrachtet Normandia und den Jungen, die ihn ruhig ansehen. Kein Wind oder raschelndes Gras.

«Normandia», schreit er, «komm her!» Dann leiser, dass nur Isa es hören kann: «Arschloch.»

Normandia beugt sich zu dem Jungen hinunter, sagt etwas zu ihm, danach richtet er sich auf und kommt auf sie zu, während der Junge bleibt, wo er ist.

Er braucht wenige Minuten, um zu ihnen herzukommen, Minuten, in denen Arcadipane und Isa sich keine der Fragen mitteilen, die ihnen durch den Kopf gehen. Normandia ist jetzt nur wenige Meter von ihnen entfernt, die Füße wohlweislich auf französischem Gebiet. Das Gesicht ist fern wie immer, aber da ist ein neues Licht in ihm, eine Geometrie des Körpers, die Arcadipane, wenn er sie in einem Wort zusammenfassen sollte, das er nicht kennt, so nennen würde: Erfüllung.

«Was machst du da, Normandia, verdammt noch mal?»

«Ich diene den Bedürftigen, denn er sorgt für mich und hat mir befohlen, für die anderen zu sorgen.»

«Ach ja?»

Der Mann nickt.

«Bring den Jungen her», schreit Arcadipane. «Sonst hole ich ihn mir.»

Der Mann schüttelt den Kopf.

«Er erntete auf dem Grund des Nachbarn, aber da es nicht sein Grund war, brachte es ihm Unheil.»

«Was soll das heißen?»

«Das soll heißen, dass unsere Rechtsprechung nicht gilt», sagt Isa, «und dass die Festnahme nicht rechtmäßig wäre.»

«Es sind nur wenige Meter, und hier sind nur wir.»

Normandia dreht sich um, sieht auf den Jungen und macht ihm ein Zeichen. Der Junge holt etwas aus der Tasche, was aussieht wie ein Handy, wahrscheinlich das des Vaters.

«Er hat ein Handy, na und? Ruft er jetzt die Hotline für missbrauchte Kinder an?»

«Das Bewegungsprofil würde ergeben, dass der Junge jenseits der Staatsgrenze war.»

Arcadipane sieht Isa an.

«Auf welcher Seite stehst du denn, verdammt noch mal!» Dann wieder Normandia anstarrend: «Muss ich dir das erklären, dass Menschen ums Leben gekommen sind? Dass da Unschuldige sind, die aus dem Gefängnis freigelassen werden müssen?»

«In der Tat haben wir ein Abkommen», sagt er.

«Wer hat ein Abkommen?»

«Der Junge und ich.»

«Ach! Noch habe ich nichts davon gehört, und doch weiß ich schon, dass das ein Scheißabkommen ist, stell dir vor.»

Normandia sieht ihn an wie einer, dem schon alles klar ist, der nur noch die Details adjustiert.

«Wartet zwei Stunden, bevor ihr die Meldung an die französische Polizei rausgebt, und morgen früh schickt er euch die Liste der Spieler.»

«Zwei Stunden warten …»

«So wird es dunkel, und die Franzosen können den Hubschrauber nicht losschicken», sagt Isa.

Arcadipane findet endlich ein Lakritzbonbon und steckt es in den Mund.

«Und der Junge», er deutet auf Bartolomeo Clary.

«Willst du ihn bei dir behalten? Ihn adoptieren? Falls du es vergessen hast, er hat einen Vater. Das ist der, dem du den Pick-up weggenommen hast.»

«Wenn es nach ihm ginge, wäre er hier an meiner Stelle.»

«Um den Straftatbestand der Begünstigung und der Behinderung der Justiz zu erfüllen?»

«Um den Straftatbestand der Begünstigung und der Behinderung der Justiz zu erfüllen.»

Arcadipane kaut.

«Was glaubst du denn, dass wir ihn nach Cayenne schicken? Du weißt doch selbst, wie das bei Minderjährigen funktioniert! Man wird ihn jemandem anvertrauen, der ihm Moralpredigten hält und versucht, ihn wieder auf den rechten Weg zu bringen. Oder glaubst du, du könntest es besser machen?»

«Fern aller Verführung findet der Leib Kraft in der Seele, nicht umgekehrt. Sagt mir jetzt, ob ihr das Abkommen annehmt.»

Arcadipane und Isa sehen sich an. Isas Augen sagen, dass es da wenig Spielraum gibt und dass sie, wie wenn das Haus brennt, versuchen müssen, eine kostbare Sache, die in Reichweite und nicht zu schwer ist, hinauszuschaffen.

«Ich will den Namen des Ersten auf der Liste», sagt Arcadipane, «desjenigen, der all diese Punkte gemacht hat. Ich will ihn jetzt, sonst wird nichts aus dem Deal.»

Normandia bleibt unerschütterlich und sagt nichts. Er denkt ein paar Sekunden nach, dann dreht er sich um und geht zu dem Jungen. Etwa hundert Meter, die jetzt sehr weit erscheinen. Als sie nahe sind, reden sie miteinander; nicht viel, und der Mann kommt wieder zu ihnen.

«Er sagt, du kannst selbst darauf kommen, du musst nur die Bomber genauer ansehen.»

«Was für Bomber?»

«Du hattest es von Anfang an vor Augen, aber du hast nicht genau hingeschaut. Er sagt, wie du an RosaParks geschrieben hast, als du von Ward gesprochen hast: Das Offenkundige ist nicht immer wahr, und das Wahre ist nicht immer offenkundig.»

Arcadipane ärgert sich über den ausspionierten Chat, dann denkt er nach, dann sagt er sich, dass er in ein paar Minuten zum Ärgern und Nachdenken für beides Zeit haben wird. Jetzt will er wissen.

«Ist es das, was du von Anfang im Sinn hattest? Ihn zu finden und zu beschützen?»

Normandia schweigt.

«Du hast darüber den Arm verloren und die Arbeit, Scheiße noch mal!»

«‹Er empfängt die Sünder und isst mit ihnen›, murrten die Pharisäer. Und er sprach zu ihnen: ‹Wer von euch, wenn er hundert Schafe hat und eins davon verliert, lässt nicht die neunundneunzig in der Wüste zurück und macht sich auf die Suche nach dem einen, bis er es gefunden hat?›»

«Dieser Junge ist kein Schaf. Er ist der Wolf.»

«‹Bruder Wolf, wie kannst du den Menschen, deinen Brüdern, solche Angst machen?›, sagte Franziskus zu ihm. Der Wolf sah seinen Fehler ein und …», Normandia unterbricht sich. «Jetzt müssen wir aber wirklich gehen.»

Und dann geschieht alles mit sehr viel Würde.

Normandia kommt zu dem Jungen, scheint ihm etwas Ermunterndes zu sagen, legt ihm eine Hand auf die Schulter, und gemeinsam machen sie sich auf den Weg: Bartolomeo Clary auf den trainierten Beinen eines Gebirglers, Normandia hinkend, wie er es im Leben gewohnt ist.

Arcadipane und Isa sehen sie hinter dem Observatorium verschwinden, in einer Kurve auf der Straße weiter unten im Tal wieder auftauchen, dann von der Fahrstraße abzweigen und einen Weg einschlagen, der im Wald verschwindet. Der Schatten hat sich nun auch auf die höchsten Gipfel gelegt. Und die Stille, die bleibt, ist unendlich.

«Haben sie uns verscheißert?», fragt Arcadipane.

Isa macht sich auf den Weg.

«Mich fragst du das?», sagt sie, ohne sich umzuwenden. «Du bist doch Experte darin.»

51.

Er steigt in den Pick-up, der Schlüssel steckt. Er betrachtet eine Weile die zwei Almhütten und den Verschlag mit den Parabolantennen dahinter, die reglosen Kühe wie milchige Schatten in der Dunkelheit. Ihm ist, als wären zwei Tage vergangen, dabei ist es nur dunkel geworden. Auf dem Rücksitz die zwei Festplatten, die Isa ausgebaut hat.

«Soll ich fahren?», fragt sie ihn.

Arcadipane schüttelt den Kopf, denn zum Sprechen fehlt ihm die Kraft. Er wirft ein Lakritzbonbon ein und lässt den Wagen an. Die Scheinwerfer beleuchten Teile der Weide, dann den abschüssigen Weg mit den beiden Fahrrinnen.

Arcadipane fährt vorsichtig, weil er fühlt, dass seine Reflexe verlangsamt sind und die Straße schmal und voller Kurven ist, mit Felswänden, die dazu einladen, den Kopf einzuziehen. Isa ist in ein Sweatshirt mit Reißverschluss geschlüpft und hat die Kapuze übergezogen, sie versucht, am Handy Nachrichten zu verschicken. Nach ihrem Gesicht zu urteilen, spricht sie mit ihrer Partnerin.

«Deiner Ansicht nach ist er wirklich ein Genie?»

Isa tippt die Nachricht zu Ende und steckt das Handy in die Bauchtasche.

«Ich glaube nicht, dass das für Normandia ausschlaggebend ist.»

«Das habe ich dich nicht gefragt.»

Sie lehnt sich mit der Schläfe ans Fenster und schaut hinaus.

«Es gibt nur eine Handvoll Leute, die am PC können,

wozu dieser Knabe imstande ist, wenn es das ist, was du wissen willst. Und er ist dreizehn Jahre alt. Im Übrigen, auch Caravaggio, wenn die Familie der Colonna ihn nicht vor dem Papst in Schutz genommen hätte, als er diesen Typen ermordete …»

Arcadipane bremst plötzlich: ein großer Stein liegt auf der rechten Spur des Fahrwegs. Vorsichtig weicht er ihm aus und bringt den Wagen dabei dicht an den ungesicherten Fahrbahnrand. Dann lenkt er wieder in die Mitte und legt den zweiten Gang ein. Er spürt, dass Isa ihn ansieht.

«Ich weiß, wer Caravaggio ist», sagt er, «aber …», er sieht auf die Armbanduhr, «in zwanzig Minuten rufe ich die Franzosen an.»

Nach ein paar Kehren sehen sie das Licht des Hauses und die Dächer der Ställe. Sie fahren die letzten Meter auf der unbefestigten Straße und stellen den Pick-up auf den Platz neben den Wagen der Carabinieri und zwei Autos, die Arcadipane gewöhnlich im Hof des Präsidiums sieht. Pedrelli steht an der Haustür und unterhält sich mit dem Gefreiten Bernardi. Die Fenster sind erleuchtet. Hinter den Scheiben das Hin und Her der Männer, die die Räume durchsuchen.

Arcadipane steigt aus und geht auf Pedrelli zu.

«Guten Abend, Commissario, habt ihr ihn geschnappt?», sagt er nach einem Blick auf Arcadipanes Schuhsohle.

«Wir reden später darüber. Einstweilen schick zwei Männer mit Isa rauf. Sie müssen die Hütte durchsuchen und versiegeln. Was habt ihr hier gefunden?»

«Vorerst nichts, außer dem hier», und er zeigt ihm eine DVD des Films *Die Legende von Beowulf*, «ich habe sie beschlagnahmt, weil ich gehört habe, dass ihr darüber geredet habt.»

«Keine englischen Bücher?»

«Überhaupt keine Bücher. Nur ein paar DVDs mit Comics für Kinder und das hier.»

«Ist gut. Wo ist der Vater des Jungen?»

«Mit Botta im Wagen.»

«Was hat er gesagt?»

«Nur, dass Normandia irgendwann mit seinem Lieferwagen abgehauen ist. Er hat ihm gesagt, dass …»

«Der Querlenker brechen könnte. Er ist nicht gebrochen. Sonst noch was?»

«Als ich ihm sagte, dass er mit uns kommen müsste, hat er darum gebeten, die Tiere füttern und seinen Bruder benachrichtigen zu dürfen, damit er morgen früh zum Melken kommt.»

Arcadipane dreht sich zu der Giulietta, wo die Innenbeleuchtung an ist. Als Botta ihn sieht, macht er die Tür auf und den Platz neben Clary frei. Arcadipane macht Zeichen, dass das nicht nötig sei, und setzt sich auf den Beifahrersitz. Kaum macht er die Tür wieder zu, überfällt ihn der Geruch nach Kuhmist, verschärft noch durch die Kälte, die die Berge auszustrahlen begonnen haben. Er dreht sich nur halb um.

«Sind die Kühe versorgt?»

Der Mann nickt unsicher.

«Futter? Melken?»

«Futter habe ich ihnen gegeben. Mein Bruder kommt morgen früh rauf, um …»

«Fragst du nicht, ob wir ihn gefunden haben? Ob er in einen Abgrund gestürzt ist? Was er angestellt hat?»

Der Mann schweigt, sieht ihn aber an.

«Wenn er jemandem Geld abgenommen hat, dann hat er hoffentlich den Richtigen erwischt.»

«Er hat jemandem Geld abgenommen, sagst du.»

Renato Clary zuckt mit den Schultern, das ist das Einzige, was ihm einfällt.

«Und wo ist er jetzt, deiner Meinung nach? Machst du dir keine Sorgen um ihn?»

Der Mann dreht sich um und sieht hinaus: All diese Leute, die seinen Boden mit Füßen treten, die Augen der Kühe schimmernd von dem Blaulicht.

«Kinder sind ein Beruf», sagt er, «ich kann etwas anderes besser.»

52.

Florenz ist gut bei Mondschein, Aosta geht so. Bologna, Neapel und Rimini, sogar Biella sind gut. Pesaro so lala, Livorno nur, wenn es regnet, aber es kommt selten vor, dass der Mond scheint und es regnet. Mailand ist egal, Rom pfeift drauf. Aber Turin bei Mondschein ist nicht glaubwürdig.

Besser jedenfalls früh morgens, wenn es hell wird und der Mond noch da ist. Dann findest du einen Grund dafür, dass er die ganze Nacht über der Stadt gestanden hat. Aber es ist und bleibt eine widerwillige Angelegenheit. So war das in den achtziger Jahren mit dem von den Fiatwerken orangefarbenen Himmelszelt, und so ist es auch heute, wo die Nächte pipigelb sind. Der Mond geht über den Hügeln auf und zieht in Richtung Gebirge, wie jemand, der aufs Podium steigt, ohne die Überzeugung, es verdient zu haben.

Arcadipane hat diese ganze Unentschiedenheit genossen. Auf die alte Manier, die ihm an einem bestimmten Punkt die Leber, der gesunde Menschenverstand und der Körper abgewöhnt haben, aber in dieser Nacht hat er es sich an nichts fehlen lassen: Bier aus dem Plastikbecher, ein Panino an einem Kiosk im Freien, schäbige Orte im Vorfeld eines Kreisverkehrs, unter dem Blechdach einer Dauerbaustelle, auf dem Parkplatz eines Krankenhauses mit Geruch nach Frittiertem, heruntergekommene Menschen, schicke Autos und betrunkene Mädchen, die sich laut aufführen. Um dann, wenn der Mond endlich auch für Turin glaubwürdig wird, dorthin zu gehen, wohin man gehen wollte. Worauf man die ganze Nacht hindurch gewartet hat.

Um sieben Uhr fünfundvierzig ist Arcadipane am Ende dieses Arkadenbogens, unter dem er seit geraumer Zeit nicht mehr durchgegangen war, die Haltestelle der 13 vor sich, weil er weiß, dass sie mit der Straßenbahn kommt, das stand so in den Akten «jeden Morgen fährt sie …», eines der wenigen wahren Dinge.

Außerdem weiß er, dass er noch etwa zehn Minuten hat, denn sie ist keine von denen, die zu früh kommen, aber auch keine von denen, die außer Atem auf die letzte Minute kommen. Sie gehört zur Kategorie derer, die ohne auf die Uhr zu schauen rechtzeitig kommen, aber nie pünktlich: Sekunden, die ganz Nonchalance sind, Zerstreutheit und Intuition.

Er drückt gerade die Zigarette aus, als er die 13 vom Platz her kommen und an den Autos in der Schlange vor der Ampel vorbeifahren sieht, das traurige Rücklicht dessen, der weiß, dass er bald seinerseits überholt wird.

Die Straßenbahn bremst und hält kreischend an. Sie klappt die drei Metallstufen aus, und sie ist unter den Ersten, die aussteigen. Nicht groß, nicht perfekt, und doch schafft sie sich Raum allein durch die Kraft ihres So-Seins, bahnt sich ihren Weg in der Menge unter dem Wetterdach.

Arcadipane folgt ihr auf dem Bürgersteig: Sie trägt den Parka, den er schon an ihr gesehen hat, eine Ledertasche und die Haare locker zusammengebunden, während alle sie ansehen, wie man das Kind ansieht, das bei der Jahresabschlussfeier sein Gedicht aufsagt, und das ist dann auf einmal etwas ganz Besonderes. Die anderen, darunter dein Sohn, führen sich auf wie Schauspieler, sie sind süß, rufen Zärtlichkeit hervor, aber dieses Kind da macht es anders, und du weißt, es hat nicht auswendig gelernt, es ist mit diesem serienmäßigen Extra vom Band gerollt.

Als Arcadipane auf den letzten fünfzig Metern vor dem Schultor neben sie tritt, dreht sie gerade einmal leicht den Kopf, weder überrascht noch dreist. Sie tut noch ein paar

Schritte, dann bleibt sie stehen und sieht ihn an, in der schlauen Art der Katzen: Es ist egal, ob sie wirklich etwas angestellt haben, sie sind durchtriebene Wesen, und das wisst ihr beide, du und sie.

«Ich vermute, ich muss mit Ihnen kommen», sagt sie.

«Du vermutest richtig.»

Sie wirft einen Blick auf Arcadipanes schmutzige und zerknautschte Jacke, die schlammverschmierten Schuhe, die abgelöste Sohle, die an der Seite herausschaut, dann setzt sie sich in Bewegung in der Richtung, aus der sie beide kamen, als ob sie wüsste, dass dort der Wagen ist, gegen den Strom derer, die mit dem Klingelzeichen hineineilen, verschwitzt, abgekämpft, ein Träger des Rucksacks gerissen, ein Buch halb aus dem Reißverschluss herausschauend. Da sind diejenigen, die sie ansehen und nach einem Geheimnis suchen, etwas zum Nachahmen, aber nichts zu machen, die Einsätze sind getätigt, die Kugel rollt, und du hast alles auf eine Zahl gesetzt, die es im Roulette nicht einmal gibt.

Beim Wagen angekommen, öffnet ihr Arcadipane den Schlag. Sie steigt ein. Er geht um den Wagen herum und setzt sich auf den Fahrersitz, steckt den Schlüssel hinein, aber startet nicht. Er nimmt ein Lakritzbonbon in den Mund.

Clara Marangon dreht sich um und betrachtet den Hund mit den drei Beinen auf dem Rücksitz, den Bramard – aber das weiß sie nicht – vor etwa zwei Stunden seinem rechtmäßigen Besitzer wiedergebracht hat, als sie sich auf dem Parkplatz einer Bar am Stadtrand getroffen haben, einen Kaffee getrunken und darüber gesprochen haben, wie viel abnormale Dinge ihnen beiden an diesem Tag zustoßen würden, bevor sie sich zum ersten Mal in ihrem Leben umarmten. Woraufhin Bramard wieder ins Auto gestiegen ist und «diese dumme Sache» erledigen ging, deretwegen er in die Stadt gekommen ist, während Arcadipane Trepet unter den Arm genommen und in der Bar noch einen Kaffee, *corretto* mit Sambuca, getrunken hat.

Trepet öffnet ein Auge und sieht das Mädchen an. Clara Marangon lächelt ihn an, streckt eine Hand aus und krault ihn zweimal zwischen den Ohren, dann wendet sie sich wieder dem Verkehr auf dieser Straße zu, die zu einem Haufen lebenswichtiger Dinge in der Existenz dieser Stadt führt.

«Ihrer Meinung nach», sagt sie, «ist die Langeweile schuld, das Netz oder die Tatsache, dass wir alles haben? Oder können wir es auf die Eltern schieben, was meinen Sie? Missbrauch im Kindesalter. Ich habe das verdrängt, aber unterdessen wuchsen in mir Wut und ein Ekel vor den anderen. Eine Zeitbombe, ja … Hören Sie das … Ich war sechs, sieben Jahre, ich habe es meiner Mutter erzählt, und die wollte mir nicht glauben. Sie hat mir eine Ohrfeige gegeben und mich beschuldigt, Wirklichkeit und Fantasie zu verwechseln, auch wenn sie hörte, wie ihr Mann, Federico Marangon, damals sechsunddreißig Jahre alt, nachts aufstand und in mein Zimmer ging. Nein, noch besser! Er ging in das Zimmer meines Bruders, und ich habe beschlossen, mich zu opfern, um ihn zu schützen. Ich habe ihn auf mich gelenkt, eine kleine Lolita, und ich habe es nie jemandem gebeichtet. Sie sind die erste Person, der ich es sage. Was halten Sie davon?»

Arcadipane schaut sie an. Er ist sicher, nicht gesehen zu haben, wie sie das Gummiband löst, doch fallen ihr die Haare jetzt lose auf die Schultern, eher blond als braun.

«Sonst wäre da noch die emotionale Anästhesie durch die Spiele, aber ich spiele nicht einmal Flipper! Oder will ich mich um jeden Preis hervortun? Aus der Anonymität heraustreten? Narzisstische Persönlichkeit. Unendliche Einsamkeit: so viele Likes, aber kein wirklicher Freund. Ein Aufschrei, um zu sagen, ich bin auch da, ich existiere, wie Dracula, bin Laden oder Stalin.»

Clara Marangon holt einen dieser langen Kaugummis aus ihrer Tasche und steckt ihn in den Mund, genauso wie in der Werbung vor Zeiten. Sie sieht ihn an. Sie lächelt.

«Es ist wunderbar», sie schüttelt den Kopf. «Sie kommen um vor Neugier, den Grund zu erfahren, und doch sind Sie stumm.»

«Was ist wunderbar?»

«Euch zum Schweigen zu bringen. Euch endlich den Mund zu stopfen. Ihr, die ihr immer so viel zu sagen und zu erklären habt. Euch einmal sprachlos zu sehen, ohne die Möglichkeit, euch hinter all dem Getöse zu verstecken … Allein das ist die Sache wert.»

Der rote Müllwagen fährt an ihnen vorbei und bringt das Auto leicht zum Vibrieren. In dem Moment kommt auf dem Handy eine Nachricht an.

«Entschuldige einen Moment», sagt Arcadipane.

Es ist Isa: «Die französische Polizei hat sie noch nicht gefunden, aber der Junge hat Wort gehalten. Vor einer halben Stunde ist die entschlüsselte Tabelle mit den Namen der Spieler eingegangen. Ich habe sie mit unseren Informationen verglichen, viele stimmen mit Normandias Akten überein. Ah, wenn du in der Nacht das Rätsel mit dem Bomber nicht lösen konntest, so kann ich dir sagen, dass Tabellenerste die Schwester von …»

Arcadipane schließt die Nachricht, steckt das Handy ein und lässt den Motor an.

«Also?», fragt Clara Marangon. «Fragen Sie mich nicht, ob ich Luca Apostolo absichtlich ausgewählt habe? Wie ich meinen Bruder überzeugt habe? Ob ich mir über die Konsequenzen nicht im Klaren war? Über das, was meine Eltern durchmachen müssen?»

Ruhig legt Arcadipane beide Hände auf das Steuer. Ein wenig weiter vorn kippt der Müllwagen eine Tonne in sein Inneres.

«Wie ich von den Jägern der Oberfläche erfahren habe? Wer mich zu dem Spiel eingeladen hat. Das müsste Sie doch interessieren, oder?»

Arcadipane wendet sich um und kontrolliert die Autoschlange. Ein Panda lässt ihn rein.

«Nur mäßig», sagt er, hebt zum Dank die Hand und fädelt sich in die Schlange ein.

53.

Er verlässt die Klinik durch die große Glastür, sechs Stufen und ein gerades Stück Gehweg, und er ist bei dem Zafira, den er an der Schmalseite des Parks abgestellt hat.

Auf den folgenden fünfundzwanzig Kilometern kommt er nur einmal auf die Sache zurück, und zwar in den letzten Minuten vor der Abzweigung nach Hause und allem Übrigen.

Nicht dass er die Sache in allen Details durchgehen oder anhalten würde, um nicht durch den Straßenverkehr abgelenkt zu sein, er nimmt einfach den Fuß vom Gaspedal, der Motor im Leerlauf, zwei Autos, die hinter ihm waren, finden die Zeit und die gerade Strecke, um ihn zu überholen, dann die Kreuzung, was ein Kreisverkehr ist, eine halbe Umrundung, die zweite Ausfahrt anstelle der dritten, und die Frage hat sich erledigt.

Er fährt eine Stunde ohne Radio und ohne einen Gedanken. Bei offenem Fenster, die Dichtung ist kaputt, man würde das Fahrgeräusch in jedem Fall hören. Die Sonne neigt sich dem Abend eines echten Frühlingstags zu, auch wenn er erst seit Kurzem begonnen hat. Die Erde atmet in vollen Zügen, der Wind im Innenraum des Wagens ist lau und vor allem voller Düfte.

Die Berge kommen bald und erheben ihre Abhänge zu beiden Seiten der Straße. Eine in Jahrtausenden mit Sachverstand und detailgenau verrichtete Arbeit: kein Tal wie das andere, wenn auch verwandt. Dasjenige, durch das er fährt, ist wilder als die anderen, weder zu weit noch zu eng. Vielleicht war es deshalb sein Lieblingstal, als er alleine war, und ist das auch geblieben, als er dachte, es nicht mehr zu sein, und ist das auch die ganze Zeit über geblieben, in der er es ohne sein Wollen wieder wurde. Danach hatte er nicht mehr das Bedürfnis, dorthin zurückzukehren, aber es konnte keine Zweifel geben, dass er unter diesen Umständen dorthin fahren würde.

Um Viertel nach sieben parkt er den Zafira auf dem kleinen Wiesenstück, von dem aus er im Scheinwerferlicht die Steinbrücke und die ersten Meter des Wegs sehen kann. Jenseits dieser Lichtrose ist das Tal dem Mond überlassen, der es, obwohl nicht voll, als ein unregelmäßiges V gegen den Sternenhimmel abzeichnet.

Corso holt sein Handy aus der Tasche und wählt Isas Nummer.

«Du findest alles in der Klinik», schreibt er. «Ich habe mein Bestes getan.»

Er schickt die Nachricht ab, schaltet das Handy aus und legt es ins Handschuhfach, wo in fünf Umschlägen die Briefe liegen, die er in den Pausen zwischen den Untersuchungen und dem Ausfüllen von Formularen im Aufenthaltsraum der Klinik geschrieben hat.

Er schließt das Fach, zieht den Zündschlüssel ab, legt ihn auf die Sonnenblende und steigt aus.

Wenige Sekunden später hat die Dunkelheit seine rote Weste verschluckt, das Rauschen des Bachs das Geräusch seiner Bergschuhe.

Arcadipane läutet und wartet.

«Ja?»

«Ich bin's, Vincenzo, ist Loredana da?»

«Sie ist in ihrem Zimmer, komm herauf.»

«Nein, ich hab's eilig. Schick sie mir runter, bitte.»

«Ist gut. Ciao.»

Er tritt von der Gegensprechanlage zurück, setzt sich auf die Stufen und schaut sein Viertel an.

Der Fluss muss Hochwasser führen, denn der Brackwassergeruch dringt bis hierher, wenn das Wasser unter der Brücke schäumt und einen fetten Nebel versprüht. Der Po macht nie solche halben Sachen. Entweder er schläft, oder er will wehtun, wie die Herrschaften. Für sie hingegen, die sie schon halbwegs Peripherie sind, passt die Dora gut: dunstig, vertraut wie das Viertel, viel Lärm um nichts, bäurisch, Atmosphäre wie beim Wochenmarkt.

Er zündet sich eine Zigarette an. Die Lakritzbonbons sind ausgegangen, während sie Clara Marangon verhörten, Pedrelli, der rausging und wieder reinkam, um ihm ins Ohr von den anderen auf der Liste zu berichten, die nach und nach festgenommen wurden. Diejenigen, von denen es schon eine Akte gab, und diejenigen, von denen man noch nichts wusste.

Das vorletzte Bonbon hat er hingegen am Telefon gelutscht, während am anderen Ende der Leitung der Richter ihn beglückwünschte und dabei nur schlecht den Ärger darüber verhehlen konnte, etwa zwanzig Fälle wiederaufnehmen und etwa zehn Gefängniszellen öffnen zu müssen. Im Übrigen kannst du die Frau eines Richters vögeln … aber jemanden freilassen, den er hinter Gitter gebracht hat! Gleich darauf hatte er den Gefreiten Fenice angerufen: Er solle auf informellem Wege den Halter des Megane anrufen und ihm ein wenig von seiner Schuld abnehmen. Und damit war das letzte Lakritzbonbon dahin gewesen. Sicher könnte er jetzt auf einen Sprung bei Elisa vorbeischauen, vorausgesetzt, dass sie um sieben Uhr abends … Die Tür hinter ihm öffnet sich.

Loredana in grauem Hausanzug und Turnschuhen kommt die Treppe herunter. Sie hat die Haare um einen Bleistift geschlungen und hochgesteckt. Der durchtrainierte Körper und das leichte Make-up, um die nicht perfekte Haut zu kaschieren, lassen sie mehr Frau erscheinen, aufmerksamer, präsenter.

«Papa! Warum kommst du nicht rauf?»

Arcadipane küsst sie auf die Wangen. «Komm», sagt er zu ihr, «setzen wir uns bei Enzo hin, bevor er zumacht.»

Der Außenbereich ist verlassen, bestückt mit runden Metalltischchen, die vor etlichen Jahren in Mode waren und es vielleicht wieder werden. Das wird der Moment sein, da Enzo sie nichtsahnend austauschen wird. Alter Krempel.

«Was nimmst du?», fragt Arcadipane.

«Campari Spritz und keine Chips.»

Arcadipane sieht, wie sie sich setzt und die Beine übereinanderschlägt.

«Bist du sicher?»

«In welchem Sinn?»

Das ist die erste Weggabelung. Er wusste, dass es da einige geben würde, aber der Spritz … im Übrigen kann er nicht gleich mit der Tür ins Haus fallen.

«Ich meinte, sicher, dass du keine Chips willst?»

«Sicher. Wenn ich damit anfange, höre ich nicht mehr auf.»

Arcadipane schaut ins Lokal und ruft Enzo, er ist mit Motorsachen beschäftigt, diskutiert darüber mit dem Pellicano, der nicht einmal den Führerschein hat. Beide winken ihm zum Gruß. Er kehrt an den Tisch zurück und setzt sich.

«Es freut mich, dich zu sehen, es ist schon eine Weile …»

«Papa.»

«Hm?»

«Reden wir nicht um den heißen Brei herum, komm.»

«Nein?»

«Ein Freund von Mama ist mir auf einer Seite begegnet, wo man Leute kennenlernt, er hat es ihr gesagt, und Mama macht sich Sorgen, weil ich mich älter gemacht habe, als ich bin. Sie hat es dir erzählt, nicht wahr?»

«Andeutungsweise.»

«Und du bist hier, um mit mir darüber zu reden.»

«Ohne Zweifel.»

Loredana schlägt die Beine andersherum übereinander und zieht die Schultern hoch.

«Wie ich ihr erklärt habe, ist es nicht so, dass ich mich mit den Jungs meines Alters nicht wohlfühle, ich habe Freunde an der Uni, aber da gibt es nicht viele Themen. Die Seite war einfach ein Ort, wo man ohne Ängste mit älteren Menschen reden kann, die mehr Erfahrung haben, das ist alles.»

«Ohne Ängste.»

«Was denkst du dir, wenn du eine Zwanzigjährige siehst, die mit einem Vierzigjährigen geht? Oder wenn ein junges Mädchen kommt und dir sagt, sie will einen Kaffee mit dir trinken und ein wenig plaudern?»

Enzo bringt die Getränke. Keine Chips, aber einen Teller Pistazien. Loredana nimmt sofort eine und öffnet sie. Arcadipane sieht sie an. Sie war schön, und jetzt ist sie auf andere Weise schön, nur hat er die Metamorphose verpasst. Er war nicht da. Er kam danach. Auch hier.

«Das war kein Freund von Mama», sagt er.

«Wer?»

«Der dein Profil auf der Seite gefunden hat.»

Loredana kaut weiter, als hätte er nichts gesagt.

«Sucai», sagt er.

Sie betrachtet ein paar Sekunden lang den schwachen Lichtkegel einer Straßenlaterne, die gerade angeht, dann öffnet sie den Mund zu einem «Ah».

«Ach so», sagt sie und nickt, «warum er verschwunden war! Aber wie hast du ...»

«Der Hund mit den drei Beinen.»

«Trepet! Apropos, wo ist er?»

«Im Auto.»

Sie trinkt einen Schluck, ihr Lächeln erlischt auch dann nicht, als ihre Lippen das Glas berühren.

«Nun!», sie hebt die Schultern. «Ich habe dir gesagt, warum ich auf duecon war. Und du?»

«Das ist eine lange Geschichte, aber wenn wir es kurz machen, ich fühlte mich allein.»

Loredana sieht ihn an, fest und genau, wie man einen Mantel betrachtet, den man ein Leben lang getragen hat, ohne je bemerkt zu haben, dass die Knöpfe an den Taschen nicht bloß Dekoration sind, sondern auch wirklich schließen.

«Auch ich manchmal», sagt sie schließlich. «Hast du jemanden gefunden?»

«In gewisser Weise. Und du?»

«Nachdem Mama mir ‹geraten› hat, das Alter wenigstens ein bisschen herabzusetzen, bin ich auf einen Universitätsdozenten gestoßen. Er heißt Ruben, wir haben uns noch nicht gesehen, aber wir schreiben uns oft. Montag treffen wir uns auf einen Aperitif nach dem Fitnessstudio. Man wird sehen.»

Er trinkt sein Glas fast in einem Zug aus.

«Hältst du mich auf dem Laufenden?»

«Wenn du willst», kichert sie.

«Wahrscheinlich nicht», sagt er und kippt das, was von dem Weißen übrig bleibt, hinunter. «Nächste Woche sehen wir uns zum Abendessen, und dann sag ich es dir. Jetzt muss ich gehen.

«Arbeit?»

«Meer.»

«Wirklich?»

Arcadipane lässt das Geld auf dem Tisch, unter dem Aschenbecher festgeklemmt, den keiner von beiden benutzt hat. Sie stehen auf. Sie kommen zum Wagen. Trepet schläft auf dem Beifahrersitz. Sie schickt ihm mit den Fingern einen stillen Kuss durch das Fenster, wie man es bei Kindern macht, um sie nicht zu wecken.

«Bin ich ein guter Vater, Loredana?»

Sie lächelt. Zum Glück hat sie die Zähne von der Mutter.

«Du weißt doch, wie die Lehrer sagen … die Leistungen des Jungen sind genügend, aber er könnte mehr erreichen.»

«Ich werde versuchen, es besser zu machen.»

«Das sagt der Junge immer. Jetzt fahr ans Meer. Ich hab dich lieb.»

Er schläft von zehn bis eins, geschützt zwischen zwei Felsen auf einem Grasstreifen und ohne einen Wecker zu brauchen. Seit Jahren steht er um diese Zeit auf. Diese Nacht kein Filterkaffee, aber er hat etwas zu tun.

Er kontrolliert die Uhrzeit auf seiner alten Cyma, mit wenigen Schritten geht er zum See und wäscht sich, wobei er Kreise erzeugt, die das, was vom Mond übrig bleibt, zum Tanzen bringen. Dann richtet er sich auf und schaut auf den spitzen Berg mit dem Namen aus fünf Buchstaben, wunderschön von Weitem gesehen, von dort aber plump, eintönig, ohne Aufschwünge. Aber es ist der, der ihm von allen am meisten ähnelt, *sein* Berg.

«Immer hast du entschieden», sagt er, «machen wir es auch diesmal so.»

Er hat weder Rucksack noch Zelt bei sich, weshalb er fünf Minuten später schon auf dem Geröllfeld ist. Es ist ausreichend hell, um den Weg zu erkennen, aber er braucht das nicht, weil er diesen Weg immer nachts gegangen ist, und die Dinge verändern sich nicht von einer Nacht auf die andere. Tagsüber ja, aber nachts erkennst du auch einen Mann, den du seit zwanzig Jahren nicht gesehen hast. Ganz zu schweigen von einem Friedhof aus Steinen.

Was sich ändert, ist die Kurzatmigkeit und die müden Beine. Aber das wusste er. Deshalb ist er hier. Um zu sehen, ob es sich lohnt.

Eine Stunde später ist er dort, wo er die Hand ausstrecken und den Fels berühren kann. Das war stets so, wie die Finger auf die Brust einer Frau zu legen, und ist es immer noch, aber früher wusste er immer ganz genau, was sein Körper ihm erlauben würde. Jetzt muss man das alles sehen. Er könnte hier haltmachen, sicher, aber er ist nicht gekommen, um eine gute

Figur zu machen. Im Grunde sind da nur er und die Gebirgswand, beide alt, beide krank, sie können das künstliche Gebiss auch auf den Tisch legen und sich mit den verbleibenden Zähnen küssen.

Als er den Fuß vom Boden hebt, empfindet er etwas, woran er sich nicht erinnerte: die Schönheit des auf die Wand verlagerten Gewichts, die Hände als Garanten, aber es genügen drei oder vier Meter, und er versinkt in dem, was ihn erwartet. Wie wenn du ein Buch lesen willst und nicht mehr gut siehst: Du hältst es fern, hältst es nah. Tatsache ist, dass das Requisit auf dem Grund der Geste fehlt, und das ist nicht Schuld der Geschichte oder der Worte, die könnte jeder lesen, das bist du, das sind deine Augen.

So steigt er auf, lässt sich hinab in das Unglück, das er sich erwählt hat, der Kopf, der befiehlt, und die Beine, die nicht schieben, die Hände, die sich festkrallen, aber wer weiß, ob sie halten. Er schwitzt, setzt die Knie ein, um sich hochzustemmen, mit einer Geste, die nicht mehr die Schönheit des Kletterns hat und noch nicht die Würde des Verzichts.

Auf einem Felsband macht er halt, streckt die Beine, versucht, sie wieder zu spüren. Nach und nach kehrt das Gefühl zurück, voller Schmerzen. Mit den Schultern, den Unterarmen dasselbe. Die Hände dagegen bleiben ein einfaches Werkzeug, das seinem Herrn bis zuletzt zu Diensten ist.

Er setzt sich wieder in Bewegung, denn dort kann er nicht bleiben. Die Zeit zerdehnt sich, rinnt die Felswand herab, während der Mond sie immer müder bescheint, immer nur halb, immer ferner von dem, was er war.

Unterdessen wartet er darauf, dass es passiert. Dass eine Hand den Halt verliert, ein Fuß abgleitet. Dafür ist er dort, wegen diesem Faden, den er am einen Ende hält und das Schicksal am anderen, und es geht noch hoch hinauf, viel Wand, wo es passieren könnte, aber die Zeit vergeht, die Agonie wächst, und das, was passieren muss, passiert nicht.

Er bemerkt es, als er zu dem Kreuz gelangt, das der Sturm vor vielen Jahren aus seiner Verankerung gerissen hat und das jetzt nur noch an einem Seil hängt. Von dort bis zum Gipfel sind es noch rund zehn Meter. Genug, wenn man bedenkt, dass er seine Kräfte vor einer Stunde zurückgelassen hat. Aber nein.

Am Gipfel angekommen, hält er sich weiter fest, als ob der Felsen jetzt nicht waagrecht wäre. Von oben gesehen, könnte er ein Schiffbrüchiger am Strand scheinen, ein Neugeborenes, das auf dem Bauch der Mutter schläft. Er atmet im Kontakt mit dem Stein, der nach Flechten riecht. Er fühlt, wie sie ihm die Lippen verletzen.

Dann findet er die Kraft, sich aufzusetzen, den Rücken gegen die Säule, die einst das Kreuz trug. Er hält die Augen geschlossen und weint aus einer Vielzahl von Gründen, die voneinander zu scheiden er zu müde und zu verzweifelt ist.

Es ist noch Nacht, aber von Osten her, von jenseits des höchsten Gipfels, steigt eine Verheißung auf. Er betrachtet sie und fühlt, wie die Schmerzen nach und nach verschwinden. Er ist dort, wo er sein wollte und musste, und es geschieht. Rasch ziehen einige Bilder vorbei, der Sinn einer gestreichelten Haut, eine konzentrierte Form der Verzweiflung, die Harmonie bestimmter Momente, fünf oder sechs Personen, nicht mehr. Ein Meer, ein Herbst. Eine Straße, die er auf dem Fahrrad entlangfährt, ein Zwetschgenbaum voller Früchte. Dann einige unbekannte Gesichter, an die er sich nicht erinnert, ein Kind an der Heckscheibe eines Busses, ein Wirt in der Bretagne, eine schöne Frau des Abends an einem Fenster, eine Vertretungslehrerin, als er zur Grundschule ging, die dann von den Schwestern entfernt wurde, weil zu freizügig, eine alte Frau, die vielleicht die Figur aus einem Buch ist. Viele Dinge, doch als er die Augen öffnet, hat sich die Verheißung der Morgenröte nicht bewegt. Da begreift er, dass die Zeit bei geschlossenen Augen besser ist, und kehrt dazu zurück, doch jetzt ist sie leer: keine Personen, keine Gesichter, keine Orte, keine Erinnerung; Dinge, die hinausgingen, und jetzt ist viel Platz übrig geblieben. Nicht einmal mehr der Körper. Auch der Gedanke nicht. «Das ist es also!», sagt er mit den letzten Worten, die er findet, und dann auch die nicht mehr.

Er öffnet die Lippen, um das Verbleibende herauszulassen, doch der Mund, anstatt ziehen zu lassen, holt Luft und atmet.

Ruckartig kommt er zum Sitzen und macht den Mund auf. Er sucht nach der Uhr auf dem Nachtkästchen, und in dem wenigen künstlichen Licht, das durch die Jalousie hereindringt, sieht er: zehn nach vier.

Er schiebt das Betttuch beiseite, setzt die Füße auf den rauen Teppichboden und geht ins Bad.

Er schließt die Tür, macht das Licht an, und ohne auf die cremefarbenen Fliesen und den Geruch nach Putzmittel zu achten, klappt er den Klodeckel herunter und setzt sich neben das Fenster.

Er öffnet es ein wenig, und ein kühler Hauch trifft ihn am Brustkorb und an den nackten Schultern.

In diesem Augenblick ist er ein Mann von fünfundfünfzig Jahren, der in Unterhosen auf der Toilette eines bescheidenen Hotels am Meer sitzt, an einem Ort, der nicht in Mode ist, in der Vorsaison. Ein Hotel, wo er vor vierzig Jahren zum ersten Mal mit einer Frau geschlafen hat, ein Ereignis, das zu psychologischen Konsequenzen geführt hat, die er erst im letzten Lebensabschnitt verstanden hat.

Er betrachtet die Via Aurelia, die Strandpromenade, den Strand, die orangefarbenen Lichter der Straßenlaternen und die Absperrung, die einen fehlenden Kanaldeckel anzeigt. Auch das Meer ist mittelmäßig, aber immerhin eine enorme Menge Wasser, die rhythmisch wogt.

«Du bist sauer, weil ich dich im Bad eingesperrt habe», sagt er, «ich weiß.»

Trepet, der auf der Badematte vor dem Waschbecken liegt, wendet mit dem Ausdruck höchster Verachtung den Blick ab.

Er steht auf, macht das Licht aus und öffnet leise die Tür, bevor er bemerkt, dass im Zimmer das Nachttischlämpchen brennt. Er bleibt also stehen und betrachtet sie von der Badezimmertür aus: den Rücken gegen das Kopfteil des Bettes gelehnt, das Betttuch, das sie bis zur Taille bedeckt, aber nicht die kleinen Brüste, denen die Schwerkraft nichts anhaben kann.

«Ich wollte dich nicht wecken», sagt er.

«Das macht nichts», sagte Ariel und liest auf ihrem Handy, «ich muss dir ohnehin drei Sachen sagen. Zwei sind nicht schön und eine ist passabel, in welcher Reihenfolge willst du sie hören?»

«Die passable in der Mitte.»

«Das passt», sagt sie und hebt den Kopf, um ihn anzusehen. «Die erste ist, dass ich dich nicht liebe, du mich hingegen wohl.»

«Das ist nicht wichtig.»

«‹Das ist nicht wichtig› ist eine schöne Antwort, wenn man bedenkt, dass du fünfzig Jahre gebraucht hast, um sie zu verwenden. Willst du die zweite wissen?»

Arcadipane macht eine Geste, die besagt, «machen wir weiter».

«Dein Pimmel ist wirklich harmonisch. Und wenn ich sage harmonisch, meine ich damit, dass man ihn fotografieren und den Bauch, die Beine und alles Übrige weglassen könnte, und er könnte in einer Zeitschrift für Design landen.»

«Danke.»

«Die letzte ist, dass wir trotzdem gemeinsam nicht weit kommen werden, und das hängt nicht damit zusammen, dass ich ein Krüppel bin.»

«Bist du sicher?»

«Ziemlich.»

Arcadipane kratzt sich mit einem Fuß den anderen, dann geht er zur Fenstertür und sieht durch die Löcher hinaus, die der Hagel in der Jalousie hinterlassen hat: dasselbe Meer und dieselbe Strandpromenade, aber vom Bad aus waren sie besser.

«Ich habe eben eine Wohnung im fünften Stock ohne Lift genommen», sagt er.

«Eine weise Entscheidung für einen, der einen Hund mit drei Beinen und eine verkrüppelte Frau hat.»

Arcadipane wendet sich halb um.

«Hast du eben wirklich gesagt …»

«Wusstest du, dass Franco Califano tot ist?», sagt Ariel, die wieder an ihrem Handy zu scrollen begonnen hat.

«Wann?»

«Vor drei Stunden. Ich habe die Nachricht auf Todesfälle VIP bekommen, als du im Bad warst.»

«Ich mochte seine Lieder.»

«Ich auch, aber ich weiß nicht, warum. Komm her.»

Arcadipane streckt sich auf seiner Seite aus, sodass er sie ansehen kann. Sie legt das Handy in die Vertiefung, die die mageren Beine unter dem Betttuch bilden. Er stützt sich auf den Ellbogen.

«Gott sei Dank hatten wir Angst vor nichts», sagt sie.

«Du und ich?»

Sie schüttelt den Kopf.

«Das hat Jack London beim Tod seiner Frau gesagt.»

Arcadipane betrachtet ihre Augen, die im Liegen eine andere Farbe haben.

«Wer ist Jack London?», fragt er.

«Einer, der nichts damit zu tun hat.»

«Und mit dir?»

«Ein bisschen mehr, aber nicht wirklich viel. Vielleicht mit Califano, vielleicht ist er mir deshalb in den Sinn gekommen.»

Arcadipanes Handy auf dem Nachtkästchen vibriert leicht. Er nimmt es und öffnet die Nachricht, die von einer unbekannten Nummer kommt. Nur ein Foto: ein breiter Strand, ein graues nordisches Meer, Wellen, die sich am Stahlbeton eines Bunkers brechen, der vor der Landung hätte schützen sollen. Kein einziges Wort.

Arcadipane lächelt schwach, ein komplexes Lächeln, denn darin schwingen mit Niederlage, Zuneigung und ein paar Fragen, die er niemandem zu stellen wüsste.

Er tut das Handy beiseite und legt den Kopf auf Ariels Bauch. Er hört, wie sich die Flüssigkeiten darin bewegen, ein kleines Glucksen, die Konsistenz des Körpers, der Geruch perfekt.

«Ver-zeh-rend», sagt er leise, die Lippen unterteilen das Wort, das sie nicht kennen.

«Hm?», fragt sie.

«Nichts», sagt er. «Das ist nicht wichtig.»

Weitere Titel

Der aufrechte Mann

Der Steingänger

Bramard und Arcadipane ermitteln

Der Fall Bramard

Die jungen Bestien